www.bbulmedia.com

익숙한 자리

익 숙 한 자 리

사흘째 장편 소설

DAHYANG ROMANCE
STORY

C o n t e n t s

◆◆◆

Part 0. 기별

비가 내리는 꿈을 꿨다. 또 꿈속에서 비와 함께 몸이 바닥으로 스며들었다. 물이 스민 몸은 점점 무거워지고, 정연은 땀을 흘리며 잠에서 깼다.

몸은 여전히 무거웠고 실제로 비가 내렸다는 것을 알 수 있을 만큼 뻐근한 아침이다. 축 늘어진 몸을 억지로 억지로 그러모아 휴대폰 시계를 확인했다. 알람이 미처 울리기 전, 조금은 아쉬운 듯한 이른 아침의 시작이었다.

귀에 싸한 빗소리까지 잠에 덜 깬 귀에 훤한, 모든 것이 맞아떨어지는 아침이었는데도 이상한 예감은 어김없이 작용했다. 습도를 흠뻑 머금어서 금방이라도 무겁게 뒹굴듯 한 몸이 어딘지 모르게 울렁거렸다.

혹시?

급히 휴대폰 달력을 열어 날짜를 확인했다. 이 달 주기로부터 정확하게 3주를 지나 있었다.

평소 같으면 나른하게 집에서 뒹굴, 일 없는 주말에 정연은 즉시 약국으로 달려가 손을 떨며 테스터기를 사 왔다.

하얀 배경에 빨간 줄이 두 개 그어지는 것을 확인한 순간 모든 것이 바뀌었다.

한 번도 생각해 보지 않은 일이었다. 정연은 자신에게 일어나는 일에 책임질 수 있을 만큼 충분히 영리했고 적절하게 절제된 그대로의 삶을 살아왔다. 사람이든 일이든 책임질 능력에서 벗어나는 일은 시작하지 않는 편이었다.

아주 최근까지는 그랬다. 그런데도 어느샌가 모르게 빨간 두 줄이 선명한 테스터기를 들고 있는 자신을 보면 사람의 일이라는 것이 그렇게 마음대로 되지는 않는 모양이었다, 이렇게. 정연은 무심코 허탈한 기분이 들어 자리에 털썩 주저앉고 말았다.

살짝 눈을 감자 남자의 얼굴이 떠올랐다. 머릿속에서 차가운 빗소리가 들리고 두통이 치밀었다. 그녀의 두통은 만성으로 익숙한 느낌이다. 늘 그랬던 대로 강한 두통약을 입에 털어 넣을까 손을 뻗던 찰나, 그대로 손을 멈췄다.

어떻게든 무엇인가 결론이 나기 전에는 약을 먹는 것도 마음대로 할 수 없는 처지가 된 것이다. 도의 혹은 책임이라는 것이 살짝 그녀의 목을 조른다. 당분간 자유라는 것은 남의 이야기가 되었다.

긴장해 봤자 별수 없다는 생각에 정연은 한숨을 몰아쉬고 테스터기를 그대로 방구석의 휴지통에 던져 넣었다. 그리고 다시 침대로 돌아와 이불을 목까지 끌어올리고 그대로 눈을 감았다.

감은 눈앞에서도 불빛이 훤하게 깜박였다. 마치 형광등을 껐다 켰다 하는 듯이. 그 사이로 여러 가지가 보였다.

남자의 얼굴도 보이고, 남자의 듣기 좋게 낮은 음성도 보이고, 남자의 달콤한 체취와 무섭도록 친밀한 느낌까지 보였다. 바로 그가 옆에 있는 것처럼.

그 소름 끼치는 실재감에 정연은 몇 번이나 몸을 뒤척여 털었다.

사라져 버리고 싶다.

유독 그 감정이 선명한 꿈속에서 그녀는 어째서인지 쫓기고 있었다. 정확히 무엇으로부터인지도 모르게 계속해서 도망쳤다. 그 와중에 생존에 대한 의욕은 거짓말처럼 강하게 솟아올랐다. 그렇게 애쓰면서 땀을 뻘뻘 흘리며 눈을 떴다.

방금 전까지 꿨던 꿈이 거짓말처럼 기억나지 않았다. 그저 온몸이 땀으로 젖어 있다는 것, 그리고 두통이 거짓말처럼 사라져서 시원하기까지 하다는 것이 깬 느낌의 전부였다.

잠들기 전의 기억에 생각이 닿아 혹시나 하는 마음에 방구석으로 가 휴지통의 내용물을 확인했다. 낮에 던져 넣었던 그 물건이 그대로였다. 착잡하게 기분이 가라앉는다. 절박하게 피하고 싶은 일은 현실이었다. 마주하지 않으면 안 되었다.

"6주 정도 되었네요."

회색의 화면에 찍힌 새까만 점을 바라보며 젊은 여자 의사가 그녀에게 알려 주었다. 어쩌자고 이런 걸 봐 버렸을까. 급히 후회가 되었지만 정연은 그 까만 점으로부터 시선을 뗄 수가 없었다. 신기한 생명체. 저렇게 작은데도 곧 움직이는 무언가가 될 거란다.

심장 소리도 들어 보실래요? 라는 말에 멍한 정신이 퍼뜩 들었다. 잠시 고민하다가 천천히 고개를 저었다. 아직은 감당할 자신이 없었다. 그런 걸 들었다간 자신이 어떻게 되어 버릴지 모르겠어서였다.

하지만 '심장'이라는 단어가 그대로 뇌리에 남았다. 그러니까 심장이 뛴다는 뜻이다. 벌써. 쿵쿵쿵, 그 작은 것이 피를 돌리는 것 같은 환청이 귀에 들렸다.

미혼이라는 차트의 문진표를 봤을 텐데도 여의사는 경멸의 시선을 드러내거나 하지는 않았다. 외려 긴장해 있는 사람이 당황할 정도로 무던하게 대해 주어 정연은 임신 사실을 알게 된 다른 여자들처럼 초음파 사진을 들고 필수 영양제의 처방까지 받아 병원을 나섰다.

아직 그렇게 실감은 나지 않았지만, 실감이 날 때까지 기다릴 수는 없었다. 결정해야 할 일과 해결해야 할 일들이 있었다.

정연은 남자의 얼굴을 떠올리며 휴대폰을 열었다. 그새 도착한 듯한 세 줄의 메시지를 발견했다. 영화 소개를 알리는 링크가 하나, 그리고 '12일에 개봉', '보러 갈래?'라는 짧은 권유가 있었다.

좋아하는 영화 감독의 신작이다. 이렇게 코앞으로 다가왔는지도 모르고 있었는데. 잊을 만하면 상기시켜 준다. 그녀와 그는 영화 이야기를 할 때는 사이가 좋았다. 그리고 사이가 좋은 것은 영화 얘기를 할 때뿐이었다.

남자는 편하게 그녀와 사이가 좋은 부분 '만'을 이어 가고 싶어 한다. 그 편의적인 태도를 아는데도 바로 그 유일하게 좋은 부분이 진통제처럼 안정이 되곤 한다.

그녀는 바로 그 자리에서 답 문자를 찍었다.

[좋아. 언제?]

기다렸다는 듯이 바로 회신이 돌아왔다.

[금요일 저녁 어때?]

금요일 저녁이라면 영화를 보고 밥을 먹게 될 것이다. 데이트 비슷한 것을 하자는 의미다. 그 이후에는 분위기에 따라 한쪽의 집으로 가든가 할지도 모른다.

지금으로서는 별로 그와 그렇게 하고 싶은 기분이 아니었지만 어쨌든 이야기를 할 시간은 필요했다. 물론 그 이전에 이야기를 할지 그렇지 않을지부터 결정해야 했지만. 어쨌든 이야기를 할 경우라 한다면 금요일은 좋은 기회였다.

밤은 길고 주말도 있으니까.

[알았어. 그때 봐.]

짧은 승낙과 함께 문자가 끊겼다. 으레 그랬다는 듯, 그들은 이야기를 길게 끌지 않았다.

◆▮◆

Part Ⅰ. 오래된 불화

남자와 정연은 서로의 옆자리에서 영화를 봤다. 커플로 붐비는 금요일의 영화관에서 그들도 퍽 자연스러운 커플로 보였다. 남자의 이름은 강찬헌이고, 정연과는 자주 같이 영화를 보는 사이였다. 영화가 끝난 뒤에는 두 사람도 다른 커플처럼 자연스럽게 식사를 하러 갔다.

"국수 두 개. 하나는 고명 따로, 다대기 따로요."

찬헌은 언제나처럼 자기 방식의 주문을 마치고 털썩 자리에 앉았다. 그러고는 바로 휴대폰을 손에 움켜쥐었다. 그는 간간이 휴대폰 액정을 들여다보고 문자를 하다가, 나중에는 노골적으로 양 엄지를 액정 위에서 부지런히 움직였다.

식사를 눈앞에 둔 채로 한참 동안 문자질을 하는 찬헌을 가만히 보고 있자니 정연의 식욕이 갑자기 뚝 떨어졌다. 속에서 무언가가 욱 하고 올라오려 해서 정연은 조용히 젓가락을 놓았다.

찬헌이 손은 계속 빠르게 움직이게 두고, 곁눈질로 정연을 흘 낏 본다.

"너 그거 좋아하잖아. 안 먹어?"

남도식 육수를 진하게 내는 칼국수집. 정연이 좋아하는 맛집이다.

그러게, 평소에는 없어서 못 먹었는데 벌써 입덧이라도 하는 건지 입맛이 통 돌지 않는다.

"질렸나 봐."

질렸나 봐. 오늘은? 아니면 앞으로 계속? 후자를 암시하는 듯한 표현에 찬헌이 의아한 얼굴이다. 액정을 그대로 둔 채로 그가 휴대폰을 테이블 위에 털썩 올려놓았다.

"일 때문에 그래. 알잖아."

알고 있다. 그나마 조금이라도 성의를 보이려고 전화 대신 문자로 일 이야기를 하고 있다는 것도. 그래도 기분이 틀어진 것은 어쩔 수가 없다.

하지만 더 기분이 좋지 않은 부분은 이런 일에 예의가 아니잖아라고 말할 정도로 서로에게 신선한 사이이거나 자격 있는 사이가 아니라는 것.

"하루 이틀 일이야? 나 신경 쓰지 말고 일이나 해."

그리고 애써 쿨하게 웃음을 짓는다. 하지만 도무지 젓가락을 다시 들 마음이 들지 않아 애꿎은 물만 들이켰다.

"자자. 끝났다. 끝."

그가 늘 결정적인 순간에 한 발 빼어 그녀의 기분에 맞춰 주는 것은 아이러니하게도 그들의 관계를 더 나쁜 것으로 변질시키는 요인이었다. 진작 보지 말았어야 할 것을, 계속 보게 만드는 마약 같은 다정함을 남자는 가지고 있었다.

"영화 재미있었지?"

재미가 있었던가. 그런 건 사실 하나도 눈에 들어오질 않았다.

좋아하는 영화 감독의 3년 만의 신작이고 좋아하는 배우가 주연을 맡은 작품인데, 도입부 이외에는 기억 속에서 사라져 버렸다. 아니, 애초에 본 적이 있던가.

긴장과 스트레스로 쿵쿵대는 심장 소리를 듣느라 영화 소리는 하나도 들리지 않았다.

"별로. 감독이 약발이 다한 것 같아."

정연이 아무 말이나 주워섬기자 그가 크게 당황한 얼굴을 했다.

"그렇게 생각해? 딴 사람들도 그렇게 느낄까?"

되는 대로 고개를 끄덕였더니, 찬헌의 얼굴이 사색이 됐다.

찬헌은 영화의 대중성에 대한 촉이 정연보다 한참 떨어졌다. 그래서 대중성에 관해서는 정연에게 거의 모든 의견을 맡기다시피 했다. 줏대 없다는 소리를 들을 법도 했지만 유명 블로거로 영화 평론을 쓰고 있는 그에게는 상당히 민감한 문제였다.

그는 잠시 영화의 내용을 떠올리는 것 같더니 납득이 잘 안 되는 모양인지 혼자서 끙끙거리다가 다시 봐야겠다고 중얼거렸다.

두 사람은 상당히 많은 영화를 함께 좋아했지만 사뭇 다른 평가의 잣대를 지니고 있었다. 정연은 대중성에 대한 감각이 좋고 찬헌은 강박적이리만치 영화의 지적인 포인트를 중요시했다.

가령 둘 모두 우디 앨런을 좋아했지만, 정연이 그저 그의 유머를 좋아한다면 찬헌은 뭔가 많은 이유를 갖다 붙여 좋아하는 이유를 설명하는 편이었다. 그래서 둘은 같은 영화를 좋아하면서도 자주 티격태격하고는 했다.

장르나 소재에 따라 영화를 선택하는 부분에 있어서도 둘은 큰 차이가 있었다. 정연이 특정 장르나 소재에 크게 구애받지 않는 것과 달리 찬헌은 카테고리에 대한 취향이 분명한 편이었다.

예를 들어 불분명한 관계에 있는 남녀의 혼전 임신이라는 소재는 대중적이고 자극적인 만큼이나 찬헌에게는 기피대상이 될 법했다. 그런 일이 다름 아닌 본인에게 일어났다는 것을 알게 된다면 그는 과연 어떻게 반응을 할까?

"찬헌 씨."

"어어?"

그새 다시 휴대폰을 쥐어 들어 들여다보던 찬헌이 뜨끔한 듯, 정연의 부름에 다소 과민하게 말끝을 올렸다.

"잠깐. 미안. 이것만 처리하고."

"혹시, 만에 하나 말인데……. 나 임신했으면 어떨 것 같아?"

"뭐?"

옆 테이블에서 돌아볼 정도로 목소리가 커졌다. 그제야 그가 넋이 살짝 나간 얼굴로 휴대폰을 내려놓았다.

"임신했어, 너?"

"소리 낮춰. 사람들 보잖아. 그냥…… 만약에."

그의 얼굴은 거의 경악으로 물들어 있었다. '말도 안 돼'라고 그 얼굴이 말한다.

"어떻게 그런 일이 있을 수 있어?"

가능성을 부정한다. 상상했던 중에 최악의 반응이었다. 예상은 했지만 이건 좀 쓰다고, 정연은 생각했다.

"있을 수 없는 일은 아니잖아?"

"서정연. 말 돌리지 말고. 진짜로……?"

그의 음색이 당혹감으로 물들어 있다. 정연은 최대한 차분하게 잡아떼기로 마음먹었다.

"아니. 수상해서 오늘 아침에 검사해 봤는데 아니더라."

순식간에 그의 눈에 안도의 빛이 돌았다. 그의 안도가 불쾌했지만 정연은 애써 입꼬리를 올렸다. 그의 입이 살짝 벌어지며 한숨을 내뱉는다.

"하아……. 야, 진짜 간 떨어지게 하지 좀 마."

"땀 좀 봐. 엄청 놀랐나 봐."

"야, 그럼 니가 내 입장이라고 생각을 해 봐."

그의 입장. 감정의 스위치를 끄고 자신을 그에게 대입해 본다.

당황스러울 것이다. 고작 1년 정도 사귀다가 성격 차이를 이유로 헤어진 후, 지지부진하게 가끔 만나 밥도 먹고 영화도 보는 여자와의 사이에서 아이가 생겼다는 이야기를 듣는다면 그 어떤 남자라도 반가울 리가 없었다.

그것은 여자인 그녀라도 마찬가지였다. 다른 게 있다면 한쪽은 책임회피가 가능하다는 점이고 한쪽은 불가능하다는 점이었다.

요컨대 두 사람은 서로에게 편리한 관계였다. 다만 그 편리를 너무 이용해 버려서 후폭풍을 맞이하고 있는 것이다. 그것도 철저하게 한쪽만.

"그런 일이 생기면 안 되지. 우리 사이에."

찬헌이 침을 꼴딱 삼키는 소리가 건너편까지 들렸다. 그녀도 그랬고 그도 역시 아직까지는 그들의 관계가 이런 식으로 흘러가 버리는 것에 대해 죄책감을 가지고 있었다.

세상에 더없이 재미있는 친구인 것처럼 쿨하게 서로를 대하다가도 어느 순간 몸이 들뜬다. 그 모든 것이 기이하리만치 자연스럽다. 그리고 반드시 아침에는 후회를 한다. 그런 아침을 맞을 때마다 두 사람은 약속이라도 한 듯 커피 한 잔도 함께하지 않고 등지고 서로의 갈 길로 돌아간다.

그리고 그때마다 번번이 똑같은 후회를 한다. 이러면 안 되는데, 이러면 안 되는데 하고.

"야, 내가 이런 말 하기 진짜 쪽팔리지만 몇 번 제대로 자제 못 한 거 사과할게."

"진짜 쪽팔리네."

이런 쓸데없이 솔직한 죄책감의 고백은 서로의 기분을 더욱 나빠지게 할 뿐이다. 피식 웃으면서도 정연의 기분은 점점 나빠졌다.

"지금까지처럼 잘 지내고. 이제 그런 일 없게 하자."

지금까지처럼 잘 지내자니, 무슨 그런 결론이 다 있담. 잘 지냈다니, 그건 대체 누구의 생각인 거야?

그녀는 알고 그는 모른다. 이 상황은 불공평했으니, 그가 저렇게까지 말해도 어쩔 수 없는 부분이 있었지만 정연은 왠지 그게 분하고 불편했다.

"그냥 안 만나는 게 제일 좋지 않아?"

정연이 가시 돋힌 말로 쏘아붙이자, 찬헌은 황당한 눈으로 그녀를 봤다. 그는 무엇이 심각한지 전혀 모르고 있다. 정연은 그와 그녀 사이에 근본적인 불통이 있다는 것을 새삼 실감하고 말았다.

찬헌은 자리가 불편한 듯 앉은 채로 허리를 빳빳하게 세웠다. 그러더니 곧바로 시무룩한 소리가 그의 입에서 흘러나온다.

"니가 원하면 그렇게 하고."

완벽한 대답이었다. 동시에 정연은 완벽하게 체념하고 말았다.

그는 늘 이런 식이다. 쿨하게 선택권을 주는 척하면서 사실은 책임감을 전가하는 것이다. 이번에는 혹시 다르지 않을까 하는 기대가 늘 새롭게 묻게 만들지만 답은 늘 정해져 있다.

그때마다 새롭게 얻는 것은 답이 아니라 상처뿐이다. 상처를 하나 더 추가하고 나서야 묻지 말았어야 한다고 항상 후회해 버린다.

정연은 바람이 드는 심장에 무섭게 한기를 느껴, 마음을 꼭 걸어 닫아 버렸다. 아무것도 전해져 오지 않고, 아무것도 새 나가지 않도록. 다시는 열리지 않도록. 그 자리에서 자신에게 신신당부를 했다. 그동안 얼마나 많은 온기가 그곳으로 새어 나갔던지.

혼자 사는 인생이다. 믿으면 뒤통수만 맞는다. 현재 그녀가 극단적으로 시니컬해져 있다는 것을 부정할 수는 없었지만 그 가치관은 어느 정도 그녀의 삶의 모토이기도 했다.

아마 중학교 때의 첫 조별 활동 때였던 것 같다. 의욕에 가득 차 있던 모범생인 그녀와는 달리 같은 조의 친구들은 모두 의욕이 없었다. 낑낑대며 혼자 과제를 도맡아 해 갔고 결과는 성공적이지 못했다. 실패한 결과물은 모두 정연의 책임이었다.

사소하다면 사소한 일이지만 그 일은 정연에게 큰 파문을 남겼다. 그때를 계기로 정연은 책임을 가장 중요한 삶의 원칙으로 꼽았다. 혼자서 온전히 책임질 수 있는 일만 하되 그 능력의 범위를 넘어서는 것은 거들떠도 보지 않는다.

지금까지 그렇게 잘 살아왔다. 다른 사람의 인생이 그렇듯이 몇 가지의 예외가 있었을 뿐이다. 언제든지 땅에 묻을 수 있는 돌멩이 정도 크기의 작은 예외.

그런데 그게 갑자기 바위가 되어 정연의 길을 가로막았다. 이 대로 바위에 깔리기를 기다릴 수는 없으니 밀어 올리기라도 해야 했다. '책임'은 그런 곳에서 빛을 발하는 것이 아닌가.

"세상에…… 나 좀 봐."

이건 꼭 진심으로 아이를 낳을 것을 고민하는 것 같았다. 그런 게 가능할 리가 없었다.

두 사람이 꼬박 계획해서 아홉 달을 설렘에 잠 못 자고 준비하고 세상에 나와도 힘든 게 아기라고 했다. 그런 무거운 존재를 혼자서 책임질 수 있을 리가 만무했다.

남자에 질릴 만큼 질려서 아기만 원하는 여자들도 있다고 들었지만 정연은 아직까지 그 정도는 아니었다. 자신의 성격으로 보아 남자에게 질렸더라도 아기만 원할 것 같지는 않았다. 일단 현실적인 문제가 맞닿아 있으니까.

그렇다면 답은 하나다. 낳지 않는 것. 아무에게도 말하지 않고 아무 일도 없었던 듯 없애 버리는 것, 지워 버리는 것이다.

과거에 정연은 중절을 암시하는 '지우다'라는 표현의 무신경함을 매우 불쾌하게 생각했었다. 그런데 아이러니하게도 지금 그녀의 마음을 딱 적절하게 표현한 단어가 '지우다'였다.

살아 있는 생명이라는 실감을 현저하게 떨어뜨리는 표현, 그건 정연과 또 다른 그녀들의 죄책감을 덜기 위한 말이었다.

그렇게 약간의 자조를 머금고 생각을 하니 새삼 배 속에 자리한 생명의 짧은 인생이 불쌍하게 느껴졌다. 태어나 보지도 못하고 존재를 뿌듯하게 내보이지도 못한 채 사라지는 것이다.

갑자기 가슴이 꽉 메인 듯 답답하게 조여 왔다. 결국 뚜렷한 결론을 내리지 못하고 정연은 옆으로 누워 피곤한 눈을 감았다.

가능한 것은 10주 정도까지라고 했나? 그렇다면 한 달 정도의 시간이 남은 셈이다. 한 달이라고 막연히 기다릴 것도 아니다. 빠르면 빠를수록 좋다고 했다.

그 남자를 믿을 수 있었다면 좀 나았을까? 어쨌든 그 사람은 믿을 수 없었다. 믿지 못해도 무어라 쏘아 주고 욕이라도 하는 편이 나았을까? 그래 봤자 또다시 상처받을 것이다. 괜스레 싸움을 하나 더 추가하는 것은 어리석은 일이었다.

앞으로 안 만날 사이에 굳이 왜, 새삼스럽게. 그렇게까지 생각하니 또 분하기도 했다. 호르몬 탓인지 아니면 처한 상황이 워낙 황당한 탓인지 이렇게 시시각각 마음이 변한다.

어지러운 생각 속에서 용케 잠이 든 정연은 그날 밤 꿈을 꿨다. 환상적인 어둠이 내려앉은 밤바다에 꼭 조명을 켜 놓은 듯, 불가사리 같은 별, 혹은 별 같은 불가사리들이 하늘과 물 위에 경계 없이 수천수만 개 반짝였다.

물길에 발을 담그니 발목께에 불이 일렁이며 발치를 비췄다. 이리 오라고 인도하는 듯이.

일어나자 머리가 맑았다. 빗소리도 그쳤다.

"그러니까 우리 큰애 태몽은 이모가 꿔 준 거야. 서변, 듣고 있어?"

"어머. 신기하네요. 이모님이면 조금 멀잖아요?"

회사 선배인 윤영은 변호사와 점심 식사를 하다가 갑작스레 태몽 이야기가 나와 정연은 제 발이 저려 버렸다.

간밤의 꿈이 생각났다. 아침에 눈을 뜨자마자 바로 알았다. 그 꿈이 태몽이라는 걸. 어떤 꿈이 태몽이고 누가 태몽을 대신 꾸어 주고, 그런 이야기는 갖다 붙이는 거라 생각했는데 경험해 보니 그냥 저절로 알게 되는 것이 있었다.

태몽은 태어날 아이에 대한 정보를 준다 했다. 그렇다면 벌써 어떤 아이로 태어날지 정해 놓았다는 의미일 텐데 그 사실이 정연을 두렵게 만들었다.

"우리 이모가 꿈을 잘 꾸시는 편이거든. 가까운 친척들 태몽은 죄다 이모가 꾸셔. 어떤 때는 임신했는지도 몰랐는데 신기하게 맞는 거야."

"어떤 태몽이었어요?"

"우리 큰애? 커다란 호랑이가 우리 집에 뛰어 들어와서는 소파에 자리를 잡고 늘어져서 자더래. 그래서 우리 애가 게으른가 봐."

정연은 영은의 사무실 책상 위에 놓인 가족사진을 떠올렸다. 두 아이 중 좀 더 큰, 선하고 너그러운 인상의 남자애를 떠올리자 저절로 웃음이 나왔다. 그러다가 저도 모르게 불쑥 물었다.

"저기. 물, 별? 그런 꿈은 어떤 거예요?"

"응? 자기 꿈꿨어?"

"아니, 새언니가 임신했는데 태몽이 그렇다고 해서…….."

의아하게 되묻는 말을 듣고 정연이 황급히 얼버무렸다.

"태몽이 아니라 복권 꿈 아냐, 그건?"

"그런가……. 아녜요, 느낌이 태몽 같대요. 지금 임신 중이거든요."

차라리 복권 꿈이었으면 좋았겠지만 이미 아이의 존재를 확인했으니 복권 꿈이라도 상황이 바뀌는 건 없었다. 게다가 아침에 느꼈던 그 강한 직감은 그 꿈이 태몽이라고 주장한다.

"별이 하나야 여러 개야? 운석 이런 거?"

"여러 개였…… 아니 엄청 많았대요. 수천 개, 수만 개? 큰 극장에 조명 켜 놓은 듯이."

"그럼 딸이네."

"그래요?"

"그래. 뭐가 많은 건 딸이라더라. 예쁜 여자 조카 보겠네. 분홍색 신 준비해 둬."

분홍색 신을 준비해 두라, 영은의 입장에서는 선물로 준비해두란 의미이겠지만 정연의 귀에는 꼭 예쁜 여자아이를 맞이할 준비를 벌써부터 하라고 말하는 것처럼 들린다.

울렁거리고 이상한 기분이 들었다. 멍해져서 또다시 먹는 걸 잊어버렸더니 영은이 다시 핀잔을 주었다.

"아니 왜 남겨? 요새 통 못 먹더라. 이렇게 말라 가지고."

"식욕이 좀 떨어져서요."

"병원에 가 봐야 하는 거 아냐?"

"아뇨. 그냥 피곤해서 그래요."

이유를 알고 있으나 말할 수가 없기 때문에, 정연은 한사코 괜찮다고 말하며 자리에서 일어날 준비를 했다. 화장을 고치며 함께 일어날 준비를 하던 영은이 갑작스레 정연의 어깨 너머 티비로 시선을 고정했다. 그녀가 어? 하더니 정연의 한쪽 팔을 툭툭 친다.

"저기…… 티비 나온다. 잘생긴 선배."

무심코 돌아보니, 광고 화면에 찬헌의 얼굴이 지나간다.

저게 아직도 나오고 있었던가?

찬헌이 다니고 있는 회사의 CF였다. 살아가면서 TV나 CF와 인연이 있을 거라고는 생각해 본 적이 없었던 찬헌은 왜 나 같은 사람이 광고에 나와야 하느냐며 계속해서 투덜거렸다. 아마도 석 달 전의 일이었다.

고작 2초 정도 지나가는 화면에 영은이 다시금 감탄사를 내뱉는다.

"정말 잘생겼단 말이야. 내가 결혼만 안 했어도 어떻게 해 봤을 텐데."

아는 입장에서는 별로 추천하고 싶진 않은데요. 정연은 속으로 쓰게 웃었다.

"그래요? 난 별로 잘생긴 거 모르겠던데."

"어머, 저 정도면 엄청 잘생긴 거지. 그리고 막말로 요새 티

비에 나오는 애들처럼 날티나게 생긴 것도 아니고 굉장히 지적이잖아."

찬헌이 몇 번 정연의 회사 근처로 만나러 와서 영은과도 안면이 있었다. 그의 외모가 딱 영은의 취향이었는지 그녀는 그다음 날부터 정연을 추궁하기 시작했다.

정연은 그냥 오래된 친구라고 잡아뗐다. 사귀었던 적이 있지만 굳이 말할 필요는 없으니까.

정연은 그가 꽤 세련된 외모를 지닌 것은 알고 있었지만 그렇게 잘생겼다는 생각을 뚜렷하게 해 본 적은 없었다.

오히려 첫 만남부터 '느낌'이 좋은 사람이었다. 같이 있으면 감겨드는 공기의 느낌도 희미하게 풍겨 오는 살내음도 익숙하고 편했다. 그 느낌이 워낙 강했는지라 외모는 그다지 신경 써서 본 일이 없다. 지금은 너무 익숙해져서 봐도 잘 모르겠다.

"실제로 얘기하다 보면 좀 깨요."

지적이라는 영은의 평가에 괜히 찬물을 끼얹고 싶어, 정연이 슬그머니 덧붙였다.

"뭐 다 그렇지, 남자들은."

결혼 7년 차인 영은이 유하게 받아넘긴다. 그녀의 일반론도 일리는 있지만 어느 정도인지 몰라서 그러는 것이리라.

"진짜 심해요, 저 오빠는. 고집도 너무 세고."

입이 풀리기 시작하니 어째 좋지 않은 이야기만 나온다. 영은은 내내 부정적으로 나오는 정연이 좀 이상한 모양이었다.

"그래? 그래도 자기랑은 잘 맞나 봐? 아직 자주 보잖아."

그건 그야말로 남녀의 복잡한 사정이었다. 하지만 영은은 순진하게도 그냥 친구라는 말을 철석 같이 믿는 듯했다. 애가 둘인 아줌마의 촉도 보면 별거 아닌 모양이다.

"취미가 비슷해서요. 근데 서로 나이가 나이라서. 이제 적당히 보려구요."

"그래. 그러다가 피차 혼사 막지. 잘 생각했어."

영은도 상당히 쿨한 성격의 소유자라서 주변인이라면 흔히 한번 해 볼 법한 '둘이 잘 해 보지 그래?' 라는 빈말조차 한 번 하지 않았다.

쓸데없는 오해를 하지 않는 것은 고마웠지만 가끔은 정말 그렇게 별로 안 어울리나 하는 의구심도 들었다. 이제 와서 그런 건 그다지 상관없지만 말이다.

저녁에는 내내 울렁거리다가 결국 재판 자료를 보는 중에 화장실로 달려가 버렸다. 한 시간 전에 먹은 소량의 과일을 비롯해서 물만 나올 때까지 쏟아 내고 나서야 비로소 실감이 났다. 입덧이 시작된 것이다.

울렁거리고 신경이 예민해지고, 곧 신체도 변할 것이다. 그렇게 되면 정말로 돌이킬 수가 없다. 단호하게 결정을 내려야 한다고 생각하면서도, 이제는 또 간밤에 본 꿈이 눈앞에 밟혔다.

황홀한 바다의 야경. 그 화려한 어둠 속에 숨어 있는 심장의 고동이.

쿵쿵.

귀를 기울이자 누구의 것인지 모를 심장이 뛰었다. 새카만 점의 존재를 처음으로 확인한 날, 그것의 심장 소리를 절대로 듣지 않겠다고 거부했던 그녀는 그 소리에 약하게 경기를 일으키고 말았다. 신경이 극도로 예민하게 곤두섰다.

카톡—

그리고 그 곤두선 신경을 긁어 대는 문자 소리. 신기하게도 안다. 또 그 사람이다. 항상 조금 반가운 마음으로 열어 봤는데, 지금은 짜증이 난다.

카톡, 카톡—

조급증이라도 걸린 듯, 연달아서 이어지는 소리에 정연은 울컥 폭발할 것 같은 기분을 느꼈다. 대체 무슨 대단한 일인가 싶어 확인하기 위해 거칠게 휴대폰을 들었다.

[서정연]

[다시 봤는데]

[재미없는지 모르겠더라.]

얼마나 조급했는지 한 줄에 끝날 말을 세 줄에 나눠 보냈다. 그녀는 잔뜩 심각한데 그의 머릿속에 들어 있는 것은 오로지 전날 보았던 영화뿐인 것 같았다. 틀림없이 그녀의 평이 마음에 걸려 리뷰를 쓰지 못해 조급증에 걸린 것이다.

순간 뭔가가 굉장히 허무하고 비현실적으로 느껴졌다.

내가 이 인간이랑 뭘 하고 있는 거지? 정연은 저도 모르게 헛웃음을 터뜨리고 말았다.

카톡—

카톡―

두 개의 문자가 연달아 더 도착했다.

[그러니까]

[또 같이 보러 가자. 보고 다시 확인하자고.]

평소와 달리 약간 어눌하고 군더더기 많은 말투의 문자였다. 정연은 어딘지 모르게 미묘하게 어색한 느낌을 그제야 알아차렸다. 그게 뭔지 알 것 같았다.

정연은 전화를 들어 그대로 통화 버튼을 눌렀다. 뚜르르 통화음이 조금 가다가, 재깍 그가 받는다. 정연이 말도 듣지 않고 그를 다그쳤다.

"술 마셨지?"

― ……귀신이네, 서정연.

"초저녁부터 술을 마셔? 바빠서 밥 먹을 때도 휴대폰을 붙잡고 사는 사람이?"

― 그래, 역시 그것 때문에 삐친 거지? 미안해. 조심할게.

역시 그것 때문이냐니? 대체 어디서 그런 결론이 나온 걸까. 아니, 그 이전의 것부터 문제다.

"나 삐치지 않았어."

― 삐쳤잖아.

"안 삐쳤다니까."

― 그럼 왜 그렇게 내내 기분이 나쁜 건데?

왜? 단도직입적으로 그 말을 듣자 정신이 아득해졌다.

새삼 딱 잡아서 뭐라고 말하기 어려울 정도로 이유가 많았다.

원하지 않는 아이가 생겼고, 당장은 아무런 결정도 할 수 없고, 먹지도 못하고 몸은 말라 가고, 같이 일을 저지른 남자는 믿을 수가 없다.

그 와중에 남자가 바보처럼 왜 그렇게 기분이 나쁘냐고 물어온다면 기분이 나쁘다 못해 더러워지는 것이 당연지사다.

"그냥 다 지겨워졌어. 당신이랑 이렇게 애매하게 만나는 거."

— 너 혹시 남자 생겼어?

그가 불쑥 치고 들어오는 순간 정연의 안에서 무언가가 툭 끊어졌다. 그 순간 황당하지도 않았고 변명하며 싸우고 싶은 마음도 들지 않았다. 그리고 정신이 급속도로 맑아지기 시작했다. 그녀의 입이 저절로 술술 대답했다.

"그래. 너무 좋은 사람이라서 지금 안 잡으면 후회할 것 같아."

말을 다 마쳤을 때는 그녀 자신마저도 그런 사람이 정말로 있었나 하고 의심할 정도로 매끄러운 거짓말이었다.

충격을 받았는지 그가 꽤 오래 말이 없었다. 간간이 아주 미미한 신음 소리가 수화기를 통해 전해져 왔다. 잠시 후 술에 젖은 목소리가 건조하게 뱉어 낸다.

— ……할 수 없지 그런 거면. 어쩔 수 없지.

또다. 정연은 씁쓸하게 한쪽 입꼬리를 올렸다. 그는 어쩜 이렇게 한 치의 오차 없이 사람을 실망시킨다. 그는 그냥 '어쩔 수 없는' 거다. 결정한 것은 그녀이고 그는 받아들이는 것뿐이기에.

곧바로 스멀스멀 화가 올라왔다.

대단히 풀이 죽은 듯한 목소리. 왜 당신이 그러는데? 그렇게 묻고 싶었다.

그녀를 이렇게까지 몰아넣은 것은 그다. 미덥지 않게 행동하고 편의적인 관계에 중독돼 진지하게 대해 주지 않았다. 그리고 지금 이 순간까지도, 마치 그녀 쪽에서 떼어 내고 싶어 하는 듯 말하게 만들지 않았는가.

"앞으로 연락하지 마. 문자도 하지 말고. 내 번호랑, 관련된 물건 그냥 싹 지우고 버려. 나도 그럴 거니까."

정연은 반응을 듣지도 않고 그대로 통화 종료 버튼을 눌렀다. 그리고 바로 거칠게 숨을 몰아쉬었다. 힘이 든다. 이렇게 헤어질 사이가 아니었다. 이렇게 지치게 헤어질 만큼 진지한 사이가 아니었는데 전화를 끊고 나니 기력이 물 새듯 빠져 나갔다.

찬헌은 정연의 대학 영화 동아리 선배였다. 기계공학부 소속인 그는 입시 과 수석에 전액 장학금을 받고 학교를 다니는 수재였다.

여섯 살 때부터 바이올린을 배워 아마추어 오케스트라에서 활동했고 취미로 영화 평론을 올리는 블로그에 하루에만 수백 명이 드나들 정도로 글을 잘 썼다.

그는 한마디로 재주 많은 사람이었다. 재주는 있고 재수는 없는 타입이었다.

그는 마음에 들지 않는 영화에 대해서는 늘 신랄했다. 몇 시간을 들여서라도 어째서 그 영화가 졸작인지 반드시 납득시켜야 했다.

처음에는 그의 방대한 영화 지식과 합리적인 리뷰에 감탄하던 사람들도 궤변에 가까울 만큼 정도가 심해지는 그의 비판적 태도에 점차 지치기 시작했다.

결국 1학기가 끝날 무렵 그에게 '동아리 내 취급 주의 인물' 레이블이 암암리에 붙은 것도 놀라운 일은 아니었다.

정연은 찬헌보다 1년 후에 동아리에 들어온 법대생이었다. 빠른 생일이라 나이는 그보다 두 살 어렸다. 선배들이 쉬쉬거리던 '요주의 인물'이 그라는 것을 미처 깨닫기 전에 찬헌을 보고 첫눈에 호감을 느꼈다.

찬헌도 어째서인지 정연의 앞에서는 그렇게 심하게 우기지 않았다. 다른 사람들이 의아하게 생각해도 두 사람은 꽤 친하게 지냈다. 찬헌이 졸업을 하고 유학을 갔다 오는 동안에도 두 사람은 자주 문자나 메일로 영화 얘기를 하는 친구였다.

막 스물아홉이 된 겨울, 찬헌은 학위를 따고 귀국을 했고 스물일곱의 정연은 사법 고시에 최종 합격해 사법 연수원 입소를 앞두고 있었다.

엘리트라는 꼬리표를 달고 이른 나이에 사회에 나온 입장에 대한 공감대, 그리고 막 갖게 된 심적 여유가 서로를 달리 보도록 만들었다. 찬헌이 먼저 고백해서 두 사람은 사귀기 시작했다. 그렇게 대략 1년을 만났다.

두 사람 모두 결별의 여파를 그렇게 크게 겪진 않았다. 연수원 2년 차였던 정연은 정신이 없었고, 대기업 연구소에 취직한 찬헌도 눈코 뜰 새 없이 바빴다.

사귈 때도 바빴던 건 마찬가지였기에 함께 알고 있는 친구들도 둘이 사귀었던 것을 잘 몰랐다. 충분히 아무 일도 없었던 것처럼 넘어갈 수도 있는 상황이었다.

둘 모두 쿨하다면야 그랬다. 하지만 결국 둘 다 쿨해지지 못했다.

헤어진 지 석 달 만에 어쩌다 보니 다시 만났다. 만나서 영화를 보고 밥을 먹으면서 영화 얘기를 하고 술을 마시다가 가끔 섹스를 하고. 그렇게 4년을 지냈다.

헤어질 무렵 둘 다 굉장히 지쳐 있었다. 서로의 바닥을 볼 정도로 싸웠기 때문에 누구도 상대방에게 다시 사귀자고 하지 않았다. 그때를 떠올리면 4년이 지난 지금도 등골이 서늘할 정도였으니까.

유치하고 진절머리 나는 싸움의 연속. 서로를 구속하는 관계로 돌아갔다가는 또 그 꼴을 볼 것이 뻔했기 때문이다.

구속하지 않고 서로에게서 즐거움만을 취하는 관계는 참으로 편했다. 하지만 동시에 있었던 일에 대한 책임도, 미래도 아무 것도 물을 수 없게 됐다. 정연은 지금 그것을 뼈저리게 체감하는 중이었다.

◆

정연은 오전에 있는 의뢰인 면담을 마치고 라운지에서 잠시 휴식을 취하는 중이었다. 사법 연수원에서도 꽤 성적이 좋아 손 꼽히는 로펌에서 취직 제의를 많이 받았지만, 삶의 질을 고려해 일이 그리 많지 않은 작은 사무실을 골라 취직했다.

일은 만족스러웠고 수입도 나쁘지 않았다. 가장 좋은 것은 이 렇게 일하는 중에 수시로 숨을 돌릴 수 있다는 점이었다.

어찌 보면 목표하는 것에 비해 턱없이 소박할 정도로 사법 고시를 준비할 때부터 꿈꿔 왔던 삶은 아주 단순했다.

변호사가 돼서 안정된 사무실에 취직하고, 적당한 때 좋은 사 람과 결혼해서 아이도 낳고, 가족들과 함께 여가를 즐기는 삶을 살고 싶다. 그 꿈에 거의 가까이 왔는데 변수가 생겼다.

정연은 휴대폰 검색창에 몰래 '인공 유산'이라는 키워드를 입력했다가 결과를 보지도 않고 그대로 창을 닫아 버렸다.

벌써 수십 번째 반복하는 중이었다. 변호사가 불법적인 일을 자행하려 하고 있다는 직업의식에서 비롯한 죄책감과 별도로 쉽 게 결정할 수가 없었다.

가능하면 누구에게도 알리지 않고 은밀하게 처리하고 싶었다. 그래서 혼자서 고민하고 걱정하는 시간이 계속됐다. 병원에서 확인한 후로 벌써 일주일이 지났다. 시간이 지날수록 조급해지 고 조급해질수록 답은 나오지 않았다.

이 모든 것이 소박한 삶을 꿈꾸는 사람에게는 어울리지 않는 상황이었다. 아니 애초에 소박한 삶을 꿈꾸는 사람이 절대로 발을 들여서는 안 되는 관계를 지속해 온 것이다.

이 꼴이 되어서야 정신이 번쩍 들었다. 아직 늦지 않았다. 원래대로 돌아갈 수 있을 것이다. 그렇게 계속 되뇌었지만 그러기 위해 필요한 분명한 결정을, 쉽게 내릴 수가 없었다.

미혼으로 아이를 낳았을 때 어디까지 괴롭고 힘들지 충분히 상상할 수 있었다. 아이가 생겼다는 이유로 강찬헌이라는 남자와 결혼했을 때 얼마나 불행해질 수 있을지도 아주 생생하게 상상 가능했다.

어차피 아이를 없앨 것이라면 혼자 알고 있는 편이 나았다. 찬헌에게 알리는 순간 둘은 그냥 위험한 사이에서 나쁜 일을 공유한 사이가 되는 것이다. 안 그래도 질척한 사이에 관계가 얼마나 더 나빠질 수 있는지 끝을 보는 것은 더더욱 사양이었다.

이렇게 여러 경우의 수를 고려해 보면 답은 너무나도 분명했다.

"서 변호사? 뭐 해요?"

갑작스레 뒤에서 부르는 소리에 정연은 놀라 휴대폰을 손에서 놓칠 뻔했다. 다시 한 번 검은 액정을 확인한 뒤에야 깊게 숨을 내쉬고 뒤를 돌아봤다.

"어머, 깜짝 놀랐네. 커피 뽑으러 오신 거예요?"

정연을 빤히 보고 있는 사람은 같은 사무실의 최성진 변호사였다. 그녀보다는 세 살 많지만 연수원 동기라 친한 사이였다. 최근 그가 유독 쉬는 시간에 그녀의 곁에 자주 보이는 것을 의식하고 있었다. 그 관심이 조금 의아했고 어색했다.

"네. 카페인이 부족해서. 한 잔 뽑아 줄까요?"

정연이 멍하니 그를 보다가 저도 모르게 재빨리 고개를 저었다.

"아뇨, 전 됐어요."

"웬일로? 전에는 커피를 달고 살더니."

"너무 과한 것 같아서 자제 중이에요."

일주일 동안 늘 먹던 두통약은 물론 카페인까지 자제하는 중이었다. 아이를 낳지 않을 생각을 하고 있으면서 스스로도 몸조심을 하는 자신을 납득하기 힘들었지만, 그렇다고 생각 없이 하던 대로 하기에는 뭔가가 찜찜했다.

성진은 자제 중이라는 정연의 말에 천천히 고개를 끄덕이더니 커피 자판기로 향하던 자신의 손을 멈췄다. 그리고 캔 자판기에 동전을 넣어 과일 주스를 뽑았다.

"나도 이제 몸 생각을 해야지."

"네?"

그의 엉뚱한 응대에 정연은 그만 웃음을 터뜨려 버렸다.

"아니 그렇잖아요. 나보다 세 살이나 어린 서 변호사가 건강 챙기는데."

"커피 끊으시려구요?"

"끊는 건 힘들겠지만. 줄여 봐야겠어요."

그가 바로 캔을 따서 꿀꺽 꿀꺽 마신다. 캔 음료나 자판기 커피나 몸에 좋지 않은 것은 다르지 않을 것 같았지만, 정연은 성진의 묘한 적극성이 마음에 들었다.

그는 태도나 모습이 물 흐르는 것 같이 자연스럽고 편한 사람이었다. 오랫동안 알아 온 바로 결코 줏대가 없는 사람은 아니었지만 다른 사람의 좋은 의견을 쉽게 잘 받아들여 준다.

때때로 그런 점이 엉뚱해 보이기도 하지만 기본적으로는 그가 열려 있는 사람이기 때문에 가능한 행동들이었다. 비교하자면 찬헌과는 정반대의 스타일이다.

그런 사람이 갑작스레 보이는 이성으로서의 관심은 나쁘지 않았다. 하지만 정연은 현재 그 관심을 받아들일 수 있는 상태가 아니었다. 그리고 어느 정도 의아한 면도 있었다. 꽤 오래 알아 왔는데 전혀 그런 기미가 없다가 요즘 들어 유독 들이대는 느낌이 드는 것은 대체 어떤 이유에설까?

"최 변호사님은 집에서 결혼하라고 안 하세요?"

정연은 불쑥 그렇게 물어 버렸다. 너무 과감했나? 정연이 뜨끔하기 무섭게 성진의 눈이 기다렸다는 듯 번쩍였다.

"볼 때마다 난리시죠. 명절마다 야근하고 싶은 심정이에요."

"아직 별로 생각이 없으신가 봐요."

"왜요. 생각은 있죠."

그의 시선이 노골적으로 그녀에게로 다가와 정연은 그만 시선을 조금 돌려 버렸다. 당황해 심장이 크게 뛰었다. 이번엔 그가 그녀에게 물었다.

"서 변호사는요? 집에서 뭐라고 안 하세요?"

"선을 보라는 말씀은 가끔 하시는데, 부모님도 그렇고 원칙은 방임이에요."

"방임?"

"네. 결혼은 사랑하는 사람하고 해야 행복하다는 주의시라."

"두 분 다 깨인 분들이시네요."

"에이 뭐. 그래도 잔소리할 건 다 하세요."

정연이 남사스러워하며 손을 내저었다. 그의 눈에 호감이 더 깊게 도는 것이 느껴졌다. 정연은 그것을 발견하고 새삼 얼굴이 붉어졌다. 하지만 곧 착잡해졌다.

그의 호감이 싫은 것은 아니었다. 성진은 그녀가 어떤 사람인지 모른다. 그는 지금 그녀의 배 속에 아기가 있으리라고는 꿈에도 생각하지 않을 것이다. 그 아이가 정상적인 연인 관계가 아닌 사람과의 실수로 생긴 아이라고는 더더욱.

거기에 그녀가 그런 관계를 4년간이나 지속해 온 사람이라는 것을 알면 기함을 할 것이다. 그렇게까지 생각하자 갑자기 스스로가 부끄럽고 더러운 사람이 된 것 같은 기분이 들었다.

꿈꿔 왔던 소박한 가정. 저런 사람이라면 줄 수 있을 텐데. 이런 기회를 적극적으로 붙들지 못하는 건 순전히 그녀의 잘못 탓이었다. 그녀를 자격 없게 만든 것은 그녀 자신이었다.

오후가 나른하다. 오전 내내 프로그램 화면을 들여다보고 있던 찬헌은 불편한 자리에서 억지로 허리를 들어 세웠다. 여전한 뻐근함에 양팔을 위로 올려 스트레칭을 하려는 중에 뒤에서 부르는 소리가 들렸다.

"강 박사. 점심 아직이지?"

얼른 소리가 난 곳을 보니 옆 사무실에 있는 이상훈 박사였다. 상훈은 찬헌과 출신 학교는 다르지만 유학 시절에 같은 연구실에 있었던 한국인 포닥의 친한 친구였다. 그렇게 엮여 알게 되어, 입사 5년 차인 지금은 상당히 친해졌다.

유들유들한 성품의 상훈이 사회성이 다소 결여된 찬헌에게도 잘 맞춰 주는 편이었다.

"기다리세요. 잠깐 정리하고."

작업하던 것을 저장하고 얼른 일어서면서 그는 휴대폰을 한 번 더 슬쩍 쳐다봤다. 여전히 아무것도 없다. 괜한 실망감이 감돌았다.

"기다리는 전화라도 있어?"

찬헌의 행동을 눈여겨보던 상훈이 복도로 나오면서 물었다. 찬헌은 갑작스레 발을 헛디딜 뻔하다가 다시 몸을 세우며 가능한 한 퉁명스럽게 대답했다.

"아뇨 뭐. 그런 건 아니고."

애매하게 얼버무리는 것이 수상하다. 금세 흥미진진한 얼굴이 된 상훈이 조금 캐묻는다.

"여자 친구? 아 없다 그랬나?"

"네, 뭐."

"그럼 예비 여자 친구?"

"아뇨. 그냥 친구랑 영화 보러 가기로 했는데 연락이 없어서 요."

"뭐 그럼 지금 여자 친구나 예비 여자 친구는 없는 거네?"

찬헌은 다시 힐끔, 액정을 본다. 여전히 까만 화면에 미미하게 화까지 치밀었다. 그 와중에 마치 골리듯 집요해지는 상훈이 계속 거슬린다.

이 사람은 왜 갑자기 남의 여자 친구 사정에 집착하는 걸까. 살짝 욱할 뻔한 것을 눌러 참고 찬헌이 대답했다.

"예, 뭐. 지금은요."

"잘 됐다. 그럼 소개팅 안 할래?"

"네?"

예상도 못 한 소개팅 제의에 찬헌은 자신의 귀를 의심했다.

"우리 와이프 제일 친한 동생인데, 잘 어울릴 것 같아서."

"저 같은 놈한테 그렇게 중요한 사람을 소개시켜 주고 싶으세요?"

상훈은 재미있다는 듯 웃었다. 찬헌은 항상 시니컬하고 심지어 자신에게까지 신랄한 것이, 조금은 촌스러울 정도로 자의식 과잉인 것 같을 때도 있지만 상훈은 그런 찬헌을 좋아했다.

같은 필드에 있는 사람의 입장에서 그의 높은 자의식은 근거가 충분하다고 보기도 했고, 사람 좋은 스타일의 그가 보기에 찬헌의 냉소적인 성격은 신선하기까지 했다. 반대가 끌린다는, 딱 그런 이치였다.

"왜 강 박사가 어디가 어때서. 인물 좋지 학벌 좋지. 돈도 잘

벌고."

"그렇게 듣고 보니까 괜찮은 것 같네요."

약간은 자조적이었다. 그러고 보면 누군가에게 소개를 한다고 했을 때에 그는 상당히 그럴듯한 사람이었다. 다른 한편으로, 그저 그럴듯할 뿐이다.

"그렇지? 그럼 하는 거다?"

"왜 얘기가 그렇게 됩니까?"

"뭐 어쩌라는 거 아니니까 너무 부담 갖지 말고 그냥 만나봐. 잘 되면 좋고 아님 마는 거지."

상훈이 출입구 유리문을 당기면서 무심하게 말한다. 그가 먼저 나가는 것을 기다리느라 찬헌은 잠시 어색하게 멈춰 서 버렸다.

부담을 갖지 말라는 것은 당연하게도 빈말이다. 혼기가 차고 넘치는 남녀가 만나는 일인데 현실적으로 부담을 갖지 않을 수가 없었다. 게다가 직장 선배씩이나 되는 사람이 소개시켜 준다면 그 부담은 두 번 언급할 것도 없었다.

하지만 다른 한편으로 솔깃한 것도 사실이었다. 정연으로부터 더 이상 연락하지 말라는 통보를 받고 일주일째, 그의 상태는 조금씩 나빠지고 있었다. 휴대폰을 들여다보는 횟수는 하루가 다르게 늘어 이제는 10분 단위로 확인하고 있었고, 정체 모를 초조와 안달 때문에 일에도 집중을 할 수가 없었다.

오래 만나면 정이 쌓이고, 정이라는 게, 바이러스 같은 것이다. 지금 바이러스에 감염된 것이라고, 그는 스스로의 상태를 정의했다. 견디다 보면 항체가 생길 테지. 하지만 시간이 걸릴 것이다. 시험 단계의 항바이러스제를 시도해 볼 수도 있다. 다만 치유는 장담하지 못했다.

4년이라…… 오래도 만났다.

딱히 뭐라고 규정하지 않은 채로 4년 동안이나 이어 온 관계에 이제 종지부를 찍을 때가 되었다는 것을 그도 느끼고 있었다. 그저 정연이 그보다 먼저 빠져나갔을 뿐이었다.

이렇게 가야 올바른 것이겠지. 그저 '정'으로 인한 약간의 후유증이 있을 뿐이다.

여자는 그보다 한참은 더 영리했다.

치밀한 성격답게 언제가 이렇게 빠져나가려고 오랫동안 준비해 온 것은 아닐까?

그녀의 목소리는 그의 귀에 담담하고도 약간은 들뜬 듯 들렸다. 그녀의 그 정도로 들뜬 목소리는 들은 지 오래되었다. 그도 그럴 것이 근 몇 년 동안 그들에게는 들뜰 일이 없었기 때문이었다.

정말 좋은 사람이라느니, 놓치면 후회할 것 같다느니.

그 말을 들은 순간이 생생하게 다시 떠오르자, 참아 왔던 화가 머리끝에서 폭발했다.

밖으로 나오자 초봄의 햇살이 따뜻했다. 그의 기분은 엉망인데 날씨는 걸맞지도 않게 좋았다. 뭔가를 놓아 버리고 싶게 만드는 그런 날씨였다.

상훈을 따라 걷던 찬헌이 툭 흘리듯이 물었다.

"……부담은 안 가져도 되는 거죠?"

"어어어어, 그럼 그럼!"

상훈의 눈이 휘둥그레지며 입이 찢어진다. 찬헌은 시선을 내려 자신의 발치를 봤다. 이제 정신 건강을 위해 평범한 현실들도 조금은 생각해야 할 때가 아닌가. '하지 않아서 그렇지 해 보면 좋을 수도 있다.'

평범한 사람이 아끼는 진리다. 찬헌은 고집이 센 편이었지만 오늘만큼은 그 말을 각오처럼 입안에서 되씹었다.

◆

아이의 일에 대해 고민하느라 정연이 흘려보낸 시간은 꼬박 열흘이었다. 찬헌에게 일방적으로 이별 통보를 한 뒤로는 딱 일주일이 지나고 있었다.

5년 동안 한 번 헤어진 직후 3개월을 제외하고는 일주일이나 연락을 하지 않은 적이 없었다. 일주일 동안 습관처럼 그의 생각이 많이 났다. 버릇처럼 휴대폰을 확인하곤 했다.

무엇 하나 확실하게 정해지지 않은 채 시간이 지나고 있었다.

오늘 아침에도 갑자기 그의 생각이 났다. 이대로라면 아이를 지우고 그와 영원히 만나지 않는다 해도 계속 잊지 못하는 것이 아닐까. 불안한 예감이 들었다. 단호하게 끊어 버렸다고 생각했는데, 마음속에서는 어느 것 하나 단호하게 끊어지지 않았다.

이 정도로 끝날 관계가 아니라면 역시 최악의 끝을 봐야 하는 걸까.

아이가 생겼다는 것을 솔직히 말하고 서로에게 미래가 없음을 확인한 후에 공동 책임을 진다. 불장난의 결과에 대해 끔찍한 책임을 지는 일을 함께하고 난 뒤에는 결코 다시 만날 마음이 들지 않을 것이다. 큰 은행털이의 공범이 평생 만나지 않는 것과 마찬가지로.

그 생각을 하자 기분이 무척 나쁘고 울렁거렸다. 부담스럽고 버거웠다. 그 와중에도 요전에 초음파로 봤던, 아직은 사람의 형체도 없는 그 작은 세포가 조금 안쓰러웠다.

부모를 찾아갈 수 있다면 아이를 학수고대하는 수많은 사람 중 하나만 찾아가도 됐을 텐데, 하필 자신에게 찾아와서 태어나보지도 못하는 것이다. 하지만 그렇다고 그것이 불쌍해서 자신의 인생을 무작정 내던질 수도 없었다.

변호사인 정연은 권리라는 개념에 민감했다. 그녀는 늘 여성의 사회적 권리가 치명적으로 손상되는 최악의 경우 중절은 필요악이 될 수 있다고 생각해 왔다. 그게 당연하다고 생각했는데 막상 자신이 상황에 처하니 생각만큼 '당연한' 것은 아니었다.

생각보다 문제는 더 혼란스럽고 감정적이었다. 선택이 마치 살얼음을 디디는 것 같아, 혹시라도 잘못된 선택을 했다가는 평생 후회할 것 같았다. 그리고 앞이 보이지 않듯, 올바른 선택지도 희미했다.

정연은 무심코 흘러내린 앞머리를 쓸어 올렸다. 모르는 새에 이마에 식은땀이 맺혀 있었다.

좀 더 평화로운 해결책은 없을까?

스스로에게 묻는 그 찰나에, 그 남자와 그녀가 한 집에서 아이를 돌보고 있는 장면이 불현듯 떠올랐다. 돌연 떠오른 그 장면은 정연을 엄청나게 당황하게 만들었다.

내가 무슨 생각을 하는 거지? 그런 일은 있을 수도 없는데. 그도 원하지 않고 그녀도 원하지 않는 것인데.

그럼에도 불구하고 그 상상이 가진 힘은 이상하리만치 마약 같았다. 상상이 자꾸만 기대를 강요한다. 혹시라도, 만에 하나, 다른 사람들처럼 그렇게 살 수도 있지 않을까?

정연은 손을 덜덜 떨며 휴대폰을 쥐었다. 그리고 오래된 통화 목록에서 이미 지워 버린 그의 전화번호를 찾았다. 손이 파르르 떨리는 바람에 그만 땀에 미끄러져 휴대폰이 손에서 빠져 버렸다. 그때 전화가 울렸다.

정연은 황급히 전화를 주워 들어 받았다.

"여, 여보세요."

— 서변 오늘 휴가라며? 어디 아파?

영은이었다. 정연은 긴장으로 굳어 있던 숨을 천천히 내쉬었다.

"아침에 감기 기운이 좀 있는 것 같아서 쉬었어요."

— 어머. 요새 통 먹지도 못하더니. 병원은 가 봤어?

"이제 괜찮아요."

— 안 되겠다. 일어날 수 있으면 오늘 나올래? 내가 몸보신 시켜 줄게.

일주일 내내 토하느라 제대로 먹지도 못한 처지라서 당장은 몸보신조차 가능하지 않을 것 같았다. 그런데도 지금 당장 누군가의 온기가 그리웠다.

"전 좋죠. 저녁 때 뵐까요?"

— 그래 내가 일 빨리 끝내고 여섯 시 즈음에 데리러 갈게. 그때까지 푹 쉬고 있어.

전화를 끊은 후 정연은 알람을 두 시간 뒤로 맞춰 놓고 다시 침대에 누웠다. 몸이 나른해지자 또다시 메슥거렸다. 하루하루 아이의 존재감은 강해지는데 자신은 나쁜 생각을 하고 있다.

이 모든 일을 누군가에게 털어놓을 수 있다면.

문득 오늘 영은을 만난다면 저도 모르게 모든 일을 털어놓아 버릴지도 모르겠다는 생각이 들었다. 그래도 될까? 모르겠다. 슬슬 한계에 닿고 있었다.

영은은 정확히 여섯 시 정각에 정연을 픽업하러 왔다. 정연에겐 퍽 늦은 오늘의 첫 외출이었다. 벌써 일주일째 정연은 별로 상태가 좋아 보이지 않았다. 오늘은 병색마저 돌아서 보는 영은을 안쓰럽게 만들었다.

어딘지 모르게 어제보다 침울하고 더 차분해진 분위기. 슬쩍 돌아본 조수석의 옆모습이 하얗고 고왔다. 똑 부러지지만 어딘지 모르게 연약해 보이기도 한 정연에게 자주 단순한 직장 후배 이상으로 마음이 갔다. 그리고 종종 안쓰럽게 느껴지기도 했다.

영은은 정연이 좋아하는 이태원의 이탈리안 레스토랑으로 차를 몰았다.

이곳의 특선 해물 파스타를 정연이 아주 좋아해서 특별한 일이 있을 때마다 찾았다. 사실은 5년 전 막 귀국한 찬헌과 썸을 탈 무렵 데이트를 하던 장소였다. 이제는 그 추억도 퇴색이 됐지만 그래도 식당은 죄가 없는지라 종종 찾았다.

보양이라고 해서 괜스레 겁을 먹었던 정연은 익숙한 식당의 간판이 보이자 한결 마음을 놓았다. 즐겨 먹던 해물 파스타의 시큼한 토마토 소스 맛을 상상하자 식욕이 돌았다. 그거라면 한 그릇을 너끈히 비울 수 있을 것 같았다.

"전에 보니까 자기가 여기 좋아하는 것 같길래."

"진짜. 어쩌면 절 그렇게 잘 아세요."

자리에 앉으며 정연이 감탄 어린 말을 내뱉었다. 갑작스레 울컥해 그녀의 눈이 살짝 글썽였다. 영은이 빙긋 웃으며 눈을 찡긋했다.

"먹고 싶은 거 마음대로 시켜. 기분 다 풀고 가자."

"전 해물 파스타."

"그럼 나도 그거. 샐러드도?"

"네."

영은이 얼른 직원을 불러 해물 파스타 두 개와 오늘의 샐러드를 주문했다. 주문이 들어가고 두 사람은 조금 더 편하게 마주 봤다.

"자기 요새 좀 의뭉스럽단 말이야."

"네? 의뭉스럽긴요."

"나한테 뭐 숨기는 거 없어?"

뜨끔했지만 정연은 황급히 고개를 저었다.

"숨기긴요. 제가 그럴 일이 뭐가 있다고."

"아니면 됐고. 나는 그냥 같은 직장 다니는 언니지만. 그래도 언제나 열려 있으니까 혹시 누군가한테 뭘 꼭 말하고 싶거나 의논할 일이 있으면 언제든 얘기하라고."

영은이 긴 말을 재빨리 마치고 웃음을 지었다. 정연은 금세 멍해져 버렸다. 그리 날카롭지 않다고 생각했던 영은이 이상하다고 느낄 정도면 근래 직장에서 자신의 모습이 어땠을지 충분히 상상할 수 있었다.

어딘가가 많이 어색하고 불안해 보였을 것이다. 신경을 써 주는 그녀가 고마웠지만 그 이상으로 창피한 마음이 들었다. 정연은 벌게진 얼굴로 바로 고개를 살짝 끄덕였다.

"그럴게요. 진짜 감사해요."

"감사는 무슨…… 사람 사는 게 다 그런 거지. 아, 벌써 나온다."

그새 서버가 샐러드를 들고 나와 그들의 앞에 놓아 주었다. 영은은 신이 나서 포크를 집어 들다가 갑작스레 정연의 어깨 너머에서 무언가를 발견하고 살짝 굳었다.

"드세요……?"

왜 그러세요. 라고 물으려던 정연의 시선이 자동적으로 영은의 시선을 따라갔다. 그 시선의 끝에서 그녀가 발견한 것은,

"S 자동차 티비 광고 나오는 선배 맞지?"

찬헌이 어떤 여자와 함께 식당에 들어와서 그녀들로부터 조금 떨어진 테이블에 앉았다.

갑작스레 눈앞에 있는 모든 게 붕 떴다. 테이블도, 말을 걸어오는 영은의 목소리도, 모두 떠서 현실감이 없었다.

"네……. 맞는 것 같아요."

겨우 정신을 차리고 짧게 대답했다. 테이블 쪽으로 박힌 시선이 영 다른 곳으로 돌아가질 않았다. 어디든 돌리면 그의 얼굴을 확인하게 될 것 같았다. 그와 함께 들어왔던 여자의 얼굴까지.

그녀와 만나지 않기로 하고 나서 벌써 여자를 만나는 걸까?

아니, 그전에 만나던 사람일지도 모른다. 그와 그녀는 구속력이 있는 관계가 아니었으니까 누굴 만나도 정당했고 또 그것에 대해 상대방에게 말해야 할 의무도 없었다. 설마하니 약혼자가 있더라도 모르고 지나갈 일이었다. 결혼이라도 하기 전에는.

또다시 속이 울렁거렸다.

"자기? 서변? 괜찮아? 얼굴이 새하얀데?"

그새 얼굴이 또 새하얗게 보였는가 보다. 정연은 애써 입꼬리를 올려 웃음을 지었다.

"아뇨. 아닌데."

"괜찮겠어?"

"갑자기 뭐 생각하느라 정신 놓은 거예요. 무슨 말씀 하고 계셨죠?"

입에서 횡설수설 아무 말이나 튀어나온다. 정말 최악이었다.

어색한 분위기 중에 그들이 주문한 식사가 도착했다. 정연이 얼른 그 틈을 잡아 환호 소리를 냈다.

"식사 나왔네요. 잘 먹을게요. 이거 진짜 먹고 싶었는데. 얼른 드세요."

"어 그래 많이……."

건성으로 권하며 집어 든 포크로 새우를 찍어 입에 가져갔다. 그 순간 해물의 비린 냄새가 그대로 목구멍을 뚫고 지나가 정연은 그만 입을 틀어막아 버렸다. 눈을 크게 뜨고 입을 막은 정연의 모습을 보고 영은은 완전히 당황한 얼굴이 되어 연신 괜찮으냐고 물어 왔다.

엉망진창이다. 정연은 해물을 곱게 냅킨에 뱉어 낸 후 울렁거리는 가슴을 애써 부여잡고 조심스레 자리에서 일어나, 꾸벅 양해를 구하고 얼른 화장실로 달려갔다.

비어 있는 칸으로 들어가자마자 속에 있는 것을 모두 게워 낼 듯 격한 토기가 올라왔다. 아침부터 먹은 것이 없어 나오는 것은 물뿐이었지만 몸은 좀처럼 진정하지 못하고 계속해서 게워 내기만 했다.

얼마나 시간이 지났을까. 겨우 토기가 멈추고 거의 탈진한 상태로 정연은 비틀비틀 자리에서 일어났다. 얼마나 안면을 찡그렸는지 눈가에서 주르륵 눈물이 흘렀다. 화장지를 뜯어 대충 땀과 눈물을 닦아 내고 물을 내린 후 밖으로 나왔다.

"……!"

세면대 쪽으로 눈을 돌리자마자 정연의 눈에 가장 먼저 들어

온 것은 화장을 고치고 있는 영은이었다. 대체 그녀가 언제부터 그곳에 있었던 걸까. 정연은 아무 말도 못 하고 그 자리에 굳어 버렸다.

영은은 서울 가장자리로 비치는 정연을 흘낏 보며 돌아보지도 않고 말을 걸었다.

"좀 괜찮아?"

"아 네. 저 자리는."

"자기 백까지 내가 가져왔어. 여기."

정연은 멍하니 자신의 백을 건네받았다. 영은의 목소리가 깊이 가라앉았다.

"이게 뭐니. 내가 진짜 아무 말 안 하려고 했는데……."

"네?"

"자기 임신했지?"

순간 정연의 몸에서 핏기가 싹 빠져 나가며 멈춰 있던 몸이 아예 돌덩이처럼 굳어 버렸다. 그녀의 파리한 안색을 흘낏 보고 영은이 말을 이었다.

"맞구나? 내가 한마디만 할게. 낳지 마."

"네……?"

"낳으려고 생각하고 있었던 거 아니지? 하지 마. 혼자서 애 키우는 거 진짜 할 일 못 돼."

화장을 다 고친 영은이 느리게 화장 도구를 파우치에 넣고 정연을 돌아봤다. 완전히 넋이 나가 있는 정연의 얼굴에 대고 영은이 신랄한 말을 계속 이었다.

"남자들 책임감 없고 여자 버릇 나쁜 거. 그건 고칠 수도 없어. 죽을 때까지 못 고쳐. 내 말 무슨 뜻인지 알지?"

"⋯⋯."

"꼭 잘생긴 것들은 얼굴값을 하더라. 내가 진짜 가만히 있으려고 했는데. 자기가 내 동생 같아서 하도 답답해서 이러는 거야. 알지?"

다 알고 있었구나. 그녀를 둔하다고 생각한 자신의 순진함을 갖다 버리고 싶었다. 눈에 빤히 보이는 애매하고 아슬아슬한 관계를 계속하는 그녀가 영은의 눈에 얼마나 한심하고 멍청해 보였을까. 멍한 와중에 몸 안쪽이 그을려 타들어 갈 듯한 수치심이 밀려들었다.

영은이 그녀를 향해 한 번 더 눈짓을 했다.

"계산했으니까 바로 나가자. 그 연놈들 얼굴 보면 또 얼마나 부아가 치밀겠니."

그렇게 말을 마치고 영은은 바로 잠가 놓았던 화장실 문을 열었다.

◆

자고 있던 찬헌의 등에 무언가 뜨끈한 것이 와 닿았다. 더위를 타는 찬헌은 그 뜨거운 것을 떼어 내기 위해 한 번 몸부림을 쳤다. 그러자 더운 무언가가 더 긴밀하게 달라붙었다.

이게 뭐지? 온도로 치면 대략 36도 정도, 말랑말랑하고 부드러운 것은…… 여자의 가슴이다. 헉!

휙 몸을 돌리자 눈앞에 있는 것은 일주일 전 그에게 접근 금지 처분을 내렸던 정연이었다.

정연이 왜 여기 있는 거지? 상황을 이해할 틈도 없이 온몸이 예리한 안테나처럼 그녀에게 반응했다. 하반신에 뭉근한 열기가 돌자 참지 못하고 대뜸 옆으로 누운 그녀를 바닥에 눕혔다.

고른 숨을 내쉬며 자고 있던 정연이 가물거리는 눈을 떴다. 으응……. 찬헌 씨? 그 나른한 음성이 찬헌을 더 미치게 만들었다.

찬헌은 안달이 난 아이가 과자 포장지 뜯듯이 정연을 해체해 나갔다. 일주일 전에 그 난리를 친 여자라고는 생각되지 않을 정도로 정연은 고분고분했다.

그녀의 하얗고 말랑말랑한 몸을 한참 맛본 뒤에 그 안락하고 따뜻한 곳으로 몸을 파묻었다. 아 살겠다. 지독한 휴식이 찾아오면서 그만 그녀의 안에 그대로 사정해 버렸다.

"……."

눈을 뜨니 천장이 보였다. 등에 와 닿는 것은 허무할 만큼 덧없는 땀에 젖은 침대 시트다. 외면하고 싶으나, 하반신이 수상하다. 젠장할. 찬헌은 육성으로 욕지거리를 뱉어 버렸다.

서른넷이다. 서른넷이라고. 까까머리 중학생 시절 이후로 혈기왕성한 이십 대 때조차 단 한 번도 없었다, 이런 일은.

수치심에 거의 울 것 같은 눈을 부릅뜬 찬헌은 옷장을 헤집듯 뒤져 여분의 속옷을 꺼내 들고 샤워실로 들어갔다.

뜨거운 물이 정수리로 쏟아지는 것을 느끼면서 찬헌은 눈을 감았다. 대체 이게 무슨 일이란 말인가. 이립에서 불혹까지 코스의 반을 주행한 나이에 뜬금없이 성욕에 미친 개가 된 것 같았다.

사흘 정도는 어딘지 모르게 안달이 나고 기미가 수상해서 물을 빼고 잤던 것이 올바른 결정이었던 것이다. 어젯밤에는 약간의 오기가 생겨 그냥 자 버렸는데 이 사단이 나 버렸다. 죽을 때까지 평생 누구한테도 말 못할 일을 하나 적립했다.

심인성(心因性)이다, 이건. 온전히 신체적인 이유로는 절대로 불가능한 일이다. 지식과 예술에 대한 욕구가 왕성한 그는 애초에 다른 쪽의 욕구가 그다지 강한 편은 아니었다. 그랬다면 옛적에 적당히 해소할 수 있는 상대를 찾았을 것이다.

하지만 살면서 그 정도로 욕구를 제어하지 못한 일이 없었을 뿐더러, 웬만하면 타인의 피부가 자신에게 살짝 닿는 것조차 진절머리를 칠 정도로 까칠하고 결벽 성향이 강했다. 누군가와 잠자리를 할 수 있다는 것은 기본적으로 상대가 그에게 아주 친밀한 인물이라는 증거였다.

하지만 심인성이라는 분석이 그에게 별다른 위안을 가져다주진 못했다. 이건 마치 그가 서정연에게 차인 충격으로 이런 상황에까지 몰렸다는 것을 의미하는 것과 다름이 없었다.

그들이 책임지지 않는 관계를 지속해 왔다는 사실이 그리 자랑스러운 것은 아니었다. 대체로 자신의 일들에 솔직한 편인 그도 정연과 이러이러한 관계라는 사실은 폭로할 만한 것이 아니라는 것을 알았다.

그녀와 왜 그렇게 되었느냐고 누가 묻는다면 이야기가 상당히 복잡해진다. 딱히 한마디로 설명할 수가 없었다. 설명하려들면 구구절절해진다.

얼버무리기엔 '어쩌다 보니'가 가장 적절한 해명인지도 몰랐다. 하지만 그들 사이에는 '어쩌다 보니' 이상의 뭔가가 있다, 분명히.

찬헌은 정연과의 관계를 임의적으로 '서로가 서로에게 필요한 관계'라고 규정했다. 일단 그는 지난 4년 동안 그래 왔고, 앞으로도 누군가와 구속적인 관계를 만들고 싶은 생각이 없었다.

정연도 그래 보였으니 적어도 제3자를 엿 먹이고 있는 것은 아니다. 서로에게 다른 인연이 나타난다면 언제든 쿨하게 놓아버릴 준비가 되어 있었다. 그래, 되어 있었 '었' 다.

관계가 장기화되면서 이상한 전우애 같은 것이 생겼는지, 찬헌은 정말 좋은 사람이 나타났다는 정연의 말에 그만 끔찍하게 충격을 받고 말았다.

솔직히 현재 그의 기분을 설명하라면 분하고 야속했다. 그 충격으로 인해 이런 쪽팔리는 경험을 하나 추가했다는 사실은 분노를 더하고도 남았다.

아 젠장, 젠장, 젠장. 아무도 없는 집에서 욕으로 분풀이를 하며 찬헌은 수건으로 물이 뚝뚝 떨어지는 머리를 거칠게 닦으면서 밖으로 나왔다 세상에 여자가 서정연만 있는 건 아니었다. 까짓것 다른 사람 만나면 된다. 그 마음으로 나갔던 어제의 소개팅은 정말 별로였다. 일단 여자가 말귀를 못 알아들었다. 무슨 영화를 좋아하느냐는 물음에 아련한 표정으로 '노팅힐'이라고 대답하는 그 여자를 향해 억지로 입꼬리를 올리느라 미치는 줄 알았다.

로맨틱 코미디 따위를 좋아하는 여자라니 그 수준을 짐작하고도 남았다.

적어도 서정연은 그렇게 유치한 영화 취향을 가지고 있지는 않았다. 찬헌은 로맨틱 코미디 같은 건 별로지 않냐고 슬쩍 떠보는 그의 물음에 '응, 그래도 '펀치 드렁크 러브' 같은 건 꽤 좋은데.'라던 그녀의 대답을 듣고 그녀와 사귀어야겠다고 결심했다. 그게 5년 전의 일이었다.

영화 취향만큼이나 다른 것도 잘 맞았으면 좋았을 텐데 그와 그녀는 가치관이나 정치관이나 생활관이나, 사람을 대하는 올바른 태도 따위에서 하나부터 열까지 다 달랐다.

사회 문제를 얘기하기 시작하면 싸우고, 정치 얘기를 하면 싸우고, 나중에는 여섯 시에 일어나는지 일곱 시에 일어나는지를 두고도 싸울 수 있다는 걸 알았다. 계속 사귀다간 서로를 말려 죽일 것 같아서 합의하에 헤어지기로 결정했다.

3개월 동안은 그녀가 그리웠다. 그녀도 그가 그리웠다고 했다. 그도 그럴 것이 그녀가 그 말고 다른 누구와 그렇게 풍부하게 지적인 대화를 할 수 있겠는가, 라고 찬헌은 생각했다. 그래서 이별한 상태 그대로 다른 얘기 안 하고 편하게 만나기 시작했다.

그러자 정말로 관계가 편해졌다. 윤리관, 정치관, 생활관이 다른 사람과 평생 한 베개 베고 살 수도 있다는 부담감이 사라지니 그렇게 편할 수가 없었다.

생각보다 그 관계가 길어진 게 문제였다. 그리고 가끔 (아니 자주) 자제력을 잃고 섹스를 했다는 것이 또 다른 문제였다. 이러면 안 된다고 항상 생각했지만 자주 연인 시절의 습관에 굴복하고 말았다.

마지막으로 섹스를 했던 날은 기분이 좋아서 술을 많이 마시기도 했고 그 때문에 반쯤 정신이 나가 있었다. 어떤 식으로 피임을 했는지, 하긴 했는지도 기억이 잘 나지 않았다. 다음 날 그녀에게 괜찮을 거라고 들은 후에 비로소 안심하고 잊을 수 있었다.

영화를 보러 간 날 놀림을 당하고 나서야 정신이 번쩍 들었다. 둘 다 아직 건강하고 팔팔한 30대의 성인 남녀가 아닌가. 자칫 방심하는 새에 돌이킬 수 없는 일이 생길 수도 있었다는 생각은 그를 깊이 반성케 했다.

앞으로는 절대 그러지 말아야지, 그냥 영화만 봐야지, 그렇게 결심하고 잘 지켜 나가고 있었는데 그녀가 먼저 접근 금지를 통보했다.

"남자가 생겼으면…… 진작 말을 할 것이지. 그렇게 갑자기 일 건 또 뭐야."

대외적으로는 잠시 떼를 써 볼 수도 있었다. 아무 사이도 아닌데, 계속 보면 어떻냐고. 하지만 그 정도로 뻔뻔하진 않았다.

두 사람은 한쪽에게 연인이 생긴다면 다시 만나서는 안 된다. 그런 사이다. 사귀지 않았지만 그게 둘 관계의 요지였다. 그리고 상대방의 의지에 의해 만날 수 없게 된 쪽은 찬헌이었다. 그래서 그는 약간의 상실감을 느꼈다.

섭섭한 마음을 애써 억누르기라도 하려는 양 찬헌은 거칠게 머리의 물을 털어 냈다. 그때 그의 등 뒤로 요란하게 전화벨이 울렸다.

"에이씨— 누구야. 이 시간에."

대뜸 짜증부터 내고 생각해 보니 정연의 얼굴이 떠오른다. 혹시? 얼른 젖은 수건을 던져 버리고 발신자를 확인했다.

'집'이라는 무미건조한 글자를 확인하자 오만상이 다 찌푸려졌다. 끊어 버릴까 고민하다가 그래도 받긴 받았다.

"저 바빠요. 무슨 일이세요."

수화기 건너편에서 잠시 침묵하다가 곧 깊고 애잔한 신음 소리가 흘러나왔다.

찬헌의 어머니는 자신의 교육 방침이 대체 어디서부터 잘못되었던 건지 진지하게 고민했다. 어릴 때부터 영재 소리를 듣던 아들을 조금 오냐오냐 키운 것은 사실이지만 이렇게까지 애미도 모르는 놈으로 키웠다고는 생각을 안 했는데, 아무래도 그 작은 위안까지 철회해야 할 것 같았다.

— ……너 잘 지내나 싶어서.

"저야 그냥 두시면 혼자 잘 삽니다."

— 찬헌아. 엄마가 너 스물다섯까지 밥 해 먹였어.

"아, 또 무슨 말씀 하시려고 그러세요."

서른넷이나 됐고 독립한 지도 십여 년이 다 되어 가는데 아직까지 어린아이 취급하는 어머니의 잔소리를 듣는 것은 고역이었다. 그래도 지은 죄, 입은 은혜가 있어서 가능하면 곱게 들어드리려고 하는데 이렇게 아침부터 전화를 하는 용무가 뻔하니 까칠해질 수밖에 없다.

— 너 결혼…….

"안 해요."

— 진짜 안 하니? 소식 있나 싶어서 전화했는데.

음? 이건 새로운 패턴이다. 결혼을 하라는 평이한 권유부터 구체적인 선자리까지, 그가 혼자서는 아무것도 안 하리라는 전제하에 일이 시행되는 것이 보통이었는데 오늘은 외려 그에게 일을 묻는다.

"……어디서 무슨 말씀 듣고 오셨어요?"

찔리는 게 많은 찬헌은 오해의 가능성을 머릿속으로 샅샅이 점검했다. 그에게 만나는 사람이 있다고 오해한다면 누군가를 만나는 모습을 누군가가 실제로 보고 전했을 가능성이 있다.

혹시 정연에게 접근 금지 통보를 받기 전 그녀와 함께 있는 모습이나 바로 전날 소개팅하는 모습을 누군가가 목격하고 어머니에게 말을 넣은 게 아닐까.

추측하는 와중에도 약간 불쾌해진다. 오해해도 어쩔 수 없지만 그래도 그렇지. 데이트를 목격했다고 결혼이라니. 얼마나 성급했으면 우물가에서 다 된 밥을 찾는다.

찬헌의 어머니가 조심스레 말문을 열었다.

— 내가 말이야, 간밤에 꿈을 꿨는데.

"네에?"

이야기가 다소 해괴해졌다.

— 어마어마하게 큰 운석이 하늘에서 뚝 떨어져서 우리 집 지붕에 박히는 거야. 그게 번쩍번쩍 빛나는데 아직도 얼마나 생생한지.

"저…… 어머니. 요점만."

— 네 이모가 꿈 해몽을 잘하잖니. 부동산 값이 오르는 꿈인가 싶어서 물어봤지.

"……."

— 근데 이모가 손바닥을 딱 치더니. 그게 태몽이라는 거야, 글쎄.

"어머니, 저 이제 끊어도 됩니까?"

— 가문을 빛낼 아들을 낳는 꿈이라는데. 얘, 이 나이에 내가 아들 낳을 일이 뭐가 있니. 찬헌아? 찬헌아?

가문을 빛내는 아들은 무슨.

찬헌이 구시렁거리며 조용히 종료 버튼을 눌렀다. 가뜩이나 심란한데 집에서는 속도 모르고 맞불을 지르는 중이었다.

어머니가 아직 장가도 안 든 자식의 태몽을 꿨다고 전화를 하는 것은 대체 어떤 심리인지 모르겠다.

한국 사람들은 왜 이렇게 부모가 자식 인생 대신 살아 주지 못해 난리일까.

어머니가 들었다간 기어이 자리보전을 할 말을 주워섬기며 찬헌은 조금 전에 집어 던졌던 타올을 거칠게 집어 들었다.

오늘 아침은 퍽 번잡하다.

◆

영은이 건너 아는 언니의 병원이라며 정연에게 소개시켜 준 곳은 낡은 인테리어에 약간 습한 기운이 감도는 지방의 한 산부인과였다.

시간이 지독히도 흐르지 않는 대기실의 **빡빡**한 공기에 흠칫 놀라 버린 정연이 퍼뜩 고개를 들어 벽시계를 봤다. 고작 삼십 분이 지나가고 있었다. 그 순간부터 시계 초침 소리가 예민하게 느껴지고, 일분일초가 지날수록 목이 조여 오고, 가만히 있는데도 온몸이 덜덜 떨렸다.

속이 답답해서 정수기에서 물을 떠 마시려다가 갑자기 구역질이 올라와 반 모금 정도 머금은 것을 그대로 뱉어 버렸다. 서럽고, 뭔가가 슬프고, 그러다가 그만 툭, 눈물이 떨어졌다.

배 속의 아기가 엄마 나빠, 엄마 나빠, 라고 그렇게 책망하는 것 같았다. 존재를 알게 된 이후로 단 한 번도 인격대우를 한 적이 없는데, 때가 되니 그 제어가 빗장을 열어 놓은 것처럼 해제가 됐다.

거의 미칠 것 같은 기분이 됐을 때 수술 준비를 마친 간호사가 나와 그녀에게 과정을 짧게 설명해 주었다.

"30분 정도 걸릴 거예요. 끝내고 일상생활 가능하시구요. 그래도 당분간은……."

"저, 저기……."

"예, 말씀하세요."

"저 못하겠어요. 저 오늘은 안 되겠어요."

정연의 자그마한 얼굴이 하얗게 질려 있는 것을 본 수술실 간호사가 짧게 한숨을 내쉬었다. 알 법하다는 표정이었다.

"죄송합니다. 저……."

"좋은 일도 아닌데요. 잘 생각하셨어요."

내용이야 격려하는 말이었지만 조금은 건조하게 들린다.

정말로 잘 그만두었다고 생각해서 저렇게 말하는 걸까?

하기야 어쩔 수 없이 한다고는 해도 그들 역시 좋아서 이런 일을 하고 있는 것은 아닐 것이다. 그래서 오고 가는 사람들을 더 건조하게 바라보게 되는 것일지도 모른다. 오면 오는 대로, 가면 가는 대로.

아무래도 예약을 해 놓고 취소를 한 처지가 되어서 정연의 표정이 민망함으로 잔뜩 우그러지자 그녀가 살짝 덧붙였다.

"오신 김에 체크나 한 번 하고 가실래요?"

체크? 초음파를 보자는 소리일까?

간호사의 말에 정연의 가슴이 멋대로 두근거렸다. 지난번에 한 번 확인한 이후로 한 번도 본 일이 없다. 그런 걸 두 번 봤다가는 정말 돌이킬 수 없을 것 같아서. 그런데 체크를 하자는 이야기를 들으니 두려우면서도 궁금했다. 얼마나 변했을지, 얼마나 컸을지.

정연은 멍하니 고개를 끄덕이고 간호사의 인도에 따라 수술실이 아닌 진료실로 들어갔다. 잠시 후 중년의 여의사가 들어왔다.

'아는 언니의 병원'이라던 영은의 말이 떠올라 정연은 저도 모르게 시선을 피해 버렸다. 무슨 이야기를 들었을 텐데도 의사는 그것을 전혀 내색하지 않았다. 그저 정연에게 병력에 대한 몇 가지를 묻고는 초음파기를 들었다.

안으로 파고드는 불편한 느낌과 함께 화면에 회색의 형체가 자리를 잡아 갔다.

"8주 정도 돼 보이네요. 건강한데요?"

차마 화면 쪽을 쳐다볼 용기가 나지 않아 비스듬히 곁눈질을 했다. 건강하다니. 동물이나 사람에게나 쓰는 그 단어가 무척 어색하게 들렸다.

"응~ 그래. 안녕?"

의사가 목 안으로 작게 웃으며 인사를 했다. 한술 더 떠서 인사까지. 이상한 의사라고 생각하며 정연은 화면을 들여다봤다. 그러자 울퉁불퉁한 살덩어리 사이로 앙증맞은 사지가 뻗어 있는 모습이 눈에 쑥 들어왔다. 정연이 바라보자 휘둥 움직였다. 꼭 마주 인사를 하는 것처럼.

안녕……. 그녀도 무심코 입모양으로 인사하고 말았다.

"여기가 팔이고, 여기가 다리 되는 거예요. 지금은 꼭 젤리곰

같죠?"

젤리곰이라는 귀여운 단어를 말하고, 의사는 또다시 웃었다. 정연의 목 뒤는 온통 땀으로 젖어 들었다. 눈앞이 아찔하게 흐려졌다.

내가 방금 전까지 대체 무슨 짓을 하려고 한 거지?

정연은 자신의 끔찍함에 몸서리를 쳤다. 그냥 살덩어리도, 세포도 아니었다. 사지가 있고 그것이 자랄 것이고, 얼굴이 생기고 그녀를 닮아갈 것이다. 그 생각을 하자 가슴이 따끔따끔했다.

심장 소리도 들어 보라며 의사가 모드를 전환시켰다. 쿵쿵거리는 그 힘찬 박동을 듣자 신기한 쾌감과 두려움이 그녀를 휩쌌다. 달콤한 향이 나는 언덕을 고되게 넘어가는 상상을 하며 정연은 그만 아득하게 정신을 놓아 버렸다.

정연은 노래를 흥얼거렸다. 손에 들려 있는 작은 아기 옷가지가 노랫소리에 맞춰 차곡차곡 오른쪽 무릎 앞에 정리되어 놓여졌다. 집에 들어오기 전에 근처 백화점에 들러서 산 것들이었다.

조그만 것들이 어쩌나 비싼지 만들어 둔 채 새것으로 낡아가고 있던 카드를 엄청나게 긁어 버렸다. 하지만 앙증맞은 노랗고 분홍색의 옷가지들을 보고 있자니 월말의 카드 영수증 걱정은 어느새 저 멀리 사라져 버렸다.

당면한 상황을 받아들이기로 결심하고 난 정연은 무섭도록 긍정적이고 적응이 빨랐다. 매장의 아기 옷들을 다 쓸어 담을 듯이 쇼핑을 하고 나서 출산 휴가 계획과 육아 계획, 그리고 아이가 스무 살이 될 때까지 드는 비용까지 대충 견적을 뽑아 났다.

자신의 연봉과 정년을 생각하면 경제적으로 큰 어려움은 없었지만 역시 육아가 가장 큰 문제였다. 전문 도우미를 고용한다 해도 친지의 도움을 전혀 받지 않는 것은 불가능했다.

"엄마한테 얘기해 봐야 하나……."

경악할 엄마의 얼굴이 눈에 선하기는 했지만 그래도 엄마라면 받아들여 줄 것이다. 엄마는 미혼모 시설에 봉사를 다니고 후원을 할 정도로 미혼모들의 처우 개선에 관심이 많았고, 무엇보다 항상 딸의 행복이 최우선이라고 하는 사람이니까.

애 아빠가 싹수가 노란데 그냥 내가 낳아서 키우려고. 괜찮지, 엄마?

구구절절한 해명의 말들을 몇 번이나 머릿속에서 반복 재생하며, 입으로 중얼중얼거렸다. 근데 통 입에 붙질 않았다.

도의적으로 한 번 말이라도 해 봐야 하는 것은 아닐까.

마음이 흔들렸지만 곧 임신이라는 말을 듣자마자 얼굴이 백짓장처럼 질리던 찬헌의 얼굴이 다시금 스쳐 지나갔다. 애 아빠에게도 알 권리가 있다지만 그것은 보통 성인 남자 정도의 책임감을 가진 사람일 경우에 해당하는 것이었다.

강찬헌은 그녀가 아는 가장 책임감 없는 서른네 살의 남자였다. 그런 남자가 아이가 생겼다는 말을 듣는다면? 파들파들 떨다가 지우자, 미안해, 다음부턴 조심할게, 이러지나 않을까?

상상만으로 배가 조여 오는 불쾌감이 느껴졌다. 정연은 숨을 후 내쉬어 애써 몸을 이완시켰다. 이미 아이와 그녀는 한편이었다. 굳이 그런 말을 사서 듣는 것은 아이에게 못할 짓이고, 고로 그녀에게도 고통스러운 일이었다.

정연은 한쪽 손을 들어 왠지 조금 볼록한 듯한 아랫배를 살짝 쓸었다.

"별아. 엄마가 진짜 미안해. 지금부터는 정말 잘해 줄게."

태몽에서 시야 가득 별을 봤기 때문에 태명은 별이라고 지었다. 예쁘겠지. 정연은 천사 같은 아이의 얼굴을 상상하며 레이스가 달린 분홍신을 손바닥에 올려놓고 이리저리 살폈다.

엄마가 된다는 게 이렇게 설레는 일이었나. 벌써부터 아이를 만날 일에 대한 기대가 모든 현실적인 걱정을 이겼다.

정연이 그렇게 즐거움에 한껏 취해 있을 때였다. 휴대폰이 울려 정연은 얼른 하던 일을 멈추고 전화를 받았다.

"네~ 아, 윤 선배!"

정연이 밝은 목소리로 대답했다.

— 어, 어. 집에 잘 들어갔나 싶어서.

"네, 잘 들어왔어요. 내일 출근할 거예요."

— 피곤해할 줄 알았는데. 목소리가 좋네? 영양제는 맞았어?

"저 그냥 왔어요. 그게…… 할 짓이 못 되더라구요."

— 어?

정연은 시장에 갔다가 찾는 물건이 없어서 그냥 왔더라는 식으로 평이하게 대답했다. 영은이 잠시 말이 없다가 조금은 반가운 듯한 목소리로 물었다.

— 그래? 아기 아빠랑 얘기가 잘 됐나 보지? 축하해?

"아뇨. 얘기 안 할 건데요."

정연이 무심하게 말하자 영은이 기겁하는 소리를 냈다.

— 뭐라고? 지금 애를 혼자 낳겠다고?

"그러기로 했어요. 원래 애 키우는 일이 힘들잖아요. 그래도 다 겪고 지나가는 일인데 안 좋은 생각하면서 회피할 필요 있나 싶어서……."

— 아니, 그런 문제가 아니지. 잘 아는 사람이 갑자기 왜 이래? 애는 둘이 키워도 죽어. 혼자 키우면 골수를 빼먹는다고. 알아?

"어차피 그 남자 있어도 도움 안 돼요. 오히려 그 사람이 제 골수를 빼먹을 걸요?"

정연은 내내 차분했고 심지어 어떤 부분은 명랑하기까지 했다. 영은은 완전히 할 말을 잃은 듯 잠시 침묵했다가 한참 후에야 입을 열었다.

— 그, 그래. 지금은 스트레스 때문에 그럴 수 있어. 하나도 벅찬데 두 가지 일. 힘들지…….

"……."

— 오늘은 일단 자고 차근차근 생각하자. 알았지?

"그럴게요. 쉬세요."

정연은 고분고분 대답하고 전화를 끊었다.

"큰일 났다. 얘 완전 맛이 갔네."

전화를 끊은 영은이 팔짝 뛸 기세로 호들갑을 떨었다. 물을 마시러 거실에 나온 그녀의 남편이 그 모습을 발견하고 의아한 눈으로 응시했다.

"왜 그래?"

영은은 귀찮다는 듯 손사래를 쳤다.

"됐어. 당신은 몰라도 돼."

심각하게 물은 것은 아니었는데 몰라도 된다고 하니 괜히 오기가 생겼는지 그가 다시 물었다.

"무슨 일인데 그래?"

"있어. 그런 거."

영은이 통 말해 줄 기색이 아니자 그녀의 남편은 불만스러운 표정으로 냉장고 문을 소리 나게 쾅 닫고는 방 안으로 들어갔다. 저런 좀생이. 영은은 지친 한숨을 푹 내쉬었다.

막내아들로 태어나 풍류 기질이 다분한 자유인인 아버지와 살면서 속앓이를 많이 한 어머니를 보고 자란 탓이었는지 영은은 어려서부터 철 든 남자를 좋아했다.

남편은 대학 동기 중에 가장 어른스러운 남자였다. 그런데도 같이 살다 보니 어쩔 수 없는 유치한 부분이랄지, 그런 것을 자주 발견하곤 했다. 결혼하고 나서야 남자는 '철이 든다'는 의미에서 여자와 근본적으로 다르다는 것을 알았다. 어떤 부분은 그 냥 유전자적으로 애가 아닌가 생각되기도 할 정도였다.

나름대로 어른스럽다는 남편과 살고 있는 그녀도 이 정도인 데. 정연의 상황을 보면 정말로 답이 나오지 않았다.

단언컨대 정연이 얽혀 있는 그 면상이 반반한 남자는 품질 등급으로 친다면 C였다. 다들 저 나름대로의 사정이 있겠지만 사귀지도 않는 여자와 만나다가 임신을 시키는 남자라니. 그 사 실만으로도 온몸에 소름이 돋을 정도로 끔찍했다.

"그래도 지우는 게 나을 텐데."

남자는 답이 없고 그렇다고 혼자 아이를 낳을 수는 없는 일 이다.

정연은 능력 있는 변호사고 그만큼이나 합리적이고 차분한 성품의 소유자였다. 영은과 정연은 어젯밤 많은 이야기를 나눴 고, 아이를 지우는 게 현실적으로 가장 나은 선택이라는 결론에 어렵지 않게 도달했다.

영은은 할 수 있는 한 정연을 돕기로 약속했고 정연은 결심 을 하고 수술을 받기 위해 연차까지 냈다. 그런데 모든 걸 그만 두고 돌아온 정연은 전날 밤의 그 합리적인 정연이 아니었다. 현실감이 하나도 없고, 제정신이 아니었다.

이해하지 못할 바도 아니었다. 정연에게 중절을 설득하긴 했 지만 그녀 역시 두 아이의 엄마였다.

본능적인 모성과, 그에 반하는 행동에 대한 죄책감, 그리고 스트레스. 웬만한 스트레스는 참고 억누르는 정연의 성격 때문에 언젠가 터질지도 모른다고 생각한 것이, 이렇게 이상하게 터진 것이다.

여자의 영원한 과제인 남자와 아이. 하나만 문제를 일으켜도 바쁜데 두 개가 한꺼번에 문제를 일으켰으니 죽기보다 미치고 싶을 것이다. 영은은 새삼 공감하며 정연을 동정했다.

전화를 끊은 후 정연은 갑작스레 피로가 몰려 와서 아직 포장을 뜯지 않은 아기 옷을 종이백에 몰아넣고는 침대에 몸을 둥글게 해 누웠다. 어제까지는 온 신경이 곤두서 있었는데 오늘은 신기하리만치 마음이 따뜻했다.

하나가 아니라 둘이라선가? 남들이 다 대책 없다고 해도 왠지 모르게 용기가 나고 다 해낼 수 있을 것 같았다.

주말 가족 모임 가서…… 얘기해야지. 별아, 할머니 할아버지한테 너 소개하러 가는 거야. 참, 외삼촌이랑 숙모도 있겠다. 좋지?

그날 밤 정연은 찬헌의 꿈을 꿨다. 잔뜩 우그러뜨린 얼굴의 찬헌이 그녀를 마주 보고 금방이라도 이를 갈 듯 무서운 얼굴로 침묵하고 있었다. 정연은 완전히 우그러들어서 그대로 고개를 돌려 버리고 싶었으나 얼굴이 돌아가지 않아 그와 강제로 얼굴을 마주해야 했다.

그 표정은 뭐야? 왜 내가 죄 지은 사람처럼 있어야 되지? 분하다. 무척 분했다. 그래서 마주 보고 같이 이를 갈다가, 눈을 떠 버렸다.

아침이다.

눈을 뜨자마자 세상은 조용했는데, 기다린 듯이 바로 전화가 울렸다. 정연은 천장에 시선을 고정한 채 손을 더듬어 협탁의 휴대폰을 쥐었다. 그리고 감각만으로 통화 버튼을 찾아 전화를 연결시켰다. 이상하게도 안다. 누군지, 확인할 필요도 없다.

— ……잘 지내냐?

일주일인가? 아니면 이 주일? 아무튼 별로 달라진 게 없는 그의 목소리였다.

"무슨 일이야? 이렇게 이르게?"

전화 안 하기로 하지 않았냐고 할 참이었는데 정작 입에서 나온 것은 다른 말이었다.

— 잘 지내나 싶어서…….

"난 잘 지내. 당신은?"

— 똑같아. 다른 때랑.

그 우울한 음색이 갑작스레 정연의 가슴에 콱 스며들었다. 그리고 곧 그 감정에 대한 후회가 밀려 왔다. 이러면 안 되는데. 정신 차려야 하는데.

"연락, 안, 하기로 했잖아."

겨우 끊어서 그 말을 하고 정연이 마른침을 삼켰다. 그러자 건너편에서 그만큼이나 거친 목소리가 돌아온다.

— 넌 그게 그렇게 마음대로 되냐?

"맘대로 안 될 건 뭔데?"

— 그래 맘대로……. 그래 맞아 너…… 남자……. 하.

찬헌이 끙끙대며 몇 가지의 단어를 힘겹게 뱉어 냈다. 그러다가 갑자기 버럭 소리를 내질렀다.

— 야! 그 남자, 그렇게 좋아? 어디가? 나보다 잘 생겼냐? 응? 나보다 똑똑해? 학벌 좋아?

"……뭐?"

정연은 말을 잃고 말았다. 그의 숨기지 않는 유치함에 온몸이 오그라드는 것은 둘째 문제였다. 남자라고? 정연은 기억을 더듬다가 곧 찬헌과의 마지막 통화를 떠올릴 수 있었다.

너무 좋은 사람이라서 지금 안 잡으면 후회할 것 같아. 그래, 그때 열이 뻗쳐서 그런 말을 하기는 했었다. 그것도 반은 제가 사서 오해한 것이고 그녀는 그냥 가볍게 동의를 해 준 것뿐이었다.

그걸 믿어? 미미하게 섭섭한 마음이 없진 않았지만 새삼스레 그런 걸 따질 힘도 없었다. 뭣보다 그와 그녀 사이에는 그걸 굳이 믿지 않을, 신뢰라고 하는 것이 없었다.

오히려 의외인 것은 그가 분한 듯이 그녀의 새 남자에 대해 따지는 것이었다. 그와 그녀는 '공식적으로' 무슨 관계도 아니었다. 그렇다고 '사실적으로' 무슨 관계였다고 주장하기엔, 그도 그렇게 깨끗한 입장은 아닐 텐데?

"저기, 나 지금 이해가 잘 안 돼서 그런데."

정연이 천천히 궁금한 것을 물었다.

"지금 나한테 그 남자 일로 따지려고 전화 건 거야?"

찬헌이 침묵했다. 거친 숨소리와 신음 소리가 간간이 들렸다.

정연은 인내심 있게 기다렸다. 거친 숨이 가라앉고 더 이상 지체할 수 없을 때에, 찬헌이 작게 목소리를 냈다.

— ……기회를 줘.

"뭐?"

— 기회를 달라고. 너랑 이렇게 오래 못 만난 적 없잖아. 그때 빼고. 너무 힘들어. 그러니까…… 그러니까…….

찬헌이 머뭇거리다가,

— 다시 하자. 다시 만나.

휙 뱉듯이 말해 버렸다.

정연은 정신이 하나도 없었다.

"다시 만나자니. 또 영화 보자는 소리야?"

— 다시 사귀자고! 넌 눈치가 그렇게 없냐?

찬헌이 버럭 신경질을 냈다. 정연은 가쁜 숨을 깊게 들이 쉬었다. 바로 대답할 수가 없어서 잠시 침묵했다가 조용히 입을 열었다.

"저기. 내 사정은 생각 안 해?"

— 그래서 물었잖아. 그렇게 좋으냐고! 좋아서 미치겠냐고!!

좋아서 미치겠으면 물러나 준다. 그 정도가 아니라면 닥치고 다시 사귀자. 이건 거의 협박이었다.

정연은 차분하게 숨을 고르고 입을 열었다.

"우리 안 되는 거 확인했잖아. 4년 전에. 영화 취향 비슷한 거 말고 우리는 맞는 게 하나도 없어."

이미 그런 게 문제가 되었었나 기억조차 나지 않을 정도로 케케묵은 변명이다. 이 말을 4년씩이나 지나 다시 입에 올리게 될 줄은 정연 자신도 몰랐다.

— 젠장! 그깟 사형제도, 여당 공천, 채식주의, 지구 온난화. 그딴 얘기 안 하면 될 거 아냐.

그와 그녀 사이의 그 화석 같은 벽을 그가 부수고 들어온다. 만나지 못하는 2주 동안 그는 그런 것을 생각했나 보다. 그런 얘기를 했었지. 그런 중요하지도 않은 얘기들을. 오래 관리하지 않은 액자의 먼지를 터는 양, 정연은 묵묵히 그 기억을 떠올렸다.

찬헌이 계속 가쁜 숨을 들이쉬며 거칠게 말을 내뱉었다.

— 아니아니. 니가 하면 내가 병신같이 맞장구치고 고개 끄덕여 줄게. 그래, 그럼 되겠어?

대체 윽박지르는 건지 비는 건지 알 수가 없었다. 도저히 다시 사귀자고 여자를 꼬드기는 남자의 태도라고는 생각할 수 없다. 혼자서 북 치고 장구 치는 찬헌의 행동에 정연은 정신이 하나도 없다.

그런데, 그런데도 이상하게 기분이 나쁘지가 않다. 그 고집불통, 자기밖에 모르는 강찬헌이, 다시 사귀어만 주면 그녀가 말을 할 때 맞장구를 치고 고개를 끄덕여 준단다.

공수표라는 걸 아는데도, 공수표를 쓰는 강찬헌을 보는 것조차 처음이라서 그 새삼스러움에 저렴하게 감동해 버린다.

"……."

입술이 달싹거렸지만 정연은 아무런 대답도 할 수가 없었다.

찬헌이 지금 그녀에게 다시 보통이 되자고 말하나 보다. 보통의 연인이 돼서 서로에게 적당한 구속력을 갖자고 말하고 있는 것이다.

"나 저기."

정연은 자신의 처지를 떠올렸다. 그리고,

"생각할 시간이 필요해."

겨우 그렇게 말할 수 있었다.

이야기가 한참 더 복잡해진다. 이를테면 이런 거다. 그녀가 빨간 책을 펼까 파란 책을 펼까 고민을 하고 있는데 그가 갑자기 노란 책을 가져와서 책 장을 넘겨 달라 한다. 그녀는 그 순간 노란 책에 대한 자신의 오랜 갈망을 깨닫는다.

그런데 그는 노란 책을 가져와 일단 한 장을 넘기자고 하고 그녀의 입장에선 열 장을 넘겨야 '만' 한다. 그것이 그녀가 노란 책과 관련해 고를 수 있는 유일한 선택지였다. 그녀의 입장에서 찬헌과 다시 만나기 위해서는 어떻게든 아이와 관련된 문제를 해결해야 했다. 함께 아이를 낳아서 길러야만 한다. 그가 열 장을 넘기는 것을 받아들일 수 있을까?

생각할 시간이 필요하다는 정연의 대답에 찬헌은 거절당하지 않아서 안도를 하는 듯하면서도 꽤나 풀이 죽었다. 아마 그녀가 그대로 받아들여 주기를 바랐던 모양이었다.

— 언제까지 생각하면 되겠어?

찬헌은 겨우 그렇게 물었다. 정연은 그의 음색에 당장 대답해 달라고 떼를 쓰고 싶은 것을 꾸욱 참는, 인내가 묻어나는 것을 들었다. 그의 성격에 마음껏 시간을 두고 생각하라는 너그러운 남자 코스프레는 있을 수가 없으니, 이것은 그가 사실상 발휘할 수 있는 최대의 인내였다.

그가 묻자 정연의 앞에 주어진 선택지들이 더욱 생생하게 다가왔다. 듣는 순간 깨달았다. 자신은 아이 못지않게 찬헌도 잃고 싶지 않다는 것을.

그를 잊고 살아갈 수 없을 것이다. 그에 대한 그녀의 감정이 정확히 뭐든 간에 언제든 그의 얼굴이 그리울 거라는 걸 알았다. 그가 내민 노란 책을 누구보다도 손에 쥐고 싶은 것은 그녀 자신이었다.

그러면 아이는? 그가 노란 책을 열 장 넘기는 것에 동의하지 않으면, 대체 어떤 선택을 해야 하는 걸까.

"일주일. 그동안 생각해 볼게……."

별 이유 없이 일주일이라는 기간이 떠올라 정연은 그렇게 대답했다. 길지도, 그렇다고 결코 짧지도 않은 기간이었다. 충분히 생각할 수 있는, 동시에 자신을 재촉하기에 충분한 시간이었다.

관계 정의. 그런 것이 필요할 때가 있다. 찬헌은 그때가 바로 지금이라는 것을 알았다. 부담스러운 것은 사실이었다. 이미 한 번 실패한 관계를 돌이킨다는 것은 생각만으로도 굉장한 스트레스였다.

헤어지자고 먼저 말한 것은 그였고, 그 상태를 견디지 못해

슬금슬금 연락을 다시 하기 시작한 것도 그였다. 그 관계가 결국 어떻게 될 거라는 데에 대해 아무 생각이 없었다. 실은 생각을 하기 싫었는지도 모른다.

친한 선후배 사이 혹은 취미가 맞는 친구 사이라는 정의가 어처구니가 없다는 것을 모르지 않았다. 친구끼리는 자제력을 잃고 섹스를 하거나 한쪽에게 애인이 생겼을 때에 배신감을 느끼거나 하지 않는다.

정리되지 않은 감정이 있는 거다. 정리하거나 혹은 다시 시작하거나.

찬헌은 어렵게 어렵게 다시 시작하는 쪽을 택했다. 새벽녘에 일어나 멍하니 있다가 정신을 차렸을 때 그는 정연의 단축 번호를 누르고 있었다.

정연이 퇴근 준비를 하고 있는데 전화가 울렸다. 잠시 다른 생각에 정신이 팔려 있던 정연은 휴대폰 액정에 뜬 '오빠'라는 단어를 보자마자 화들짝 놀라며 전화를 받았다.

"어, 오빠?"

— 정연이냐?

엄청나게 굵고 낮은 목소리가 귀를 얼얼하게 만드는 것 같다. 정연의 오빠 정호는 대화만으로도 위압감을 주는 사람이었다. 목소리만으로도 이런데 직접 보게 되면 그 존재감은 더더욱 엄청났다.

정연은 어머니를 닮아 좀 아담한 편이었지만 오빠인 정호나 아버지는 가볍게 190을 넘었고 뼈도 통뼈였다. 늘 백제 불상 같은 온화한 얼굴을 하고 있어 그나마 나은 아버지와는 달리 정호는 인상부터 험했다.

고등학교 때 길거리에서 수상한 금융회사 같은 곳에서 취업 제의를 받은 적이 있을 정도였다. 그날 정호가 잔뜩 구겨진 명함을 집에 들고 와서는 웃으며 그 얘기를 해 줬다.

너무 아무렇지도 않게 얘기를 하는 그에게 정연이 그래서 뭐라고 대답했느냐고 묻자 안 한다고 했는데 자꾸 따라 붙길래 설득을 시키느라 좀 곤란했다고 빙긋 웃었다. 그때 알 수 없는 공포를 느낀 뒤로 정연은 오빠지만 정호와는 절대로 척을 져서는 안 되겠다는 결심을 했다.

하지만 그렇게 무서운 포텐셜을 내재한 것과는 반전으로 정호는 무척 섬세한 일을 했다. 그의 직업은 화가였고, 프랑스에 유학을 다녀온 엘리트로 현재는 대학에 출강했다.

"안 그래도 새언니가 개인전 팸플릿 보내줬어. 시간 되면 갈게."

— 오지 마라. 니가 보면 뭐 아냐?

그는 정연의 예술적 안목을 식빵 썰듯이 정리해 버렸다. 무섭게 생긴 사람이 실은 다정하다고 누가 그러던가. 정연은 명확히 반대되는 예를 가장 지척에서 찾을 수 있었다.

가끔씩은 강찬헌 같은 나쁜 놈이랑 사귈 수 있었던 이유가 저런 성품의 오빠와 함께 자라서 남자의 다정함에 대한 기대가 전혀 없기 때문이 아니었나 생각될 정도였다. 그래도 오빠는 새 언니한테는 다정하던데.

"그럼 꽃만 보낼게."

— 그 얘기하려고 건 건 아니고. 너 내일 가족 모임 올 거지?

꽃을 보낸다는 말도 가볍게 무시하고 정호는 본론으로 들어갔다. 나쁜 인간. 정연은 들리지 않게 나쁜 말을 주워섬기며 무심코 달력을 확인했다. 세상에, 오늘이 벌써 금요일이었다.

"어……. 가려고 했어."

— 너 이번 주도 안 오면 아버지가 호적 파 버린다고 하시더라.

이 나이에 호적 파인다고 큰 타격이 있겠어? 평소 같으면 그렇게 넘겼겠지만 지금 정연은 제 발이 저리는 이야기를 앞두고 아쉬운 처지였다.

당장 내일 이야기하지 않더라도 조만간 아기에 대해 이야기해야 했다. 그렇기에 조금이라도 부모님의 비위를 상하게 할 수는 없었다.

"알았어. 간다니까. 오빠도 올 거야?"

— 나는 매주 간다. 하민이 엄마가 열성이라서.

하민 엄마는 그의 아내를 이르는 호칭이었다. 정호는 전형적으로 연애를 잘해 개과천선한 케이스였다. 타고 나기를 에너지가 많은 그는 20대까지는 속에 있는 울분과 끼를 주체하지 못해 가끔씩 사고를 치고 들어왔다.

대학에 들어가 스무 살에 바로 휴학을 하고 해병대를 지원해 다녀온 것도 그 에너지를 주체하지 못해서였지만 큰 성과는 없었다. 유학도 부모님의 입장에서는 궁여지책이었다. 해외에 나가 개고생을 하다 보면 좀 진정이 되지 않을까 생각했던 것이다.

부모님의 예상과는 달리 서정호는 프랑스 생활에 무섭도록 잘 적응했다. 그리고 결과적으로는 (부모님이 생각했던 것과는 다른 이유로) 안정이 됐다.

피아노 전공으로 유학을 와 있었던 아내 유진을 만난 것이다. 부모조차 손을 댈 수 없는 취급주의물이었던 서정호는 사랑에 빠지고 나서 금세 순한 양처럼 길들여졌다. 무사히 유학을 마치고 귀국을 해서 멀쩡하게 직업을 얻고 결혼을 하고 아이를 낳았다.

정호의 처인 유진을 볼 때마다 정연은 '새언니는 집안의 구세주'라는 찬사를 서슴지 않고 내뱉었다. 정호가 자신의 아내를 볼 때의 눈은 흡사 사랑에 빠진 짐승의 눈과 같았다. 맹목적이고 순종적이었다.

그들의 사랑은 정연이 막연히 가지고 있던 로맨틱한 사랑의 이미지에 거의 부합했다. 가망 없던 쓰레기도 고칠 수 있는 것. 그게 사랑이 아닌가.

내 여자에게만 상냥한 정호가 동생에게 어느 정도 매정한지를 생각하면 다소 떨떠름하기도 했지만 분명 정호는 그 아내에게는 최고의 남자였다. 그들의 연애담은 정말로 로맨틱했다.

그에 비해 그녀가 하고 있는 건, 딱 잘라 치정 정도나 될까?

질척함은 충분했지만 감정이 부족했다. 치정조차 못 되는 관계다. 오빠의 전화를 끊은 정연은 짐을 챙기다가 깊은 한숨을 내쉬어 버렸다.

가끔은 오빠처럼 단순한 성품이었으면 하고 바랄 때도 있었다.

정연과 정호는 한 배에서 태어났는데도 너무나 달랐다. 그는 한 가지에 꽂히면 뒷일을 생각하지 않고 그것을 밀고 나갔다. 반면 정연은 늘 생각이 많은 타입이었다. 항상 안정된 미래를 계획했고 이상적인 연애와 가정을 꿈꿔 왔다.

그런 그녀에게 다가온 것은 까다롭고 머리통만 잘 굴리는 강찬헌이었고, 결과적으로 그녀에게 남은 것도 찬헌이었다. 심지어 둘의 관계는 꼬일 대로 꼬여 있다. 불같이 사랑하는 것도 아니면서 서로를 떼어 내지 못했고, 이제는 임신이라는 현실적인 문제까지 당면했다.

대체 뭐가 되려고 이러지. 나 행복해질 수는 있을까?

행복에도 노력이 필요하다. 어디선가 그런 얘기를 들었던 것 같다. 그런데 지금 당장은 어떻게 노력을 해야 행복해질 수 있을지 전혀 모르겠다.

찬헌과 결혼을 하면, 결혼해서 아이를 낳으면 행복할까? 차라리 두 사람이 함께 뇌수술이라도 받는 편이 나을지도 모르겠다. 잔말 없이 사랑에 빠지는 뇌수술. 혹시라도 그런 게 있다면.

◆

찬헌은 등 뒤로 연구실을 들여다보는 시선을 느꼈다. 무시하려고 했는데 꽤 오래 지속된다. 짐작하는 바가 있어서 그는 마지못해 고개를 돌렸다. 상훈이 원망스러운 얼굴로 그를 보고 있다.

말없이 밖으로 나오면서 상훈은 담배 한 개비를 입에 물고 찬헌에게도 하나 내밀었다.

"안 피웁니다."

"참 그랬댔지."

찬헌은 까칠한 것만큼이나 의외로 바른 생활 사나이라서 담배는 손에도 대지 않았다. 술을 못 마시는 것은 아니라고 들었지만 회식 자리에서는 입에도 대지 않는다. 왜 그러냐고 물었더니 술버릇이 나쁘다고 대답해서 희한한 놈이라고 생각했었다.

그 밖에도 2차나 3차를 암시하는 어떤 모임에도 동조하지 않았고 취미는 영화 보기, 독서, 음악 감상 같은 순 건전한 것들뿐이라 결혼하면 성실한 가장이 될 거라고 생각했다. 아내의 가장 친한 동생을 소개시켜 준 것도 그래서였다.

남자가 보기에 그는 결혼상대로 상당히 괜찮은 남자였다. 다른 것보다 이것만큼은 절대로 안 된다고 하는 과락이 없는 보기드문 결혼 적령기의 미혼 남자였다. 그랬는데…….

"취미가 좀 안 맞았나 보다?"

"이 박사님한테는 죄송하게 됐어요."

전혀 죄송하지 않은 어조로 찬헌이 대답했다.

소개팅 당일 찬헌은 이 박사의 지인이라는 그녀의 '노팅힐' 발언에 완벽하게 꼭지가 돌아 버렸다. 그래서 밥을 먹는 내내 때로는 은근하고 때로는 노골적으로 그녀의 영화 취향을 무시하고, 더불어 주연 배우의 스타일과 연기까지 해부해서 비판해 준 뒤에 식사대를 내고 헤어졌다.

그리고 그날 밤 애먼 상훈만이 진정한 결혼 생활의 고통이 무엇인지 경험해야만 했다. 네 놈은 두 다리 쭉 뻗고 편히 잤을 테지. 상훈이 찬헌에게 우울하고 원망스러운 눈길을 보냈다.

"그러려니 하고 넘어가는 것도 있어야지. 내가 야구광인데 우리 와이프는 볼카운트도 할 줄 몰라. 한 베개 베고 사는 데에 지장 없다고 그런 건."

"아무리 그래도 노팅힐은……."

거기까지 말하다가 찬헌은 입을 닫아 버렸다. 변명할수록 더 구차하고 찌질해지는 것 같았다. 뭣보다 그의 행동이 단순히 노팅힐을 혐오하는 문제로 받아들여져서는 곤란했다.

"그렇게 노팅힐이 싫었어?"

그런 단순한 문제가 아니라니까요. 말할까 하는데 입이 떨어지질 않았다. 그렇게 말하면 왠지 더 치졸해 보일 것 같아서였다.

"아휴 나도 싫어. 난 여자들이 보는 그런 영화 보면 온몸에 소름이 돋아. 우리 와이프는 뭐지? 세렌디피티? 그게 인생 영화라고 하더라."

찬헌과 상훈은 이상한 데서 죽이 맞았다. 블로그 애독자의 간절한 요청으로 리뷰를 쓰기 위해 세렌디피티를 돌려 봤던 고문 같은 시간을 떠올리며 찬헌은 몸을 떨었다.

"여자들은 다 그런 거 좋아하잖아. 그렇지 않아?"

아닌 여자도 있는데.

"반대로 생각해 보면 여자들이 강 박사가 좋아하는 거 다 이해할 것 같아?"

반쯤은 이해하는 것 같은 여자도 있다.

"그냥 적당히 맞춰서 사는 거야."

아무리 그래도 노팅힐을 좋아하는 여자는 부담스럽다.

"그러다가 진짜 늙어 죽을 때까지 혼자 산다. 아니면 남자랑 살든지."

뭔 잔소리가 이렇게 긴지. 지루해지려던 찰나 이 박사가 덧붙인 말에 찬헌의 기분이 급히 언짢아졌다. 찬헌의 표정이 싹 굳는 것을 본 상훈이 딴에 그것은 아닌가 보다며 피식 웃었다.

"그냥 하는 말인데…… 강 박사 혹시 총각은 아니지?"

찬헌의 표정이 세상에서 제일 황당한 말을 들은 사람의 것으로 변하고 있었다. 마치 나 정도 남자가 총각이라니, 그게 말이 돼? 라고 말하는 듯한 그 표정에, 그를 약간 골려 줄 생각이었던 상훈은 급히 무안해졌다.

"아, 아님 말고. 암튼 그냥 좀 유연하게 살자는 거야."

그래 너 잘났다. 상훈은 구시렁거리며 담배를 땅에 밟아 껐다.

상훈이 먼저 들어가고 자리에 남은 찬헌은 여전히 텅 비어 있는 휴대폰의 까만 화면을 덧없이 들여다봤다. 정연이 그에게 일주일이라는 기한을 제시하고 사흘이 지났다. 하루가 백 년 같다는 말이 이해가 갈 만큼 지난했다.

사흘 전 아침에 놀라울 정도로 갑자기 정연과 다시 사귀어야겠다는 생각이 들었다.

4년 만에 처음으로 그녀의 마음을 사로잡았다는 이름도 얼굴도 모르는 그 녀석 때문일까? 전혀 아니라고 할 수는 없었지만 그 이전에도 통상적인 시각에서 그녀와 다시 '사귀었어야만' 하는 이유는 많았다. 내내 그것을 무시해 왔을 뿐이다.

정연과는 뭘 해도 깔끔하게 정리가 되지 않았다. 헤어져도 헤어진 것이 아니었고 생각하지 않아도 생각하지 않는 것은 아니었다. 그리고 이런 일들은 아주 흔하게 연애 영화나 연애 소설에 등장했다.

그는 그 사실에 조금 마음 상했다. 그와 그녀의 관계도 곧, 그 질척하고 구차한 삼류 이야기로 치달을 것임을 충분히 예상할 수 있었기 때문이다.

그는 그런 이야기의 주인공들을 잘 이해하지 못했다. 사랑하면 사랑하는 것이고, 사랑하지 않으면 사랑하지 않는 것이지, 그 사이 어딘가, 혹은 그 어느 것도 아닌 그 이상한 감정은 대체 뭐란 말인가.

그런데 지금 그가 그랬다. 그와 그녀가 그랬다. 그래서 찬헌은 스스로를 이해할 수 없게 됐다.

그는 집착하고, 또 질투하고 있다. 정연에게 남자가 생겼다는 이야기를 들었을 때야 그 감정을 알았다. 그녀는 그에게 특별하다. 하지만 이게 사랑일까? 순수하게 사랑이라고 말하기에는 너무나 많은, 다른 감정이 섞여 있다.

그는 그냥 사랑, 집착, 소유욕, 미련, 익숙함 등등이 아주 약간씩 섞인 이상한 감정을 맛보고 있는지도 모른다. 그녀도 마찬가지고. 이걸 뭐라고 부를까.

어쩔 수가 없어서 잡았지만, 그녀와 다시 무언가가 되어도 문제였다. 앞으로 그녀와 대체 무엇을 해야 할까. 사랑하는 두 사람은 연애를 하고 결혼을 한다지만 서로를 사랑하는 것도 사랑하지 않는 것도 아닌 두 사람은 대체 뭘 해야 할까.

"하민아 이리 와, 고모 봐."

정연은 저녁 식사 준비를 마치면서 오빠의 아들인 하민이에게 적극적으로 애정공세를 했다. 막 두 돌이 지난 하민이가 몸을 배배 꼬며 제 엄마 뒤에 숨다가 얼굴을 빼꼼 내밀어 고모를 보고 다시 숨는다.

"너 너무 귀엽다."

"부끄러워서 이래요. 고모가 너무 예쁘니까."

정연의 올케인 유진이 조금 민망한 웃음을 흘리며 대신 해명해 주었다. 하민이는 부끄러워하는 걸 보면 확실히 성격이 오빠를 닮은 건 아니었다. 그래도 두 돌이 지난 아이치고는 뼈가 굵어서 아마 오빠만큼 크겠지.

"언니, 하민이는 키우는 거 어때요?"

정연이 하민이를 보고 넋을 잃다가 무심코 그렇게 물었다.

"아유, 힘들어요."

"그래요? 수월할 것 같은데."

"힘도 세고 고집도 세고. 손도 많이 가고. 제일 얌전한 애를 데려와도 이 나이는 힘들걸요."

고개를 설레설레 젓는 유진을 보며 정연은 저도 모르게 덜컥 겁이 났다. 눈을 내리니 볼록한 유진의 배가 보인다.

"그런데도 어떻게 둘째까지 생각했어요?"

"힘들었다가도 예쁜 짓 하는 거 보면 풀리고. 그렇게 계속 속아서 저지르는 거죠."

유진이 동그란 제 배를 살짝 쓰다듬으며 그렇게 말했다. 하민이는 그새 동그란 눈으로 제 엄마의 배를 물끄러미 보고 있다. 정연도 호기심이 생겼다.

"언니, 배 한 번 만져 봐도 돼요?"

"네, 그러세요."

유진이 흔쾌히 배를 내밀었다. 정연이 손을 대니 갑자기 탁, 하고 배에서 치는 것이 느껴진다. 정연은 놀라 저도 모르게 살짝 손을 떼어 버렸다.

"고모 알아보고 인사하나 봐요."

"세상에……."

입에서 절로 감탄사가 나왔다. 유진이 하민을 임신했을 때도 봤고 임신한 친구들도 여럿 보았지만 실제로 태동을 느끼는 것은 처음이었다.

배 속에 있는 작은 별이도 곧 이렇게 크겠지? 그 경이로운 생명의 움직임에 가슴이 콩닥콩닥 뛴다.

"둘째는 딸이랬죠?"

"네, 그렇대요. 원래 안 알려 주는데 슬쩍 말해 주더라구요."

유진의 딸이라면 틀림없이 상냥하고 착한 여자아이일 것이다. 별이에게도 좋은 사촌 언니이자 친구가 되어 주겠지. 그 생각을 하니 뱃속이 기대감으로 부풀었다.

"밥 먹자. 정연아, 하민 애미랑 얼른 앉아."

마지막으로 남은 반찬인 찌개를 식탁 중앙으로 옮기며 정연의 어머니가 딸과 며느리에게 일렀다. 그와 동시에 거실에 있던 정연의 아버지와 정호도 느리게 일어서 식탁 쪽으로 걸어왔다.

"오늘 찌개 뭐야?"

"당신 좋아하는 조기 찌개 했어요."

'조기 찌개'라는 말을 흘려듣다가 갑자기 정연의 얼굴이 살짝 굳었다. 아버지가 좋아해서 집에서는 종종 식탁에 올렸지만 비린내가 워낙 강해서 정연은 잘 먹지 않았다. 평소에도 좋아하지 않는 음식인데 지금같이 비위가 약해져 있는 상태라면…….

그때 어머니가 찌개 뚜껑을 열었고, 갑작스레 풍기는 생선 냄새에 정연은 그대로 입을 틀어막아 버렸다.

"읍……."

식구들의 당황한 시선이 정연에게로 몰렸다.

"얘, 너 밥상 앞에서 무슨."

매너 하나는 확실히 가르친 딸인데. 어머니는 어리둥절한 눈치였다.

정연은 한참을 그렇게 있다가 결국 손으로 입을 틀어막은 채로 자리에서 벌떡 일어나 화장실로 뛰어 들어가 버렸다.

'왜 하필 지금……!'

그 생각 외에는 머릿속이 하얗게 비워져, 달리 아무 생각도 떠오르지 않았다.

닫힌 거실 화장실 문 사이로 희미하게 들리는 토하는 소리에 가족들은 모두 얼음이 됐다. 부모님은 상황을 전혀 이해하지 못하고 넋이 나갔다.

아이를 가진 여자의 감인지 유진이 가장 먼저 무언가를 눈치 챘다. 그녀가 당황한 얼굴로 남편에게 눈짓을 했다. 멍하니 있던 정호가 아내의 눈짓을 받고 고개를 갸웃했다.

말을 해 보라며 몸을 기울이는 찰나 바로 아내의 의도를 깨닫고 경악해 버렸다. 정호의 입이 딱 벌어졌다. 말도 안 돼, 고개를 저으려다가 '가능성'을 떠올린 그의 얼굴이 서서히 경악에서 황당함과 분노로 물들어 갔다.

"……."

아버지는 말이 없었다. 다른 가족들도 모두 말이 없었고 멍하니 있던 어머니는 갑작스레 휘청거려 정연을 간 떨어지게 만들었다.

정연은 상황이 생각했던 것보다 훨씬 더 매끄럽지 못하다는 것을 깨달았다. 아이에 대해 설명하려니 아이의 아빠에 대해 말하지 않을 수가 없다. 그런데 찬헌과의 관계가 결정 대기 상태이다 보니 사실상 말을 할 수 있는 것이 거의 없었다.

부모님의 입장에서 그 정체모를 남자는 이렇게 말을 해도 개자식이고 저렇게 말을 해도 개자식이고 말을 안 해도 개자식이었다.

긴 침묵 끝에 정연의 아버지가 겨우 입을 열었다.

"지금 얼마나……?"

"9주 됐어요, 아빠."

정연이 바로 대답하자 아버지는 고개를 저으며 깊게 한숨을 내쉬고 말았다. 상황이 구체적으로 파악이 될수록 이 암담한 현실이 더욱 생생하게 다가왔다. 시집 안 간 처녀가 임신이라니. 아무리 세상이 바뀌었다 한들 여전히 심각한 사건임에는 틀림이 없었다.

딸에게 결혼 예정이 있었던 것도 아니고 결혼할 거라고 소개한 남자가 있었던 것도 아닌 상황에서는 더더욱 그랬다.

게다가 정연이 몇 년 전에 1년 정도 사귀었다는 남자 친구와 헤어진 이후로 누군가와 사귄다는 이야기를 들은 일조차 없는 입장에서 이 상황은 마른하늘에 날벼락이나 다를 바가 없었다.

"너 혹시 곤란한 일이 있거나 그런 건……."

"아, 아니에요, 그런 건."

아버지의 조심스러운 물음에 정연은 얼른 손을 내저었다.

"남자 친구랑 좀 다퉈서. 제가 아직 얘기를 안 했어요."

공식적으로 그는 그녀의 남자 친구가 아니지만, 그렇게 말하지 않으면 아버지 옆에서 휘청거리는 엄마가 아예 쓰러질지도 몰랐다. 어떻게 될지 모르니 다퉜다는 복선을 깔아 놓는 것이 나았다. 그래야 나중에 혹시 혼자 아이를 낳는다고 하더라도 그때의 다툼이 계기였다고 둘러댈 수 있다.

하지만 그녀로서는 최선의 시나리오로 둘러댔음에도 역시나 상황 자체가 최악이었다.

정연의 부모는 딸이 현재 남자 친구와 냉전 상태에 있으며 최악의 경우 미혼모가 될 수도 있다는 사실만큼은 똑똑히 인지했다.

언제나 딸의 행복을 최우선으로 삼았기 때문에 당장 냉전 중이라는 남친을 눈앞에 데려와서 결혼 약속 받아 내라고 윽박지를 마음은 없었지만 워낙 벌여 놓은 일 자체가 컸다. 차선이 미혼모라도 마음으로 받아들일 수 있는 상황이 아니었다.

"병원에는. 안 가 봤냐?"

고개를 저으며 초음파 사진을 백에서 꺼내 보이려던 정연은 곧 아버지가 궁금한 게 그게 아니라는 걸 깨달았다. 순식간에 몸에 싸늘한 한기가 돌았다.

"그런 생각은 안 하려구요."

단호하고 짧게 말했다. 복잡한 얘기를 하고 싶지 않았다. 아버지도 못내 입안이 썼는지 더 길게 덧붙이지는 않았다. 하지만 표정에는 초단위로 불편함이 가중되고 있었다.

"애 아빠한테 말은 해야지. 아니냐?"

"······하려구요."

안 했다는 것이다. 정연의 말이 영 시원찮은 것을 보고 아버지는 좋지 않은 상황을 예감했다. 딸은 대체로 일을 미루거나 미적거리는 편은 아니었다. 하루가 시급한 이때에 말을 미루고 있다는 것은 정말로 뭔가 어려운 상황에 있다는 뜻이다.

남자 친구와의 사이가 최악이거나 아니면 남자에게 큰일이 있거나.

"너 혼자 하기 버거우면 우리가······."

"아뇨. 아니에요. 제가 처리할 수 있어요."

아버지는 다시 말을 잃고 말았다. 그는 심하게 당황했고, 당연하게도 화가 났다. 하지만 그 화를 대놓고 표현하기에 지나치게 점잖기도 했다.

정연은 부모의 품에서 오래전에 독립한 아이였다. 어릴 때부터 똑 부러졌고 스무 살 이후로는 거의 모든 것을 맡겨 뒀다. 진로 결정도, 고시 공부도, 취직도 모두 혼자 했다.

항상 골칫거리였던 장남과는 달리 정연은 나무랄 데가 없었다. 그래서 정연의 이와 같은 충격적인 일탈은 실망스럽다기보다는 오히려 생소한 것이었다. 지금도 마음 한편으로는 정연에게 무슨 생각이 있을 거라는 생각을 놓을 수가 없었다.

아버지의 시선이 잠시 목적 없이 이리저리 방황하다가 옆에 있는 어머니에게로 꽂혔다.

"당신은 뭐 할 말 없나?"

거의 정신을 놓은 상태였던 어머니가 아버지의 물음에 바로 정신을 차렸다. 어머니는 경기를 일으키듯 정연의 팔을 부여잡았다.

"정연아 너. 혹시 혼자 어떻게 할 생각은 아니지?"

"엄마……."

"안 돼 그건. 그건 엄마 눈에 흙이 들어가도 못 본다. 여자가 혼자 애 낳는 거. 지옥 불에 뛰어 드는 거나 진배없어."

"아직 아무것도 결정된 거 없잖아!"

어머니의 과도한 흥분에 아버지가 제재를 걸었다. 다양한 사회 소외 계층 중에 미혼모에게 유독 특별한 애착을 느끼는 어머니도 딸이 미혼모가 되는 것은 보지 못하는 모양이었다. 아니, 오히려 그렇기 때문에 더 그게 얼마나 고되고 힘든 일인지 알고 있을 터였다.

어머니의 완고한 눈에 정연의 숨이 콱 조여 들었다. 쉽게 설득이 되지 않을 거라고 내심으로는 알고 있었다. 그래도 혹시나 했는데, 역시나였다.

정연은 일단 물러나기로 결심하고 고개를 돌렸다. 그러다가 조금 멀리 떨어져 앉은 정호와 정면으로 눈이 맞아 버렸다. 정호의 눈이 분노로 시퍼렇게 타고 있었다. 정연은 저도 모르게 헉 소리를 냈다.

정호의 눈에는 황당함도, 안쓰러움도 아닌 명백한 분노가 어려 있었다. 그가 아무리 매정하다 해도 이 상황에서 동생에게

화를 낼 만큼 쓰레기는 아니었다. 그렇다면 저 분노는 필시, 동생의 상대에 대한 것이다.

정연은 본능적으로 위험을 느끼고 정호의 눈을 피했다. 이 상황에서 정호에게 추궁을 당했다간 무슨 사단이 일어날지 모른다. 모른 척하고 모른 척하는 것만이 최선이었다.

정연은 은근슬쩍 백을 집어 들었다. 자리에서 일어날 기색을 눈치챈 어머니가 황급히 물어 왔다.

"안 자고 가니?"

"오늘 내로 끝내야 될 일이 있어서요. 중요한 얘기가 있으면 실시간으로 보고할게요. 걱정 마세요."

정연과 함께 자면서 사정을 캘 요량이었던 어머니는 간다는 말에 급격히 실망한 얼굴이 되었다. 그걸 알아채고 정연은 얼른 실시간으로 보고한다는 말을 덧붙였다. 아무튼 무슨 약속을 하든 지금은 정호의 레이더에서 멀어지는 것이 중요했다.

"내 차로 데려다줄게."

그때 정호가 자리에서 일어났다. 너무나 아무렇지도 않은 얼굴로. 그녀가 거절하기도 전에 정호가 빙긋 웃었다.

"그 시기엔 특히 조심해야지. 하민이 때 내가 이 사람 낮에 요가 클래스까지 모시고 다녔어. 그지 여보?"

정호가 유진을 돌아보며 동의를 구했다. 유진이 얼른 고개를 끄덕이며 정연에게 다가와 손을 꼬옥 마주 잡았다.

"오빠 차 타고 가요 아가씨."

"네, 네, 네에……."

안 돼, 이건. 지옥으로 가는 직행열차야.

"잘 챙기구요. 먹고 싶은 거 있으면 얘기해요."

그새 감정이입을 했는지 유진이 눈을 글썽거리며 정연을 한 번 토닥여 안았다. 정연은 어색하게 유진을 마주 안으며 곁눈질을 했다. 또다시 마주친 정호의 눈이 무섭게 번뜩였다.

"이 덜 떨어진 기집애. 피임도 못 하냐?"

차의 바퀴가 구르기 시작함과 동시에 정호의 독설도 함께 시작됐다.

흐음……. 겨우 이 정도야? 견딜 만했다. 다른 무엇보다 그녀에 대한 비난이라면 얼마든지 견딜 만했다. 욕만 먹으면 그걸로 끝이니까. 정연은 나직하고 뻔뻔한 어조로 정호에게 경고했다.

"오빠. 애가 들어."

"들으라고 하는 소리다. 걔는 나중에 지 애비 애미같이 덜떨어진 짓 하면 안 되니까 조기 교육시키는 거야!"

"오빠, 말이 심하다?"

"너 잘 들어. 내가 그 새끼 잡아 죽이는 거 보고 싶지 않으면, 최대한 빨리 해결해."

극도의 인내력을 발휘해 화를 집어삼키며 으르렁대는 정호의 낮은 음성에 헉. 정연의 숨이 그대로 멎어 버렸다.

"그, 그게 누군지 알고 잡아 죽여?"

"그 새끼 말고 또 있냐? 강찬헌. 에이씨 망할. 내가 그 새끼 덜떨어진 거 진작 알아봤는데."

"무, 무슨 소리야 우리 진작 깨졌는데."

정곡을 찔린 정연의 입술이 부들부들 떨렸다. 그러고 보니 정연의 부모님은 찬헌을 모르지만 정호는 찬헌과 안면이 있었다. 찬헌과 사귀고 있을 무렵 정호에게 한 번 인사를 시켰더랬다. 찬헌은 으레 누구 앞에서나 천연으로 엉망이고 정호는 그런 찬헌을 꽤나 못마땅해했다.

"헤어져? 놀고 있네."

정호는 정연의 말은 들을 가치도 없다는 듯, 냉소적으로 웃었다.

"뭐, 뭘 보고 그러는 건지 몰라도……."

"니네 만날 가는 영화관. 거기 나도 가끔 간다."

"그, 그냥 영화 보는 사이야. 영화 친구."

정호가 두 번 웃었다.

"어~ 그래~ 그럼 내가 그 새끼 한번 보러 가도 아~무런 거리낄 것이 없겠네, 그지?"

우회전 신호를 받고 정호가 유려하게 핸들을 꺾었다. 그러자 온통 힘이 빠진 정연의 몸이 휘청 흔들렸다.

"헤어진 지 오래됐으니까 어리둥절한 표정을 짓겠네? 아니 '친한' 영화 친구니까 니 남자 친구가 누군지 알고 있을 수도 있겠네. 물어보러 갈까?"

"그, 그만해 오빠. 내가, 내가 알아서 할게. 그러니까 제발."

정연은 거의 울부짖었다. 서정호는 지금 진심으로, 저승사자보다 더 무서웠다.

정호가 길가에 잠시 차를 댔다. 찰나의 정적이 찾아온 차 안에서 정호는 불량스럽게 핸들에 팔을 기댔다. 흡사 결혼 전의 그를 보는 듯한 기시감에 정연은 무심코 꼿꼿하게 허리를 세웠다.

정호가 낮게 경고했다.

"잘 들어, 서정연. 어른 취급받고 싶으면 어른답게 행동해. 안 그러면 오빠가 오빠 노릇을 할 수밖에 없잖아."

정연이 빠르게 고개를 끄덕였다. 정호는 정연을 한 번 흘낏 째려보고는 다시 차를 몰았다.

"어쩌지. 어쩌지."

방으로 들어온 정연은 우왕좌왕 어쩔 줄을 몰랐다. 정호의 협박은 피부에 와 닿았다. 아이를 가진 것을 처음 알았을 때와는 질적으로 다른 스트레스가 밀려 왔다.

그녀가 조만간 찬헌과 아이의 이야기를 마무리 짓지 않으면 오빠는 정말로 찬헌에게 찾아갈 것이다. 그리고 경우에 따라 팔이나 다리 중에 하나 정도는 못 쓰게 만들 수도 있다. 그의 성격이라면 충분히 하고도 남을 일이었다.

정연은 주저도 하지 않고 얼른 휴대폰을 들었다. 그리고 광속으로 찬헌에게 보낼 문자를 치기 시작했다.

[어디야 지금. 시간 나면 나한테 전화 좀 해.]

딩동— 부모님의 집으로 돌아온 정호를 맞은 것은 그의 아내 유진이었다. 정호를 내내 기다리던 유진이 얼른 현관으로 나가 문을 열었다. 정호가 자연스럽게 유진의 허리를 감싸자, 유진이 그의 팔을 감아 안으며 물었다.

"아가씨 집에 잘 들여보냈어요?"

"그래. 잔소리 좀 하고 들여보냈어."

"아이 당신도 참. 왜 아기 가진 사람한테 스트레스를 주고 그래."

"마냥 뒀다간 계속 덜떨어지게 굴 것 같으니까 그렇지."

정호가 투덜거리며 2층으로 올라가는 계단에 발을 내딛었다.

"그나저나 우리 아가씨 뭔 일이래. 이러다가 진짜 혼자 애 낳는 거 아니겠죠?"

"그런 일이 생기면 그 새끼를 죽여 버려야지."

"어머. 누군지 알아?"

유진의 물음에 정호는 거의 5년 전에 만났던 찬헌을 떠올렸다. 미국의 엠 뭐라는 학교의 박사에 정연과 같은 대학 출신이랬다. 타이틀에서 느껴지는 그대로 똑똑한 걸 티 내는 재수 없는 녀석이었다. 까칠하고 남자답지도 못해 보였다.

사내자식이 여자 친구한테 뭘 그렇게 따지고 엄살을 부리는지. 동생이지만 그걸 받아 주는 서정연이 대단하다고 생각했다. 유일한 장점이라면 가식이 없다는 정도였지만, 한편으로는 너무 솔직해서 곤혹스러운 것도 없지 않았다.

"누구야? 어떤 사람인데?"

"그런 놈 있어."

"우리 아가씨 그렇게 착하고 예쁜데. 좋은 사람한테 시집가야 되는데……."

"착하긴 무슨. 그냥 멍청한 거지."

정호가 쯧, 혀를 찼다. 멍청한 서정연과 덜떨어진 강찬헌. 그야말로 환상의 짝이었다. 한쪽이 친동생이라는 것이 조금 쓰렸지만 멍청한 것도, 덜떨어진 남자에게 끌리는 것도 제 팔자니 어쩌겠는가.

그나마 다행으로 녀석이 하자는 많아도 그렇게 나쁜 놈은 아니었다. 의외로 순진한 부분도 있었다. 혹시라도 고려할 가치가 없는 쓰레기였다면 진작 무슨 수를 써서라도 만나지 못하게 했을 것이다.

그런 게 아닌 다음에야, 성인인 동생이 연애하겠다는데 굳이 그놈이 이러니저러니 따지고 싶지는 않았다. 그렇게 오래 만나는 것을 보면 저들끼리는 또 맞는 부분이 있으니까 그런 것일 테고 말이다.

지금 당장은 상황이 시급하니 조금 압박을 준 것뿐이었다. 애가 생겨 버렸으니 빨리 결혼을 해야 할 것이고, 그래야 아버지와 어머니도 안심을 할 터였다.

"아…… 귀찮아, 귀찮아."

정호가 투덜거리며 침대 협탁에 차 키를 슬쩍 던져 놓았다.

◆

찬헌은 풀이 무성한 언덕 위에 서 있었다. 딱 양을 치면 좋겠다 싶을 정도로 풀이 곱고 푸르렀다. 멀리 보이는 여러 개의 언덕 능선 위로는 파란 하늘이 보였다. 비현실적으로 아름다운 파란색.

어딘가에서 음악 소리가 들렸다. 소리가 들려오는 곳을 찾다가 곧 깨달았다. 어디 한 곳에서 들리는 음악 소리가 아니라 머리에 직접 대고 들리는 소리였다. 희미한 선율이 점점 더 선명해졌다. 그리울 만큼 귀에 익은 바이올린의 선율. 막스 브루흐의 스코틀랜드 환상곡 피날레, Allegro Guerriero다.

한때 그의 영웅이었던 하이페츠가 공연한 영상을 처음으로 본 여섯 살의 여름, 밤새 잠을 못 잘 정도로 흥분했다. 한 달이 넘게 그의 머릿속에는 30분이 조금 못 되는 그 낭만적인 선율만이 가득 차 있었다. 무대에서 압도적인 존재감을 뿜어내는 하이페츠 같은 바이올리니스트가 되고 싶었다.

영민했기에 이른 나이에 그와 같은 재능이 없음을 깨달았다. 사리가 분명하니 포기도 빨랐다. 수학과 과학에 대해서는 이른 나이에 재능을 보인 영재였기에 진로도 자연스레 그쪽이 됐지만 하고 싶어서 하게 된 것이라기보다는 숨을 쉬듯이 자연스럽게 하게 된 것이었다.

유년기에 한 번 확 타고 사그라진 꿈의 재는 오랫동안 가슴 속에 남았다.

찬헌은 조용히 언덕을 밟았다. 언덕 위에 아주 작은 자신이 보였다. 앙증맞은 아동용 바이올린을 들고 있다.

바이올린과 자신의 어린 시절을 떠올려 보면 늘 어려운 악보와 씨름하며 낑낑대던 기억밖에 없는데, 지금 눈앞의 어린 자신은 연주가 너무나도 능숙해 보인다. 그 아름다운 선율에 코끝이 시큰해졌다.

그는 능숙한 꼬마 연주자를 좀 더 살펴봤다. 위아래로 하얀 턱시도를 입었다. 나이는 대략 예닐곱 살 정도. 활을 쓰는 것이 아직 서투르지만 어린아이의 것이라고는 믿어지지 않는 정확한 톤을 낸다. 그가 너무나도 갖고 싶었던 재능.

아쉬운 것 하나 없이 살았는데 꼬마를 보니 뭘 아쉬워하며 살았는지 기억이 났다. 완벽한 사람에게도 결핍은 있다. 완벽에서 먼 사람이라면 당연히 그렇고.

그것을 다 채우기에 한 사람의 몸은 너무나 작고, 인생도 역시 짧다. 그렇기 때문에 다른 무언가로 그걸 채워 가고 싶어 한다.

아이가 열심히 연주를 하던 중에 음이 크게 튕겼다. 저런, 현이 끊어진 모양이다. 비현실적이리만치 의젓하던 사내애가 갑작스레 인상을 찡그리며 짜증을 냈다.

픔, 찬헌은 저도 모르게 웃음이 터져 나온 입가를 크게 쓸었다. 그 짜증내는 얼굴이 그와 꼭 닮았다. 그렇겠지. 넌 나니까. 아니, 미묘하게 다른가?

찬헌은 눈을 떴다. 무언가 인상 깊은 꿈을 꾼 것 같은데 기억에 없다. 습관처럼 휴대폰으로 날짜를 확인했더니 토요일 아침이다. 휴대폰에 문자가 와 있어서 혹시 정연인가 싶어 바로 확인을 했다.

[찬헌이~ 오늘 시간 되냐? 영화 연구회 12기 시간 되는 사람들 모이기로 했는데.]

동아리에서 완벽한 아웃사이더, 왕따였던 자신을 찾는 사람이라니. 그런 사람이라면 서정연이나 이광수 정도? 찬헌은 발신자를 꼼꼼히 확인했다. 아니나 다를까 광수다.

마침 무료했던 찬헌이 얼른 답문자를 찍었다.

[난 좋아. 누구 누구 오는데?]

[나랑 너랑, 재철이랑 환규 정도? 또 부를 사람 있냐?]

찬헌은 정연의 얼굴을 떠올렸다. 일주일 동안 생각한다고 했지만 지금 이건 다른 용무니까 올 수도 있지 않을까?

[다른 기수도 돼?]

[여자?]

주저 없이 되물음이 날라 왔다. 결혼 적령기가 아슬아슬한 총각이라 그런지 머릿속엔 여자 생각밖에 없는 모양이었다. 찬헌은 괜히 불쾌한 기분이 들었다.

[아니다. 관둬라.]

[뭘 얘기를 꺼냈다가 바로 빼냐. 데려오려면 니가 그냥 데려오든지.]

별로 아쉬운 눈치는 아니었다. 찬헌은 자신이 조금 예민했나 싶었다. 그래도 만에 하나 결혼 적령기의 남자들이 괜스레 정연을 보고 옛 추억을 되새기며 무언가 해 보려는 마음이 든다면 그것은 또 곤란했다.

이미 많은 동기들이 결혼했지만 지금 연락을 한 광수 녀석이나 찬헌 자신도 결혼하지 않았고, 아마 딸려 오는 친구들 역시 미혼일 가능성이 높다. 찬헌은 사서 그들에게 정연을 노출시키지 않기로 결심했다.

정연과 약속한 날짜가 다가올수록 하루하루 가슴이 조여 오고 안달이 났다. 거절당하는 것은 죽기보다 무서웠지만 그녀가 받아들인다 해도 걱정이었다.

그는 아직도 구속하는 관계가 무서웠다. 그만큼 더 많이 바라게 되고 싸우게 된다는 것을 경험으로 충분히 알기 때문이었다. 하지만 달리 그녀를 잡을 방법이 없었다.

그녀는 그와 애매한 관계로 만나는 것에 지친다고 했다. 그렇다면 애매하지 않은 관계라면 고려해 볼 만하다는 의미이기도 했다. 실제로 그녀는 그의 제안을 진지하게 생각해 보겠다고 했으니 그 베팅이 반쯤은 맞아 떨어진 셈이다.

그녀와 다시 만나서 뭘 해야 할까. 관계가 이전처럼 되지 않기 위해서는 노력이 많이 필요할 것이다. 하고 싶은 말, 하고 싶은 행동, 매너까지 적어도 세 번은 생각하고 뱉어야 할 것이다. 사는 게 감옥 같겠지. 그래도 당장은 어쩔 수가 없다.

그녀와 어디까지 가야 할까. 그녀는 그와 어디까지 생각하고 있을까?

사실 찬헌도 스물아홉에 정연을 만났을 때는 막연하게 결혼을 생각하고 있었다. 현실적인 문제가 모두 해결이 된 두 사람이었고 나이도 적당했다. 하지만 곧 누군가와 진지하게 미래를 생각하고 만나는 것이 생각처럼 쉽지 않다는 것을 알게 됐다.

정연이 그의 첫 여자 친구는 아니었다. 반반한 외모와 스펙 탓에 접근하는 여자들이 꽤 있었고 그중 몇 명과는 연애라는 것도 해 봤다. 물론 전부 다 몇 달 못 가 헤어졌다. 어떤 사람은 그가 연애를 하기에는 너무 까다롭다고 했고, 어떤 사람들은 아직 짝을 만나지 못한 거라고 위로했다.

정연을 만나기 시작했을 때 비로소 제 짝을 만났다는 확신 같은 느낌이 들었지만 그 느낌은 점점 아리송하고 희미해졌다. 정연만큼 잘 맞는 여자도 없었지만 그녀 역시 자신의 완벽한 짝은 아니었다. 생각이 다른 부분을 발견할 때마다 실망은 더해만 갔고, 싸우는 일이 많아졌다.

그러다 보니 과연 내가 문제인가 네가 문제인가 하는 것이 화두가 됐다. 정연과도 그저 맞지 않을 뿐이라고 하기엔 그와 맞는 여자가 하나도 없었기 때문에 자연스럽게 책임은 찬헌 자신에게로 귀착되고 말았다.

이별하고 얼마 지나지 않아 그는 자신에게 연애 부적합자 평가를 내렸다. 4년 동안 한 번도 진지한 관계를 만들지 않았고 하물며 결혼은 다른 세계의 이야기였다.

"야, 찬헌아."

약속 장소에 먼저 나와 있던 찬헌을 발견하고 광수가 뒤에서 불렀다. 찬헌은 광수의 얼굴을 확인하고 반가이 손을 흔들었다.

"어이, 이광수. 오랜만이다."

"우리 강 박사. 신수가 훤해졌네."

"신수가 훤해지긴. 업무량 때문에 과로사 직전이다."

눈이 퀭한 찬헌의 얼굴을 보고 광수가 낄낄대며 웃었다. 귀국을 할 무렵 비교적 일이 많지 않은 작은 대학의 교수직으로도 갈 수 있었는데 굳이 일이 많은 대기업 연구소를 택했다.

친한 친구들은 다 돈독이 올랐다고 비아냥거렸지만 실은 가까운 그들이 누구보다도 제일 잘 알았다. 강찬헌같이 학교, 권위, 교수 따위와 안 어울리는 인간이 달리 없다는 것을.

광수가 찬헌의 앞자리에 앉으며 물었다.

"이제 슬슬 자리 잡힐 때 되지 않았어?"

"일은 많이 익숙해졌어."

"장가도 가야지?"

그 말에는 꿀 먹은 벙어리가 됐다. 광수는 좋다고 웃었다.

"그래, 니 성질머리에 괴악한 영화 취향까지 받아 줄 여자 찾기가 쉽지 않을 거다."

"괴악한 건 또 뭐냐?"

"그런 거 있어. 너 취향 은근 마이너하거든."

'마이너하다'는 말에 찬헌의 인상이 찌푸려졌다. 물론 그도 자신이 유명한 영화를 사람들과 함께 보고 즐기는 스타일이라고는 생각하지 않았다. 하지만 그는 자본의 규모나 인지도와 상관없이 좋은 영화를 좋아하는 사람이라고 자신을 평했다.

그는 자신이 인디 영화라고 낮춰 보거나 헐리우드 블록버스터 영화라고 허접쓰레기 취급부터 하는 어중간한 영화광들과는 질이 다른 아마추어 영화 평론가라는 자의식으로 충만해 있었다. 그런 그에게 '마이너하다'는 카테고리는 퍽 어색하고 달갑지도 않았다.

"난 취향 같은 거 없다. 다 객관적인 스탠다드에 따라서 평가하는 거야."

"어 됐다, 됐어. 그 얘기는 그만하고. 나 요새도 네 블로그 본다. 여전히 재미있어, 글이."

광수는 이런 식으로 찬헌을 들쑤시고 들어왔다가 빠지며 달래는 스킬이 아주 뛰어났다. 그는 강찬헌 사용법을 아는 몇 안 되는 인물 중 하나였다.

자의식이 강한 찬헌은 자신의 작업에 대한 자부심이 강하고, 그에 대한 칭찬에 약한 편이었다. 괜히 기분이 업된 찬헌이 무슨 글이 제일 재미있었느냐고 은근슬쩍 되물었다.

"글쎄. 최근 것 중에서는 '킹스맨' 평론이 좋더라."

"그거 꽤 재미있게 봤지."

"근데 그거 찾으러 들어갔는데 없더라. '유예의 기한'. 니가 당연히 봤을 것 같은데 없더라고."

찬헌은 조금 딱딱하게 굳었다. 정연과 봤던 영화였다. 그날부터 정연이 심통을 부리기 시작했고 그가 두말할 것도 없이 대박이라고 생각했던 영화에 혹평을 했다.

할 수 없이 영화를 다시 봤고 그래도 문제를 찾지 못해 그녀에게도 다시 보자고 권했지만 그녀는 어째서인지 더 화가 나 있었고, 급기야는 접근 금지 통보까지 내렸다.

"응, 그거 좀 애매해서."

"뭐? 눈 감고 봐도 대박인데. 포털 평점 못 봤냐?"

"나도 그렇게 생각은 하는데……. 아냐. 아무튼 잘 모르겠어."

어찌 보면 신기할 정도로, 고집불통인 찬헌이 유독 영화에 대해서만큼은 정연의 이야기를 고분고분하게 들었다. 항상 복잡하게 설명하고 납득시키려는 것은 그 같지만, 결국 한마디로 납득되는 것도 그였다.

정연은 복잡하게 설명하는 스타일은 아니었지만 그녀가 뭔가 아니라고 하는 영화는 늘 전문가와 대중의 호평에서 멀어지곤 했다. 그런 일이 몇 번 반복되다 보니 찬헌은 정연에게 자신에게는 없는 직관적인 미감이나 안목 같은 것이 있는 것이라고 믿게 되었다.

그 안목을 믿고 항상 확인하기 위해 묻곤 했다. 좋아? 별로야? 물으면 그녀는 늘 신탁같이 대답해 주었다. 다행히 그 대답은 늘 그의 예상 범위에서 맴돌았다. 이렇게까지 이해가 가지 않고, 대답에 있어서 완고한 적은 처음이었다.

"야 이광수."

"어?"

"여자들이 이유 없이 화를 내면 그건 왜 그런 거냐?"

광수는 찬헌의 표현에 황당하다는 표정을 지었다.

"니가 이유 없이 화를 낸다고 생각해서겠지?"

"야, 말장난 하지 말고."

"글쎄. 이유야 많지 않겠냐? 우리 여친은 생리 중일 때 제일 짜증내더라."

"생리 중……. 그래. 뭐? 너 여친 있어?"

"어. 몇 달 됐다."

결혼 적령기의 발정남이라고 혼자 오해했던 것이 무안할 정도로 여친이란 단어를 입에 올리는 광수는 여유 있고 무심했다. 이런 의뭉스러운 자식. 언질이라도 해 주지. 찬헌은 괜히 섭섭함을 느꼈다.

그나저나 생리 중…… 생리 중이라. 자주 봤지만 주기적으로 만나는 사이가 아니기도 했고, 정연의 생리 기간을 그다지 신경써 본 일이 없다. 그날이 그럼 생리 기간이었나?

"너 요새 여자 만나냐?"

광수가 궁금한 듯 물었다.

"뭐. 만나려고 공들이는 여자는 하나 있다."

찬헌은 그렇게 표현했다. 따지자면 얘기가 더 복잡하지만 거짓말은 아니니까.

"이야, 강찬헌이 웬일이냐. 천지가 개벽할 일이네."

광수가 진심으로 놀란 얼굴을 했다.

그 여자가 같은 동아리 출신이라는 걸 알면 더 놀라려나. 광수가 그녀를 기억하고 있을까? 찬헌이 무심코 의문을 떠올렸을 때 저쪽에서 한 무리의 남자들이 그들의 이름을 번갈아 부르며 다가왔다.

"광수, 찬헌. 야~ 오랜만이다."

재철과 환규였다. 재철은 키가 크고 마른 편이고 환규는 턱이 각지고 몸이 큰 친구였다. 재철은 회계 법인에 다녔고 환규는 아마 영업쪽 일을 하고 있다고 들은 것 같았다.

토요일인데 둘 다 회사에 들렀는지 하얀 셔츠와 와이셔츠가 구겨져 있었다. 찬헌에게는 광수와의 만남에 항상 따라 나오는 친구들이었다. 말하자면 같은 동아리 친구이긴 했지만 광수가 없으면 자연히 만나지 않게 될 친구들로 크게 친하다는 의식은 없었다.

한 사람씩 마주 보고 앉은 찬헌과 광수의 옆에 나눠 앉아 맥주를 시켰다. 서버에게 메뉴판을 넘겨 준 재철이 조금 벗겨지기 시작한 머리를 쓸어 올리며 대화에 참여했다.

"뭔 얘기 하고 있냐?"

"강찬헌이 요새 공들이는 여자 있단다."

"진짜? 야 별일이네. 너 결혼도 안 한다고 하지 않았냐?"

"뭘 벌써 거기까지 생각하냐."

"야, 우리 나이에 누구 만나면 다 결혼 생각하지. 너 결혼 생각 안 한다는 거, 니가 작업한다는 여자한테도 실례다?"

여자가 누군지도 모르면서 그 생각을 제가 어떻게 안다고. 이런 이야기를 하면 반드시 듣는 그 '일반적인 이야기들'에 찬헌은 기분이 상했다.

연애만 할 상대와 결혼할 상대가 따로 있고, '결혼 적령기'라는 것들이 있어서 끝까지 가지 못할 사람과 시작하는 것은 '실례'라는 그런 진부하고 비인간적인 이야기.

그가 아는 정연은 그런 진부한 가치관에 무턱대고 동조할 만큼 골 빈 여자는 아니었다. 아닐 거라고 믿었다.

아닌가?

벼락같이 그런 의문이 떠올랐다. 찬헌은 정연의 결혼관을 몰랐다. 그러고 보니 물어본 적도 없었다. 설마. 혹시라도 정연이 다른 많은 사람들처럼 결혼에 대해 고민하고 있었던 것은 아닐까? 놓치면 후회할 것 같다던 남자와 결혼까지 생각하고 있었던 것은 아닐까?

난감했다. 깜박이는 찬헌의 눈앞이 순식간에 물결쳤다.

결혼이라……. 정연에게 다시 만나자 할 때 한 번도 생각해 보지 않은 주제였다. 그녀가 결혼을 원한다는 전제하에, 만일 그 남자가 정연에게 결혼을 약속했다면 그 역시 그녀에게 결혼을 약속해야 조금은 대등한 입장이 될 것이다.

그가 그녀에게 결혼을 약속할 수 있을까? 정연이 일주일 동안 고민해 본다고 했을 때 그와의 결혼 역시 고민해 보겠다는 의미가 담겨 있었던 걸까? 한 번도 생각해 본 적이 없던 결혼이라는 주제가 화두로 떨어지자 무거운 부담감이 찬헌의 양어깨를 동시에 꽉 짓눌렀다.

"야, 근데 니들 이거 봤냐?"

잔을 반쯤 비우며 소소하게 상사의 욕을 하던 재철이 갑자기 자신의 스마트폰을 집어 들었다. 그러고는 단축 아이콘으로 저장해 놓은 링크로 들어가 동영상 하나를 재생시켜 테이블 앞에 밀어 놓았다.

재철은 온라인에서 유행하는 동영상의 링크를 모아서 친구들에게 돌리는 것이 취미였다. 평범하게 웃기는 것이 많았고, 개중에는 감동 일화나 야한 종류도 있었다. 대부분 진부했지만 아주 가끔 어떤 것들은 흥미로웠다.

《놀라운 재능. 여섯 살 바이올린 신동!》 스마트폰 화면에 꽉 차는 자그마한 영상 프레임 위의 제목이 찬헌의 눈길을 끌었다.

"진짜 잘하지?"

영상을 재생시키자 작은 사내아이가 바이올린을 켜기 시작했다. 예닐곱 살이나 됐을까. 상하의 하얀 턱시도를 앙증맞게 입고 활을 켜고 있다. 밝은 금발의 백인 아이다. 켜고 있는 곡은 브람스의 바이올린 콘체르토.

어디선가 봤던가? 왠지 모를 기분 좋은 데자뷔에 찬헌의 입꼬리가 절로 올라갔다.

"그러고 보니 찬헌이 너 바이올린 좀 켤 줄 알지?"

"옛날에 약간. 손 놓은 지 오래 됐어."

"재주도 많아 암튼."

재주가 많다. 강찬헌이라는 꽤 재능 있는 연구원에게 수많은 취미의 하나로 바이올린을 덧붙인다면 충분히 재주가 많다고 불릴 만하다. 하지만 그에게 바이올린은 그 이상이었다. 재주가 모자라다는 것을 처음으로 깨닫게 해 준 영역.

사람들은 그 사정을 모르고 이런 상황에서 군이 정색하고 그 사정을 얘기할 이유도 없지만, 아무튼 음악과 바이올린이라는 주제는 그에게 늘 막연하고 아쉬운 기분이 들게 했다. 이렇게, 그와는 비교도 안 되는 어린아이를 보고 있으니 갈증이 더욱 증폭된다.

"진짜 신동이네. 이거 진짜 어려운 곡이야."

"그냥 들어도 어렵게 들려."

"아니 진짜. 진짜진짜 어려운 거라고."

찬헌은 한참 동안이나 그 연주를 넋을 놓고 봤다. 친구들이 모두 의외라는 얼굴이었다.

"강찬헌도 이제 애가 귀여워질 나이가 됐나?"

"그냥 그 작업하는 여자한테 장가가서 애 낳아라. 딱 그렇게 예쁜 애 낳아서 바이올린 시키면 되겠네."

남의 일이라고 참 쉽게들 말한다.

"강찬헌 얼굴로 저런 애가 가능하겠냐?"

"왜~ 안 될 거 없지. 찬헌이가 성질은 별로라도 얼굴은 괜찮잖아. 엄마가 좀 받쳐 주면."

술이 잘 들어갔는지 알아서 잘 떠들고 있다. 한마디의 대화 안에 결혼도 안 한 총각의 외모 평판과 자식 계획, 자식의 외모 걱정까지 모두 마무리 지어 버리는 엄청난 오지랖에 찬헌은 혀를 내둘렀다.

"그래, 엄마가 받쳐 줘야지. 주위에 괜찮은 여자 없냐?"

이러다 저러다 결국 여자 얘기로 회귀하는 것은 싱글 남자끼리 하는 대화의 법칙인 걸까?

"오, 맞아. 13기. 법대 절세미녀. 걔 아직 미혼이라더라."

"그래? 요새 뭐 한대?"

"어디 작은 사무실 변호사라는데?"

"걔 이름이 뭐였지? 진짜 예뻤는데. 성격은 좀 조용해서 말 붙이기 힘들고."

"나랑은 꽤 친했어. 정연이. 서정연."

대화의 진부한 전개에 지쳐 잠시 한눈을 팔고 있던 찬헌이 그 이름에 로봇처럼 얼굴을 돌렸다.

"누구?"

"서정연. 너도 아냐?"

"걔가 뭐라고?"

"법대 절세미녀잖아. 동아리에서 제일 예뻤던 애."

하?

왠지 모르게 찬헌은 뒤통수를 얻어맞은 것 같은 기분이 되었다.

남의 입으로 정연에 대한 노골적인 평을 듣는 것은 처음이었다. 물론 그도 정연이 상당히 미인이라는 사실은 잘 인지하고 있었다. 하지만 그냥 예쁘장하다는 정도가 아닌 '절세' 씩이나 붙이는 호들갑에는 크게 놀랄 수밖에 없었다.

"엄마가 그 정도 되면 나도 이 정도 자식 노려볼 수 있겠다."

재철이 능글맞게 말하자 환규 녀석이 낄낄댔다.

이 새끼들 이거 추행 아냐? 남자들끼리의 대화가 으레 그런지라 저들끼리 여자를 두고 입방정으로 무슨 짓을 하든 한 번도 신경을 쓴 일이 없는데 막상 정연의 이름이 그들의 대화에 오르자 기분이 더할 나위 없이 더러워졌다.

찬헌은 불만스럽게 우물거리다가 겨우 한마디를 툭 뱉었다.

"자식들아 그만해. 걔가 들으면 기분이 좋겠냐?"

낄낄대며 즐기던 녀석들이 딱 그치며 동시에 동그란 눈으로 찬헌을 응시했다. 찬헌은 꽉 다문 얼굴로 그들의 황당한 시선을 피했다. 뜬금없이 입바른 말, 방금 딱 그걸 했다. 그리고 입바른 말은 무력하다.

단순히 입바른 소리여서는 안 됐다. 그들을 다물게 하려면 자격 있는 말이어야 한다. 내 거니까 함부로 말하면 죽여 버린다, 이렇게 해야 한다. 하지만 그는 지금 자격이 없다. 이렇게 기분이 나쁜데도 자격이 없다.

제풀에 소리 없이 끙끙거리던 찬헌은 곧 자리를 박차고 일어나서 출입구 쪽으로 걸어 나갔다. 왜 그래? 화장실 가냐? 친구들이 묻는 소리에 건성으로 대답하고 아예 가게 밖으로 나갔다. 밖의 찬 공기를 크게 들이쉬고 벽에 기댔다.

습관적으로 휴대폰을 확인했더니 그녀로부터 문자가 와 있었다.

찬헌은 문자를 확인하고 허겁지겁 통화 버튼을 눌렀다. 짧은 통화음이 가다가 정연이 받았다.

— 찬헌 씨? 지금 어디야?

그녀의 목소리에 가슴이 저절로 쿵쾅쿵쾅 뛰었다. 아직 이틀이나 남았는데 벌써 마음의 결정을 한 걸까? 일주일이 길다고 생각을 했는데 막상 운명의 시간이 다가오니 한없이 더 유예하고 싶은 기분이 들었다.

"나 밖에…… 친구들이랑……."

— 아…… 그래. 잠깐 봤으면 했는데.

"지금 갈게. 방금 끝난 참이야."

유예하고 싶은 기분은 찰나에 사라졌다. 그녀의 목소리를 듣자 막연하게 거절당하지는 않을 거라는 예감이 들었다. 얼른 전화를 끊고 찬헌은 택시를 잡았다. 택시 기사에게 입에 익은 정연의 동네를 불러 주며 주먹을 입에 가져다 댔다. 긴장으로 온몸이 오그라드는 것 같았다.

찬헌은 밤 여덟 시 가량 되어서 정연의 집에 도착했다. 이미 주위가 어둑했다. 초인종을 누르자 정연이 편한 차림으로 나와 그를 맞았다. 기분 탓인지 그녀가 조금 수척해 보였다.

"정연아."

"빨리 왔네. 들어와."

약 두 달 만에 오는 그녀의 집이었다. 그에게는 퍽 익숙한 내부의 모습이 눈에 들어왔다. 정연의 취향 그대로 깔끔하고 모던한 느낌이다.

거실에 오도카니 선 정연이 앉으라고 그에게 자리를 권했다. 정연은 조금 들떴는지 종종걸음으로 거실을 이리저리 다니다가 그에게 물었다.

"차라도 한 잔 줄까?"

"아니 됐어. 난 마시고 왔어."

바로 본론으로 들어가자는 암시에 정연은 가슴을 들어 심호흡을 하더니 군말 없이 찬헌의 앞에 앉았다. 일주일 만에 보는 찬헌이었다. 또다시 갑작스럽게 그 이상한 친밀감이 밀려들었다.

그와 함께 있으면 늘 주변의 공기가 변했다. 처음 만났을 때부터 그랬고 오래 만나면서 그 느낌은 더 강해졌다. 가슴이 작고 빠르게 콩닥콩닥 뛰다가 급속도로 차분하게 가라앉았다. 그리고 지속되는 느낌은 마치 평생을 같이 산 사람처럼 편했다.

그 느낌을 이해할 수 없을 때가 많았다. 그는 태생적으로 남에게 친밀감을 주는 성격과는 거리가 멀었고 헤어지기 전의 두 사람이 전력을 다해 자주 싸웠는데도 불구하고, 기반에는 늘 그런 안정된 느낌이 있었다.

그래서 싸우고 불안하고 짜증스러운 중에도 늘 다시 만나고 말았다. 그 기분들이 뒤섞여 끈적하니 묘한 것이 되곤 했다.

그들의 관계를 설명하자면 아무리 노력해도 잘라지지 않는 질긴 쇠줄 같은 것이 아니라, 아무리 잡아당겨도 끊임없이 늘어지고 마는 엿가락 같은 것이었다. 멀어지지만 절대로 끊어지지 않아서, 할 수 없이 다시 뭉쳐 버리고 만다.

"당신이 했던 말 생각해 봤어."

정연의 한마디에 찬헌의 가슴이 쿵, 하고 곤두박질쳤다. 놀라는구나. 이 상황이 되니까 강찬헌도 놀라는구나. 그녀의 답변 여부에 따라 영원히 만나지 못하게 될 수도 있었다. 친구로서 만나는 것도 이걸로 끝이다. 그렇게 되면 분명히 많이 그립겠지. 가슴이 콱 조여 왔다.

"난 저기."

"안 되는 거야, 역시?"

"아니 그게 아냐."

"그럼 되는 거?"

"아니 꼭 그런 것도 아니고."

찬헌의 표정이 순식간에 열탕과 냉탕, 그리고 중탕을 오갔다.

"그럼 뭐야?"

"다시 시작……하고 싶은 마음도 있어."

확정적이지는 않지만 희망적인 대답에 찬헌의 얼굴에 약간의 화색이 돌았다.

"대신 조건이 있어."

"그게 뭔데?"

"우리 둘 사이에. 한 사람을 더 받아들여 줘야 해."

정연이 단숨에 말해 버렸다. 그러자 찬헌이 홱 고개를 들어 정연을 봤다. 그의 시선이 당혹감으로 깊이 물들어 있었다.

찬헌은 깊이 침묵했다. 정연도 침묵했다. 꽤 침묵이 흐른 후에 찬헌이 어렵게 입을 열었다.

"……너 그런 취향이었어?"

"응?"

"그러니까……. 니가 원하는 게…… 셋이?"

찬헌은 보기만 해도 안쓰럽고 힘들어 보였다. 상황을 받아들이기가 쉽지 않은 모양이었다.

찬헌의 머릿속에 복잡하게 웅웅거리는 소리가 들렸다. 그래. 서정연이 보통 상식적이고 합리적이지만 가끔 골 때리는 구석도 있었지. 찬헌은 과거 정연의 행적을 샅샅이 뒤질 기색으로 기억을 정리해 나갔다. 백 일 기념으로 잭인더박스를 선물해서 그를 기겁하게 만든 적도 있고 아파트에 화분을 키워야겠다고 꽃모종 서른 판을 한 번에 사 온 적도 있고. 그렇게 소소하게 황당한 행동을 하긴 했다. 하지만 그래도 그렇지. 《아내가 결혼했다》도 아니고. 이건 대체……

"대체 무슨 소리를 하는 거야?"

정연이 겨우 찬헌이 무얼 오해하고 있는지 깨닫고 버럭 소리를 높였다.

"아니, 그러니까 니가 그랬잖아. 한 사람을 더……."

"그런 의미가 아니라고!! 아 진짜 이 바보. 멍청이. 눈새. 이 둔탱아!"

몇 주 동안 눌러 온 스트레스에 그의 결정적인 눈치 없음이 불을 질렀다.

정연은 더 이상 참을 수가 없어 알고 있는 모든 용어를 동원해 그를 비난했다. 그러고는 주머니에서 네모난 작은 것을 하나 꺼내 테이블 위에 턱 올려놨다.

찬헌의 시선이 정연의 손을 따라갔다. 새까만, 폴라로이드 사진. 회색의 배경에 알과 같이 둥글둥글한 물체.

찬헌의 숨이 딱 멎었다.

"어?"

찬헌은 기역 자로 몸을 굽혀 사진을 응시했다가 고개를 들어 정연의 얼굴을 봤다. 정연이 그를 마주 보고 고개를 끄덕였다. 찬헌의 몸이 뒤로 넘어갈 듯 휘청거렸다.

"……석."

"응?"

"……운석."

"운석? 그게 뭔데?

알 수 없는 말을 중얼거린 찬헌이 그 자리에서 벌떡 일어났다. 일어나자마자 웃기게도 선 자리에서 엇박자로 스텝을 밟았다. 그러더니만 바로 몸을 돌려 후다닥 바깥으로 뛰쳐나가 버렸다.

현관문이 쾅 닫히자 거실에 무섭게 정적이 돌았다. 그것을 응시하다가 정연은 기어이 자리에 털썩 주저앉고 말았다.

난 대체 뭘 기대했던 걸까……. 정연은 헛웃음을 터뜨렸다. 마음이 싸했다. 기대라도 했던 걸까? 찔끔 눈물이 쏟아졌다.

"이제 진짜로 끝이야……."

입술을 꼭 깨물었다. 울지 않으려고 그런 건데 소득 없이 눈물이 후두둑 쏟아졌다. 진짜 그가 뭔데 그녀를 이렇게까지 비참하게 만드는 걸까.

적어도 한마디, 몸을 걱정하는 말. 혹은 차분하게 미래를 의논하는 말이라도 해 줬으면 했다. 그런데 도망이라니. 정말 최악이다. 그리고 정말 강찬헌다웠다.

이제 잊어야지. 미련도 다 끊어 버려야지. 별이는 보란 듯이 잘 키워야지.

정연은 기어이 징징 소리 내서 울어 버렸다.

그렇게 한참 울다가 얼마나 시간이 지났을까, 정연은 허기를 느꼈다. 그 와중에도 허기라니 살아 있다는 게 무서웠다. 실연 당하고 버림받고 죽을 것 같이 괴로워도 배가 고픈 걸 보니 그래도 살기는 해야 하나 보다.

정연은 힘겹게 몸을 일으켜 자리에서 일어났다. 집에 먹을 게 있나 고민하던 찰나였다.

밖에서 누군가가 문을 부술 듯이 두드리며 정연을 불렀다.

"서정연! 서정연!! 문 열어. 빨리!"

귀에 익은 목소리. 정연은 깜짝 놀라 눈이 동그래졌다. 이건 또 무슨 경우일까. 도망갔던 그가 돌아왔다. 아직 상처 줄 말을 다 하지 못한 걸까? 두려움에도 정연은 홀린 듯이 문으로 다가가 현관문을 열었다.

얼마나 뛰었는지 온몸이 땀으로 흠뻑 젖은 그가 무언가를 품에 안고 있다. 그가 그것을 정연에게 불쑥 들이 밀었다.

작은,

"바이올린?"

고양이가 물어 온 쥐보다 더 난해한 선물이었다. 그래도 정연은 그것을 받아 들었다. 어쨌든 찬헌이 돌아왔다. 왜인지 모르게 유아용 바이올린을 들고.

◆

뭐가 뭔지 모르겠지만, 찬헌이 돌아왔다. 그리고 그녀에게 무언가를 건넸다. 무슨 명목인지는 모르겠지만 선물을 주는 것이니까 나쁜 것은 아닌 것 같았다.

그의 앞머리가 온통 땀에 젖어 이마에 눌러 붙어 있었다. 이걸 가져오느라 서두른 것이다. 뭐 때문에 바이올린인지는 모르겠지만 그래도 받아들이는 거겠지?

정연은 저도 모르게 울컥해서 찬헌의 목을 그대로 끌어안아 버렸다. 그리고 와앙 울었다.

"바보야 흑……. 말이라도 좀, 흑, 하고 가지. 나안…… 진짜로 당신이 나랑 우리 별이 버, 버리고 갔는 줄 알고……."

울음 섞인 정연의 말이 더듬더듬 이어졌다. 찬헌의 손이 무겁게 올라와 정연의 등에 터억 얹혔다. 그리고 느리게 토닥이기 시작했다. 묵직한 손길에 안도감을 느낀 정연은 그의 품에 더욱 깊이 파고들었다.

겉으로는 의연한 척했지만 찬헌은 곧바로 정신을 놓을 것 같이 혼란스러웠다.

정연이 작은 폴라로이드 사진을 보여 주었다. 그것의 정체를 알아차린 직후 찬헌은 완전히 정신이 나갔다. 머릿속에 있었던 산발적 정보가 순식간에 꿰어 맞춰졌다.

근래 좀 이상하던 정연의 태도, 떠보던 말, 그리고 어이없어 무시하고 넘겼던 어머니의 운석 꿈까지.

나한테 애가 생겼다고?!

정신을 차려 보니 밖으로 뛰쳐나와 있었다.

"임신했다고 고백한 여자를 두고 뛰쳐 나오다니, 이건 완전 개새끼잖아!!"라고 제대로 자기비판을 할 정신이 됐을 무렵에는 이미 꽤 오래 뛴 뒤였다. 찬헌은 그 자리에 우뚝 멈춰 서서 잠시 방황했다.

최악의 수를 두고 말았다. 그 상황에서는 답이 없더라도 일단 정연을 걱정하고 달래는 것이 최선이었을 텐데.

돌아가서 일단 정연을 달래고 뒷일은 나중에 생각할까? 하지만 지금 이 상태에서 아무런 답변도 가지고 가지 않았다간 분명히 천하의 개쌍놈 취급을 당하고 쫓겨날 것이다. 그럼 그녀와의 관계도 그걸로 끝이다.

목이 탔다. 정연을 잃고 싶지 않았다. 다른 놈이 그녀를 언급하며 결혼이나 자식 운운하는 것은 듣고 싶지도 않았다. 당장 한 시간 전에 그는 테이블을 엎어 버리고 친구의 멱살을 쥐고 싶었다. 정연이 다른 놈의 자식을 낳는다는 상상은 그에게 극도의 분노와 불쾌감을 불러 일으켰다.

하지만 이건 생각해 본 적도 없었다.

내 애라고? 강찬헌한테 애가 생긴다고? 지금? 고작 수개월 이내로?

실감이 전혀 나지 않는 것은 둘째 치고 그 막연함이 공포스럽기까지 했다. 제 한 몸도 건사 못 할 정도로 철이 없는데 애가 생긴단다. 준비가 하나도 되어 있지 않았다.

정말로 정말로 울고 싶었다. 조그마한 사람 형체의 생물이 "아빠"라고 부르는 것을 상상하자 온몸에 소름이 끼쳤다.

누군가의 아빠가 된다는 게 대체 어떤 기분일까? 씻기고 먹이고 놀아 주고, 좀 더 크면 학교에 데려다주고. 대충 그러면 되는 걸까? 생각해 본 적도 없지만 그것만은 아닌 것 같았다.

부성애를 다룬 영화는 많이 봤다. 그 안에서 막연하게 아버지의 모습을 보고 코끝이 찡해진 적도 많았지만, 그에게 '부성애'라는 것은 그저 감상하고 즐기는 감정일 뿐 자신의 것은 아니었다. 그 감정이 언젠가 자신의 소유가 될 것이라고는 상상도 해본 적이 없었다.

찬헌은 한참을 제자리에서 서성대며 방황했다. 계속해서 어지럽고 목이 탔다. 그 와중에 정연의 상태가 신경 쓰였다. 화내고 있으려나? 아니 울고 있을지도 모른다. 당장이라도 돌아가서 달래고 싶은데, 대책도 없이 그랬다간 일이 더 꼬일 것 같다. 어쩌지…….

그때 그의 머리에 갑작스레 낄낄대던 친구 녀석들의 말이 떠올랐다.

'강찬헌도 이제 애가 귀여워질 나이가 됐나?'

'그냥 그 작업하는 여자한테 장가가서 애 낳아라. 딱 그렇게 예쁜 애 낳아서 바이올린 시키면 되겠네.'

술 들어가고 남의 일이라고 참 쉽게들 말한다고 생각했는데, 순서는 좀 바뀌었지만 절반은 현실이 됐다.

아이가 생긴다. 그에게.

그녀를 닮은 아이가.

그때 불현듯 한 가지 생각이 그의 뇌리를 스쳤다.

바이올린.

바이올린을 시키면 좋지 않을까?

그 생각이 들자 갑작스런 흥분으로 확 달아올랐다. 무언가에 머리를 딱 맞은 듯이.

아이가 생기면 아빠로서 뭘 해야 할까, 제대로 된 게 하나도 떠오르지 않았는데 딱 하나가 떠올랐다. 바이올린을 시키면, 같이 그 시간을 공유하면, 즐겁지 않을까?

머리로는 아무 생각이 들지 않았다. 거의 무의식적으로 그 즉시 택시를 잡아타고 낙원 상가로 향했다. 이미 밤 아홉 시가 가까운 시간이었다. 심지어 토요일이었다. 그런데도 어째서인지 그곳에 가야 할 것 같았다.

현악기 가게 열 개의 문을 부숴 버릴 정도로 두드린 후에야 주인이 안에 잠들어 있는 가게 하나를 찾았다. 찬헌은 정말로 정말로 급한 일이라며 주인에게 어린이용 바이올린을 하나 달라고 부탁했다.

머리가 희끗한 가게 주인이 어쩐지 낯이 익은 듯도 했다. 어쩌면 그가 썼던 첫 바이올린을 팔았던 사람인지도 모른다는 생각도 괜히 들었다.

주인은 별말 없이 안에 들어가서 어린이용 바이올린과 활, 그리고 송진 하나를 가지고 나왔다. 찬헌은 그것을 받아 들고 현금으로 값을 지불한 뒤 건성으로 인사를 하고 가게를 뛰쳐나왔다. 그리고 달렸다. 무작정 달렸다.

문을 열고 나온 정연에게 무작정 바이올린을 들이 밀었다. 정연은 얼결에 그것을 받았다. 눈물 젖은 그녀의 얼굴이 그의 얼굴을 보더니 또다시 울먹이며 그의 목을 끌어안았다.

그녀는 울었다. 안도했다는 듯이. 찬헌은 그녀에게 보이지 않는 얼굴의 눈썹 사이를 찡그렸다. 아직 그의 마음은 안도를 줄 정도로 안정되지 못했기에.

그녀가 안도하며 말했다. 버리고 갔는 줄 알았다고. 그럴 의도는 없었지만 거의 그럴 뻔했지. 하지만 그 얘기를 할 순 없지 않은가.

그녀는 그에게서 마음을 정하고 온 남자의 믿음을 본다. 그런데 어쩌지. 실은 아직 혼란스럽다.

그래도, 그녀의 품이 따뜻하다. 정확히 뭘 하면 좋을지 모르겠지만 아이에게 바이올린을 가르치는 일은 즐거울 것 같다.

뭐, 어떻게든 되겠지.

찬헌은 눈을 꽉 감고 정연의 머리를 끌어안았다. 죽을 때까지 말할 수 없는 그 동상이몽을 속에 품고서.

"그 사람이 대뜸 애가 생기면 세계적인 바이올리니스트로 키우는 게 꿈이었다는 거예요. 진짜 엉뚱하죠."

영은에게 그 말을 하면서 정연은 봄바람처럼 웃었다. 영은의 넋이 나간 얼굴이 꼭 그 얘기를 처음 들었을 때의 정연의 얼굴과 같았다.

멀쩡하게 생긴 것들은 정신이 이상한 경우가 많다더니, 그 남자도 그런 건가 싶었다. 그러니까 소위 말하는 사차원……?

"그래서 얘기는 잘된 거야?"

"네. 조만간 양가 부모님께 인사드리고 상견례 하고 날 잡기로 했어요."

밥을 못 먹을 정도로 끙끙 앓으며 걱정했던 것이 바보 같을 정도로 일은 일사천리로 풀렸다. 그날 집에 돌아온 찬헌과 한 베개를 베고 누워 밤새 여러 이야기를 했다. 정확히 말하면 그는 주로 듣고 그녀가 얘기했다.

얼마나 마음고생이 심했는지 아느냐는 그녀의 푸념에 그는 고개를 조아리며 미안하다고만 했다. 우리 이제 어떻게 되는 거지? 라고 여전히 확신하지 못하는 그녀의 물음에 빨리 결혼해야겠네, 라고 확실하게 먼저 말을 꺼낸 것도 그였다.

그와 그녀가 이렇게 수월하게 결혼 이야기를 하다니. 귀로 듣고도 믿을 수가 없었지만 그것은 분명 현실이었다.

이상한 것은 그 모든 상황들이 너무나도 자연스러웠다는 것이다. 그를 믿을 수 있네 없네, 그래서 결혼을 해야 하네 마네, 일주일 전까지도 그 걱정을 했다.

그런데 다시 만나자는 그의 고백을 듣고 아기에 대한 그의 엉뚱하고 귀여운 기대까지 보면서 순식간에 결혼까지 이야기가 진행됐다. 이래도 되는 걸까. 한편으로는 걱정이 되면서도 다른 한편으로는 이러지 않으면 어쩔 건데? 라는 생각이 들었다.

찬헌에게 책임감이 없다는 평가는 그가 아이의 일을 들었을 때 회피할 것이라는 막연한 예상까지 포함한 것이었다. 하지만 그는 회피하지 않았다. 이만하면 그래도 괜찮은 것이 아닐까? 정연은 스스로가 찬헌에 대해 변명 혹은 정당화하고 있음을 알았다.

하지만 이번 일로 그를 다시 보게 된 것도 사실이었다.

지금 당장은 팽팽한 긴장이 풀려 몸이 나른하고 편안했다. 그리고 아주 약간은 설레었다. 그녀가 꿈꿔 오던 결혼과는 조금 달랐지만 그래도 그는 처음으로 그녀 앞에서 믿음직했고 두 사람은 결혼 약속을 했고 조만간 태어날 예쁜 아이가 있다. 설레지 않을 수가 없었다.

찬헌은 초 단위로 한숨을 내쉬다가 휴대폰을 들어 전화번호부를 뒤졌다. '집'이라고 딱 잘라 써진 항목을 찾아 통화 버튼을 눌렀다. 곧 그의 어머니가 받았다.

— 찬헌이니? 니가 이 시간에 웬일…….

"어머니, 홈런 치셨습니다."

— 홈런?

"저 결혼해요. 이번 주 내로 인사 갈게요. 아버지한테도 말씀 드려 주세요. 누나들은 부르지 마시구요."

찬헌이 단번에 말하자 어머니가 기겁한 목소리로 되물었다.

— 결혼?? 아니 사귀는 아가씨도 없는 것 같이 말하더니?

찬헌은 소리 없이 끙끙거렸다.

없었죠. 조만간 있을 예정이었는데, 애가 먼저 생겨서 결혼부터 해야겠네요. 이런 쪽팔리는 소리를 자신의 입으로 해야 한단 말인가.

당장이라도 전화를 끊어 버리고 싶었지만 지금이 아니어도 곧 며칠 내로 해야만 하는 이야기이기에 심호흡을 하고 천천히, 간략하게, 최대한 아름답게 상황을 포장해 설명하기 시작했다.

찬헌의 어머니는 귀를 바짝 세우고 듣다가 곧 '여자 친구'와의 사이에 아이가 생긴다는 부분에 가서는 박장대소를 하며 환호성을 질렀다. 이걸로 평생 놀림받을 거리를 하나 적립했다. 진짜 진짜 울고 싶었다.

— 세상에…… 그럼 그게 진짜 우리 손자 태몽이네.

"……아무튼 이번 주말에 갈 테니까. 가능하면 조용히 넘어가 주세요."

— 얘, 너 잠깐 끊어. 너네 이모한테 빨리 이 소식을 전해야지.

"어머니!"

찬헌이 말릴 새도 없이 수화기에서는 허무하게 통화가 끊기는 소리만이 울려 퍼졌다.

하아……. 제일 '쉬운' 관문 하나를 클리어하고 찬헌은 한숨을 내쉬었다.

어차피 집에서는 자신을 결혼시키지 못해 안달이었으니 전혀 문제가 없을 것 정도는 예상하고 있었다. 한 2년 전부터는 은근히 그가 사고라도 치길 바라는 눈치라 오히려 좋아하고 계실 것이다.

문제는 정연의 집이었다.

모르긴 몰라도 시집도 안 간 딸을 임신시킨 남자를 반길 부모는 드물 것이었다. 게다가 정연에겐 무섭고 무식하게 생긴 오빠도 하나 있다. 그와 잠시 안면을 익혔던 5년여 전의 일을 떠올리며 찬헌은 머리를 쥐어뜯었다.

평범하게 받아들여져야 할 텐데. 그냥 평범하게 사귀다가 사고 쳐서 결혼하는 정도로 받아 들여져야 할 텐데. 그게 찬헌이 바랄 수 있는 최선의 시나리오였다.

저질러 버렸지만 결혼에 대해서도 아직 자신이 없었다. 다시 확인해 보지 않고 그녀와 결혼해 잘 지낼 수 있을까? 아니 그라는 사람이 누군가와 결혼해서 남들 사는 것처럼 서로에게 녹아들어서 알콩달콩 아옹다옹 지낼 수 있을까?

운명은 미적거리면 강제 집행된다고, 언젠가 의미심장한 운명론을 들은 일이 있었다. 상식인으로서 딱히 그 말을 진지하게 받아들이는 건 아니었다. 하지만 지금 기분이 딱 그랬다. 준비는 안 되어 있는데 강제 집행된 기분이다.

결혼에 아이에. 생각지도 않았던 것들이 해일처럼 밀려온다.

찬헌은 멍하니 한숨만을 내쉬다가 휴대폰의 사진 폴더를 열어 정연에게 받은 초음파 사진을 클릭했다. 화면 하나 가득, 까만 동그라미 안에 강낭콩 같은 태아의 형태가 보인다. 아직은 숨은 그림 찾기를 하는 것도 같은데 계속 보고 있으면 신기하게 그 형태가 눈에 와 박힌다.

나를 닮아 머리가 좀 큰가? 괜스레 벌써 닮은 모습을 찾는 자신을 의식하고 찬헌은 피식 웃었다.

◆◈◆

Part Ⅱ. 구름 위의 사랑

「인생의 돌발 상황을 의연히 받아들이는 것. 그게 어른이 된다는 것의 의미가 아닌가 싶네요.」

정연과 결혼 약속을 하고 이 주가 지날 무렵 찬헌은 자신의 블로그에 그렇게 썼다. 그동안 두 사람과 양가의 일은 우스우리만치 쉽고 편하게 흘러갔다.

찬헌의 집에서 정연을 두 팔 벌려 반긴 것은 물론이고 정연의 부모님은 찬헌을 신기할 정도로 아주 점잖게 대했다. 그러다 보니 찬헌은 안도와 동시에 미묘한 영웅 심리에 도취되고 말았다.

갑자기 인생이 격류에 휩싸이는 것이 막연하고 두렵지만, 그래도 그것을 굳건히 견뎌 내고 책임지는 것이 남자가 아닌가 하고, 잠시 그렇게도 생각해 봤다.

그는 센티멘탈리즘에 도취해 있었고, 진심으로 그 격류 속에 있는 자신이 자랑스러웠다. 그러나 정작 가장 가까운 사람은 그런 찬헌을 보고 뭐라 말도 못하고 속만 끓이고 있었다.

"돌발 상황? 어른? 진짜 놀고 있네."

정연은 결국 비아냥거리고 말았다. 제가 책임질 일을 '돌발 상황'이라고 표현하는 개념은 무엇이며, 무언가 의연하게 잘 해내고 있다는 저 자신감은 또 뭔지.

정연은 지난주에 찬헌과 함께 그녀의 부모님께 인사를 드리러 가 진땀을 뺀 일을 떠올렸다.

아버지도 어머니도 조용하고 점잖은 편이라 크게 걱정하지는 않았지만 그래도 정연은 부모님께 당부를 해 두었다. 찬헌이 갑작스러워 하지만 많이 기뻐하고 있으니 크게 다그치지 말라는 내용이었다.

정연의 부모님은 흔쾌히 그러겠다 했고, 최선을 다해 예비 사위를 맞았다.

찬헌은 부모님 앞에서 그녀의 오빠 앞에서 엉망으로 굴었던 것처럼 행동하지는 않았다. 하지만 미묘하게 엉망인 것이 어디 가지는 않았다.

'그래, 어디 박사님이시라고?'

애써 호탕하게 입을 연 아버지에게 그는 꽤 뻣뻣하게 굴었다. 묘하게 젠체하면서도 창피하다고 과하게 에둘러대는 그는 평소와 다름없이 부자연스러웠고, 그 앞에서 정연도 부모님도 딱딱하게 굳어 버렸다.

그는 내내 멀뚱멀뚱 앉아서 아버지가 건네는 말씀을 열심히 들었다. 듣고 듣고 또 듣고 가끔 고개를 끄덕였다. 넙죽 엎드려서 "죄송합니다. 따님을 주십시오."까지는 아니더라도 조금은 면구스러워하는 태도를 기대했던 정연의 부모님은 그 뻣뻣한 태도에 꽤 당황했다.

사정상 급하게 하는 결혼인 만큼 잔뜩 우그러져 있던 정연의 아버지는 그저 딸 가진 게 죄인가 보다 하고 생각해 버렸다. 사고는 둘이 쳤지만 딸 가진 부모로서는 을의 입장이 되는 기분이 없지 않았다.

딸이 데리고 온 남자가 서글서글했다면 조금은 심리적 부담을 덜었을 텐데, 찬헌은 꼭 풀 먹인 옷처럼 뻣뻣했다.

그는 쓰레기처럼 굴지는 않았지만 과히 훌륭하게 굴지도 않았다. 정연의 부모님은 어쩔 수 없다고 생각하면서도 찬헌의 태도를 못내 불편해했다.

정연은 찬헌이 딱히 생색을 내고 싶어서 그런 것이 아니라 천성이 그렇게 생겨서 생각이 없기 때문에 그렇다는 것을 알았지만, 그것을 부모님께 해명할 수도 없는 노릇이었다. 부모님의 오해를 풀자면, 원래 그렇다고 설명을 해야 했기 때문이다. 이래도 문제 저래도 문제였다.

결국 정연은 상황을 모면하는 데에 온 정신을 집중해야 했고, 그러는 사이에 찬헌은 자신만의 세계에서 잘해 나가고 있다는 자기도취에 빠지고 말았다.

예전부터 찬헌은 종종 자신의 상황을 드라마틱하게 해석하곤 했다. 자의식이 강한 사람들이 간혹 그렇다고 하더니 찬헌도 그런 경우였다.

그런 그가 현재 빠져 있는 장르는 '성장 드라마'였다. 그는 어른이 되어 가는 과정의 자신이 몸서리치게 자랑스러운 모양이었다. 답답한 것은 옆에서 지켜보는 사람이었다. 지금도 그녀의 입장에서 찬헌은 답이 없는 어린애인데…….

"결혼하면 아들 하나 입양하고 시작하는 거라더니."

너무 자주 들어서 흘려듣던 그 말이 비로소 피부에 와 닿았다. 남자는 애다. 대체로 그렇다는 게 지금의 정연에게는 오히려 위안이었다.

다소 부조리하게 느껴지긴 했다. 결혼을 했는데 남편이 실은 남편이 아니라 큰아들인 거라니. 엄마 양을 흉내 낸 늑대보다도 더 충격적인 가장이 아닌가.

카톡—

정연이 이런저런 생각에 빠져 있을 때 메시지 알림 소리가 울렸다. 200퍼센트의 확신으로 찬헌으로부터 온 것을 안다. 언제 불쾌했냐는 듯 정연의 기분이 살짝 들뜬다.

[밥 잘 챙겨먹었어? 무리하지 말고. 퇴근하면 연락할게.]

기분이 순식간에 안락하게 가라앉았다. 간질거리는 기분이 참지 못하고 목에서, 배에서 살그머니 기어 나온다.

결혼 이야기가 진행되면서부터 찬헌은 그녀에게 소름이 끼칠 정도로 다정하게 대했다. 아마도 이 역할 놀이에 푹 빠진 듯 세상에서 더없이 자상한 약혼자가 되어 있었다.

그와 지나치게 긴 권태기 아닌 권태기를 겪어 왔기에 정연은 찬헌의 태도가 어색했지만, 그럼에도 불구하고 그 다정함에 어쩔 수 없이 몸이 간질거렸다. 어쩌면 상황이나 역할에 더 심취해 있는 것은 그녀인지도 몰랐다.

그는 다정한 약혼자고, 그녀는 사랑받는 약혼녀이고, 두 사람은 곧 의젓하게 행복한 가정을 꾸릴 것이라는, 그 커다란 설렘이 가져다주는 만족감에 비하면 찬헌의 성장 드라마 놀이는 귀여운 애교로 넘길 수도 있는 것이었다.

"어쩌니……. 아빠가 철이 없는데 엄마가 봐주면서 살아야지. 그렇지, 별아?"

정연이 웃으며 배 속의 별이에게 혼잣말로 동의를 구했다. 벌써부터 '여자끼리'라는 묘한 동질감이 느껴졌다.

정연은 별이가 여자아이라고 철석같이 믿고 있었다. 처음에는 영은으로부터 간략한 해몽을 듣고 그런가 보다 생각했던 것이 어느 순간부터는 별 근거도 없이 '당연히 여자애'라고 인지하게 됐다.

그래서 옷도 신발도 모두 여자아이 색으로 샀다. 그것을 본 찬헌이 당황해서 이래도 되냐고 물을 정도로.

여자아이인 것 같다는 말에 예비 시어머니는 고개를 갸웃했다. 확실한 거냐고 몇 번이나 그녀에게 물었다. '분명히 남자아이 태몽을 꿨는데…….'라면서.

시어머니의 태몽은 운석이라고 했다. 찬헌과의 관계가 불분명했던 상태에서 그의 어머니가 태몽을 꿨다는 것도 놀라웠지만 두 개의 태몽 모두 계획이라도 한 듯이 별과 관련된 태몽이라는 것도 신기했다.

태몽이 있는 문화가 별로 없고 요새는 미신으로 취급하는 사람도 많다지만 그래도 한국 사람이라면 태몽을 대부분 가지고 있다. 정연도 그런 것에는 시큰둥한 편이었는데 일단 경험하고 나니 저절로 믿게 되는 것이 있달까.

그녀가 예비 시어머니의 꿈 얘기에 귀를 세우며 집중하는 동안 찬헌은 매우 따분한 표정으로 일관했다.

예비 시댁의 분위기는 생각보다 쿨했다. 찬헌의 아버지는 과묵한 편이었고 주로 어머니가 이야기를 했는데, 시종일관 아들을 돌아보며 "얘가 너무 제멋대로지?"라고 정연에게 물었다.

그녀가 민망해서 아니라고 손사래를 쳐야만 했을 정도로 그랬다. 어딜 봐도 자식의 매너를 엉망으로 가르친 부모의 모습은 아니었지만 묘하게 그의 부모님이라는 것이 납득이 됐다. 찬헌의 제멋대로인 성품은 아무래도 타고난 것 같았다.

찬헌의 위로는 나이 차이가 많이 나는 누나가 셋인데, 찬헌이 단속한 탓인지 그날은 얼굴을 볼 수 없었다.

정연은 그의 어머니로부터 찬헌의 어린 시절 얘기를 들었다. 초등학교 2학년 때 친구와 싸우고 벌을 서고 돌아와서 일기장 세 페이지에 걸쳐 왜 자신이 억울한가를 피력하던 남다른(?) 아이였다고 했다.

정연은 그 일화를 듣자마자 절로 '아!' 하고 고개를 끄덕여 버렸다. 찬헌답다고 생각했다. 찬헌의 어머니도 정연이 그렇게 생각하리라 예상하고 한 이야기였다. 피차 그의 캐릭터를 뻔히 아는 처지에, 숨길 것도 없다는 것이었다.

찬헌은 두 사람의 대화를 불만스럽게 방관했다. 그래도 찬헌은 잘 참았다. 어머니의 입을 통해 폭로되는 그의 흑역사는 아슬아슬하게 적정 수위를 유지했다.

부모님께 인사를 드리고 함께 집을 나오면서 찬헌은 정말로 길었다며 내내 투덜거렸다. 결혼 전까지는 집에 얼씬도 하지 말자며 몇 번이나 그녀에게서 당부를 받아 냈다.

혈연이나 지연이 없던 사람들이 두 사람을 계기로 가족이 된다. 정연은 지난주 내내 그것을 피부로 느꼈다. 아직은 두렵기도 하고 어색했지만 모두 이런 과정을 겪는 것이라고 생각하면 엄살을 부리고 싶지는 않았다.

정연은 앉은 자리에서 다리를 쭉 펴 몸을 이완했다.

그때 그녀의 휴대폰이 울렸다. '가브리엘의 오보에'. 결혼을 약속하고 나서 그의 벨 소리를 따로 지정했다. 정연은 입꼬리를 올리며 전화를 받았다.

"응, 찬헌 씨. 이따 전화한다더니."

— 그냥 궁금해서.

"뭐가 그렇게 궁금한데?"

— 운석이 녀석, 잘 지내나 싶어서.

이거였다. 이게 찬헌에게 가지고 있는 또 다른 '아주 사소한' 불만의 정체였다.

"운석이 아니라니까. 별이야, 별이."

— 사진 보니까 머리도 큰 게 딱 운석이더만.

"원래 이 시기엔 다 그래! 딱히 큰 거 아니라고!"

그녀가 정색하는 것을 듣고 그가 프흐흐 웃었다. 어머니의 태몽이 운석이었다는 이야기를 몇 번 들은 이후로 찬헌은 농담 반진담 반으로 배 속의 별이를 운석이라고 부르기 시작했다.

이미 '별'이라는 태명에 익숙해져 있는 정연에게 찬헌의 자의적 네이밍은 당혹스런 느낌을 주었다. 더불어 여자아이로 추정되는 아기에게 '운석'은 너무 남성적인 태명이라고 생각했다.

찬헌은 정연을 놀리는 게 재미있는지 아니면 그 사실 자체를 즐기는 건지, 태아의 머리가 크다는 것을 계속해서 강조했다. 이제 세 달이 채 못 된 태아를 두고 머리가 크다고 하는 것이 당치 않다는 것을 알면서도 정연은 그 말을 가볍게 농담으로 넘길 수가 없었다.

조금 큰 머리는 다름 아니라 그녀가 찬헌의 외모에서 가장 신경 쓰는 부분이었다. 그는 어마어마하게 머리가 큰 것은 아니지만 엄청난 짱구라서인지 머리가 조금 컸다. 적어도 소두와는 거리가 멀었다.

머리가 큰 것은 유전이라던데. 정연은 아기가 아빠를 닮아 머리가 클까 벌써부터 두려웠다. 하지만 자기애가 충만한 찬헌은 머리가 큰 것에도 자부심을 가졌다.

남자 머리가 너무 작으면 위엄이 없다느니, 머리가 좋으면 당연히 크게 되어 있다느니. 아무튼 해괴한 소리를 해 댔다.

"아빠는 괜찮지만 우리 별이는 여자애니까 안 되거든?"

― 아직 모르잖아?

"그건 그런데……."

태몽 얘기를 근거로 할 수도 없고, 그녀의 근거 없는 확신이라고 말할 수도 없고 참 난감했다. 찬헌은 이미 운석이라고 부르는 데에 재미를 붙여서 이러다간 태명이 두 개가 되게 생겼다.

― 병원엔 언제 가는 거지?

정연은 달력을 체크했다.

"다음 주. 벌써 한 달 지났네."

마지막으로 확인한 뒤로 3주가 정신없이 지나갔다.

'그날'의 일을 떠올리자 다시금 정연의 심장이 조여 들었다. 지금 생각해 보면 말도 안 되는 끔찍한 일을 저지르려 했다. 찬헌에게도, 아이에게도 평생 말할 수 없는 일이었다. 아마도 평생 가슴속에 묻어 둬야 할 바늘 같은 죄의식이 가슴을 콕 질렀다.

― 아직도 일주일이나 남은 거야?

그새 찬헌이 실망한 목소리를 낸다. 정연은 어느새 그 목소리가 마음에 들었다.

찬헌은 의외로 아기에 대해 지대한 호기심을 보였다. 아직까지는 아빠로서의 관심이라기보다는 어린애 같은 호기심으로 보였지만 그것만으로도 기적이라 느껴질 정도였다.

그가 바로 일주일 전까지 그녀를 걱정하게 했던 그 당사자가 맞나 의심이 될 정도였다.

"응. 너무 자주 보면 안 좋다잖아. 일주일만 참아."

정연은 찬헌과 함께 초음파를 볼 일을 상상했다. 또다시 가슴
이 두근거렸다.

"맞다. 동아리 동기들 만나서 총각 파티 하기로 했어."

— 벌써 얘기했어?

"응. 놀라 기절하려고 하더라."

찬헌은 친구들 앞에서 당당하게 결혼 발표를 했던 때를 떠올
리며 흡족한 웃음을 띠웠다.

아이가 생겨서 결혼한다는 찬헌의 이야기를 듣고 찬헌의 직
장 동료들이 놀란 것은 물론, 동아리 동기들은 아예 경악했다.
그 상대가 서정연이라는 것을 들었을 때 광수는 거의 숨이 끊어
질 것 같이 놀란 듯했다. 찬헌은 개선장군처럼 당당하게 모임을
소집하라고 광수에게 일렀다. 네놈들이 그렇게 안주거리로 씹어
대던 그 여자와 내가 결혼한다. 속도위반은 덤으로. 그 사실이
찬헌을 의기양양하게 만들었다.

찬헌은 평소에 만나는 여자를 가지고 으스대는 남자를 최하
인종으로 취급했는데 우습게도 자신이 그런 상황에 처하니 똑같
이 행동하게 되었다. 기분 같아선 만천하에 서정연이 자신의 여
자라고 공표하고 싶었지만 세상 모든 사람이 정연을 아는 것이
아니니 자제해야만 하는 것이 안타까울 따름이었다.

— 광수 오빠 보기 창피해서 어떡해.

"어떡하긴. 죄 지었냐?"

광수는 정연과 별로 이야기를 나눈 적이 없다는데 정연은 광수를 또렷하게 기억했다. 친근하게 '오빠'라고 지칭하는 것이 미묘하게 거슬리기도 했다. 다음에는 호칭을 바꾸라고 닦달해야 겠다고 생각했다.

— 뭐라고 말한 거야? 그냥 우연히 다시 만나서 사귀었다고?

"5년 사귀었다고 했지."

찬헌이 딱 잘라 말하자 정연이 헛웃음을 터뜨렸다. 그의 영리한 변명에 감탄하고 있는 것이리라.

— 되게 로맨틱하네? 친구들 놀라지 않게 적당히 해.

"좀 놀라 봐야지. 그것들도."

찬헌이 자신만 아는 맥락을 되짚으며 연신 의뭉스런 웃음을 흘렸다.

"아, 나 이제 가 봐야겠다. 점심시간 끝났어."

찬헌이 아쉬워하며 전화를 끊을 채비를 했다.

"이따 전화하고 데리러 갈게. 잘 지내고. 운석이도 빠이빠이~"

그리고 쪽, 하고 입을 맞췄다.

정연은 깜짝 놀라 버렸다.

세상에. 저게 진짜로 찬헌인가? 정연이 어리둥절하고 있을 때 급히 전화가 끊겼다. 몸이 확 달아오르다가 곧 무언가가 아쉬웠다. 한 가지 말이 묘하게 생략되어 있는 듯한, 말없이 말한 것 같으면서도 부족한. 그것만 있으면 완벽한 그런 것.

사랑해.

그 한 마디가 불현듯 머리에 떠올랐다.

사랑해.

한 번 더 떠올리자, 머리가 확 멍해졌다. 얼마 전까지라면 그녀와 찬헌 사이에 그런 말이 가당키나 한가 하고 냉소적으로 넘겼을 텐데, 지금은 아주 가까이 와 닿았다. 조만간 곧 말할 수도 있을 것 같은 그런 기분이었다.

"진짜? 그게 될까?"

믿지 못해 스스로에게 되물었다. '된다'고 기분은 말하고 있었다. 정연의 가슴이 다시금 설렘으로 가득 차올랐다.

청첩장 샘플을 받은 날 정연의 눈은 오래도록 **빳빳한** 지면의 한 부분에 머물러 있었다.

신랑 강정환, 이연경의 장남 찬헌
신부 서태민, 은선미의 장녀 정연

"아……."

한참을 보고 있자니 저절로 한숨이 흘러나왔다. 정확히 왜 그랬는지는 그녀 자신도 알 수 없었다. 안도와 허전함이 공존하는 기분이었다.

자신의 이름이 청첩장에 박혀 있다. 찬헌의 이름이 그녀의 위에 있고, 그녀의 이름이 찬헌의 아래에 있다. 어색하지만 묘하게도 받아들이게 된다.

청첩장을 손에 쥔 날은 딱 12주 차의 정기 검진일이기도 했다. 결혼을 결정하고 나서 부랴부랴 일을 진행한 결과였다.

식장은 두 사람이 졸업한 대학교의 웨딩홀로 예약했다. 사정을 설명하고 가장 가까이 비는 날짜를 잡았다. 정확히 한 달 뒤였다. 배가 부르기 전에 식을 올려야 한다고 무척 서둘렀다.

정연은 찬헌에게 몇 번이나 "괜찮을까?"라고 물었다. 당연히도 그는 잘 몰랐다. 그래서 같이 걱정만 해 주었다.

어머니에게 물었더니 "괜찮지 않을까?"라고 대답해 주었다. 어머니는 아이를 낳은 지가 하도 오래돼서 기억이 가물가물하다고 했다.

웨딩드레스 숍에서 괜찮을 거라는 말을 들은 뒤에야 겨우 마음을 놓았지만 그래도 완전히 안심할 수는 없었다.

어쩌다가 이렇게 무계획적이고 품위가 안 사는 결혼을 하게 됐을까.

한 달 전의 걱정에 비하면 사치였지만 이제는 진심으로 그걸 고민하고 있었다. 이왕이면 남들처럼 차근차근, 예쁘게 결혼하고 싶었는데. 아직은 실감도 나지 않고 아쉬운 것투성이다.

아직은 약간 볼록하기만 할 뿐인 배가 괜히 비대해 보인다. 자신의 몸에서 강한 이질감이 느껴졌다. 도저히 예쁜 신부가 될 수 있을 것 같지 않은 몸. 문득 스친 과민한 자격지심에 괜스레 눈물이 핑 돌았다.

"나 요새 살찐 것 같지 않아?"

병원 대기실에서 정연이 찬헌에게 넌지시 물었다.

찬헌은 전혀 예상치 못한 질문을 받았다는 듯 연신 눈을 깜박였다. 아기를 가졌으니 배가 조금 나오긴 했지만 그것을 딱히 살이 쪘다고 표현할 수는 없었다. 상식적으로 임신한 사람에게 평범한 사람의 신체 상태를 기대하는 사람은 없다.

배가 많이 나온 것 같지 않아? 부은 것 같지가 않아? 가 아니고 살 찐 것 같지 않아? 라고 묻는 그녀의 심리가 대체 무엇인지 알 수가 없었다.

"……평소랑 비슷한 것 같은데?"

응, 그래? 정연은 시무룩하게 고개를 끄덕였다. 찬헌은 더더욱 영문을 몰랐다. 그때 접수처에서 정연의 이름을 호명했다.

"서정연 씨? 초음파실에서 대기하세요."

정연은 살짝 긴장해서 초음파실에 누웠다. 손을 더듬거리니, 찬헌이 얼결에 그 손을 잡았다. 그도 꽤 긴장한 듯 손에 땀이 맺혀 있었다. 우리가 어떻게 여기까지 왔을까? 갑작스레 신기함과 어색함이 함께 밀려왔다.

그녀의 마음을 아는지 모르는지 찬헌은 아직까지 새까만 초음파 모니터를 뚫어지게 보기만 한다.

"아직 아무것도 없는데 뭘 그렇게 뚫어지게 봐?"

"……그냥 신기해서."

그러고는 두리번거린다. 그렇구나. 정연은 그제야 깨달았다.

찬헌이 살짝 긴장한 정도가 아니라 어쩔 줄을 모르고 있다는 것을. 그에게는 아무래도 첫 경험일 테니까. 세 번째인 그녀와는 다를 것이다.

정연은 이 상황이 익숙하기도 했지만 그보다도 이번에는 누군가가 옆에 있다는 사실이 든든했다. 그게 비록 두리번두리번 어리바리하게 구는 남자라도 말이다.

조금 전 진료실에서 상담했던 중년의 여의사가 들어와 그녀와 찬헌에게 인사를 건넸다. 첫 병원으로는 돌아가기 뭐했고, 두 번째 병원에도 갈 수 없었으니, 병원을 옮기고 첫 방문인 셈이다.

신경 써서 고른 것이 보람이 있는지 정연은 담당 의사에게서 좋은 느낌을 받았다.

"서정연 씨? 그리고 남편분?"

찬헌이 멍하니 있다가 퍼뜩 고개를 끄덕였다. 남편이라……. 아직까지는 익숙하지 않은 단어였고 한 달 이르지만 곧 그렇게 될 것이었다. 강찬헌이 남편이라니, 그 뉘앙스에서 느껴지는 오묘한 기분을 곱씹으며 정연은 고개를 조금 세웠다.

결혼을 한 달 앞두고 12주라는, 달갑지만은 않은 상황에서 정연이 유일하게 마음에 들었던 것은 바로 이 무렵부터 복부 초음파가 가능하다는 사실이었다. 배에 느껴지는 차가운 윤활제의 느낌과 압통에 살짝 몸을 떨며 정연은 찬헌과 함께 모니터를 응시했다.

팔딱- 팔딱-

둥그런 방에 회색의 생명체가 그렇게 팔딱 팔딱 뛰고 있었다.

"어? 얘 움직이는 거 아냐?"

"맞아요. 엄청 활발하네요."

아! 둘의 입이 동시에 탄성을 뱉어 냈다. 작은 형체가 모니터 속에서 계속 뛰었다.

엄청 활발하다는 건 다른 애들보다 더 활발하다는 의미겠지?

따지고 보면 별말 아닌데도 벌써부터 그 말이 특별하게 느껴진다. 꼭 그녀의 아이가 유니크하다는 의미인 것 같아서였다.

"벌써 움직입니까?"

"네, 그럼요. 태동이 느껴지는 건 5개월 전후지만 배 속에서는 진작부터 움직여요."

궁금한 게 많은지 찬헌은 이것저것 묻다가, 다시 넋을 놓고 화면을 보다가, 또 뭔가를 물으려다 말을 잃었다.

"어디 보자. 머리 크기는 평균이네요."

"큰 거 아니죠?"

정연이 황급한 목소리로 물었다. 의사가 갸웃하며 정연을 봤다가 시선을 돌려 찬헌을 흘낏 봤다. 그러더니만 의미심장하게 미소를 지었다.

"엄마 닮아서 머리가 작을 것 같은데요?"

"아, 다행이다."

"뭐?"

찬헌이 그제야 수상한 분위기를 눈치채고 황당한 눈으로 정연을 봤다.

"두상은 아빠 닮아서 예쁠 것 같네요."

그가 자랑스러워하는 사방 짱구 두상을 금세 캐치하는 여의사도 보통이 아니었다.

찬헌은 그새를 못 참고 금세 의기양양한 얼굴이 된다. 아이구, 저 단세포. 정연은 쯧 하고 혀를 차고 말았다.

"성별도 지금 알 수 있습니까?"

찬헌이 꽤나 거침없이 묻는다. 금기 질문 중 하나를 저렇게 거침없이 하다니! 정연은 당황하며 찬헌의 팔을 살짝 쳐서 주의를 주었다.

지난 몇 주 동안 관찰한 바로 보아 찬헌은 아이의 성별을 크게 신경 쓰는 것 같지는 않았다. 하지만 궁금하기는 한 모양인지 가끔씩 그녀의 배에 대고 너는 남자니? 여자니? 라고 물었다.

지금 물은 것도 그 호기심의 연장이라는 것을 정연은 알았다. 하지만 의사의 입장에서는 그렇게 들리지 않을 가능성이 높았다.

"아직은…… 잘 모르겠네요."

그녀는 무난하게 "모르겠다."는 말로 응답했다. 이 시기에도 각도에 따라 분별하는 방법이 있다던가. 정연도 궁금해서 자료를 찾아 봤었다. 의사 선생님이라면 아마도 더 잘 알고 있을 텐데 표정을 아무리 보아도 그 답을 읽어 낼 수가 없다.

"어, 애 갑자기 안 움직이는데요?"

갑자기 찬헌이 이상을 발견했다는 듯 다급하게 물었다. 프로

그램의 오류를 발견하는 날카로운 눈이 저런 데서 빛을 발하나. 일상에선 전혀 발휘되지 않는 능력이라고 생각했는데 그렇지도 않은 모양이었다.

"아. 한참 놀다가 피곤해서 자는 거예요."

"자요?"

그에게는 실로 생소한 개념이었다. 저렇게 조그만 생명체가 놀기도 하고 피곤해하기도 하고 지치면 잔다고?

"그럼 얘네는 수면 사이클이 얼마나 되는 거지?"

"찬헌 씨 그만해."

"보통 14주 넘으면 안구가 생겨서 판별 가능한데 평균 20분 주기로 자고 일어나다가 점점 길어져요. 30주에는 40분 정도까지 늘어나고요."

쓸데없이 학구적인 박사 아빠의 질문에도 의사 선생님이 시원시원하게 대답해 주자 찬헌의 기분이 상당히 고조됐다.

"짜식 너도 할 거 다 하는구나?"

찬헌은 잘 자고 있는 아기가 기특한 듯, 그렇게 슬그머니 내뱉었다. 그는 꽤 흥분해 있는 듯했다. 아기가 신기하고 귀여운 모양이었다.

정연의 눈이 슬그머니 찬헌의 옆모습을 따라갔다. 잘생긴 입술이 작게 벌어져 감탄사를 내뱉는다. 상당히 의외다. 정연은 그 예상 못 한 환대가 기쁘면서도 어딘지 모르게 속으로 찌르르 말려드는 기분이 들었다.

찬헌은 아마도 좋은 아빠가 될 것 같다. 벌써부터 저렇게 홍

분하는 것을 보니 말이다. 그녀 역시 벌써부터 아이에게 정신을 못 차리는 것은 매한가지다.

그렇다면 둘은 높은 확률로 아이 하나를 둔 팔불출 부모가 될 것이다. 그러면 그 이상은? 그 이외의 것은? 부부가 단순히 아이를 키우는 부모, 그것만의 의미였던가?

저만 아는 사람들이 자식에겐 끔찍하다 한다. 아이라면 시끄럽고 귀찮다던 사람들이 제 자식을 보면 더 어쩔 줄을 모르는 걸 자주 봤다. 아마도 아이를 제 분신, 제 몸의 일부, '제 것'이라고 생각하기 때문일 거다.

찬헌도 벌써부터 저것이 제 것이라고 인지하고 있는 거다. 그런 거면 저 흥분도 들뜬 모습도 모두 이해할 수 있다. 하지만 그녀는? 그와 그녀는? 다른 여자와 우연히 사고로 아이를 만들었다 해도 찬헌은 지금같이 어린애마냥 흥분하고 들떴을까?

갑작스레 든 그 생각이 정연을 조금 불편하게 만들었다.

그에게 많은 것을 기대하지 않는다 생각했다. 실제로 기대하지 않았는지도 모른다. 하지만 온전하지 않았던 것들이 조금씩 해결될수록 더 많은 것을 바라게 된다. 여자로서 적어도 결혼이 책임지기 위해 하는 것, 그 이상이기를 바랐다. 너무나,

사랑받고 싶다.

문득 그 바람이 정연으로 하여금 저도 모르게 주륵, 눈물을 쏟게 했다.

정연은 생각했다. 그와 결혼 약속을 했을 때 무슨 마음이었을까 자신은.

그에 대한 남은 애정, 편안함, 그리고 아이에 대한 책임감만으로 함께 살아갈 수 있을 거라고 생각했다. 그런데 생각보다 문제는 복잡했다. 이렇게 마음을 겹겹이 열고 안에 있는 걸 드러낼수록 몰랐던 것을 알게 된다. 사랑받고 싶다는 그 식욕과 같은 간절한 욕구.

"정연아? 서정연? 왜 그래?"

찬헌이 그녀의 이상을 발견하고 다급하게 묻는다. 정연은 얼른 눈물을 훔쳤지만 이미 빨개진 눈이 그에게 노출된 뒤였다. 그는 여태껏 그렇게 둔했으면서, 갑자기 날카로워지기라도 한듯 수시로 변화를 잡아낸다. 그냥, 계속 둔했으면 좋았을걸.

"예……뻐서. 애기가 너무 예뻐서."

이 말은 아기를 품에 안는 순간 하려고 아껴 두고 있었는데, 이런 변명의 순간에 써 버리다니. 좋지 않다. 좋지 않다.

아기를 촉매로 자신의 처지를 슬퍼하는 것도 좋지 않았다.

아기의 존재가 기쁜데도 자신은 슬프다.

호르몬 탓일까? 차라리 그런 거면 좋겠다고 정연은 생각했다.

2010년 초는 《인셉션》으로 떠들썩했다(*실제로는 여름에 개봉). 다크나이트 시리즈의 성공과 함께 헐리우드에서 가장 핫한 영화 감독으로 자리를 굳히고 있던 크리스토퍼 놀란의 신작이었다. 영화는 전문가들에게서는 호평과 혹평을 동시에 받았지만 실로 마법 같은 흡인력으로 관객들을 빨아들였다.

그 무렵 5년간의 미국 생활을 청산하고 막 귀국한 찬헌은 《인셉션》을 보고 싶어 했다. 그게 정연이 귀국한 찬헌으로부터 처음 받은 전화의 용건이었다.

'서정연, 잘 지냈어? 오빠 한국 왔다. 인셉션 같이 볼래?'

5년 만에 듣는 그의 목소리는 낮고 깔깔했다.

아, 저런 목소리였지. 듣자마자 어떻게 그렇게 바로 기억이 나는지.

정연은 기쁘게 그러자고 했다. 그 무렵 정연도 사법 고시 3차 합격 통보를 받고 한가한 중이었다.

정연에게는 인셉션을 보러 가자고 하면 함께할 친구들은 많이 있었다. 하지만 다른 어떤 경우보다 찬헌과 같이 보러 가는 시나리오가 마음에 들었다. 5년 동안 보지 못했는데 그가 어떻게 변했을까 궁금했다.

지옥 같은 시험에 합격해서 느긋해진 상태라 이성 관계에 대한 약간의 기대도 있었다. 대학 시절 두 사람은 끝까지 좋은 친구로 지냈지만 둘 사이에 긴장감이 전혀 없는 것은 아니었다.

하지만 처음 만났을 때 찬헌에게는 여자 친구가 있었고 찬헌이 여자 친구와 헤어졌을 때는 정연에게 남자 친구가 있었다. 둘 다 번거로움을 감수하며 환승을 고려할 정도로 서로에게 주체 못할 매력을 느끼는 건 아니었다. 자연히 관계는 돈독한 친구 사이로만 깊어졌다.

정연은 처음 그와 만났을 때, 그에게 여자 친구가 있다는 말을 듣고 묘하게 실망을 했던 자신을 떠올렸다.

그래, 분명히 실망을 했었지. 피식 웃음이 나왔다. 그만큼 좋은 느낌을 받았었다.

사람이 선해 보인다든가, 좋은 성품을 가지고 있다든가 그런 문제가 아니라, 동물적인 느낌에 가까웠다. 시선과 주의가 저절로 그 사람을 향한다. 목소리의 톤, 말의 빠르기, 앞머리의 길이, 몸에서 나는 희미한 체향에까지 신경이 쓰인다.

느낌과 더불어 그와는 영화 취향도 아주 비슷했다. 혹시 인연인가? 생각하는 순간 기대가 깨졌다. 여자 친구가 있다고.

아…… 그렇구나. 그렇게 급하게 식었던 것이 새록새록 기억나기 시작했다.

정연이 같은 과 동기에게 대시를 받았다는 얘기를, 찬헌은 내내 불편한 얼굴로 들었다. 당시 찬헌은 여자 친구랑 헤어지기 직전 단계까지 와 있었지만 정연은 그 사실을 아주 나중에야 알았다.

시간이 지나 생각해 보면 아리송한 부분도 있었다. 그때 둘 사이에 느껴졌던 긴장감이 착각이 아니라면 그때 왜 찬헌은 정연에게 아무 말도 하지 않았을까. 그저 그녀 혼자만의 느낌이었던 걸까? 지금 이것도 크게 기대는 안 해야 할지 모르겠다.

그 생각을 되짚으며 정연은 거울 속에 비친 자신의 완벽한 화장을 다시금 확인했다.

약속 장소에 막 도착한 정연이 시계를 확인하고 있을 때 멀리서 누군가 그녀를 불렀다. 그 깔깔한 목소리의 주인이었다.

고개를 돌리자 남자가 한 손을 들어 화답한 뒤 그녀에게 다가온다.

그는 기억 속 모습 그대로지만 어른의 색이 났다. 친근한 추억에 연륜을 덧칠한 느낌. 정장 코트 차림의 어른 남자가 그녀의 코앞까지 다가왔다.

'잘 지냈어? 야 몰라보겠는데?'

저런 능청스런 말도 할 줄 아는 사람이었나. 방금 알아보고 다가왔으면서 몰라보겠다니. 그 말이 가진 아이러니함에 정연은 그만 픕 하고 웃었다.

'오빠도 잘 지냈어요? 완전 멋있어졌네.'

재회가 좋았다. 시작이 좋았다. 이번에는 뭔가 될지 모른다. 정연의 머릿속에 그런 예감이 떠올랐다.

영화가 끝나고 저녁 식사를 하러 가면서 찬헌은 계속해서 영화에 대해 이야기했다. 큰 소재는 클리셰인데 잘 이해했다, 상업성을 의식한 듯한 포인트가 지나치게 많이 보인다, 주절주절 늘어놓는 말을 정연이 한 마디로 받았다.

'재밌었죠?'

'음 뭐.'

찬헌의 말이 뚝 끊겼다. 귀 끝이 빨개져 있는 걸 보니 정곡을 찔린 모양이었다.

영화를 보는 중에 정연은 가끔 눈을 돌려 그의 옆모습을 봤다. 완전 넋이 나가서는. 그런 얼굴을 해 놓고 클리셰니 상업성이니. 그런 말을 한다고 설득력이 있을 리가.

기가 막힌 쾌감을 주는 영화였다. '환상적이다'. 문자 그대로의 의미로, 그리고 관용적인 의미로도 그랬다. 그리고 둘 사이에도 어떤 환상이 생기려고 시동을 거는 중이었다.

그날 두 사람은 그 이후로 정연이 가장 좋아하게 된 이탈리안 레스토랑에 갔다. 추천받아 주문한 해물 파스타는 지극히 만족스러웠다. 두 사람은 인셉션의 얘기를 좀 더 하다가 다른 영화 이야기를 했다.

미국 독립 영화에 남다른 조예를 가지고 있는 찬헌은 관련 이야기가 나오자 청산유수였다. 그는 독립 영화 DVD를 많이 소장하고 있었다. 관심을 보이는 정연에게 놀러 오라고 권했다.

정연은 문득 눈을 떴다. 몸을 비스듬히 누인 침대가 익숙한 듯 낯설고 눈앞이 안락하다. 그녀는 자신이 찬헌의 가슴에 머리를 묻은 채 밤새 잤다는 사실을 깨달았다.

"찬헌 씨?"

찬헌이 으응…… 하고 신음 소리를 내다가 눈을 떴다.

"벌써 일어났어? 주말인데 더 자지?"

"나 말이야. 그때 꿈 꿨어."

"그때? 언제?"

"우리 인셉션 본 날."

아, 하고 찬헌이 바로 누우며 정연의 어깨를 끌어당겼다.

"우리 첫 데이트 한 날이구나."

"첫 데이트? 그냥 영화 보러 간 거 아냐?"

"그냥 영화만 보자고 식당 예약까지 했겠냐, 내가."

"어? 그런 얘기는 안 했잖아."

"모르는 니가 더 이상하다."

찬헌이 대충 얼버무리며 하품을 했다. 그의 턱 밑으로 밤새 자라기 시작한 수염이 까슬했다. 살짝 푸석한 듯하면서 매끈한 얼굴이다. 그는 동안도 아니고 노안도 아니고, 신기하게 딱 그 나이로 보였다.

옆으로 긴 눈매와 얇은 윗입술은 그의 얼굴에서 정연이 특별히 좋아하는 부분이다. 이렇게 보면 꽤 괜찮단 말이지.

"그럼 그때부터 벌써 흑심이 있었던 거야?"

"……그런가."

"그럼 미국에서부터 작정하고 온 거야? 나 만나려고?"

"그건 아니고."

"그럼 뭐야?"

"아, 뭘 그렇게 꼬치꼬치 물어."

찬헌은 이 상황이 못내 곤란했다. 그래, 너를 못 잊어서 오자마자 찾은 거야. 그렇게 말할 수 있다면 로맨틱한 얘기가 되겠지만 사실과는 조금 차이가 있었다.

그 당시 찬헌은 정말로 인셉션을 보고 싶었다. 정말정말 보고 싶은데 왠지 혼자 보러 가기는 싫었다. 그때 갑자기 정연이 생각났다. 생각이 나니 갑자기 궁금해졌다. 그녀가 얼마나 변했을지, 얼마나 성숙해졌을지.

그래서 약속을 잡고 내친김에 레스토랑 예약까지 했다. 데이트가 되어도 좋겠지, 이런 안일한 기분으로.

"뭐야, 그게. 근데 왜 갑자기 나한테 작업 걸었어?"

작업. 그랬다. 찬헌은 그날 이후로 꽤 노골적으로 작업을 걸었다. 다음 날도 영화를 보자고 연락하고, 영화를 본 뒤에는 한정식을 먹으러 갔다. 나중에는 딱 봐도 이상해 보이는 영화까지 찾아서 보러 가자고 연락했다.

첫 데이트 중에 갑자기 그녀와 사귀어야겠다는 벼락같은 결심이 들었다. 한 영화를 계기로.

"펀치 드렁크 러브."

천재 감독이라 불리는 폴 토마스 앤더슨의 유일한 '로맨틱 코미디'. '로맨틱' 하고 '코미디' 지만 통상적인 '로맨틱 코미디' 와는 조금 달랐다.

둘은 사귀는 동안 《펀치 드렁크 러브》를 몇 번 같이 봤다. 볼 때마다 찬헌은 시뻘게진 눈을 감추느라 바빴다. 처음 영화를 봤을 때는 거실에서 체면을 잃고 내내 훌쩍거렸다고 했다. 푸딩 마일리지를 모아서 하와이에 가고 싶어 하는 그 남자가 꼭 자신인 것 같아서.

외로움에 지쳐 어딘가로 떠나고 싶어 하고 분노를 참을 수 없고 유약하지만 좋아하는 여자를 위해 풍금을 훔치고 싶어 하는 남자. 그리고 그는 사랑을 통해 변한다. 그를 통해 보는 사람은 기대한다. 나도 누군가를 사랑할 수 있을까? 나도 변할 수 있을까?

"진짜? 그거 때문에?"

"응. 그리고 니가 로맨틱 코미디 싫어한다고 해서."

"싫어한다고 한 적은 없는데."

정연은 사실 로맨틱 코미디를 아주 좋아했다. 《노팅힐》은 말할 것도 없고 《러브 액츄얼리》, 《브리짓 존스의 일기》, 《내 남자 친구의 결혼식》, 《유브갓메일》. 좋아하는 영화의 목록을 즉석에서 길게 댈 수 있을 정도로.

하지만 그 얘기를 그와 사귀는 동안에는 단 한 번도 할 수 없었다.

은연중에 상대방에게 맞춰 주는 것이 버릇이 되어 버렸다. 누가 뭘 싫어한다고 강하게 말하면 의도적으로 관련 얘기를 피해 버린다.

자신이 좋아하는 것을 남이 싫어한다고 하면 더 그렇다. 로맨틱 코미디를 싫어하는 공대 남자 강찬헌은 로맨틱 코미디를 언급하지 않는 서정연을 보고 로맨틱 코미디를 좋아하지 않는 여자라고 생각했을 것이다. 그렇게 생각하는 것도 무리는 아니었다.

"좋아하냐, 너도?"

"……쪼금."

찬헌이 한숨을 내쉰다.

"누가 그러더라. 여자들은 그런 거 다 좋아한다고."

"그야 그렇지."

"진짜로?"

찬헌이 대뜸 상체를 반쯤 일으켰다. 정말로 컬쳐쇼크인 듯.

"당신도 펀치 드렁크 러브 좋아하잖아."

"그건 좋은 영화잖아."

"노팅힐도 그래."

"으음."

찬헌이 흡사 인정할 수 없다는 듯 인상을 찡그렸다. 남자도 여자도 사랑에 대한 꿈을 꾼다. 꿈의 내용은 조금 다르다. 찬헌 역시 어떤 사랑 영화를 보면서 눈물짓는 사람이었다. 정연은 그 사실을 기억해 냈다.

'사랑한다' 는 말을 들으면 두 사람의 머릿속에는 분명 다른 그림이 그려질 것이다. 서로의 그림을 보면 어떤 부분은 고개를 끄덕이겠지만 썩 마음에 들지는 않을지도 모른다. 각자의 그림을 마음에 품고 상대방을 '사랑' 한다면, 과연 두 사람이 서로를 사랑한다고 할 수 있을까?

그래도 사랑한다고, 듣고 싶다. 정연은 그에게 묻고 싶었다. 그녀를 사랑하냐고. 아이가 생겨서가 아니라 그녀를 사랑하기 때문에 결혼하고 싶은 것이냐고. 그녀가 그의 마음속 외로움의 불씨를 밟아 꺼 주는 사람이냐고.

하지만 그녀는 사랑한다는 그 말이 듣고 싶으면서도, 그렇게 바라는 그 말을 들었을 때 행여라도 그것이 자신이 생각하는 그 의미가 아닐까 두려웠다.

"무슨 일이 있어도 딸을 낳아야겠어."

"왜?"

"아들 낳으면 당신같이 로맨틱 코미디는 질색이라고 펄쩍 뛸 거 아냐."

"딸이라도 안 돼. 그런 거 봤다가 괜히 비현실적인 꿈만 키운다니까."

"그렇게 생각하면 딴 영화도 마찬가지."

"됐어. 자자, 자."

찬헌이 이불을 끌어당겨 정연의 머리에 확 덮어씌웠다. 정연은 잠시 바둥대다가 곧 코까지만 빼꼼 내밀고 찬헌의 어깨에 이마를 묻었다.

익숙한 체향이 다시 코로 스며들었다. 따지지 않고 이불을 덮어 버리는 강찬헌은 어색하지만, 그래도 따뜻하다. 오늘 밤만큼은 이 따뜻함으로 버틸 수 있을 정도로. 하지만 오늘이 지나면 다시 고민하게 될 것을 안다.

정연은 다시 잠에 들어 꿈결에 아이와 함께 노팅힐을 보는 꿈을 꿨다. 찬헌과 그녀를 꼭 반반씩 닮은 아이는 여자아이로도 남자아이로도 보였다. 궁금함이 깊어만 간다.

정연은 남쪽 섬의 한가운데에 서 있었다. 찬헌의 노력으로 숙소에서 나오면 바로 바다를 볼 수 있는 곳에 머물 수 있었다. 찬헌과 정연은 꼬박 하루 전에 결혼식으로 마치고 이곳에 왔다.

정연의 손에는 청혼 시에 받은 다이아몬드 반지와 은으로 된 커플링이 끼워져 있었다. 자신의 손을 바라보고 있자니 기분이 묘했다. 정말로 유부녀가 되었구나 싶어서.

정확히 2주 전에 정연은 한 레스토랑의 야외 테라스에서 프러포즈를 받았다.

테라스는 그림 같았고, 전세를 냈는지 텅 비어 있었다. 대체로 그런 것에는 영 깜깜인 찬헌인데 프러포즈를 위해 굉장히 신경을 쓴 듯했다.

여기저기 색색의 장미들이 장식되어 있었고, 늦게 들어온 그가 테이블로 다가와서는 그녀에게 커다란 장미 다발을 품에 안겼다.

정연은 극도의 행복감을 느꼈다.

그리고 그 순간 한 방울, 두 방울 비가 떨어지기 시작했다.

이상한 순간이었다. 마치 주위가 슬로모션이 된 것처럼 찬헌도 정연도 천천히 고개를 들어 하늘을 봤다.

가장 행복한 순간의 비. 비극을 예감하는 복선이라고 보기에는 묘하게 상쾌했다. 그리고 바로 눈이 마주친 그 둘은 서로의 눈에서 같은 것을 읽어 냈다.

레스토랑 직원들이 허둥대며 천막을 치는 동안에도 찬헌과 정연은 잠시 그렇게 있었다. 찬헌은 팔을 들어 정연의 머리로 쏟아지는 빗물을 막아 줬다.

천막이 쳐지고 직원들이 테이블을 다시 세팅해 주었다. 찬헌과 정연은 새 의자에 앉아 마주 봤다.

귀 옆에서 빗소리가 들리고 눈앞에서 서로의 존재감이 더욱 생생하게 느껴졌다.

때가 왔다는 것을 느낀 찬헌이 품에서 반지 케이스를 꺼내어 정연의 눈앞에 열어 보였다.

꿀꺽, 한 번 침을 삼키고 그가 말했다.

'이거저거 할 말 준비했는데. 기억나는 게 하나도 없네.'

그리고 그는 한 번 웃었다.

'그냥 말이야. 여기 이 천막처럼 살자. 비가 와도 안에서는 안심할 수 있게. 너랑 나랑, 그리고 우리 별-운석이랑.'

찬헌은 그녀, 그, 그리고 그 둘이 합의해서 하이픈을 넣어 부르기로 한 별-운석을 언급했다. 가족, 조금 이르지만 셋이다. 그 여유가 넘치는 숫자에 정연의 가슴이 뭉클했다.

'서정연. 나랑 결혼해 줄래?'

정연은 눈물을 글썽이며 고개를 끄덕였다. 그를 통해서 아팠던 모든 것들이 보상받는 기분이었다. 찬헌이 일어서 다가와 그녀의 왼쪽 약지에 반지를 끼워 줬다. 그는 시원한 표정이었다.

결혼식장에서 찬헌은 많은 놀림과 부러움 섞인 시선을 받았다. 총각 파티에서 충분한 해명을 들었지만 찬헌의 영화 연구회 동기들은 여전히 믿을 수 없다는 복잡한 시선을 보냈다.

분명히 그때 작업 중인 여자가 있다고 했는데……. 영리한 찬헌은 그들이 캐묻기도 전에 그 여자가 서정연이라고 덧붙였다. 5년을 사귀었는데 냉전 중이라서 잠시 헤어졌다가 다시 작업해서 만났다고.

덤으로 아기가 생겨서 일찍 결혼한다는, 나름대로 꼼꼼하게 했지만 천이 모자라 퀼트로 기운 듯한 그런 허술한 이야기.

의심스런 눈길에도 신부 대기실의 신부는 아름다웠고, 하객들을 맞는 신랑은 입이 귀에 걸려 있었다. 신랑 가족들은 더했다. 그래서 광수는 괜히 자신이 과민했나 생각하고 말았다.

결혼식은 적당한 규모였고 소박했다. 특이하게도 양가 모두 축의금을 받지 않았다. 갑작스런 결혼 소식에 수근댈 준비를 하고 왔던 사람들은 꽉 찬 봉투를 도로 품에 집어넣고 흡족해 덕담을 하고 돌아갔다.

턱시도와 웨딩드레스를 입고 나란히 선 두 사람은 한 폭의 그림같이 잘 어울려 선남선녀라고 여기저기서 찬사를 들었다. 예식도 결혼서약도 폐백도 고된 와중에 모두 정신없이 지나갔다.

그리고 밤늦게 도착한 신혼여행지의 숙소에서 찬헌과 정연은 그대로 고꾸라져서 잠이 들었다. 바깥 공기가 청량하고 모든 피로가 녹는 듯한 휴양지의 첫날 밤이 그렇게 지났다.

"잘 잤어, 마누라?"

졸린 목소리의 찬헌에게서 처음 들은 인사였다. 정연은 그의 '마누라'라는 호칭을 듣고 소스라치게 놀랐다. 나 참, 적응이 빠르기도 하다. 그 호칭이 어색하면서도 바로 잠에서 깬 그녀에게 어제 그 둘이 결혼했다는 사실을 상기시켰다.

강찬헌과 결혼이라니. 정말 올바른 선택을 한 걸까? 그런 의

문도 잠시 떠올랐지만 이미 저질러 버렸고 공인까지 됐으니 후회해도 늦었다. 거기에 더해 결혼 일주일 전에 이미 혼인신고까지 마친 상태였다.

"오늘 뭐 할래? 피곤하면 하루 쉴까?"

그가 물었다.

"요 앞에 해변 좀 산책할게. 당신은 더 자다가 나와."

그 얘기에 대답을 하는 둥 마는 둥 다시 단잠에 빠져드는 찬헌을 뒤로하고 정연은 모자를 쓰고 가벼운 원피스 차림으로 밖에 나왔다. 남쪽 섬의 태양이 초록색 바다를 비췄다. 정연은 시원한 바닷바람을 맞으며 해변을 걸었다.

다이아몬드의 몸체가 햇빛에 맞닿아 영롱하게 반짝거렸다. 눈이 부시게 예쁘다. 예쁜 보석이 많다지만 다이아몬드의 견고함과 아름다움은 압도적이다. 하지만 따뜻하게 아름다운 것이 아닌 어딘가 가슴이 시린 아름다움이다.

언제부터 결혼할 사람에게 다이아몬드를 선물했을까. 언제부터 다이아몬드는 영원한 사랑을 의미했을까. 날 하나 들어가지 않는 이 견고함은, 사랑과 결혼의 무엇을 의미하는 걸까.

똑 부러지게 살고 싶지만 나약한 그녀, 그녀만큼이나 나약한 영혼인 찬헌에게 이 단단한 보석이 부여하는 사랑의 기준은 너무나 높았다. 앞으로 그와 어떻게 살아야 할까. 어떻게 사랑해야 할까.

정연이 고민하고 있을 때 뒤에서 인기척이 느껴졌다. 정연이 흠칫 놀라 돌아보니 아직도 머리가 부스스한 찬헌이 있었다.

"더 잔다더니?"

"그냥 일어나서 나왔어. 여긴 시원해서 그런가. 잠이 깨네."

반팔에 반바지, 캐쥬얼한 차림의 그가 대학 시절을 떠올리게
했다. 손을 대지 않은 내츄럴한 머리까지.

"뭐하고 있었어?"

"그냥 좀 걸었어."

"수영할래?"

"아니, 난 됐어."

"난 조금만 하고 나올게."

그렇게 말하고 그가 자리에서 웃통을 훌렁 벗었다. 꾸준한 운
동으로 매끈하게 다져진 가슴 근육이 눈에 정면으로 들어와 박
힌다. 정연은 저도 모르게 얼굴을 붉혀 버렸다. 그러고 보니 그
의 벗은 몸을 보는 것이 너무나 오랜만이었다.

그는 웃통을 벗자마자 곧이어 바지까지 벗어 버렸다. 그것을
보고 정연은 그만 꺅 소리를 질러 버렸다.

"미쳤어? 왜 이래?"

"엥? 너야말로 왜 그래?"

찬헌이 어리둥절해하며 발목까지 바지를 마저 내리다 말고
멍한 얼굴을 했다. 정연이 손으로 반쯤 얼굴을 가리며 그를 보
니 안에 수영복을 입고 있었다.

"아…… 난 또……."

찬헌이 그제야 정연의 걱정을 알아차렸다.

"넌…… 내가 무슨 노출증 환잔 줄 알아?"

"머리도 안 빗었으면서 수영복은 그새 챙겨 입고 나왔네."

정연이 정색을 하며 표정 관리를 했다. 얼굴이 이번에는 부끄러움으로 화끈했다.

"왜 얼굴이 새빨개, 너?"

".⋯⋯아, 아닌데?"

"너무 오랜만에 나 벗은 거 보니까 반하겠어?"

"아니거든?"

유치하게 물어 오니 어린아이같이 반응하게 된다. 지금 누가 그들을 서른넷, 서른둘의 신혼부부라고 보겠는가.

"기분인데 같이 수영할까?"

"아니 난 됐다니까⋯⋯! 악⋯⋯! 꺅!!!"

찬헌이 정연을 바로 안아 들어 그대로 물속으로 직진했다. 얕은 물가에 살짝 내려놓으니 정연이 발로 바닥의 모래를 디디며 바둥거렸다. 찬헌이 정연의 겨드랑이를 잡아 지지해 주었다.

몸이 부력에 의해 조금 떠오르며 그의 배에 기대니 편했다. 발가락에는 부드러운 모래가 감겨 온다. 고개를 살짝 돌리니 그녀보다 머리 하나는 훨씬 더 큰 찬헌과 눈이 마주쳤다. 벌써 물장구를 친 건지 머리가 푹 젖어 앞머리가 여기저기 이마에 엉겨 있다. 그 모습이 장난꾸러기 어린애 같다.

천진함. 찬헌에게서 그것을 발견한 적이 별로 없었다.

천진하기에 그는 늘 똑똑하고, 선배이기도 하고, 두 사람이 서로에게 많은 것을 보여 주는 관계는 아니었다.

조금 더 어릴 때 만났으면 달랐을까. 몇 번 생각을 해 봤다.

결국엔 연인이 되었지만 이미 현실이 뭔지 너무나 잘 아는 나이였다.

쉽게 뜨거워질 수 없었던 것은 그저 두 사람의 성격 탓이라고 생각했는데 혹시 나이 탓은 아니었을까?

이 순간 어린 얼굴의 찬헌을 보니 문득 그런 생각이 들었다.

멍해진 정연의 눈을 찬헌이 잠시 들여다보더니 물었다.

"무슨 생각을 그렇게 골똘히 해?"

응? 아니 아무것도……. 그렇게 대답하려는데 목이 막혔다. 그 순간 찬헌이 그녀에게 살짝 입을 맞췄다.

"사람 앞에 두고 딴생각하네."

기습적인 그의 입맞춤에 입술이 불붙은 것처럼 달아올랐다. 몇 달간 스킨십이 거의 없었지만 혼인 서약 때 키스도 했고, 그 전에는 더한 것도 한 사이인데, 지금 이 가벼운 입맞춤이 너무나도 쑥스럽다. 하지만 나쁜 기분은 아니었다.

정연이 얼자 찬헌이 조금 무안해한다.

"……별로? 아직 좀 그런가?"

정연이 고개를 저었다.

"아니. 괜찮아."

그리고 곧 밀려드는 기분. 아쉬움이다.

"……더 해."

정연이 물끄러미 올려다보자 찬헌이 멋쩍어했다. 머뭇거리다가 살그머니 입술을 내려 정연에게 입 맞췄다. 축축하고 따뜻하다가 곧 팽팽한 느낌이 된다. 살그머니 빗장을 연 입안으로 그의 혀가 들어와 부드럽게 한 번 휘젓는다.

눈앞이 남국의 햇빛처럼 훤하고, 한 번 번쩍 밝아진다.

바다로 이어지는 작은 창문을 열자 침실로 시원한 바닷바람
이 들어왔다. 찬헌과 정연은 서로에게 엉켜서 정상보다 조금 높
은 체온을 음미하는 중이었다.

벌건 대낮부터 이래도 되는 걸까. 잠시 의구심이 밀려왔지만
곧 밀어 놓았다.

그래 봤자 이틀 뒤면 떠나서 돌아오지 않을 곳인데, 무슨 일
을 하든 무슨 상관이란 말인가.

몇 달 만에 맛보는 서로의 살갗은 과일과 같이 달았고 여전
히 좋은 향기가 났다.

사실 사람 자체만이라면 강찬헌, 서정연의 체향에 그다지 특
별한 것이 있을 리가 만무했으나 그런 것이 아니려나. 궁합이라
는 거.

페로몬이라던가, 아무튼 사람은 본능적으로 자신과 다른 면
역 유전자를 가진 사람을 찾아낸다고 한다. 모르는 사이에 냄새
만으로.

이것도 그런 것이 아닐까. 동물과 같은 본능만으로 서로가 서
로에게 맞는 짝임을 알아보고, 그래서 머리로는 의심해도 도저
히 떨어질 수가 없는 것이다. 이미 이렇게, 서로가 서로에게 끈
끈하게 붙어서 서로에게 정을 품어서 새로운 생명을 낳지 않고
는 견딜 수 없었던 것이다.

금세 날려갈 이런저런 상념을 떠올리며 정연은 몸을 겹쳐 오는 찬헌을 조심스레 안았다. 그가 작게 물어 온다.

"하……. 괜찮은 거 맞아?"

"으응. 14주부터는 괜찮다고 그랬어."

"이 녀석 놀라는 거 아냐?"

찬헌이 조금 볼록해지기 시작한 정연의 동그란 배를 부드럽게 어루만지며 묻는다. 소중한 것을 아끼는 듯한 그 손길이 신기하게 야하게 느껴지는 건 왜일까. 정연은 참지 못하고 거친 숨을 터뜨리며 가쁘게 대답했다.

"응. 살살……. 부드럽게 해."

찬헌이 이미 젖어 있는 그녀의 입구에 몇 번 문지르다가 조심스럽게 들어왔다. 잠시 들어오지 않았다고 그새 그를 더 숨막히게 조여 온다. 흐읍— 찬헌은 숨을 멈추고 그대로 반절 더 들어갔다.

"괜찮아?"

너무 깊으면 아이에게 좋지 않다는 이야기를 들어서인지 유달리 조심하게 된다. 자신을 꽉 채운 느낌에 배 속부터 홧홧 달아오르는 것을 느끼며 정연이 고개를 끄덕였다. 그러자 찬헌이 아주 느리게 움직이기 시작했다.

그가 들어가고 나가고, 그녀의 몸이 따라서 응축됐다 펴졌다 한다. 이 행위가 주는 일체감은 정신을 혼미하게 한다. 그것이 이성을 아득하게 놓았다 쥐었다 한다. 결국 아무 생각도 할 수 없게 만든다.

정사 후의 상대가 때때로 못 견디게 사랑스럽고 어떤 때는 못 견디게 그리운 것은, 이렇게 정신없는 일체감을 경험한 뒤라서일 것이다. 그래서 몸이 식은 이후에는 두 사람이 맨정신일 때 어떤 관계인가 냉정하게 바라볼 수 있어서겠지.

오늘의 그는 사랑스러울까, 그렇지 않으면 다시 그녀를 외롭게 할까.

파도가 한 번, 두 번, 철썩 철썩 밀려 들어왔다 밀려 나갔다.

정연은 그 안에서 울고 웃고 화내고 즐거워하고 고통스러워하고, 그러면서 느꼈다.

뭐래도 좋다. 몸이 식어도 이 순간이 충만하고, 그녀의 생명만큼이나 그의 생명 역시 벅찼다.

그렇게 쉴 새 없이 밀어 치던 파도 끝에 잠시 그가 고통스럽게 몸을 부르르 떨다가 곧 그녀의 안에 파정했다.

몸 안에 따뜻한 것이 그림자처럼 스며들었다. 그리고 편안했다. 정연은 찬헌의 땀에 젖은 머리를 그대로 끌어안았다.

바람이 그들의 젖은 머리를 식혔다.

◆◆◆

Part Ⅲ. Troubles

정연과 찬헌의 결혼식이 끝난 이틀 후, 화요일의 서울은 비가 억수로 내리는 중이었다. 아직은 하나의 큰 변화에 채 적응이 되지 않은 시점이었다.

차를 준비하던 유진은 잠시 넋을 놓고 비에 흠뻑 젖은 통유리창을 구경하다가 멀리 밖을 내다봤다. 갑자기 정연의 일이 몹시 궁금해졌다.

"아가씨 신혼여행은 재미있나 모르겠네."

유진이 혼잣말처럼 조용히 옆에 있는 정호에게 말을 건넸다. 정호는 스마트폰으로 신문 기사를 보다가 고개를 들었다. 유진이 보는 것과 같은 풍경이 그의 눈에 들어왔다.

그는 지금 유진이 퍽 감성적이라는 것을 알았다. 정연의 결혼식에서도 유진은 남들 몰래 눈물을 여러 번 닦았다. 유진의 여린 성품 탓이었지만 아내를 울린 동생의 결혼식이 괜히 원망스러운 정호는 명실공히 팔불출 남편이었다.

정호는 지금도 행여 유진이 정연의 결혼식을 떠올리며 또다시 센티멘탈해질까 일부러 퉁명스럽게 말했다.

"싸우지나 않으면 다행이지."

"원래 신혼여행지에서 많이들 싸우잖아요."

보통도 그런데, 으르렁거리기를 잘 하는 그 녀석들이라면 더 그렇겠지. 그것이 충분히 예상 가능하지만 정호는 그 둘의 일은 제 알 바 아니라는 양 시큰둥해했다.

"지들이 싸우든 말든."

"근데 아가씨 신랑 괜찮던데요? 인물도 훤하고. 인상도 선하고."

정연의 결혼식 이후로 몇 번이나 화제에 올렸던 시누이의 신랑 이야기를 다시 시작했다. 그와 별로 아름다운 사이라고 할 수 없는 정호는 반사적으로 미간을 찡그렸다. 하지만 찬헌을 언급하는 유진의 얼굴에는 또다시 화색이 돌았다.

결혼 직전까지 워낙 우여곡절이 많았고 좋지 않은 이야기도 많이 들었던 터라 유진은 내심 착하고 예쁜 시누이가 어떤 놈팡이에게 걸렸나 걱정했었다. 하지만 결혼식장에서 처음 본 찬헌의 인상과 풍채는 말 그대로 반전이었다.

겉모습을 보고 사람을 다 알 수는 없다고 해도 느낌이 있었다. 조금 날카로워 보이는 구석은 있지만, 기본적으로 좋은 가정에서 무난하게 자란 남자로 보였다.

"그냥 그 짚신에 제 짝이지."

정호의 표현이 재미있는지 유진이 깔깔 웃었다.

"짚신은 너무하다. 수제 맞춤 구두는 되겠던데."

"우와! 되게 과하게 봤네."

"당신은 아니라고 생각해요?"

아내의 되물음에 정호는 수제 커플 구두를 머릿속에 떠올렸다. 단어만으로 그림이 그려질 만큼 예쁜 느낌이다.

"……아냐 그런 느낌은. 오히려 당신이랑 내가 좀 그 비슷하지."

정호가 아무렇지도 않게 자화자찬을 덧붙였다. 유진은 못 말린다는 듯 픕 웃었다.

"아니면? 당신 보기에는 어떤 느낌인데요?"

"그러니까 말이야. 커플 구두가 필요한데. 하나는 구두점에서 수제로 맞췄어. 포멀하진 않고 좀 자유분방한 느낌으로. 그리고 다른 하난 백화점 명품관에 가서 사 온 거야. 붙여 놨더니 안 어울릴 것 같은데 이상하게 어울리는 거야."

유진이 아아, 긍정의 소리를 내며 바로 납득을 했다.

"명품관 구두가 아가씨고, 수제 구두가 신랑? 수제 구두 맞네."

"……그렇게 칼같이 대입된다는 건 아니고. 그냥 그런 느낌이라는 거지."

유진이 다시 고개를 끄덕였다. 누가 고급 기성품이고 누가 수제품이고를 떠나서 뭐 어쨌든 어울린다는 소리가 아닌가. 그녀의 남편도 그들이 어울린다는 사실에 동의하고 있는 것이어서 유진은 그 동의가 반가웠다. 그녀가 곧 환하게 웃었다.

"아가씨 잘 살겠지?"

"적당히 살겠지."

정호는 끝까지 시큰둥했다. 그래도 유진은 그가 그녀와 같은 생각이라는 것을 알았다.

찬헌과 정연은 이럴 거면 굳이 신혼여행을 해외로 올 필요가 있었는지 의아할 정도로 거의 대부분의 시간을 자기만 했다. 일을 갑작스레 진행시키느라 누적된 피로가 한꺼번에 밀려온 탓이 컸다.

두 사람의 사이클도 미묘하게 일치하지 않았다. 찬헌이 눈을 뜨면 정연이 자고 있고, 정연이 눈을 뜨면 찬헌이 자고 있었다.

그렇게 몇 번 어긋나다가 지루해진 찬헌은 자고 있는 정연을 깨워 어디라도 나갈까 고민하다가 급기야는 노트북을 꺼내 일을 하기 시작했다. 평소에 일을 집으로 가져오지 않는 편이었지만 이번에는 4박 5일씩이나 자리를 비우는 것이 조금 불안해 일거리를 가져왔다.

그러면서도 정말로 일을 하게 될 거라고는 생각지 않았는데 이렇게 일을 하게 되다니, 역시 유비무환이라고 혼잣말로 중얼거리며 그는 열심히 프로그램에 몰두했다.

얼마나 지났을까, 정연이 부스스 눈을 떴을 때 찬헌은 완전히 몰입해 있었다. 정연은 나른하게 눈을 깜박이다가 노트북으로 일을 하고 있는 찬헌을 보고 자신의 눈을 의심했다. 그리고 순간 형언할 수 없는 이유로, 울컥 무언가 올라오는 것을 느꼈다.

"……"

그래. 바쁜 사람이니까. 신혼여행지에서 일. 할 수 있지. 바람 맞고 일하는 것도 아니고 그녀가 자는 사이에 일하는 것. 아무 문제없었다. 이 상황은 아무런 문제도 없었다.

머리로는 그렇게 결론을 내렸는데, 기분은 그게 아니었다. 화가 머리에 찬물을 끼얹었다.

"……찬헌 씨?"

정연이 조용히 찬헌을 불렀다. 특정한 반응을 기대하면서.

찬헌이 돌아보지도 않고 대답했다.

"어, 일어났어?"

"응……. 나 얼마나 잔 거지?"

"잘 모르겠는데……."

"깨우지 그랬어……."

"푹 자길래. 어, 잠깐만 나 이것 좀 하고."

다시 울컥했다. 아, 이러면 안 되는데. 정연은 마음을 가라앉히려고 노력했지만 섭섭한 마음이 점점 더 커져만 갔다. 예의. 그래 이건 기본적인 예의와 관련된 문제였다.

그가 1분 1초의 재빠른 반응이 중요한 일을 하고 있다면야 충분히 이해를 할 수 있었다. 가령 주식거래라든가. 하지만 그런 것이 아니지 않은가. 그가 하는 일은 시급한 마감일을 요구하는 일도 아니었다.

설령 그렇다 하더라도 신혼여행을 사유로 충분히 늦출 수 있는 종류의 것이다.

세상에, 신혼여행지에서 일을 하는 남자라니!

정연은 가만히 자리에 앉아 말없이 찬헌의 뒤통수를 응시했다. 언제까지 하나 싶어서 아예 팔짱까지 끼고 대기했다.

스스로도 이런 태도가 다소 수동공격적(passive aggressive)이라는 의식이 있었지만 달리 어떻게 할 수가 없었다. 그녀는 이미 마음이 상했고 신혼여행지에서 소리를 높이고 싶지는 않았으며, 내심으로는 그의 한계를 보고 싶은 마음도 있었다.

30분, 40분이 지나고도 찬헌은 여전히 뒤를 돌아볼 생각도 하지 않고 점입가경으로 몰두해 있었다. 그동안 정연의 머릿속에는 온갖 생각이 다 스치고 지나갔다.

그녀도 바쁘다면 바쁜 사람이었다. 차라리 나도 일이나 가져올 걸 그랬나. 신혼여행지에서 일을 하는 부부라니. 그랬다면 바람직한 워커홀릭 부부로 미담을 남길 수도 있었겠다.

하지만 그녀는 그러고 싶지 않았다. 왜냐하면 이건, 예의와 관련된 문제니까. 서로에 대한 기본적인 존중과 예의의 문제였다.

"찬헌 씨……?"

"어…… 배고파? 룸서비스 시킬래?"

저 남자는 지금 몇 분이 지났는지 몇 시간이 지났는지 전혀 모르고 있는 것임에 틀림없다. 룸서비스. 신혼여행 사흘 차, 줄 창 룸서비스만 시켰다. 물론 둘 모두 자느라 바빠서 그런 거지만.

이제는 슬슬 밖에 나갈 때도 되었는데 그가 너무나 천연덕스럽게 룸서비스를 언급한다.

정연은 가슴속에 참을 인 자 하나를 새기고 찬헌에게 말했다.

"아니, 슬슬 나가자. 밖에서 불쇼도 보고 맛있는 것도 먹고."

으음……. 찬헌이 곤란한 듯 신음을 한 번 흘리더니 곧 느릿하게 대답했다.

"아, 알았어. 이것만 정리하고."

그리고 그것을 정리하는 데에 정확히 20분이 더 걸렸다.

그래도 신혼여행이라서인지 찬헌이 평소보다는 좀 더 협조적이었기 때문에 정연은 대체 어디에서 불만을 터뜨려야 할지 갈피를 잡을 수가 없었다. 진작 말할 걸 지레 꽁했나 싶으면서도, 막연하게 불쾌한 기분이 가시지 않았다.

그냥 섭섭했다. 별말 없이 옆에서 손을 잡고 있는 찬헌을 봐도 과하게 해석하게 된다. 괜히 그가 불성실한 것 같고, 그녀에게 집중하지 않는 것 같다. 그에게 신혼여행이라는 게 의미가 있긴 한 건가?

"어, 야— 저기 불쇼 한다."

화려한 불빛으로 장식된 레스토랑 앞에서 곡예사가 불쇼를 하고 있다. 호기심을 끄는 그 불빛도 눈에 잘 들어오지 않아 정연은 그냥 건성으로 대답해 버렸다.

"응, 재밌네."

"가까이 가서 볼까?"

"……."

"정연아?"

"……."

"야 서정연. 너 왜 그래?"

"응?"

정연이 퍼뜩 고개를 들었다.

"왜 집중을 못 해? 건성으로 대답하고."

그가 자신의 '태도'를 지적하는 듯한 언급을 하자 갑작스레 무언가가 확 올라왔다. 태도에 문제가 있는 것은 그녀가 아니라 그가 아닌가.

"내가 뭘?"

"왜 대답도 잘 안 하고. 피곤해? 그냥 들어갈까?"

늘 약간 따지는 듯한 그 평소의 억양이 다그치는 듯 정연의 신경을 미세하게 긁었다. 정연은 고개를 획 돌려 정면을 응시했다.

"아니, 됐어. 나 피곤하지 않아. 밥 어디서 먹을까?"

정연이 성큼 먼저 걸어 레스토랑이 즐비해 있는 불빛 쪽으로 걸어갔다. 그 뒷모습을 잠시 황당하게 보던 찬헌이 얼른 그녀의 뒤를 따랐다.

정연은 첫 가게의 불빛을 보자마자 그곳으로 들어갔다. 근처에 어떤 식당이 맛있다고 미리 알아 왔지만 이미 그런 걸 고려할 정신이 아니었다. 식사를 주문하면서도 테이블의 분위기는 내내 무거웠다.

찬헌은 정연의 기분이 썩 좋지 않다는 것을 눈치챘지만 짚이는 것이 없는 눈치였다. 그러다 보니 어색한 말 한두 마디만이 오갔다.

불편했다. 둘 모두 이 상황이 불편했다. 하지만 어디서부터 불편을 호소해야 할지 알 수가 없었다.

찬헌과 둘이 마주 앉은 정연의 머릿속에 문득 지난날의 영상이 떠올랐다. 만나서 이야기를 할 때도 곧잘 휴대폰을 붙잡고 업무를 처리하던 그다. 그때 누적되었던 섭섭함이 한순간에 정연을 휘감았다.

사람은 역시 바뀌지 않는 걸까? 이렇게 결혼을 했지만 그녀는 여전히 그에게 조금 덜 집중이 되는 존재에 지나지 않는 걸까? 고민하다 보니 지나친 생각까지 들었다. 그리고 지나친 생각을 하다 보니 처음으로 후회가 됐다.

이 결혼, 정말로 잘한 걸까.

어지러워졌다. 집에 가고 싶다, 갑자기 그 생각이 들었다. 그런데 이번에는 집에 가도 찬헌과 함께다. 피할 곳이 없다는 생각이 들자 돌연 기분이 까마득해졌다.

결국 그날 찬헌과 정연은 불편한 상태로 잠자리에 들었다. 정연은 내내 잠을 뒤척였다. 귓속에는 그에게 하지 못한 말들이 계속해서 떠다녔다.

날 봐, 집중해 줘. 괜히 스스로를 유치한 기분이 들게 만드는 말이다. 사실 전혀 유치하지 않은데, 이 상황이 그녀에게 자격지심을 불러일으킨다.

서운한 것을 모두 말하는 것은, 유치하다고 느낀다. 어떤 것에 대해서는 서운해할 이유가 없는데 자신이 지나치게 예민하다고 느낀다.

언제부터였더라. 그에게 서운한 것을 말하지 않게 된 것이.

워낙 다른 사람에게 섭섭한 말을 잘 하는 편은 아니었다. 그래도 처음에는 곧잘 섭섭한 이야기도 하곤 했다. 하지만 그것이 자주 싸움으로 발전했다.

기본적으로 그도 그녀도 자신의 영역이 확고한 사람들이었다. 상대방이 그 영역을 침범할 때마다 좋은 반응이 따라 나오지는 않았다. 그것이 싸움이 되고, 싸움이 시작되면 지쳤다.

그리고 정연은 싸움을 하고 나면 반드시 자신이 쿨하지 못했다는 일종의 자기혐오 비슷한 감정에 빠지곤 했다. 체면과 안정적인 자기 세계를 유지하기 위해 그들은 이별을 택했고, 그 뒤로 다시 만나면서도 서로에게 아무런 강요도 기대도 하지 않았다.

지금 이건, 그 관계의 연장일 뿐이다.

강요하면 싸우고, 강요하지 않으면 타인 같은. 그저 그런 관계일 뿐이다. 결혼했다고 딱히 해결되거나 바뀐 것은 없었다.

정연은 작게 긴 한숨을 내쉬었다. 기대하지 않았는데 뒤돌아보니 기대가 있었다. 하지만 그것은 역시나 기대해선 안 되는 것이었고, 응어리는 점점 쌓여만 간다.

이대로 이렇게 함께 살아갈 수 있으려나. 벌써부터 걱정이 앞선다. 다시 두통이 밀려온다.

◆

광수는 며칠 동안 통 두통이 가시질 않았다. 아마도 닷새 전부터 시작된 것 같았다. 찬헌의 결혼식장에서 처음 느꼈던 어지러운 느낌이 두통으로 발전하는 데에는 그렇게 오랜 시간이 걸리지 않았다.

찬헌이 '그' 서정연과 결혼한다고 했을 때 그는 너무 놀라 업무 책상에서 벌떡 일어나 버렸다.

두 사람이 접점이 전혀 없던 것은 둘째 치고 찬헌이 누군가와 연애를 하고 있었다는 것은 금시초문이었다.

그 상대가 서정연이라면 이야기는 더 경악스러운 것이 된다. 광수는 결혼식장에 도착하기 전까지만 해도 그가 모르는 동명이인이 동아리에 있었던 것은 아닐까 그렇게 의심했다. 하지만 신부 대기실에서 발견한 그녀는 분명 그가 아는 서정연이었다.

소란스러운 녀석들 사이에서 법대의 여신이라고 불리던 바로 그 서정연이다. 그녀와 찬헌이라니……. 꿈에도 생각지 못한 조합이었다. 그런데 식장에서 나란히 선 그들을 보니 의외로 굉장히 어울렸다.

남자는 그가 아는 강찬헌이었고 여자는 그가 아는 서정연이었다. 그 둘은 전혀 어울릴 것 같지 않은데, 함께 세워 놓으니 영락없는 한 쌍이었다.

그들이 주례 앞에서 나란히 서 있는 모습을 넋 놓고 보는데 찌릿, 이상한 기분이 들었다. 그때부터 시작이었다. 여태 닷새째 계속되고 있는 두통이.

"너 어디 아프니?"

걱정스러운 누나의 부름에 광수가 얼른 고개를 들었다.

"응? 아니. 아니야."

고개를 젓는 광수에게 온 가족의 시선이 몰려 있다. 아이의 교육 때문에 서울로 올라올 계획을 세우고 있는 누나 가족도 오랜만에 참여해 있었다. 지방에서 산부인과 병원을 하는 누나는 그와 나이 차이가 열 살이나 났다. 그래서인지 볼 때마다 이것저것 잔소리를 해 댔다.

그가 좀 더 어렸을 때, 좋은 친구를 가려 사귀어라, 공부를 열심히 하지 않으면 후회한다, 취직하기 좋은 전공을 선택해라, 이런 이야기를 하는 것은 늘 누나의 몫이었다. 심지어 전역한 직후에는 엄마처럼 푸근한 여자애를 사귀라는 이야기까지 들었다.

당시 사귀던 여자 친구가 누나의 눈에 드는 스타일이 아니었던 탓이었다. 딱히 그 이야기를 새겨들은 것도 아니었는데 그 여자 친구와는 오래가지 못했다. 시작할 때 굉장히 좋아했던 것 치고 너무나 빨리 식어서 흐지부지해졌다.

최근의 잔소리 주제는 누가 뭐래도 결혼이었다. 누나는 그의 나이가 서른한 살이 되던 해의 정초부터 만날 때마다 장가가지 않느냐며 닦달을 해 댔다. 오늘도 참한 아가씨가 있다며 소개를 시킨다는 것을 극구 사양하느라 진땀을 뺐다.

아직 어린 여자 친구는 결혼이라는 주제를 부담스러워했다. 그래서 혼기가 차고 넘치는 그가 기다리는 모양새로 가족들에게는 함구할 수밖에 없었다. 말을 잘못 했다가는 당장 데려오라고 난리가 날 것이 틀림없기 때문이었다.

"너 친구들 중에 너만 총각인거 아냐?"

"말도 안 되는 소리. 아직 많이 남았어."

"네 나이는 이제 벌써 갔거나 아예 안 가거나 그 기로라더라."

"언제 적 얘기를 하시나. 내 동기 바로 지난주에도 한 명 갔어."

동기들의 결혼은 현재 진행중이라는 것을 피력하기 위해 광수는 얼른 찬헌의 이야기를 꺼냈다. 그러자 식장에서 느꼈던 울렁거리는 기분이 다시 불쑥 떠올랐다.

"그러니?"

그의 누나가 미심쩍은 목소리로 되물었다. 광수는 그녀의 관심을 돌리기 위해 괜스레 떠벌떠벌 그들의 결혼에 대해 설명하기 시작했다.

"말도 마. 신부가 동아리 퀸카였는데. 그 음흉한 놈이 채갔다고. 그것도 속도위반으로."

광수는 아예 스마트폰으로 페이스북에 접속해 지난주의 결혼

사진을 찾아 누나에게 들이밀었다. 조금 과장되게 불만스런 표정을 지었다. 친구 녀석이 음흉하게 군 것이 못내 분하다는 듯.

"이것 봐. 정말 예쁘지? 이 자식은 복도 많아."

결혼식 단체 사진의 중앙을 확대해서 신랑과 신부의 얼굴을 확대시킨 광수가 연신 툴툴거리며 덧붙였다. 광수의 누나는 호기심 어린 눈으로 사진을 보는 중에 갑자기 깜짝 놀랐다.

"어머. 이 사람. 영은 씨 후배 아냐? 우리 병원 왔었는데."

"응?"

"애 안 낳을 것처럼 하더니."

"뭐어?"

광수의 비명에 가까운 추임새를 듣고 나서야 그의 누나는 자신의 입을 막았다.

"아냐 얘. 나 아무 말도 안 했어."

"그게 무슨 소리야?"

"아니, 아냐. 내가 잘못 봤나 봐."

극구 아니라고 말을 번복했지만 누나의 허둥대는 태도는 그녀가 무심코 환자의 의료 기록을 누출해 버렸다는 사실을 그대로 말하고 있었다.

찬헌과 정연의 결혼 배경에서 뭔가 탐탁지 않은 것을 감지하고 있던 광수는 매와 같이 빠르게 그 정보와 자신의 의혹을 연결시켰다. 해답이 떠올랐고, 순식간에 머리가 환해졌다.

"그럼 그렇지……."

그럼 그렇지. 광수의 입에 비뚜름한 웃음이 걸렸다. 어느 쪽인지는 몰라도 발목 잡힌 결혼인 것이다. 실수를 수습하기 위해 아이를 지우려고 했지만 잘 되지 않아 할 수 없이 결혼을 해 버렸고. 남 보기 부끄러우니 얼기설기 이야기를 꾸며 낸 것이다.

5년간에 걸친 열애라니. 그가 아는 찬헌에게는 전혀 어울리지 않는 이야기라고 생각했다. 아니나 다를까. 조금만 파 보면 이렇게 딱, 구린 것이 드러난다.

머리가 시원하면서도 목 근처는 여전히 울렁거렸다. 아 기분 더럽다─ 고 문득 생각해 버렸다.

한국으로 돌아오는 비행기 안에서 정연은 꾸벅꾸벅 졸다가 기어이 창가에 기대어 자기 시작한 찬헌을 물끄러미 바라봤다.

까칠한 것 같아도 은근 속 편한 체질이라 비행기나 차를 타면 이렇게 바로 잠들어 버리는 찬헌이다. 미국에서 한국을 오갈 때도 비행기에 타서 눈을 감으면 바로 인천이더라는 이야기를 자랑처럼 하곤 했다.

신혼여행 마지막 날인 어제는 피로가 풀려서 나름대로 관광을 즐길 수 있었다. 귀여운 것을 좋아하는 정연을 위해 찬헌이 새끼 호랑이를 보러 가자고 권했고, 긴 줄을 서서 새끼 호랑이를 안아 볼 수 있었다.

발톱을 세우면서 가릉거리는 사나운 고양이 같은 새끼 호랑이는 찬헌만큼 까칠했지만 그 묵직한 바둥거림은 사랑스러웠다.

찬헌은 그의 성격에 평소 같으면 바보 같다고 했을 그 긴 기다림을 묵묵히 참고 견뎠다.

그 외에도 식당의 선택이라든가 관광지의 선택에 정연의 의사를 먼저 고려하는 것이 느껴져서 조금은 감동했다. 덕분에 마지막 밤은 상당히 사이좋게 지낼 수 있었다.

약간의 투닥거림이 있었던 것치고는 좋은 마무리였다. 하지만 왜일까. 이렇게 기분이 허전한 것은.

정연은 자신의 자리에서 기지개를 펴며 다소 팽팽하게 부어오르기 시작한 팔다리를 자신의 손으로 주물렀다. 평소 건강하다고 자부하는 그녀였지만 임신이라는 것이 이런 것인지 몸의 내구가 반으로 떨어진 느낌이었다.

집에서 안락하게 좋은 것만 보고 생각해도 모자랄 시기에 온갖 정신없는 경험들을 했다. 아이의 성격은 태아기에 엄마의 기분 상태에 따라 결정된다는데 혹여 여태까지의 일이 아이에게 나쁜 영향을 미치는 것은 아닐까 걱정이 되기도 했다.

크게 기대한 바도 없지만 역시나 신혼여행은 별로 로맨틱하지 않았다. 정연은 무덤덤한 편이긴 했지만 그래도 보통 여자들이 가지고 있는 결혼에 대한 꿈들은 가지고 있었다. 그 막연한 꿈들이 돌발 상황에 의해 하나하나 수정이 되어 나간다.

혼전 임신에 결혼은 갑작스러웠고 신혼여행은 지루했다. 이런 게 현실이고 인생인가…… 하고 생각하기엔 지나치게 허탈하다. 어딘가 억울하기도 하고.

곯아 떨어져 있는 찬헌의 머릿속엔 무슨 생각이 들었는지. 아무 생각이 없다면 때려 주고 싶을 것 같다. 왠지 입을 벌리고 자는 모습도 얄밉다.

불같이 연애해서 결혼해도 석 달이 지나면 남편이 얄밉다는데. 모든 게 수월하게 풀려서 결혼해도 일주일 동안 한 베개를 베고 자면 꼭 문제가 터진다는데. 그녀와 찬헌은 괜찮을까? 여러 가지 걱정이 앞섰다.

문제없는 연인 관계지만 임신해도 결혼하지 않는 커플들이 서양에는 꽤 많다고 들었다. 법적인 문제도 있을 것이고, 정치관의 문제도 있겠지만, 서로에게 결혼이라는 제도에 묶여도 좋다는 확신을 느끼지 못하기 때문일 것이다.

그녀의 귀에도 아이 때문에 억지로 결혼했다가 1년을 조금 넘어 이혼했다는 이야기가 종종 들려온다. 아이가 생기면 일단은 결혼하고 보는 것이 옳다는 부조리한 상식의 현실적인 결말 중 하나다.

그래도 사람들은 결혼했다가 아이를 데리고 이혼하는 것이 결혼하지 않고 아이를 낳는 것보다는 낫다고 느낀다. 이상한 일이지만 사람들의 생각이 그랬다. 그들은 그녀와 이웃하고 잡담하고 일상을 공유하는 사람들이고, 그녀의 생각도 그들과 크게 다르지 않았다.

인간은 대개 타 죽을 걸 알고 불에 뛰어드는 나방이다. 불행할 걸 알아도 해야만 한다고 정해진 것들을 하고 만다.

아이가 생기는 순간 강찬헌과 서정연은 결혼을 해야만 하는 것이었다. 알고서 불에 뛰어들었으니 어떻게 타느냐는 제 몫이다. 어떤 사람들처럼 굳이 만났다가 헤어지느냐, 아니면 어떻게 계속 살아가느냐는 순전히 앞으로의 문제다.

어떻게 해야 하지.

갑작스레 육중한 부담감이 정연을 억눌렀다. 자신이 없었다. 지금까지 그녀가 해 왔던 어떤 일들과도 다르게 아무런 계획도 세워져 있지 않은 '결혼'이라는 일이 시작되고 있었다.

"아차, 나 오늘부터 또 출근이지……."

알람이 울리자마자 저도 모르게 혼잣말로 중얼거리며 자리에서 벌떡 일어난 찬헌은 어딘지 모르게 옆자리가 허전하다는 것을 깨달았다. 어젯밤에 함께 잠들었던 사람이 없다.

찬헌은 부스스 자리에서 일어나 속옷 차림으로 거실로 나갔다. 바깥에서 부스럭거리는 소리가 들려서였다.

"지금 뭐해?"

"응, 일어났어?"

"너 오늘 출근 안 해도 된다며?"

"당신 밥 먹고 출근하라고……."

부엌에서 찌개에 불을 올리다가 돌아보며 정연이 빙긋 웃었다.

앗, 뭐지, 이 분위기는.

찬헌은 어딘가 불편하고 어색한 달달함에 목 근처가 서늘했다.

이전에도 정연이 그의 집에서 밤을 보낸 적은 많았지만 항상 일어나면 바로 챙기고 나가 황급하게 헤어졌다. 그런 게 그들의 익숙한 모습이었고 이 상황은 어딘지 익숙하지 않았다.

물론 결혼을 했으니 그때와 똑같이 지낼 수는 없었지만 이 급격한 변화에 바로 적응하기는 쉽지 않았다. 게다가 그는 아침을 잘 거르는 편이었다. 일이 바쁘고 아침잠이 많다 보니 거르거나 기껏해야 토스트 정도로 때웠다.

신혼여행 후, 본가의 전형적인 잔소리 코스, '아침은 절대로 거르지 말라'는 어머니의 눈치도 견고한 철벽으로 이겨 냈다. 지극히도 실질적인 가치관을 가진 찬헌은 아내가 일찍 일어나서 남편을 위해 차려 주는 아침밥에 대한 로망이 전혀 없었다.

필요하다면 두 사람이 합의해서 나눠서 해야 할 일이고, 그의 경우에는 아침 식사를 하지 않으니 나눠서 해야 할 일조차 아니었다. 그냥 건너뛰면 되는 것이다.

아침에 밥 먹으면 속이 뒤틀린다는 외아들의 단호함에 어머니는 눈을 흘겼다.

네 처가 그렇게 좋으냐? 손에 물 묻히게 하는 것도 아까워?

둘만 있을 때 어머니는 기어이 그렇게 쏘아 댔고 그는 굳건히 총알을 받아 냈다. 그랬는데…….

"아아, 그래? 야 근데. 힘든데 내일부터는 이러지 마."

저도 모르게 '나 아침 안 먹는데'라는 소리가 혀뿌리까지 올라왔지만 겨우 다시 주워 삼켰다. 정연이 종종걸음으로 찬헌의 앞에 와서 올려다보며 방긋 웃었다.

"어떻게 그래. 그래도 결혼했는데. 이제 아침저녁 두 끼는 꼬박꼬박 같이 먹는 거야. 알았지?"

"어……."

무언가가 굉장히 잘못되어 가고 있는 것 같았다. 흘낏 본 정연은 지금 의욕에 가득 차 있다. 이 결혼을 성공적으로 해 보이겠다는 그녀의 의지가 그의 눈에 보인다. 하지만 정말로 안타깝게도 살짝 어긋난 의지였다.

차라리 다른 데 노력을 쏟아 줘.

저도 모르게 그렇게 말할 뻔하다가 찬헌은 자기 입을 제 손으로 틀어막았다. 주르륵, 입을 막았던 손이 턱 끝까지 미끄러져 내렸다.

신혼여행을 다녀온 주말, 본가에서 밤새 아버지와 술잔을 기울였다. 항상 말이 별로 없는 아버지가 유독 힘주어 말했다.

장가들었으니 말조심하고 살아라. 네놈은 늘 촐싹대는 게 문제야, 하고 싶은 말 다 하고 살다간 제 명에 못 죽는다. 이전에는 네 몸 하나 건사하면 됐지만 이제는 아니다 등등.

술이 들어가자 아버지는 그동안 차마 쏟아 내지 못했던 수많은 말들을 쏟아 냈다. 다양한 변주가 있었지만 요지는 하나였다. '입 닥치고 살라'는.

그래서 찬헌은 입을 닥치고 빙긋, 억지 미소를 지었다.

"어, 그래. 잠깐 기다려. 준비하고 나올게."

결국 찬헌은 오전 내내 속이 쓰려서 명치 근처를 짓누르다

오후에 약국에서 위산 중화제를 사서 복용했다.

괜스레 투덜거림이 올라왔다. 본가에서 그렇게 총알을 막아 줬으면 좀 알아들어야지. 보통은 아침 식사 준비 건너뛰자 하면 좋아하지 않나? 이런 답답한 여자 같으니. 정연이 고지식한 성격인 줄은 알았지만 이 정도인 줄은 몰랐다.

이 결혼 괜히 한 건가?

저도 모르게 떠오른 의문에 미친놈 소리가 따라 나왔다.

결혼 안 했으면 아이는 어쩔 건데? 말도 안 되는 생각을 떠올려 버린 제 자신을 한 번 타박한 찬헌은 슬그머니 휴대폰의 동영상 폴더를 열어 결혼 직전에 들렀던 정기검진에서 받은 초음파 동영상을 재생시켜 봤다.

이제 온전히 사람의 형상을 갖춘 녀석이 펄떡펄떡 열심히 돌고 구르고 발길질을 해 댄다. 산부인과 의사조차 20년 경력에 이런 녀석은 처음 봤다고 할 정도였으니. 그 모습을 보는 그의 얼굴에 피식피식 웃음이 돌았다.

자식이란 존재는 다 이런 걸까. 아직 태어나지도 않았는데 보고 생각할수록 그 특별함을 말로 다 표현할 수가 없다.

결혼을 준비하면서 서로 오해를 풀었지만 정연이 다른 남자를 만나고 있다고 오해할 때인데, 신기하게도 이 아이가 다른 녀석의 자식일 거라고는 의심해 본 적이 없다.

이야기를 듣는 순간 머리에 내리꽂히는 것이 있었다. 요 별나게 활발한 녀석은 그의 유전자를 갖고 태어날, 그의 분신이었다. 이 녀석을 두고 어떻게 도망갈 생각을 했을까. 고작 몇 달 사이에 그게 의아할 정도였다.

틀림없이 사내 녀석일 것이다. 그를 꼭 닮은. 정연에게는 말하지 못했지만 왠지 모르게 그런 확신이 들었다.

총각 시절에는 입버릇처럼 저를 닮은 자식을 세상에 내놓아 봐야 인류에 무슨 보탬이 되느냐는 되도 않는 말을 시니컬하게 해 대곤 했는데, 막상 아이가 생기니 그 상상이 그렇게 즐거울 수가 없다.

"나의 이 우월한 유전자를 갖고 태어나는 녀석이란 말이지."

그새를 못 참고 그의 과한 자신감이 밀치고 나온다.

"운석아 이 녀석아. 너무 애태우지 말고 금방 나와. 알았냐?"

아직 5개월이 채 못 된 태아에게 하기엔 지나치게 이른 말이었지만 사진을 보면 볼수록 마음이 조급해지는 것은 어쩔 수가 없었다.

찬헌은 내심으로 이 결혼이라는 상황을 즐기고 있었다. 처음에는 갑작스런 임신으로 선택지를 강탈당한 기분도 들었다. 충분히 시간을 두고 선택했어야 할 결혼이라는 주제가 강요된 것만 같았다.

하지만 우울하고 도망가고 싶었던 기분도 잠시, 어느새 받아들이게 되고, 최근에 와서는 결국 이렇게 될 거였나 하는 생각도 들었다. 그렇게 조금은, 어울리지 않는 운명론에 의지하고 있다. 그와 그녀는 어찌 되었든 결혼해야 했을 거라고. 그럴 운명이었다고 말이다.

"그냥 사는 게 다 이런 건가?"

찬헌은 대답 없는 허공에 상투적인 인생 화두를 던져 보았다.

대답은 쉽게 따라 나오지 않지만 그럭저럭 미적지근하게 만족스러운 기분이 들었다. 아직 며칠 되지 않은 결혼 생활에는 생각지도 않은 즐거움도 있으며, 아내의 고지식한 면도 두고 보면 귀여운 구석이 있다.

귀엽다. 생각해 보니 퍽이나 그렇다. 답답하지만 귀엽다. 그래도 고집은 좀 꺾어 줘도 좋을 텐데.

천천히 해 가면 되겠지. 찬헌은 모처럼 느긋하게 생각했다. 오늘 낑낑대며 고생한 아침 식사의 답례로 그녀에게 무언가를 해 주고 싶기도 했다. 꽃이라도 사 갈까? 여자들은 그런 걸 좋아한다는데.

노력하는 그녀와 함께 깨를 볶을 궁리를 하던 찬헌은 잠시 후에 무언가를 떠올리고 그대로 굳어 버렸다. 그러고 보니 오늘은 바로 집에 들어가지 않고 정연과 회사 앞에서 만나기로 했다. 그녀와 함께 썩 편하지 않은 '어딘가'로 가기 위해.

"응, 엄마. 엄마가 가르쳐 준 레시피대로 했지. 맛도 괜찮았어."

정연은 말끔하게 부엌을 정리한 뒤 거실에서 쉬며 엄마에게 전화를 걸어 신혼 첫날 아침을 보고했다.

혼자 사는 기간이 길었지만 일이 바빴던 정연은 가정 요리의 기초가 없었다. 그래서 전날 친정에 전화를 걸어 엄마에게 된장찌개 레시피를 물었다.

그런데 맛도 괜찮았다는 평가치고는 정연의 어조가 묘하게 시무룩했다.

"강 서방이 된장찌개 싫어하디?"

"그렇지는 않은데. 원래 안 가리고 뭐든 잘 먹어."

"근데? 강 서방 입엔 맛이 없대?"

"그것도 아닌데…… 뭔가 별로 안 좋아하는 것 같아."

된장찌개를 싫어하는 것도 아니고 된장찌개를 망친 것도 아닌데 별로 안 좋아한다니. 정연의 어머니는 잠시 고개를 갸웃하다가 곧 아! 하고 손바닥을 탁 쳤다.

"그거 아니니? 원래 아침 안 먹는 거 아냐?"

"그런가? 아침잠 많은 스타일이라 그럴지도."

"그럼 뭐하러 억지로 먹이니. 물어보고 안 먹는다면 챙기지 마."

"그래도 어떻게 그래. 결혼을 했는데."

"애 좀 봐라. 그러니까 니 성격이 꽉 막혔단 소리가 나오지."

정연은 엄마의 그 말에 조금 발끈했다.

"아니. 원래 아침, 점심, 저녁. 하루 세 끼 먹는 게 당연한 거 아냐?"

"아닌 사람 많은 거 알면서 왜 그래? 너도 항상 먹는 거 아니잖아."

"그래도 그렇지. 내가 손발이 다 부었는데도 힘들게 일어나서 아침도 해 줬는데. 억지로 좋아하는 기색이라도 보여야 되는 거 아냐?"

정연은 씩씩댔다. 그러다 보니 점점 논지가 엇나가고 있었다. 아니, 애초에 이게 포인트인가? 그가 아침을 안 먹는다는 게 문제가 아니라 실은 그의 무덤덤한 태도가 섭섭했던 거다.

다소간에 드라마 속에서 보던 신혼 첫날 아침을 꿈꿨던 것 같긴 했다. 새신랑이 느지막하게 일어나 거실로 나와 구수한 된장찌개 냄새를 맡으며, 아니 이게 뭐야? 왜 힘든데 이런 걸 준비했어? 이러며 싱글벙글 웃음을 감추질 못하는, 그런 그림.

뭐, 안 그래도 힘든데 내일부터 하지 말라는 얘기를 듣긴 했다.

"얘 아서라. 벌써 그런 일에 힘 빼지 마. 생판 남이 만나서 사는 건데. 그런 거 하나하나 다 따지면 안 사는 거밖에 답이 없어."

여전히 꽁한 상태였지만 엄마의 말이 맞아 정연은 씩 대꾸를 할 수 없었다.

"그건 그렇고. 너희 오늘 올 거지?"

"응. 그 사람 직장 앞에서 만나기로 했어요."

"괜히 쓸데없이 이거저거 준비하지 말고 몸만 와. 강 서방 백숙 잘 먹는다 그랬지?"

"응, 아무거나 잘 먹는다니까."

"정호네도 오기로 했으니까. 인사 잘 시키고."

엄마의 지적에 정연은 흠칫, 밀어 뒀던 걱정거리를 기억해 낼 수밖에 없었다. 처음부터 서로의 첫인상이 안 좋았던 찬헌과 정호였다.

찬헌은 정호를 보고 나서 정연과 참 다른 스타일이라는 말로 그를 총평했고(무식해 보인단 소리다) 정호는 찬헌을 입만 산 녀석이라고 일축했다. 게다가 찬헌은 모르지만 최근에는 정호가 정연의 혼전임신으로 찬헌을 죽이니 살리니 하는 것을 겨우 말린 일이 있다.

그 이후로 결혼식 때까지 애써 직접적 대면을 막았지만 이제 더 이상 둘의 대면을 유예할 수가 없었다.

"인사…… 잘 시켜야지. 금방 친해지겠죠?"

그럴 리가 없지만. 정연은 애써 희망을 담아 물었다.

"그럼 남자끼린데. 왜 남자들은 할 얘기 없으면 군대 얘기 하다 보면 금세 친해지잖니."

아무것도 모르는 어머니가 '군대'라는 단어를 입에 올리자 정연은 순식간에 의식이 허공으로 빨려 들어가는 것을 느꼈다.

그러고 보니 어머니는 모르고 있었다. ……찬헌이 신의 아들이라는 것을.

"아주 박사 사위 봤다고. 내 어깨가 으쓱해."

찬헌은 처가 방문의 1부 능선을 무사히 넘어가고 있었다. 정호 부부와 사무적으로 인사를 하고 장모가 차려 준 백숙을 덥석 덥석 잘 받아먹었다. 그렇게 식사를 끝낸 후에 거실에 모여 환담 중이었다.

사람 좋고 뒤끝 없는 장인은 벌써 찬헌을 강 서방이라고 부르며 귀여워하는 중이었다. 딱히 찬헌이 박사에 엘리트라서 귀여워하는 것도 아니지만 장인은 주위 사람의 장점을 잘 인정하고 높이 사는 사람이었다.

아직은 딱히 찬헌의 다른 장점을 모르기도 했기에 자연스레 주제는 그의 높은 학력과 지성이 될 수밖에 없었다. 그리고 자신의 지적 능력에 대해 자신감이 충만한 찬헌도 장인의 칭찬에 반문이 같이 얼굴이 풀어졌다.

"에이 아버님도. 세상에 박사가 한둘입니까."

"이봐. 세상에 박사가 많아도. 20대 박사가 그리 흔한가? 그것도 세계에서 제~일 좋은 대학 박사라고. 아냐?"

"예, 뭐…… 하하."

"아니 근데 이 모자란 영감들이. 여기 딱 증거가 있는데 꼭 딴지를 걸어."

"뭐라구요?"

"어떻게 20대 박사가 가능하냐는 거야. 한국 남자가."

그 순간 둘의 알맹이 없는 대화를 반쯤 흘려듣고 있던 정연의 촉각이 갑작스레 확 곤두섰다.

"저기 아빠……."

정연이 황급히 제재에 들어갔지만 결국 한 템포 늦어 버렸다.

"아니, 영감들이. 그 사위는 군대도 안 갔다 왔냐고 그렇게

195

딴지를 걸어 대는데. 내가 그래서 요새는 학위 따고 난 다음에 연구소 같은 데서 대체 복무도 할 수 있다고…… 응?"

"품!"

모두의 시선이 순식간에 정호에게로 몰렸다. 대화를 잘라먹은 그의 헛웃음 소리 뒤로 잠시간의 침묵이 흘렀다. 장인은 영문을 몰랐고, 찬헌은 돌덩이같이 굳었으며, 정연은 새파랗게 질렸다.

"정호야? 왜 그러나?"

"아뇨. 아무것도 아니에요."

정호가 애써 숨을 죽여 키득거렸다.

"매제 학위 따자마자 귀국해서 정연이랑 연애하느라 바쁘지 않았나?"

"오, 그때부터 만났어? 그럼 처음엔 원거리였나?"

대체 복무 연구소가 지방에 많이 몰려 있다는 것을 어렴풋이 아는 장인이 다시 추임새를 넣자 찬헌의 얼굴은 더 시뻘겋게 달아올랐다.

"아뇨, 저 안 다녀왔습니다. 근시가 심해서요……."

찬헌이 눈에 불을 켜고 정호를 노려봤다. 정호는 유들거리며 찬헌의 시선을 피했다. 유치하긴. 제 오빠의 승리감에 도취된 표정을 본 정연은 살짝 난감한 한숨을 내쉬었다.

"아 그래? 혹시 많이 불편해?"

"아뇨, 교정시력이 어느 정도 나와서."

"매제는 평소에 군대 얘기 나오면 힘들겠어. 나도 뭐 그런 얘기 별로 좋아하는 건 아닌데, 사내놈들이 군대 얘기 **빼면** 할 말이 있나?"

정호가 계속해서 능글능글 찬헌의 비위를 긁자 정연은 아연실색해 버렸다.

'이 인간이 지금 텃세 부리는 거야?'

정연의 가슴에서 무언가가 욱하고 올라왔다. 아무리 찬헌이 밉보였어도 그렇지 신혼여행 후 첫 처가 방문에서 이런 취급을 당할 수는 없었다. 정연이 정호에게 한마디 하려는 찰나였다.

"아 예…… 형님은 뭐 해병대 나오셨다고 그러셨나요?"

찬헌이 먼저 정호에게 말을 걸었다.

"어, 그래. 그때 좀 막 나갈 때라서. 지금 생각해 보면 왜 그런 미친 짓을 했나 싶지."

"아, 그래요."

낮게 비아냥대는 말투. 정호에게로 집중돼 있던 정연의 신경이 찬헌에게로 휙 돌아갔다. 그녀는 다년간의 경험으로 잘 알고 있었다. 찬헌이 저런 목소리일 때는 결코 아름다운 말이 따라 나오질 않는다는 걸.

"그럼 뭐 휴가 때 색시집도 가고 그러셨습니까?"

"찬헌 씨!!!"

오늘따라 뭐 이리 늦기만 하는지. 이미 엎질러진 그릇에 대고 정연이 **빽** 소리를 질렀다.

찬헌은 작게 쌕쌕댔다. 어마어마한 폭탄을 던져 놓았으면서 제가 오히려 평정을 잃어 가고 있었다.

정호와 아버지는 경악해서 아예 말을 잃고 눈만 껌벅거렸다. 둘 다 말은 없었지만 그들이 하지 못하는 한마디를 정연은 충분히 짐작하고도 남았다. 그들의 얼굴이 말하고 있었다.

뭐 저런 게 다 있지? 라고.

"친구 놈들한테 무용담을 한두 개 들었어야 말이죠. 아, 형님은 워~낙 점잖으신 분이니까. 아님 말구요."

찬헌은 병을 주고 약을 주기는커녕 아예 싸대기를 때릴 기세였다. 기어이 한마디를 덧붙인 후에야 바로 자리에서 일어났다.

"벌써 열 시가 넘었네요. 그만 가 보겠습니다. 정연아 슬슬 일어날래?"

찬헌은 그렇게 완전히 말을 잃고 굳어 있는 정연을 억지로 일으킨 후 처가를 나섰다.

정연은 창피했다.

매우 창피하고 수치스러워서 견딜 수가 없었다.

세상에, 자신의 오빠에게 군대에서 업소에 들락거렸냐고 비아냥거리며 묻는 게 자신과 일주일 전에 결혼한 남자다.

성질이 더럽고 입이 산 줄은 알고 있었지만, 첫 가족모임에서 홈런을 날려 버렸다.

"찬헌 씨, 저…… 나랑 얘기 좀 해."

정연이 운전하며 계속 말이 없는 찬헌에게 숨을 죽이고 조용히 말을 걸었다.

"난 할 얘기 없다."

"아니. 없을 리가 없잖아. 그래도 우리 오빠야…… 어떻게……."

"야, 말은 똑바로 해. 니네 오빠가 먼저 시작했다?"

군대 얘기만 나오면 입을 닫아야 하는 남성 사회에서 찬헌은 유독 자신이 면제라는 사실에 대해 열등감이 많았다.

처음 면제를 받았을 때는 인생의 귀중한 2년을 낭비하지 않아 좋아했지만 그 사실로 인해 얼토당토않은 시비를 몇 번 경험하고 나서부터는 엄청난 콤플렉스가 됐다. 정연은 그걸 알고 있었고, 정호도 그 사실을 알았다.

간혹 찬헌을 비난할 거리가 등장할 때마다 정호는 '군대도 안 갔다 온 녀석이라 그렇다'는 말을 쉽게 쉽게 입에 담았다.

그녀는 늘 자신의 오빠가 개념은 있는 사람이라고 생각했는데, 이럴 때 보면 꼭 개념이 없었다. 군대 얘기가 나올 때마다 PC(Political Correctness, 정치적 올바름)를 무시한 발언을 일삼는 오빠에게 정연은 치를 떨었다.

하지만 그것과 찬헌이 오빠를 모욕하는 문제는 별도였다. 오빠가 먼저 찬헌의 콤플렉스를 건드렸지만 찬헌의 반응은 도를 넘었다.

"정도라는 게, 정도라는 게 있잖아."

가슴이 꽉 막혀서 말이 잘 나오지 않았다. 정연의 온몸에서 힘이 쭉 빠진다. 찬헌은 시선을 홱 돌린 채로 묵묵부답이었다.

아……. 정연의 입에서 얕게 신음이 터져 나왔다. 결혼 후 처음으로 정면충돌이다. 여기서 조금만 더 소리를 높이면 큰 싸움이 된다. 정연은 그걸 직감적으로 알고 의식적으로 숨을 죽였다.

이게 결혼이구나. 두 사람이 노력해도 두 사람만으로는 되지 않는 것.

정연은 어질거리는 이마를 크게 문질렀다. 그가 그녀를 위해서 노력하는 만큼은 친정 가족들을 위해서도 노력했으면 했다. 이래저래 결혼은 두 사람만의 일은 아닌 것이다.

그녀는 그렇게 생각하는데 그의 생각은 다른 걸까? 정연은 다시 한 번 찬헌을 돌아봤지만 그의 옆모습은 묵묵부답이었다.

찬헌의 종횡무진은 엄한 파장을 낳았다. 정호는 부부 침실에서 무릎을 꿇고 양팔을 들어 올린 채 흘끔 유진의 눈치를 보고 있었다. 유진은 남편의 간청하는 시선을 온몸으로 받으면서도 미동이 없었다.

내가 대체 왜 이런 짓을 하고 있어야 하지? 새삼스레 상황의 희극성을 깨닫고 정호는 깊은 회의를 느꼈다.

"여보……. 팔 좀 아프기 시작하는데."

"계속 들고 있어요. 슬그머니 힘 빼지 말고."

아내의 단호한 음성에 깩, 기가 죽는다. 유진이 진지하다는 것을 깨닫자, 다른 한편으로는 야속함이 느껴졌다. 명실공히 그는 천인공노할 언어폭력에 유린당한 피해자가 아닌가. 대체 왜 자신이 벌을 서고 있어야 하는 건지.

정호가 다시 입을 열었다.

"······내가 뭘 잘못······ 아냐 아냐. 아 그래 미안해. 내가 다 잘못했다고. 다신 안 그러면 될 거 아냐. 됐어?"

유진은 묵묵부답이었다. 정호는 그 와중에도 더 뻣뻣이 팔을 들었다. 날카로운 그녀의 눈에 밉보이지 않기 위해서였다. 이해가 안 가지만 어쨌든 그는 아내가 시키는 대로 하고 있었다. 이 것도 병이지. 정호는 유진에게 보이지 않게 입모양으로 중얼거렸다.

사실 이 굴욕적인 체벌 놀이는 그가 먼저 제안한 것이었다. 지금은 사이가 더할 나위 없이 좋은 잉꼬부부인 정호와 유진도 신혼 초에는 생활 방식의 차이로 자주 투닥거렸다.

천성이 직선적인 정호는 그래도 할 말은 다 했지만 뭐든 포용하고 속으로 쌓아 두는 성격인 유진은 번번이 말을 못 하고 앓았다. 이것은 그 사실을 눈치챈 정호가 제안한 둘 사이의 작은 게임이었다.

그의 행동 중에 마음에 들지 않는 것이 있으면 그때마다 벌을 주라고 했다. 당시 정호는 그만큼 아내에게 푹 빠져 있기도 했고, 서로가 마음을 털어놓는 효과적인 사인을 만들고 싶었다. 아내의 체벌을 통해 육체적 고통을 느끼며 자신을 반성하겠다는 의도는 아니었다.

자그마한 아내가 주는 벌이 뭐 대단한 것이 있겠는가. 처음에는 이 놀이도 가볍게 즐겼다. 유진도 가볍게 자신의 불만을 털어놓는 의도로만 체벌 게임을 이용했다. 그중에는 꽤 깜찍한(?)

것도 있어서 오히려 부부금슬에 도움이 되는 적도 많았다.

하지만 오늘처럼 한 시간이나 무릎 꿇고 팔을 들고 있기는 처음이었다. 손 말단에서 점차적으로 감각이 사라지자 장난이 아니라는 생각이 들었다. 젠장, 손 쓰는 게 직업인 사람한테 이래도 되는 거야?

정호는 결국 대들고 말았다.

"아니 근데 좀 묻자. 대체 왜 당신이 매제 편을 드는 거야? 당신 남편이 무슨 모욕을 당했는지 못 들었어?"

정호가 다시 그 치욕스런 대화를 떠올리며 이를 으드득 갈았다.

"당신이 먼저 시작했잖아요."

"아 그래. 포청천 나셨네. 지금 그래서 내가 먼저 시작했으니까 나를 벌준다고?"

"닥쳐요."

유진의 일갈과 함께 정호의 입도 꽉 다물렸다. 언제부터였나. 아내 앞에서 진심으로 찍소리 못하게 된 것이.

신혼 초, 그는 스스로를 져 주는 남편이라고 착각하고 있었다. 그의 기세와 완력으로 언제든 아내를 제압할 수 있지만 아내가 귀엽기 때문에, 또 사랑하기 때문에 져 준다고 생각했다.

하지만 시간이 지나면서 알게 되었다. 그가 그녀 앞에서 절대 약자요 먹이사슬의 피식자라는 것을. 그도 그럴 것이 '져 준다'는 것은 이길 수 있을 때에나 성립하는 말인데, 그로서는 아내에게 이길 수 없기 때문이다.

그는 어느 순간부터 그녀가 노려보기만 해도 온몸에 힘이 빠지고 벌벌 떨고 마는 자신을 발견했다. 그는 마치 복종하는 유전자가 새겨진 듯 아내의 일갈에 침묵하고 만다.

허울 좋은 애처가. 그 수심을 샅샅이 뒤져 보면 영락없는 공처가가 들어 있다.

땀을 비죽비죽 흘리는 정호는 전형적인 육식동물의 외형에 온전히 겁에 질린 초식동물처럼 반응하고 있다. 그걸 보고 있자니 유진의 표정도 슬그머니 풀어졌다. 그녀가 조근조근 입을 열었다.

"나 말이죠. 내 남편이 그렇게 치사하게 구는 거 싫어."

"내가 뭘 어쨌다고"

"군대 얘기로 서방님 깠잖아요. 싫어하는 거 뻔히 알면서."

"그게 뭐라고 그래? 아니 저……. 막말로 그놈이 정연이한테 한 짓 생각하면 때려 죽여도 시원찮구만. 그 정도로 끝내면 넙죽 감사합니다 할 것이지."

"다 끝난 얘기를 왜 끌고 가요? 이제 결혼까지 했는데 꼭 그래야겠어?"

"……난 처음부터 그놈 마음에 안 들었어."

어휴. 대화가 쳇바퀴를 돌자 유진이 답답해 길게 한숨을 내쉬었다. 엄마가 흥분한 것을 느꼈는지 배 속의 아이도 배를 치며 함께 팔딱거렸다. 유진이 저도 모르게 배를 움켜쥐자 정호가 금세 놀란 눈을 했다.

"당신 괜찮아?"

"손. 계속 들고 있어요. 내리라고 안 했어."

"아니 괜찮냐고……."

"괜찮으니까 계속 들고 있어요."

바늘도 안 들어갈 것 같이 단호한 유진의 태도에 정호는 걱정을 하면서도 혀를 내둘렀다. 그는 시선을 유진의 배에 고정시키면서도 끽소리 못하고 자리를 지켰다.

"서방님한테 당신이 먼저 사과해요."

"뭐?"

정호의 눈이 튀어나올 듯 크게 떠졌다.

"미쳤어? 그놈이 무슨 소리 했는지 못 들었어?"

"그게 그렇게 화가 나는 말이에요?"

정호는 아예 일어나서 팔짝 뛰고 싶은 심정이었다. 물론 아내가 허락하지 않아서 불가능했지만 말이다. 허락한다고 해도 다리에 온통 쥐가 나서 뛰자마자 고꾸라질 가능성이 높고.

"군대 안 갔다고 까는 거랑 업소 갔냐고 이죽대는 거랑 같아? 당신은 와이프가 남편이 그런 소리 들었는데도 왜 그렇게 평온해?"

"그래서 그런 일 있었어요?"

"뭐? 당신 진짜 돌았어??"

정호는 기가 막혀 몸이 뒤로 넘어가려는 것을 억지로 일으켰다. 유진이 그에게 천천히 다가와서 코앞에서 멈춰 섰다. 그러고는 아기의 볼을 쓰다듬듯이 그의 억센 턱을 양손으로 부드럽게 쥐었다.

"말도 안 되는 소리잖아요. 뭘 그런 거에 열을 올려."

"……아."

"진짜 사기꾼한테 사기꾼이라고 하면 욕이지만 아니면 그냥 농담이잖아요. 안 그래?"

그 말이 이럴 때 쓰이는구나. 정호는 정신이 약간 혼미해졌다. 제대로 된 비유가 아닌 것 같았지만 정호는 왠지 모르게 설득되고 말았다.

깔끄럽던 마음이 편해진다. 그 녀석이 농담으로 그런 소리를 하진 않았겠지만 뭐면 어떻겠는가. 따지고 보면 말도 안 되는 말에 열을 올릴 일이 뭔가 싶다. 그냥 무시하면 그만인걸.

"사과하는 거예요. 알았죠?"

흡사 종교 체험을 하는 기분이었다. 하지만 원수를 용서하는 것을 넘어서 사과를 하라고 권고하는 정호의 아내는 의외로 무교였다.

정호는 고개를 떨궜다.

"……내가 먼저 사과하면 제가 잘한 줄 알고 버릇만 나빠질 텐데."

"그건 당신이 걱정할 필요 없어요."

유진이 딱 잘라 말했다.

이미 벌어진 싸움은 완고하게 버티며 장기전을 하든가 화해를 하든가 둘 중 하나인데 유진은 가능하면 화해를 하고 싶었다. 시댁 식구라는 것 외에도 그녀는 자신이 좋아하는 정연의 가족과 척을 지고 싶지 않았다.

그녀라고 시매부의 태도가 썩 유쾌한 것은 아니었다. 하지만 화해를 위해 먼저 사과하라고 요구하는 것은 또 다른 앙금의 원인이 된다. 타인을 바꾸는 일은 거의 불가능하다고 봐도 좋다. 관계를 잘 유지해 나가기 위해서 할 수 있는 일은 기껏 자신의 입장에서 관대하게 행동하는 것뿐이다.

유진은 그걸 잘 알았다. 시매부의 나쁜 버릇은 그냥 그쪽에 맡겨 두면 된다. 아니, 맡겨 둘 수밖에 없는 것이다.

"할 거죠? 할 거면 팔 내리고."

정호가 눈치도 보지 않고 얼른 팔을 내리며, 그대로 누워 버렸다. 그가 새빨갛게 땀에 젖어 씩씩거리는 걸 보고 유진이 웃었다.

정연은 신혼여행을 다녀오고 나서 첫 출근을 했다. 오전 업무를 마치고 휴게실에서 숨을 돌리고 있는데 누군가가 휴게실로 들어왔다. 성진이었다. 성진은 정연을 보고 잠시 어색해하다가 곧 다가와 반갑게 인사를 건넸다.

"출근하셨네요."

"네. 오늘부터."

"제가 급한 일이 생겨서 결혼식엔 못 갔어요. 늦었지만 축하해요."

"아뇨. 신경 안 쓰셔도 되는데. 윤 변호사님 통해서 축의금도 보내 주시고. 정말 감사해요."

정연이 몸 둘 바를 몰라 하며 고개를 깊이 숙여 인사했다.

정연으로부터 불쑥 청첩장을 받은 성진은 잠시 동안 상황을 이해하려 애쓰는 모습이었다. 그러다가 곧 짧게 축하의 인사를 건네며 청첩장을 받았다. 그는 결혼식에 하객으로 참여하는 대신 회사 동료를 통해 축의금을 보냈다.

결혼식장에서 축의금을 받지 않았기 때문에 그 돈은 고스란히 다시 성진의 손으로 돌아갔다. 그때 묘한 생각이 들었다. 받을 생각도 없는 사람에게 준 마음을 돌려받은 기분이었다.

둘 사이에 또다시 어색한 침묵이 이어졌다. 어디로 둘 줄 모르고 방황하던 성진의 시선이 문득 정연의 배 위에 멎었다. 정연의 볼록한 배를 보고 있는 자신의 시선을 깨달은 성진이 황급하게 시선을 돌리며 입을 열었다.

"아 저……. 얘기 들었습니다. 좋은 소식 있다고."

남자의 얼굴이 불편함에 붉어지는 것을 보고 정연도 덩달아 얼굴을 붉혔다. 그는 지금 무슨 생각을 하고 있을까. 분명 황당하기도 하고 약간은 농락당했다고 생각할 수도 있을 것이다.

둘 사이에 손에 잡히는 것은 아무것도 없었지만 이를테면 행과 행 사이의 빈 공간 같은 그런 것이 있었다. 그 가능성의 공간을 그에게 내심 들추어 보여 주지 않았다고, 떳떳하게 말할 수가 없었다.

그 당시에는 찬헌과의 관계가 불분명했고, 잠시나마 나쁜 생각을 했고, '저런 사람이라면 어떨까?' 라고 성진 같은 사람과의 미래를 생각해 봤던 것이 사실이었다.

아무것도 아닌데 무엇이라고 생각하는 마음이 있다. 하지만 지난 일이고 결국 그 마음은 아무것도 아닌 것이 되었다.

"네, 어쩌다 보니까······."

"얼마나 됐어요?"

"4, 5개월 정도예요."

정연은 그냥 애매하게 말했다.

성진은 묵묵히 고개만 끄덕였다.

"벌써 움직이고 그러나요?"

"말도 마세요. 어찌나 활발한지. 의사 선생님도 이런 애는 20년 만에 처음 봤다고 하셨어요."

아이의 이야기가 화제로 등장하자 정연의 말이 신나 활기를 띠기 시작했다. 성진이 사람 좋게 웃으며 말을 받았다.

"이래저래 좋아 보이네요. 남편분이 잘 해 주죠?"

그는 정연이 결혼한 남자라면 의심할 필요도 없다는 듯, 확정적인 말투로 그렇게 물었다. 정연은 순간 말을 더듬고 말았다.

"네, 네. 그렇죠, 뭐."

잘······해 주는 게 맞겠지? 정연이 자신 없이 속으로 되물었다. 다행히 성진은 정연이 그저 쑥스러워한다고 생각했는지 그녀의 반응을 크게 이상하게 생각하지 않는 것 같았다.

정연은 조금 난감한 기분으로 지난 밤의 일을 떠올렸다.

처가 가족 모임에서 한바탕 대형 사고를 치고 돌아온 찬헌은 집에 도착하자마자 아무 일도 없었다는 듯 정연을 챙겼다. 잘 준비를 하고 누운 정연에게 다가와 태연하게 결혼 직전부터 하던 대로 배에 오일을 발라 줄 준비를 시작했다.

차에서 약간 투닥댄 뒤로 내내 기분이 상해 있던 정연은 천연덕스러운 찬헌의 태도에 살짝 당황해서 몸을 움츠렸다.

"몸에 힘 좀 빼 봐. 오일 발라야지."

"어…… 어?"

정연은 어색해하며 몸에서 힘을 뺐다. 찬헌의 손이 평소에 하던 대로 부드럽게 배를 마사지 하면서 오일을 펴 발라 나간다. 그러자 아이가 안에서 툭, 하고 배를 건드렸다.

"이 녀석 기분 좋은가 봐. 툭 치네."

찬헌의 목소리가 끌끌대며 웃기를 머금었다.

정연은 여전한 어색함에 그대로 굳어 있었고 찬헌은 평소대로 오일을 다 펴 바른 후 배에 살짝 입 맞추며 아이에게 당부를 했다. 엄마 고생시키지 말고 예쁘게 잘 크고 편하게 나오라고.

그러자 아이가 또 좋다는 듯 경쾌하게 툭 치며 대답했다.

불을 끄고 침대에 누워서 새근새근 잠든 찬헌의 숨소리를 들으면서 정연은 불면의 밤을 보냈다.

아무 일도 없었다는 듯한 그의 태도, 인위적이리만치 평온하고 달달한 공기. 세 가족 중 친정에서의 일을 신경 쓰는 것은 마치 정연 뿐인 듯, 아이조차 그의 손길에 천진하게 반응한다. 그 순간 흡사 타인 둘과 생활을 공유하는 것 같은 이상한 기분이 들었다.

어디에도 내 편은 없다. 갑작스레 그런 생각이 들어 소름이 돋았다.

'왜 이런 생각을 해? 이러지 마.'

자신을 타박하며 정연은 고개를 저었다. 그래도 낯선 느낌은 한참 동안 그녀의 몸 주위에 머물러 있었다. 그 낯선 공간에서 정연은 친정 식구들과 저녁의 일을 떠올렸다.

결혼을 준비하면서 찬헌은 입버릇처럼 말했다. 둘이 중요한 거라고. 잘 살자고. 그때마다 든든하고 따뜻한 기분이 들었다. 하지만 그 말이 이런 상황을 포함하는 줄은 몰랐다.

그녀의 친정 가족에게 폭탄을 던지고 와서 아무 일도 없었다는 듯 다정하게 오일을 발라 주고 굿나잇 인사를 하는 것이라고는.

어떤 나라에는 성인들끼리의 결혼에 가족으로부터의 허락이라는 개념이 없다 하고, 또 어떤 나라 사람들에게는 상대가 부모와 가족을 모욕해도 그저 우습게 들린다고 한다. 그것은 아마도 그들이 철저하게 개인적이기 때문일 것이다.

서로를 사랑하더라도 끈끈한 공동체 의식은 없는 것이다. 정연은 한때 그런 의식을 무척이나 동경했다. 지나친 공동체 의식 때문에 서로의 삶에 개입하는 관계보다는 그런 관계가 조금은 더 성숙하지 않은가 생각했다.

하지만 이렇게 번번이 그렇게는 될 수 없는 자신을 발견한다. 가족은 그녀의 사지와 같다. 칼로 그으면 아리고 아픈 자신의 일부다. 친정 식구들이 남편에게 모욕을 당하니 꼭 그녀 자신이 모욕을 당한 것 같다.

그 와중에 친정 식구들에게 폭탄을 던져 놓고 '너와는 아무 일도 없었으니' 라는 태도를 고수하는 남편은 외계인처럼 느껴진다. 기분이 꼭 외계인과 한 베개를 베고 있는 것 같다. 그리고 배 속에는 아기 외계인도 하나 있다.

그들이 어색하고 야속하게 느껴졌다.

아침이었다. 어딘지 모르게 가슴이 답답했다. 입덧이 끝난 지도 꽤 되었는데 웬일일까. 정연은 무거운 몸을 억지로 일으키다가 순간 어지러움에 휘청거렸다. 동시에 머리가 지끈했다.

한동안 사라졌던 두통이 다시 시작되었다. 고시 공부를 할 때부터 오랫동안 편두통을 앓았다. 합격하면 사라지겠거니 했는데 연수원에 다니는 동안은 더 심해졌고 일을 시작하고 나서도 사라지지 않았다. 할 수 없이 늘 약에 의지했다.

의사는 약을 처방해 주면서 지나치게 약에 의존해선 안 된다고 몇 번이나 그녀에게 경고했다. 그러면서도 대체 원인이 뭐냐고 묻는 말에 정확한 원인은 잘 모르겠다고 했다. 아마도 신경성일 가능성이 있다는 말만을 반복했다. 걱정이 되어 정밀 검사도 몇 번 받아 봤지만 이상은 없었다.

아이가 생긴 것을 알고 가장 먼저 걱정되었던 것은 임신 초기까지 복용했던 두통약이었다. 안 좋은 생각을 하고 있을 무렵에는 그 사실이 '나쁜 결정' 의 정당한 근거가 될 수도 있지 않을까 하는 생각도 잠시 해 봤다. 크게 문제없는 약물이라는 의사의 말에 그녀는 복잡한 기분으로 안도했다.

입덧이 시작되면서 두통은 감쪽같이 사라졌다. 대신 내내 불편한 속을 부여 잡느라 그 해방된 기분을 즐길 틈이 없었다. 이제 입덧이 끝나고 조금 편해지나 했는데, 사라졌는지도 모르고 있었던 두통이 꿈틀꿈틀 관자놀이를 타고 올라오기 시작했다.

이 기분을 잘 알았다. 사람을 완벽하게 무기력하게 만드는 통증.

정연은 조금이라도 통증을 잊어 보기 위해 깊이 심호흡을 했다. 그러나 이미 시작된 통증은 좀처럼 사라지지 않았다. 털썩, 다시 자리에 누워 정연은 그만 엉엉 울어 버렸다.

그녀의 옆자리에서 잠에 빠져 있던 찬헌이 정연의 울음소리를 듣고 일어났다. 손을 더듬어 안경을 찾아 귀에 걸친 찬헌이 정연을 살짝 흔들었다.

"정연아? 너 왜 그래?"

정연은 계속 울었다. 찬헌이 그녀의 어깨를 더 꽉 부여잡자, 진저리를 치며 그 손을 떨구어 냈다. 울음소리가 더욱더 서럽게 높아졌다.

아팠다. 지독하게 머리가 아파서 다른 생각은 할 수가 없었다. 왜 그러냐고 계속해서 묻는 찬헌의 물음에 그녀는 어렴풋이 아파, 머리가 아파, 죽을 것 같아, 라고 쥐어짜듯 대답했던 것을 자신의 귀로 희미하게 들었다. 그러다가 곧 정신을 잃었다.

정연은 소독약 냄새를 진하게 느끼며 병실에서 눈을 떴다. 눈을 뜨자 희미하게 찬헌의 얼굴이 보였다. 안도하면서도 어딘지 모르게 그 얼굴이 지겨웠다. 다시 살짝 눈을 감은 그녀에게 찬헌이 얼른 정신이 드냐고 물어 왔다.

보일 듯, 보이지 않을 듯 정연은 살짝 고개를 끄덕였다. 그가 허둥지둥 무언가를 하는 움직임이 느껴졌다. 그리고 얼마 지나지 않아 의사가 병실로 들어왔다.

의사는 꽤 여러 가지 질문을 그녀에게 했다. 그 질문들이 정연을 귀찮게 했지만 그래도 귀찮음을 무릅쓰고 제법 성실히 대답했다.

찬헌은 미리 연락해 두었던 장모로부터 병원에 도착했다는 연락을 받고 얼른 접수처 쪽으로 나갔다. 접수처 입구에서 익숙한 얼굴을 하나 발견함과 동시에 보기 싫은 얼굴도 하나 발견해서 그는 홱 얼굴을 돌려 버렸다.

그쪽에서 바로 그를 알아보고 천천히 걸어왔다. 장모가 먼저 그에게 물었다.

"이게 무슨 일이야. 정연이가 대체 어디가 아픈 거야?"

"모르겠습니다. 오늘 아침에 갑자기 머리가 아프다고⋯⋯."

"걔 편두통 심하잖아요. 그거 때문에 그런 거 아니에요?"

정호가 불쑥 한마디를 덧붙였다. 찬헌은 그의 말에 대답하는 게 몹시 불편했지만 참고 말을 이었다.

"임신하고 한동안은 괜찮은 것 같더니. 재발한 것 같습니다."

"이를 어째⋯⋯. 약을 먹을 수도 없고."

"지금 의사 선생님이 진료하러 들어가셨어요. 며칠 입원을 하든지…… 뭔가 해답이 나오겠죠."

"직장은 괜찮다니?"

"제가 연락은 해 뒀습니다. 병가 낸다고."

그때 정연의 병실에서 의사가 나왔다. 찬헌이 얼른 그에게 가 상황을 물었다. 그러자 정연의 어머니와 정호도 그 뒤를 따랐다.

"와이프는 좀 어떻습니까, 선생님?"

"아. 두통이 심하신 모양이에요. 차트 보니까 만성인 것 같더라구요."

"스물 서넛부터 그랬어요."

정연의 어머니가 얼른 부연 설명을 했다. 의사가 정연과 많이 닮은 그녀의 얼굴을 한 번 슬쩍 보고 빙긋 웃었다.

"임신 중에는 없던 두통도 생기거든요. 만성 두통이 심해지는 경우는 흔합니다."

"그럼 방법이 없나요?"

의사가 약간 눈치를 보는 듯했다. 어디까지 말을 해야 할지 모르겠다는 듯. 찬헌이 그가 주저하는 걸 바로 알아차리고 얼른 덧붙였다.

"다 가족이에요. 얘기하셔도 됩니다."

"네, 저기……. 환자가 약간 우울증 증상이 있는 것 같아서요."

"우울증이요?"

"정확한 건 신경정신과 진단을 받아야 아는데……. 임신 우울증이라는 게 드물지 않습니다."

'흔합니다', '드물지 않습니다'. 의사는 극도로 말을 조심하고 있었다. 가족들을 생각해서였다.

임신 우울증은 신체적 변화가 원인인 경우가 많지만 대부분의 가족들이 처음 들었을 때 그 사실에 당황스러워하고 책임감을 느낀다. 특정한 가족 구성원을 책망하는 경우도 있다.

그래서 의사의 입장에서는 그런 상황을 조금이라도 방지하기 위해 가능한 한 중립적으로 말을 할 수밖에 없다.

"호르몬 변화 같은 게 원인입니까?"

찬헌이 그에게 불쑥 물었다. 그러자 의사가 더듬거리며 대답했다.

"아, 네. 관계가 있습니다."

"그럼 딱히 방법은 없구요?"

"일단은 환자가 가능한 한 스트레스 받지 않게 편안한 환경을 조성해 주세요."

스트레스. 의사의 말에 정호는 혀를 끌, 차 버렸다. 그의 눈앞에 스트레스의 온상이 있다.

어릴 때부터 정연은 잘 참기로는 동네 최고였다. 너 그러다가 나중에 숨 막혀서 죽는다. 못된 말을 초등학교에 다니는 동생에게 했다가 뒤에서 듣고 있던 어머니에게 귀를 잡혔다.

찬헌이 처가에서 대형 사고를 치고 간 날 정호는 그 어린 시절의 일을 다시 떠올렸다. 처음으로 정연이 불쌍했다. 동생이 그 남편의 괴팍한 말버릇을 참아 내다가 필시, 암에 걸려 죽을 것 같다는 생각이 불쑥 들었다.

아니나 다를까 정연이 벌써 우울증 증상을 보이고 있었다. 최근에 정연에게 생긴 변화라고는 임신과 남편이 생긴 것밖에 없다. 임신이 문제인지 아닌지는 모르지만 남편은 확실히 문제가 있다. 이만하면 대충 남편이 원인이라고 봐도 좋을 것이다.

녀석의 천연덕스러운 얼굴을 보고 있자니 속으로 화가 들끓었다. 어제까지만 해도 아내의 충고를 받아들여 찬헌에게 사과할 생각을 하고 있었는데, 오늘 저 얼굴을 보니 그 생각이 다시 싹 사라지고 있었다.

"일이랑 병행하는 게 쉽지 않은가 봅니다. 출산 휴가 일찍 낼 수 있나 알아보겠습니다."

"응, 그래. 좀 알아보고. 강 서방은 출근해야 하는 거 아냐?"

"네, 지금 가면 됩니다. 정연이는……."

"정연이는 내가 볼 테니까 얼른 출근해."

"감사합니다, 장모님. 그럼 다녀오겠습니다."

장모에게 고개 숙여 인사한 찬헌이 힐끗 정호를 보고 살짝 고개를 까닥여 인사를 했다. 그가 사라진 후 정연의 어머니는 길게 한숨을 내쉬었다. 정호가 낮게 으르렁댔다.

"쟤는 좀 눈치가 없는 것 같아요."

"그게 무슨 소리야?"

"자기가 원인인 줄 모르는 것 같단 소리죠."

정연의 어머니는 관두라고 손을 휘저었다.

"관둬라. 너랑 네 아버지는 눈치가 있는 줄 아니?"

"아니 어머니 그게 무슨 물타기예요."

"똑같아. 나도 그렇고 네 처도 참고 사는 게 한두 개가 아닐 거다. 못 견디는 게 있으면 그때그때 붙잡고 콕 집어 말해 줘야 되는데, 정연이 이 기집애가 바보같이 참고 견디다가 제 병을 키운 거지. 안 봐도 뻔해."

"……."

"내가 정연이 옆에 있을 테니까 너도 얼른 출근해."

남매의 어머니는 도매급으로 매도당하고 넋이 나간 아들을 뒤로 하고 딸의 병실로 들어갔다.

초여름의 아침 햇살이 찬헌을 불편하게 했다. 찬헌은 제 발치를 보고 걸으며 넋이 빠진 자신을 다시금 추슬렀다.

'임신 우울증'. 장모와 처남 앞에서 내색은 하지 않았지만 그 단어는 찬헌에게 꽤나 충격으로 다가왔다. 호르몬이 원인이냐고 의사에게 물었던 자신이 내내 거슬렸다.

내심으로는 책임감을 느끼고 있었다. 호르몬은 똑같이 변화할 텐데 멀쩡한 사람도 있는 반면에 왜 그의 아내는 우울증 증상을 보이는지. 함께 사는 입장에서 책임감을 느끼지 않을 수가 없었다.

늘 답답하리만치 속내를 보여 주지 않는 정연이었다. 크게 속병이 생기기 쉬운 스타일이라고 생각은 했지만 우울증이라는 것이 현실로 닥치니 당황하고 말았다.

대체 뭐가 문제지? 내가 뭘 잘못했나? 백 가지의 의혹을 가지고 자신의 태도를 점검했지만 그렇다고 딱히 와 닿는 것도 없었다. 말을 하질 않으니 뭐가 문제인지 알 수가 없었다.

찬헌이 출근해서 회사 로비를 지날 무렵에 문자가 하나 도착했다. 광수였다.

[야 새신랑. 신혼여행 재미있었냐? 결혼 턱 내야지?]

하필 이런 때에. 머리가 지끈거리는 것 같았다. '결혼식장에서 밥 잘 먹고 갔으면서 무슨 또 결혼 턱' 까지 치다가 그대로 지우고 새로운 말을 써 넣었다.

[다음에. 요새 좀 그래.]

곧바로 읽음 표시가 뜨고 거의 동시에 답장이 날라 왔다.

[뭐? 혹시 벌써부터 부부 싸움이야?]

오늘따라 녀석이 집요했다. 게다가 주제넘기까지 하다. 찬헌은 이를 으득 갈며 다시 답장을 넣었다.

[신혼 재미 좋다. ^^ 딴 일로 좀 바빠.]

그렇게 답장을 넣고 찬헌은 화면을 꺼 버렸다. 그와 동시에 땡 소리가 들리며 출근 시간이 지나 텅 빈 엘리베이터의 문이 열렸다.

잠시 후 찬헌을 태운 엘리베이터가 그의 사무실이 있는 7층을 향해 올라가기 시작했다. 엘리베이터 안의 숫자 계기판이 문득 찬헌의 시선을 빼앗았다. 2, 3, 4, 5, 6, 7. 멍하니 더해 가는 숫자가 찬헌의 눈에 걸렸다.

화면의 숫자와 프로그램 언어들이 꼭 색색의 문양처럼 보였다. 그렇게 분 단위로 집중력이 모였다 흩어지기를 수도 없이 반복했다.

점심시간이 지나고 그런 일이 계속 반복되자 찬헌은 아예 모니터를 꺼 버렸다. 시계를 보니 거의 퇴근시간에 가까웠다. 조금 이르게 정리를 하고 병원으로 달려가 볼 생각으로 휴대폰을 꺼냈다.

도착해 있는 문자 몇 개를 무시하고 장모에게 전화를 걸었다. 신호가 조금 오래가다가 통화음이 연결됐다.

"장모님. 저 일 끝났습니다."

— 어머. 정연이는 지금 막 잠들었는데…….

"잠들었어요? 중간에 일어났던가요?"

— 그래. 일어나서도 계속 머리 아프다고 하다가 겨우 잠들었어.

장모의 음성에 실핏 물기가 어려 있는 것을 느끼고 찬헌의 가슴이 확 죄어 왔다.

"제가 얼른 가겠습니다."

— 천천히 와도 돼. 어차피 지금 자니까.

"아녜요. 바로 가겠습니다."

찬헌은 전화를 끊고 사무실을 나서며 그간 도착해 있는 문자를 재빨리 점검했다. 광수로부터 정확히 세 개의 문자가 도착해 있었다.

[니가 영연회 퀸카를 쥐도 새도 모르게 물어가 놓고 결혼 턱

도 없이 입을 싹 씻겠다고? 좋은 말로 할 때 나와라.]

쓰다가 지워 버린 아침의 문자를 떠올리며 찬헌이 옆으로 목을 뚝 꺾었다. 그 문자를 지우지 말고 그대로 보내는 거였는데.

[오늘 다 같이 보기로 했으니까 잠깐 나와서 얼굴만 비추고 가.]

갑자기 연락해서는 극성 간사 노릇 하고 있네. 찬헌은 화면을 내려 가장 마지막에 도착한 문자를 확인했다. 고작 30분 전에 도착한 문자였다.

[아~ 술 마시는데 강찬헌이 없으니까 심심하다~]

이 미친놈들은 지금이 대체 몇 시인데.

문자를 무시할까 하다가 그들이 아직도 그와 만나는 거의 유일한 대학 친구라는 사실을 되새겼다. 찬헌은 꾸욱 참고 광수의 번호를 눌렀다. 기다렸다는 듯이 광수가 바로 받았다.

— 야아아아- 찬헌! 강 박사!

의심할 여지없이 광수의 꼬인 혀가 대변해 주고 있었다. 그가 초저녁부터 제대로 취했다는 것을. 아주 가관이구만. 찬헌은 끌, 혀를 차며 물었다.

"일 있냐? 초저녁부터 뭔 술을 그렇게 마셨어?"

— 야 이 형님 솔로 됐다. 부럽지? 이히히히히.

"너 여친이랑 깨졌어? 야, 옆에 누구 있어?"

잠시 광수의 목소리가 멀어지며 웅성거리는 소리로 차올랐다. 그러더니 모르는 목소리가 전화를 받았다.

— 휴대폰 주인 지인이세요?

"네, 친굽니다. 그 친구 일행 없어요? 좀 바꿔 주세요."

— 혼자 오셨는데요. 지금 위험할 정도로 드셔서…….

그때 수화기 건너편에서 광수가 높게 갈라진 목소리로 고래고래 고함을 지르는 것이 전해졌다.

— 야, 나 안 취했어, 안 취했다고!!

망할 자식, 완전히 취했구나. 찬헌은 살짝 이를 갈며 물었다.

"거기 지금 어딥니까?"

"강남역 크로스로드라는 바인데요."

점원이 불러 주는 전화번호와 주소를 받아 적은 찬헌은 혀를 차며 시계를 봤다.

이 시간에 회사부터 강남역까지는 약 30분 정도 걸릴 것이다. 광수의 집이 그 근처이니 데려다주고 병원에 가면 넉넉잡아 한 시간 반 정도면 아슬아슬하게 병원에 갈 수 있을 거란 생각이 들었다.

정연이 지금 잔다고 했으니 그 정도는 괜찮을 것 같았다. 찬헌은 차에 시동을 걸며 급히 내비게이션에 광수가 있다는 가게의 주소를 찍었다.

광수는 엉망진창이었다. 온몸을 흐느적대면서도 그는 끊임없이 잔에 술을 따랐다. 여태까지 찬헌을 애타게 찾은 것 치고는 그의 등장에 그렇게 열광적으로 반응하지도 않았다.

"야, 이광수. 집에 가자. 내가 태워다 줄게."

광수는 말없이 찬헌의 앞에 잔 하나를 밀어 놓고 갈색 위스

키를 줄줄 따랐다.

"야야, 나 못 마셔. 병원 가 봐야 돼."

"병원? 어디 아프냐?"

광수가 처음으로 입을 열었다. 저도 모르게 병원이라는 말을
해 버리고 나서 잠시 멈칫했지만 그냥 솔직하게 얘기하기로 마
음먹었다. 그 정도로 심각하다고 말하지 않으면 광수가 도무지
움직일 것 같지가 않았다.

"와이프가 두통이 심해서 입원해 있어. 내가 가 봐야 돼."

"두통? 흠…… 걔도 사는 게 고달프구나."

쓸데없이 자신을 이입한 탓인지, 광수는 정연을 동정하는 듯
한 말을 던졌다. 그러자 찬헌의 기분이 몹시 불편해졌다.

"원래 편두통이 심해. 임신하면 더 심해질 수 있다더라."

"걔가 좀…… 말 안 하고 쌓아 두는 편 아냐? 그래서 두통이
심한가 보지."

척하면 척이라는 듯 광수가 선생처럼 말했다.

찬헌은 버럭 화를 낼 뻔했다. 친한 친구라도 남의 와이프에
대고 이러니저러니 평하는 것이 그다지 유쾌하게 들리지 않았
다. '걔'라는 표현마저 거슬렸다.

이전에는 그냥 후배였을지 몰라도 지금은 엄연히 친구의 아
내다. 한마디 짚고 넘어가고 싶었지만 취한 녀석에게 뭔 말을
해 봤자 들을 리도 없었다.

"아직 의학적으로 이유는 잘 모른대. 암튼 그렇게 됐으니까
얼른 가자. 너 지금 나 안 따라가면 후회할 거다."

"야, 강찬헌!"

순간 광수가 소리를 버럭 질렀다. 그러더니만 갑자기 꺼이꺼이 울기 시작했다.

광수는 그렇게 한 5분 정도를 목 놓아 울었다. 찬헌은 쪽팔림에 온몸의 피부가 남아나지 않는 것 같았다. 그런데도 광수 녀석이 너무나 서럽게 우는지라 그 자리에서 움직일 수가 없었다. 광수의 들썩거림이 거의 잦아들었을 때 슬그머니 말을 걸었다.

"야, 왜 그래. 뭐 답답한 일 있어?"

"야 임마. 너…… 여자 믿지 마라. 여자란 것들은 겉으로 살랑살랑 웃으면서 속으로는 칼을 품고 사는 종족이야."

사귀던 여자 친구에게 아주 호되게 당한 모양이었다. 찬헌은 광수가 조금 안쓰러웠지만 병원에 있는 정연을 생각하니 마음이 급해졌다.

"야야. 세상에는 좋은 여자도 많아. 이번엔 잘못 걸렸다고 생각……."

"씨발!! 그년만 그런 줄 알아?"

광수가 버럭 소리를 높였다. 그러더니 기가 차서 말을 잃은 찬헌의 앞에서 속사포처럼 쏘아붙였다.

"니 와이프는 뭐! 대단한 열녀인 줄 알아?"

예고 없이 날아온 화살에 찬헌의 얼굴이 돌덩이처럼 굳었다. 겨우 입술 끝을 달싹여 물었다.

"……그게 무슨 소리야?"

광수는 바로 대답하지 않았다. 대신 눈을 내리 깔고 낮게 웅얼거렸다. 어느 세계에 속하는지도 모를 의미 모를 소리가 그의 비뚤게 열린 입에서 흘러나왔다. 그 순간 강한 모욕감이 찬헌을 스쳤다.

찬헌은 대번에 거칠게 소리를 높였다.

"야 이 개새끼야. 그게 지금 무슨 소리냐고?!"

그녀와는 겨울이 채 되기 전에 이별을 했다. 대충 1년이라고 헤아렸지만 실은 10개월 만이었다. 그리고 이듬해 2월에 다시 얼굴을 보았을 때 함께 《만추》를 봤다. 당황할 정도로 길고 긴 엔딩의 키스신을 숨도 못 쉬고 보다가 크레딧이 올라가기 전에 입을 맞췄다.

화해였냐고 묻는다면 그건 아니었다. 재회의 계기였냐고 묻는다면 딱히 그런 것도, 그렇지 않은 것도 아니었다.

그 뒤로 두 사람은 아무런 말없이 서로의 호출에 응했다. 친구 같으면서도 보통 연인이 하는 것은 다 하지만 연인은 아닌 관계. 그 관계를 4년이나 이어 나가면서, 누군가가 그들에게 서로가 서로에게 그렇게나 쉬웠냐고 묻는다면 결코 그렇지도 않았다.

4년이 흘러 탕웨이는 그녀를 카메라 너머로 보던 김태용과 결혼했고, 헤어진 상태에서 만추를 함께 봤던 서정연과 강찬헌도 결혼했다. 이래저래 결말은 비슷한데 영화 말미의 길고 긴 키스에 무언가 울컥하는 마음으로 키스를 나누었던 두 사람은 아직도 평행선이었다.

손등이 욱신거렸다. 아마 뼈에 금이 갔거나 아니면 손가락 하나 정도는 나갔을지도 모른다. 욱신거리다가도 계속해서 술을 마시니 통증을 잊게 되어 좋았다.

하마터면 사람을 칠 뻔했다. 정신을 잃기 직전에 갖고 있는 모든 인내력을 발휘해서 광수를 치는 대신 테이블 옆에 있는 기둥을 쳤다.

'니 마누라 서정연. 병원에 애 떼러 왔다더라. 니가 아무리 개새끼라도 한 번 떼라고 그래 놓고 입 씻고 결혼했을 것 같지는 않고 말이지. 애 떼려다가 잘 안 되니까 너한테 책임지라 그런 거 아니냐? 니 새끼는 맞아?'

잔뜩 악에 받친 그의 친구는 아내의 놀라운 비밀을 폭로했다. 어떻게 봐도 그다지 개연성이나 신빙성이 있는 출처는 아니었다. 믿지 않으려고 했다. 술 취한 녀석의 헛소리라고.

그런데 기묘하게도 뜬금없는 그 얘기가 그대로 믿어졌다. 충분히 있을 법한 일이었다. 지지부진하게 끌어온 둘의 떳떳지 못한 관계에 대한 죄책감은 그 의혹을 확신과 같은 것으로 만들었다. 그랬을 것이다, 라고.

광수의 비아냥대는 어조, 끔직한 말의 내용이 계속해서 떠올라 비수가 되어 찬헌의 가슴을 찔렀다. 찬헌은 그저 눈앞의 잔을 비우고 비우고 또 비웠다. 이러다가 정신을 잃으면 설마 꿈속에서까지 듣지는 않겠지 싶어서.

열 몇 번째 잔을 비운 후에 찬헌은 문득 더듬거려 자신의 휴대폰을 손에 쥐었다. 그리고 하루에 수십 번도 넘게 보던 영상을 찾아 재생시켰다.

가장 최근 검진일에 함께 병원에 가서 본 3차원 초음파. 완전히 사람의 모습을 갖춘 녀석의 얼굴을 처음 봤다. 얼굴의 윤곽이 화면에 떠오르자 정연이 깜짝 놀라며 그를 닮았다고 했다.

아니나 다를까 아직 간접적으로만 볼 수 있는 그 작은 생명체는 귀와 코와 입모양이 그를 꼭 닮아 있었다. 그 윤곽을 처음 봤을 때 정확한 이유도 모르게 가슴에 벅찬 기운이 가득 차올랐다.

누군가가 툭 치면 꼭 울어 버릴 것만 같았던 기억. 그 뒤로도 그 영상을 찾아서 볼 때면 희미하게 비슷한 기분이 재생된다.

잠시 정신을 놓으면 활발하게 움직이는 그 모습이 눈길을 사로잡는다. 그 생명의 존재가 이질적으로 눈앞에 스친다. 이게 진짜 조작된 것이 아닌가? 이 생명체가 정말 살아 있는가? 바로 이 녀석이,

있지 않을 수도 있었다.

보지 못할 수도 있었다.

그 사실조차 알지 못할 수 있었다.

찬헌의 온몸에 차게 소름이 돋았다.

찬헌은 부들부들 떠는 양손으로 휴대폰을 움켜쥐었다. 새빨갛게 충혈된 그의 눈에 순식간에 눈물이 고였다.

"서정연…… 야."

그의 입에서 신음처럼 그녀의 이름이 흘러나왔다.

"그러면 안 되지……. 니가…… 사람이면……."

연인이 아니었다.

둘 사이에는 미래가 없었다.

벌써 희미한 과거지만 분명히 그랬다.

자신을 그 상황의 그녀에게 대입하면 눈앞이 깜깜했다.

명백한 실수. 그것도 인생을 망칠 수 있는 실수. 선택지는 끔찍한 것 하나 정도였다.

하지만,

그래도, 그래도.

그럴 수는 없는 거다. 이 조그만 녀석한테,

그리고 나한테.

갑작스레 가슴이 확 조여 와 찬헌은 셔츠의 깃을 콱 움켜쥐었다. 입에서 끄으으, 하고 신음 소리가 흘러나오고, 그는 체면도 놓고 목을 놓아 울어 버렸다.

왜, 왜, 뭐가 이렇게 서럽고 가슴이 아픈 걸까.

그녀가 아이를 두고 끔찍한 생각을 했다는 게? 그를 믿지 못했다는 게? 믿지 못해도 한마디라도 해 줬어야지 하는 마음에? 모르겠다. 전부 다인 것 같기도 하고, 전부 다 아닌 것 같기도 하고.

"야…… 이…… 잔인한 여자……. 이 나쁜……."

이를 으득 갈며 욕지거리를 내뱉고 찬헌은 악을 쓰며 더 서럽게 울었다.

'비참하다'. 그래, 그 표현이 딱 맞았다. 수컷으로의 자존심, 그런 게 있는 줄도 몰랐는데 박살 나 보니 알게 되었다. 모르는 새에 그는 남자로서 경험할 수 있는 가장 수치스러운 상황의 당사자였다.

동시에 그는 그가 이미 운석이라고 부르는 인격체가 영원히 세상에서 사라질 수도 있었다는 그 끔직함에 몸을 떨었다. 얼굴도 있고 사지가 있고 벌써 손가락 발가락이 있는 그 조그만 녀석이, 한 순간의 결정으로 갈기갈기 찢길 수도 있었다.

등골이 서늘하면서 피가 머리끝까지 확 올라왔다.

이미 그는 과거의 상황에 자신을 온전히 대입할 수가 없었다. 현재의 강찬헌은 서정연의 남편이고 그녀의 배 속에 있는 아이의 아빠이기도 했다. 그 기분을 온전히 배제하고 이 시점에서 과거의 자신이 되어 과거의 일을 이해하는 것은 불가능했다.

찬헌은 과거의 정연을 이해할 수 없었다. 동시에 현재의 정연도 믿을 수 없게 되었다.

정연에게 이 결혼은, 그리고 아이는 무슨 의미일까. 아이는 실수이고 결혼은 그저 실수를 수습할 가장 온건한 방도였던 것이 아닐까?

그 역시 떠밀리는 기분을 느끼며 결혼을 결정했다는 것을 부인할 수는 없었다. 하지만 결코 마지못해 하지는 않았다.

그는 정연을 원했고 그녀가 그에게 필요하다는 것을 알았고 그렇기 때문에 모든 것을 받아들이기로 결심했다. 그에게 결혼은 결코 불행한 결심은 아니었다.

하지만 정연은 어떤가. 정연은 아마도 아이를 떼는 것보다는 찬헌과 결혼하는 것이 덜 나쁘다고 생각했던 것 같다. 결혼은 그녀가 최악의 선택에서 한 번 접어 결정한 것이었다.

불행한 결혼. 서정연은 애초에 이 결혼을 그렇게 규정짓고 시작한 거다.

그만 몰랐다. 두 사람의 관계는 근본적으로 변하지 않았다. 서로에게 지쳐서 헤어졌던 이천십 년의 겨울, 그리고 어영부영 서로의 마음을 정하지 않은 채 만나 왔던 그 이후의 4년, 그 건조하고 곤란한 관계 그대로다.

거의 놓을 것 같은 정신을 붙잡고 있을 때, 그의 전화가 울렸다. 찬헌은 용케 둔한 손가락으로 통화 버튼을 눌렀다.

"……여보세요?"

— 강 서방……? 지금 어디…….

장모였다. 정연의 어머니. 처음 보자마자 정연과 몹시 닮아서 면목이 없는데도 친근하게 느꼈다. 그를 갈굴 기회만 보고 있는 서정호와는 인종이 다른 사람. 저런 어머니가 있으니 서정연이 태어날 수 있었을 테지.

"여기…… 어디……? 잘 모르겠습니다……."

감각이 둔한 다른 쪽 손에 주의가 가 있는 것을 느끼며 찬헌이 꼬인 혀로 대답했다. 찬헌의 꼬인 혀가 무엇을 의미하는지 바로 알아차린 정연의 어머니가 황당한 목소리로 대답했다.

— 아까…… 바로 온다고 해서…….

"아, 네……. 바로…… 갈 겁니다. 시간이, 얼……마나 됐죠?"

그때 옆에서 작게 '언제 온대?' 라고 묻는 정연의 목소리가 들렸다. 장모가 잠시 작게 뭐라고 대답하는 것 같더니 곧 찬헌에게 말했다.

— 자네 지금 병원 오기 힘들 것 같은데 일단 집에 가지.

"아닙니다, 아니에요. 가야죠. 임신한 마누라가 아파서 입원해 있는데 안 가면 쓰나……."

찬헌의 말이 혼잣말처럼 짧아지며 말끝이 감겨 들어갔다. 안 되겠다 생각했는지 장모는 더욱 단호한 목소리로 일렀다.

— 그냥 들어가. 정연이는 내가 돌볼 테니까. 푹 쉬고 내일 아침에 와.

전화를 끊은 어머니를 정연이 의아한 눈으로 쳐다봤다. 바깥에서 들으니 그가 병원으로 오겠다고 한 것 같았는데 어머니가 굳이 그것을 고사했다. 대체 무슨 일이길래?

"무슨 일이야, 엄마. 왜 오겠다는 걸 말려?"

차마 아픈 정연에게 초저녁에 오겠다던 그녀의 남편이 술 마시고 인사불성이 되어 있다는 것 같다고 말을 할 수가 없어서 애써 둘러댔다.

"새벽부터 너 병원 데리고 오느라 강 서방이 고생했잖아. 고단했는지 목이 다 잠겼길래 일단 들어가서 쉬라고 했어."

시무룩하게 고개를 끄덕이는 정연은 무척 실망한 얼굴이었다.

정연의 어머니는 딸을 보며 희비가 엇갈리는 기분이었다. 결혼 전에 둘의 사이가 원만하지 않은 정황이 있었고 속도위반으로 급하게 한 결혼이기 때문에 억지로 결혼하는 것이 아닐까 많이 걱정을 했는데 의외로 정이 없지는 않은 모양이었다.

걱정하던 그녀의 마음을 잡아 준 것은 의외로 아들인 정호였다.

'걱정하지 마세요. 정연이 걔. 그놈 무지하게 좋아하니까. 그 녀석 아니면 결혼시킬 녀석도 없어.'

빈말은 하는 법이 없는 아들이었기에 그 한마디에 마음이 조금 편해져 부담을 덜고 예비 사위를 기다릴 수 있었다.

찬헌을 처음 만나는 날, 그녀는 흡사 빚쟁이를 기다리는 것처럼 긴장했다. 하지만 정연을 따라 현관으로 걸어 들어온 젊은 남자는 긴장에 떤 것이 무색하게 준수하고 환한 인상을 하고 있었다.

딸이 어떤 놈팡이에게 걸려 발목이 잡힌 것이 아닐까 걱정을 했는데 그 걱정이 한순간에 날아갈 정도로 그늘이 전혀 느껴지지 않는 관상이었다. 항상 딸의 짝으로 바라온 그대로 평범하게 좋았다.

그의 입으로부터 짧게 전해 들은 가족에 대한 이야기는 그 확신을 더 강화시켜 주었다. 그는 엄청난 악당이 아니라 평범한 집에서 사랑받고 무탈하게 자란 막내아들이었다. 어린 구석이 있기는 해도 악인과는 거리가 멀었다.

이 사람이면 괜찮겠구나. 첫날 이미 그렇게 마음을 놓았다.

두 사람 사이에 편하지 않은 뭔가가 있는 듯했지만 살아가면서 해결해 나갈 수 있으리라 생각했다.

아직은 온전히 여물지 않은 것인지 딸과 사위는 조금씩 삐걱대는 모양이었다. 어쩔 수 없다고 생각하면서도 어머니는 그런 딸을 보는 게 내내 안쓰러웠다.

약도 먹을 수 없는데 얼마나 아플까. 대신 아플 수 있다면 얼마나 좋을까. 잠결에도 끙끙대는 정연을 보며 여러 번 눈물을 훔쳤다. 그 와중에 아침에는 살갑게 딸을 챙기던 사위가 저녁에는 돌변해서 술에 만신창이가 됐다.

병원에 있는 아내를 두고 술을 마시러 가다니, 상식적으로 이해할 수 있는 행동은 아니었다. 고작 두어 시간 전에 병원으로 오겠다고 했었기에 더 그랬다. 뭔가 사정이 있겠지 생각하면서도 마음은 편하지 않았다.

좀처럼 녹아지질 않는 앙금이 딸과 사위 사이에 존재하는 것이 아닌가, 내심 그런 생각이 들었다.

둘의 사이는 의무적이라고 보기에는 너무 잔정이 많고 지극히 사랑한다고 보기에는 껄끄러운 게 있어 보였다. 둘의 결혼 생활을 도대체 어떻게 봐야 할까, 제대로 잘 살고 있는 걸까. 그걸 잘 알 수가 없었다.

"엄마 나 그냥 퇴원할래. 그 사람도 집에 있고 나도 이제 괜찮아."

사정을 모르는 정연이 그녀를 재촉해 온다. 정연의 어머니는 딸의 앞머리를 어루만져 넘겨주며 부드럽고 단호하게 덧붙였다.

"의사 선생님이 경과 봐야 한댔잖아. 오늘 밤만 여기서 자고 괜찮으면 내일 아침에 퇴원 수속 밟자."

가능하면 딸과 취한 사위를 마주치게 하고 싶지 않았던 정연의 어머니가 그렇게 말했다. 정연은 어머니의 단호한 태도에 못 이기고 고개를 끄덕이고 말았다.

◆

툭.

툭.

툭.

의식이 어둠 속으로 말려 들어간다. 완전히 침잠했다가 눈앞에서 확 불빛이 일었다. 무척이나 구체적인 배경들이 배치된다. 그 안에 있다. 보고 느낄 수 있었다. 과거의 기억이다.

영화는 드라이하고 느렸다. 내내 그 독특한 공기에 몰입되어 있었지만 경사 없는 길을 걷는 것처럼 지루해진다고 느꼈을 때, 찬헌의 마음을 완전히 바꿔 놓은 것은 2분 30여 추에 달하는 엔딩의 긴 키스신이었다.

제대로 숨도 쉴 수가 없었다. 그 긴 감정의 토로를 지켜보느라.

화면을 향하던 두 사람의 압박된 숨소리는 어느새 옆으로, 서로를 향했다. 어둠 속에서 눈을 맞춘 두 사람은 곧 눈을 감고 영화보다도 길게, 더 길게 입을 맞췄다. 간간이 채워진 심야의

233

영화관에 불이 들어오고 뒤척이며 일어서는 소리가 들려도 두 사람은 눈을 뜨지 않았다.

크레딧이 모두 올라가고 빈 상영관에 두 사람만이 남았을 때 겨우 입술을 떼고 둘은 열기에 젖은, 당황한 눈으로 서로를 바라봤다. 찬헌은 자신의 입에서 무슨 말이 나오는지도 모른 채 중얼거렸다.

'심야 한 타임 더 볼래? 아니면······.'

정연은 그의 코트 깃을 꽉 부여잡았다. 그리고 물끄러미 그의 눈을 들여다봤다. 같은 열기가 그들을 감쌌다. 이런 일에 말은 참 소용이 없다. 그런 작은 시니컬함까지 같았다. 모두 공유했다. 두 사람은 함께 찬헌의 아파트로 갔다.

결코 무언가에 씐 기분은 아니었다. 스스로가 한다는 의식은 있었다. 하지만 의식의 어디에도 강한 '의도'는 없었다. 몸은 스스로의 갈 길을 안다는 듯 움직였다. 심지어 상대의 몸도 자신의 몸과 같았다.

찬헌의 손이 정연의 뒷목을 움켜쥐면 정연의 몸이 자석처럼 그의 품에, 그의 입술에 따라 붙었다. 온몸이 예리한 촉수처럼 반응했다. 생각을 할 에너지는 모두 피부에 가 있었다. 동물 같은 감각. 그 안으로 온몸을 녹여 버릴 것 같은 강한 열기가 피어올랐다.

뭐가 문제였을까. 이별이 너무 성급했던 것이? 아니면 만추가 문제일까. 아니, 그런 건 아무래도 상관없었다. 당장 중요한 것은 그 둘 중 누구도 자신을 제어할 수 없었다는 사실이었다.

234

찬헌은 정연의 두터운 겉옷을 들어 올렸다. 정연은 팔을 뒤로 해 그가 옷을 벗기기 쉽게 해 주었다. 옷가지를 하나씩 벗어 던지며 침실로 향하는 동작은, 충동적인 듯하면서도 군더더기가 없었다.

마치 이 순간을 기다려온 듯. 이 순간을 위해 이별을 가장해 온 듯 그들은 열정적이었다.

낮 동안 주인을 비우고 차가워진 시트에 정연의 반쯤 벗은 등이 닿았다. 그녀의 위로 엎어진 찬헌은 정연의 턱 아래에 입을 맞췄다.

으응…… . 나른하고 긴 신음 소리가 정연의 입에서 새 나왔다. 눈물이 맺혔다. 작게 만족스럽고 동시에 부족하고 흥분되면서도 안달이 난 듯.

흐린 눈에 남자의 얼굴이 맺힌다. 땀에 찡그려진 길게 휜 눈매, 단정하게 떨어진 코끝, 그리고 지적이게 얇은 윗입술까지.

전희의 즐거움조차 잊은 원초적인 열망. 남자는 성급하게 여자의 남은 옷을 끌어내렸다. 성급한 손길이 땀에 흠뻑 젖어 여자의 허리 근처에서 한번 미끄덩 흘러내렸다. 그는 시트에 손을 한 번 닦아 내고 다시 한 번 시도했다.

여자의 속옷이 발목까지 흘러내렸다. 남자는 여자의 다리 사이로 머리를 숙이고 기어 들어갔다. 기꺼이.

그는 고개를 숙이는 것을 싫어했다. 늘 빳빳한 사람이었다. 누구를 지배하는 것도 좋아하지 않았다. 그래서 항상 혼자였다. 혼자서 완벽에 가까웠다.

여자를 알고 나서야 그 완벽이 결핍에 가깝다는 걸 알게 됐다. 그녀와 함께 있으면, 이렇게 함께 헐벗고 서로의 모든 것을 보고 있으면 그는 기꺼이 동물이 된다. 기꺼이 배를 드러내고 또한 기꺼이 지배하고 싶은 기분이 된다.

남자는 여자의 다리 사이에서 무거운 추처럼 빳빳해진 것을 어루만진다. 곧이다. 곧 꿀처럼 달콤하게 젖은 여자의 안을 여행할 것이라는 생각에 이른 황홀감이 뇌를 장악한다. 여자의 허벅지 안쪽에 묵직한 살덩어리를 살짝 비비니 여자가 다시 기쁘게 운다.

당장이라도 들어가고 싶으면서 허세를 부리는 것이다. 여자도 그것을 안다. 그래도 여자는 간청해 준다. 빨리, 제발…… 이라고.

남자는 슬슬 그의 것을 입구와 예민한 부분에 문댄다. 빨갛게 성난 그녀의 여린 살이 금방이라도 부르르 떨 것처럼 진동을 전한다.

그녀의 입구가 흥건히 젖어 가는 것을 느끼며 남자는 자신을 여자에게 묻었다. 즉각적으로 견디기 힘들 정도의 지독한 황홀감이 온몸에 퍼진다.

정복감, 혹은 복종감.

뭐가 됐든 양복 입고 젠체하는 인간보다는 훨씬 동물에 가까운 감정. 그 감정의 목적은 하나다. 서로에게 서로의 흔적을 남겨, 상대방을 자신의 일부로 만드는 것. 발정 난 짐승은 아무런 번뇌도 고민도 없이 육체의 일에 힘을 쓴다.

그도 그렇게 그녀의 가장 깊은 곳에 사정했다. 충족감이 온몸에 퍼졌다.

그리고 곧 심장을 도려내는 통증이 그를 엄습했다.

찬헌은 눈을 떴다. 기억이, 꿈속에 재생된 기억이 여태 생생했다.

가슴이 아팠다. 왠지 모르게 가슴이 아팠다. 눈가가, 눈끝과 이어진 관자놀이 주위의 골이, 모르는 새에 허탈한 눈물로 젖어 들어간다.

사람이 누군가를 사랑하면서 느낄 수 있는 희로애락, 녹아 버리고 싶을 정도의 열기와 죽어 버리고 상대방의 일부가 되고 싶을 정도의 강한 욕망, 모두 다 경험해 봤다. 없다고 생각했는데 다 있었다. 그의 과거에.

어째서 사람은 과거와 현재에, 새벽과 아침에 다른 마음일까. 마치 사람이 바뀐 것처럼. 그러면서도 왜 새벽을 기억하고, 그때를 이해하지 못하면서도 그리워하고, 아침에는 두려워할까.

마음을 알아차리지 못하는 새에, 심장의 벽은 굳어 가고, 실연당한 뒤에야 비로소 알게 된다.

그게 사랑이었다는 것을.

"사랑……했는데……."

그 말이 그의 귀로 돌아와 그를 더없이 비참하게 만들었다.

"사랑……했는데…… 죽을 것 같이……."

눈가가 줄줄 새는 수도처럼, 계속 젖어 들어갔다.

싫은 기분.

진절머리가 나고,

두려움이 엄습한다.

아무것도 자신이 없었다.

이렇게 건조하게 사랑을 잃고 세월이라는 바닷바람에 말라
가는 삶을 이겨낼 자신이 없었다. 짧게 지나는 시간이 눈물을
말렸다. 그리고 찬헌의 머리 뒤가 밝아지기 시작했다. 새벽, 그
한 단어가 그의 머릿속에 떠올랐을 때였다.

툭, 띠, 띠리리―

그의 발치 쪽에서 디지털 도어락이 풀리는 소리가 들리고 정
연이 들어왔다.

들어서자마자 그녀의 눈에 커다란 남자의 형상이 보였다. 익
숙하고도 동시에 낯선. 온통 구겨진 양복 차림으로 소파에 길게
누워 있는 찬헌을 보고 정연이 깜짝 놀라 다가왔다.

"찬헌 씨?"

그의 시야 위쪽으로 그녀의 얼굴이 보인다. 얼굴이 하얗고 아
름다운, 마녀.

"찬헌 씨, 이게 무슨 일이야. 술 마셨어……? 손은 왜 이래?"

새파랗고 검붉게 부어오르기 시작한 찬헌의 왼손을 보고 정
연은 소스라치게 놀라 양손으로 그것을 움켜쥐었다. 온통 힘이
빠진 그의 손이 그녀의 손안에서 툭 떨어졌다. 찬헌은 곁눈질로
걱정하는 그녀를 관찰한다.

그녀와 결혼해서 한집에 살고 있지만 마음은 얻은 바가 없다.

달라고 애걸한 적이 없으니 당연한 건지도 모른다.

하지만 얻은 바가 없다는 걸 알고 나니 속이 많이 쓰리다.

아파서 견디기가 힘들 정도로.

"세상에, 병원 가야겠다. 뭘 하다가 이렇게."

"정연아."

자신을 부르는 말에 정연이 찬헌을 돌아봤다. 찬헌의 속에서
무언가가 왈칵 쏟아져 나왔다.

"너한테 나는 뭐니?"

◆◆◆

Part Ⅳ. 인과(因果): 좋은 것과 나쁜 것

정연의 심장이 순식간에 쿵, 떨어졌다. 찬헌이 한 말의 의도
를 전혀 알 수 없었지만 우울하게 가라앉은 그 어조만으로도 불
안감이 전해져 왔다.

"······응?"

찬헌이 멍한 눈으로 정연을 멀리 응시했다. 그녀의 윤곽이 두
겹으로 증식한다. 그녀가 흐려지자 의외로 마음이 편안해졌다.
찬헌은 어린아이처럼 빙긋 웃었다.

"영 빠져서는. 서방님이 옆에 없으면 한밤중에라도 퇴원 수
속하고 달려올 줄 알았는데."

"뭐?"

헛 하고 짧은 숨이 정연의 목에서 빠져나왔다. 잠시 얼이 빠
졌다. 찬헌의 입에서 나올 것이라고는 좀처럼 생각할 수 없는

극도로 어색한 말이었다. 무슨 역할극 같은 건가? 정연은 잠시 장단을 맞춰 주기로 했다.

"우리 서방님 여기서 이러고 졸면 어떡해? 뼈에 바람 들게."

찬헌이 멍한 얼굴로 다시 웃었다.

"으슬으슬해. 벌써부터."

찬헌은 으슬으슬했다. 정말로.

"일단 들어가서 좀 잘래? 아니면 응급실부터 가야 되나?"

정연이 조심스레 찬헌의 곁으로 조금 더 몸을 기울이며 물었다.

"일단 일어서서……. 꺅!"

찬헌이 머리 위쪽으로 다친 손을 뻗어 정연의 손가락 끝을 살짝 움켜쥐고 그대로 끌어당겼다. 정연의 무거운 몸이 다가오며 기우뚱하자 찬헌은 그대로 팔을 뻗어 허리를 끌어안았다.

그가 그녀의 배에 깊게 코를 묻었다.

"왜 그래, 당신?"

하나도, 이 상황의 무엇 하나도 이해가 되지 않았다.

"보고 싶었단 말이야. 너랑…… 운석이랑."

찬헌이 혀가 꼬부라진 소리를 냈다. 새삼 다시 취하기라도 한 것일까. 별-운석으로 부르기로 했잖아. 정연이 멍한 채로 살짝 정정해 주며 저도 모르게 찬헌의 뒷머리를 쓰다듬었다. 그 손길이 기꺼운지 찬헌은 정연의 배에 이마를 비볐다.

"이제 어디 가지 마. 알았지?"

"내가 가긴 어딜 가. 당신 진짜 왜 이래? 무슨 일 있었어?"

"가지 마. 사라지지도 마. 알았지?"

"아아…… 알았어. 안 갈게. 아무 데도 안 가고 당신 옆에 있을게. 됐지?"

정연은 허둥지둥 대답하며 응석을 부리는 찬헌을 얼결에 더 꽉 끌어안았다.

찬헌은 정연의 배로 얼굴을 더 깊이 파묻었다. 그의 팔에 힘이 들어가자 정연은 저도 모르게 헉 하고 신음을 흘렸다. 결코 위협이 되는 정도는 아니었지만 충분히 남자의 힘이었다.

어린 아이가 아닌 성인 남자가, 그녀에게 애걸하고 있었다. 절박하게.

그녀의 배는 끊임없이 남자의 호흡을 머금었다. 단 한 치의 틈도 허용하지 않고 이마와 코를 딱 붙인 채로 그는 한참을 그렇게 있었다. 마침내 한 조각의 정신을 차린 그녀가 그를 살짝 흔들자 동시에 그가 어깨를 사시나무처럼 떨었다.

"……대충 살자. 그냥. 대충."

순식간에 조여든 정연의 목구멍이 높은 음계의 숨소리를 냈다. 찬헌은 떨리는 말소리를 들릴 듯 말 듯 천천히 또박또박 이어 나갔다.

"그저 그러니까. 우리 둘 다 그저 그러니까. 그냥 대충 살자."

그 순간 망치로 뒤통수를 맞은 것 같은 엄청난 충격이 정연을 감쌌다.

그가 대체 왜 이러는 걸까? 같은 합리적인 의문은 단 한 조각도 떠오르지 않았다.

'대충 살자'고 한다. 정연이 알고 있는 찬헌은 지구의 마지막 날에조차 그런 말을 할 법한 사람이 아니었다. 가리고 따지는 것이 많아서 생각이 같지 않은 사람과는 일생을 함께할 수 없어 헤어져야만 하고, 자존심이 강해서 한 번 헤어진 것을 번복할 수 없는 남자가 그녀에게 지금 '대충 살자'고 한다.

꼭 싸움에 진 개 같은 초라한 모습으로.

영문 모를 말을 중얼거리는 그에게 무슨 말을 건넸는지 정연은 하나도 기억할 수 없었다. 그게 무슨 말이었든 의미 있는 말은 아니었을 것이다.

다만 또다시 하나의 암묵적인 약속이 그 둘 사이에 생겨나고 있었다. 좋게 말하면 그것은 어떻게든 결혼 생활을 지키겠다는 둘 모두의 의지였고, 나쁘게 말하면 서로에 대해 더 이상 묻지도 따지지도 말자는 의미였다.

대체 어떤 일이 그로 하여금 '대충 살자'고 애걸하게 했는지 상상도 할 수 없었다. 하지만 정연은 완벽하게 물을 의욕을 상실했다. 그가 뭘 두려워하는지, 그것을 들여다보는 것이 두려웠다.

찬헌은 손등뼈에 금이 갔다. 그 탓에 3주 동안 깁스를 해야 했다. 덕분에 일주일은 강제로 휴가를 받았다. 그동안 정연은 임신 24주를 넘겨 제법 뒤뚱거리기 시작했고 정호와 유진은 여자 아이를 낳았다.

예정일보다 이 주일 빠르게 양수가 터졌다는 이야기를 듣고 밤새 노심초사하던 정연은 새벽이 되어서야 정호에게서 연락을 받고 자리에서 벌떡 일어나 허둥거렸다. 옆자리에서 자던 찬헌이 기척을 느끼고 말없이 일어나 정연을 도왔다.

"좀 더 자지? 아침 일찍 가면 안 되나?"

"새언니 친정이 미국이라서 지금 아무도 없단 말이야. 우리 부모님도 여행 가셨고. 예정일 일주일 전에 넉넉하게 오신댔는데 애기가 일찍 나오는 바람에."

"그래? 그럼 지금 처남만 옆에 있는 거야?"

"그렇지? 하민이랑."

정호가 매사에 능한 편이긴 하지만 지금은 상황이 달랐다. 갓 출산한 아내와 두 돌이 조금 넘은 아이를 데리고 허둥대고 있을 것이 눈에 선했다.

벌써부터 양말을 신느라 낑낑대는 정연을 본 찬헌이 딱하다는 듯 혀를 쯧 차더니 그 자리에 무릎을 대고 앉아 다치지 않은 오른손으로 양말을 신겨 주었다.

그 불편한 모양새에 정연이 괜찮아 내가 한다니까— 라고 찬헌을 만류했지만 그는 묵묵히, 능숙하고 빠르게 정연에게 양말을 신겼다. 그리고 바로 그녀의 옷장 앞으로 가서 정연이 잘 입는 카디건을 가져와 팔부터 끼워 입혀 주었다.

"새벽이라 바람 찰 텐데. 뭐 두르자."

그가 두리번거리며 정연의 머플러를 찾으러 간 새에 정연은 오빠로부터 또 전화를 받았다.

"응, 오빠. 강 서방이랑 지금 가려고. 뭐? 배냇저고리를 안 가져갔어? 아휴, 못 살아. 세상에서 제일 정신없는 아빠네."

평소 정호에게 구박당하곤 했던 원한의 살풀이였는지 정연은 한참 동안 속사포처럼 정호의 정신없음을 타박했다.

"우리 애기 것 중에 예쁜 걸로 하나 골라 갈게, 그럼."

— 아…… 그게…….

정호가 뭔가를 주저하는 소리를 냈다.

"싫어? 동생 센스는 영 못 믿겠어?"

— 아니 그건 아닌데…….

정호가 하민이가 태어날 때 병원에서 입혀 주었던 밋밋한 겉 싸개에 매우 불만스러워했다고 들었다. 그래서 곧 태어난 딸에게 첫 옷을 만들어 주겠다는 일념으로 직접 염색, 재단, 바느질까지 한 배냇저고리를 준비했다는 이야기를 유진에게 들었는데 그 때문인 듯했다. 그것을 서두르느라 집에 놓고 온 것이니 억울할 법도 했다.

— 우리 집에……. 아냐 너 못 찾는다. 그냥 하나 빌려 줘.

"기다려, 금방 챙겨 갈게."

— 아, 정연아.

"응?"

— 거즈 수건도……. 좀 부탁.

못 살아! 대체 뭘 가져간 거야. 정연은 정호를 또 한 번 신랄하게 비난해 주고 웃으면서 전화를 끊었다. 그 새에 찬헌이 정연의 머플러를 들고 와 대기하고 있었다.

"찬헌 씨. 우리 별-운석이 겉싸개 하나 빌려 줘야겠어."

"빌려 주면 돌려받을 순 있는 거야?"

"무슨 말을 그렇게 해?"

"아니, 말이 웃기잖아. 주면 주는 거지. 뭘 빌려 줘."

찬헌이 중얼거리며 아기 방으로 건너갔다. 그가 잠시 뒤적이더니 아이보리 바탕에 진분홍 꽃무늬가 박힌 클래식한 패턴의 포대를 들고 나왔다.

"이거면 될까?"

"어, 그거……."

정연이 결국 아기를 어떻게 하지 못하고 낳기로 결심한 날 처음 사 왔던 신생아 포대였다. 저것과 함께 신발 두 켤레, 모자가 하나, 옷이 세 벌. 갑자기 그 생각이 나서 울컥, 속에서 무언가가 올라왔다. 정연이 넋을 놓고 있자 찬헌이 얼른 되물었다.

"좋아하는 거야? 딴 걸로 골라 올까?"

"아니아니. 그게 딱 좋아. 하은이 주자."

정연이 오빠 내외가 미리 지어 놓은 조카의 이름을 언급하며 고개를 끄덕였다. 특별한 날 샀던 특별한 물건이지만 보고 있으면 그때의 암담한 상황이 떠오른다.

어떻게 그렇게 무모했을까. 자신의 행동이지만 이해가 가지 않았다. 한 번, 그에게 이야기나 해 볼걸. 두려워하지 말고 눈을 보고 한 번 말해 볼 걸. 그랬으면 그가 들어줬을 텐데. 그런 끔찍한 생각은 하지 않아도 됐을 텐데.

아직까지 그때의 일을 생각하면 가슴을 무언가가 탁 틀어막은 것처럼 답답했다. 그때는 어쩔 수가 없었다고, 스스로 정당화하면서도 지금이 너무 소중해서 죄책감을 느낀다.

지금 그녀는 찬헌도 아기도, 잃어버리고는 살기 힘들 것 같다. 고작 넉 달 사이에 많은 것이 변했다.

마치 그때의 서정연과 지금의 서정연이 다른 사람인 것처럼, 지금의 생활이 익숙하고 편했다. 그저 원래부터 이렇게 되도록 예정되어 있었던 것이 아닌가, 그런 생각이 들 정도로. 혹은 이미 한 백 년 정도 전부터 이런 생활을 해 왔던 게 아닌가 그런 생각이 들 정도로.

"가자. 내가 시동 걸어 놓을 테니까 천천히 나와."

어느새 외출 준비를 다 마친 찬헌이 현관 쪽에서 정연을 불렀다. 갑작스레 그 순간이 매우 이질적으로 느껴지며 두근, 정연의 마음속에 잔잔한 파문이 일었다.

신발을 구겨 신는 찬헌의 뒷모습이 처음으로 크고 따뜻해 보였다. 정연은 저도 모르게 뒤로 다가가 슬그머니 그의 등을 끌어안았다. 그러자 갑자기 찬헌의 등이 딱딱하게 굳었다. 그 어색한 느낌에 정연도 덩달아 숨을 멈춰 버렸다.

"아…… 빨리 가야지? 처남 기다리겠어."

찬헌이 허둥댔다. 정연은 멋모르고 고개를 끄덕이며 찬헌에게서 슬그머니 몸을 떼었다.

종합병원 산부인과 병동에 도착하자마자 복도 저편에서 바로 초췌한 얼굴의 정호를 발견했다. 정호는 눈이 퀭해져서는 막 잠이 들어 늘어진 하민이를 안고 있었다.

　　출산할 동안에 그의 부모님이 맡아 주기로 약속이 되어 있었는데 부모님의 부재중에, 그것도 새벽에 아이가 나오는 바람에 그냥 업어서 병원까지 데려 왔다.

　　유진의 분만실에 정호가 따라 들어간 동안에 접수처에서 아이를 잠시 맡았는데 한시도 쉬지 않고 울어 댔다고 한다. 정호는 천사 같은 아기의 탄생에 충분히 감격할 새도 없이 탯줄을 끊자마자 바로 밖으로 나와 하민이를 찾아 왔다.

　　내내 울어 대던 녀석은 아빠의 얼굴을 보자마자 더 바락바락 악을 쓰며 품을 파고들었다. 아이를 달래며 막 분만실에서 나오는 아기를 보여 주니 대뜸 툭 던진 말이 '못생겼어' 였다고.

　　"못생겼단다. 나 참. 누굴 닮았는지 사내놈이 그렇게 샘이 많아가지고."

　　정호는 어이없다는 듯 허허 웃다가 이내 실성한 듯 실실 웃었다. 그는 밤새 지옥에라도 다녀온 듯 지쳐 보였으나 동시에 세상을 다 얻은 듯 기뻐 보였다.

　　"부르지 그랬어. 내가 하민이 보고 있을 걸 그랬네."

　　"아서라. 임산부 과로 시켰다고 욕먹을 일 있냐."

그리고 정호가 찬헌의 얼굴을 흘끔 쳐다봤다. 찬헌은 별말 없이 꾸벅 고개를 숙여 인사했다.

"축하합니다, 형님. 이제 좋은 날도 다 갔네요."

"뭐 인마? 넌 아직 배 속에 들어 있다고 유세하는 거야?"

"나와도 우리 집은 아직 하나잖아요."

찬헌이 넉살 좋게 오빠와 투닥투닥 이야기를 이어 나가는 것을 보고 놀란 것은 정연이었다. 두 사람은 티격태격하는 것 같으면서도 꼭 어제 만난 친구처럼 친근하게 말을 주고받았다. 불과 몇 주 전까지만 해도 이름 꺼내는 것조차 싫어했는데.

원래 남자들끼리는 저런가? 정연이 의아해하거나 말거나 두 사람은 계속 말을 주고받았다.

"손은 왜 그래? 술 먹고 전봇대 같은 거 쳤냐?"

"비슷한데. 경험 있어요?"

"결혼 전에 뭐 한두 번. 넌 처자식도 있는 놈이 그런 짓을 하면 어떡해?"

"술 들어가면 눈에 보이는 게 있습니까."

"사고치지 마, 몸 사려."

정호가 찬헌의 어깨를 자기 쪽으로 끌어당겨 툭툭 두드렸다. 그런 두 사람의 모습이 정연의 눈에는 더욱 기묘하게 보였다.

저렇게 금방 사이가 좋아질 거면 지금까지 내가 걱정한 건 대체 뭐지? 눈앞의 상황이 영 현실감이 없었다. 둘 사이를 쓸데없이 진지하게 걱정했던 자신만 우스워진 그런 기분.

그때 신생아실 면회창 건너편으로 간호사가 아기를 데리고 나왔다. 하얀 포대에 돌돌 말아 놓은 아기는 얼굴이 조금 세워지자 불편한 듯 잉잉 울었다.

"세상에. 너무 예쁘다. 어떻게 오빠를 하나도 안 닮았지?"

아기는 완벽한 유진의 판박이였다. 신생아인데도 어쩜 저렇게 오밀조밀하게 있을 게 다 있는지. 그 평범한 사실이 새삼스레 감격스러워 정연은 저도 모르게 울컥해 버렸다.

정연은 그렇게 잠시 넋을 놓고 있었다. 그러다가 슬쩍 옆을 보니 말을 잃은 두 사람이 아기에게서 시선을 떼지 못하고 있었다. 아기 아빠야 그렇다고 치고, 찬헌까지 한마디도 없이 집중하고 있었다.

"찬헌 씨……?"

"……."

"운석이 아빠."

"으, 응?"

정연이 가끔 그가 대답하지 않을 때 부르는 '운석이 아빠'라는 호칭에 찬헌이 당황하며 얼른 돌아봤다. 얼굴을 붉히는 그 모습을 보고 정연이 웃으며 물었다.

"아기 너무 예쁘지?"

"어…… 예쁘네……."

"우리 애기는 더 예쁘겠지?"

정연이 찬헌에게만 들리게 작은 소리로 속삭였다. 그렇겠지……라고, 찬헌이 현실감 없는 목소리로 대꾸했다.

◆

    출산이 두 달 남아 휴가를 받은 정연은 잠시 친정에 머무르는 중이었다. 찬헌도 일주일 째 처가로 퇴근하는 중이었고 산후 조리를 하는 유진과 정호 내외도 함께 머무르고 있어서 집 안이 모처럼 북적북적했다.

    정연은 하은이를 보는 어머니의 곁에 딱 붙어서 덩달아 신생아의 재롱에 푹 빠져 있었다.

    "얘 피부 하얀 거 봐라. 미인 되겠어."

    "오빠 안 닮아서 얼마나 다행이야. 어머! 웃는다."

    "날 안 닮아서 뭐?"

    정호가 부엌에서 물을 마시다가 그 밝은 귀로 모녀가 소근대는 것을 듣고 저벅저벅 걸어 왔다. 요새 그는 강의가 없는 시간에는 계속 집에 머물며 육아와 아내의 산후 조리를 돕고 있었기에 이렇게 시도 때도 없이 출몰하곤 했다.

    "여기 발가락 모양 나 닮은 거 안 보이냐? 찡그리는 얼굴도 나랑 판박인데."

    "세상에 양심이 있지. 어떻게 딸이 자길 닮길 바라."

    "그럼 닮은 걸 안 닮았다고 해? 유전자 파 버려?"

    유전자를 파 버린다는 표현이 웃겨 정연은 크게 웃음을 터뜨리고 말았다. 하긴, 지금은 유진을 더 닮은 것 같지만 곧 서정호의 얼굴도 나오지 않겠는가. 닮은 듯 안 닮은 듯 절묘하게 닮겠지.

"우리 애도 사진 보니까 벌써부터 강 서방 얼굴 나오더라고."

"아직 여자앤지 남자앤지 모르니?"

정연의 어머니가 불쑥 끼어들어 물었다. 정연이 뚱한 얼굴로 고개를 저었다.

"몰라 안 가르쳐 줘. 선생님이 진짜 고집불통이야."

"여자앤데 강찬헌 닮으면 재앙도 그런 재앙이 없겠네."

"애 말은 바로 해야지. 너랑 달리 강 서방이 인물은 곱상하잖니."

"네? 어머니, 그게 배 아파서 낳은 친아들한테 할 소리예요?"

정호의 항변에도 어머니는 꿋꿋하게 고개를 저었다. 엄마도 은근히 되게 쿨하단 말이지. 정연은 티격태격하는 두 사람을 흐뭇하게 쳐다봤다.

"야, 그건 그렇고. 니 남편은 요새 왜 그렇게 조용해졌냐?"

"조용해져?"

정연은 어리둥절하여 되물었다. 찬헌이 조용해졌다고? 금시초문이었다.

"어제도 퇴근하고 아빠랑 밤새 수다 떨었는데 조용하긴?"

"아니 과묵해졌단 얘기가 아니라……. 좀 풀이 죽었다고 해야 하나? 예전 같지 않아서."

"나도 그 생각 했다, 애."

어머니까지 거들었다. 사실 정연도 살짝 느끼고는 있었다. 그가 예전같이 말을 함부로 하거나 공격적으로 정호를 대하지 않는다는 것을. 하지만 '예전 같지 않다'는 표현을 막상 정호의 입으로 들으니 어쩐지 조금 신경에 거슬렸다.

꼭 예전엔 개 같았는데 요샌 웬일이냐고, 전제하고 얘기하는 것 같아서.

"난 평소랑 다른 거 모르겠는데?"

너무 솔직해서 그렇지. 싹싹한 데도 많아. 정연은 괜히 그렇게 덧붙였다. 그리고 정호와 어머니가 혹여 찬헌에 대해 함부로 이야기하면 다시는 그렇게 못하게 신신당부를 하리라 속으로 다짐했다.

점심시간 직후 찬헌은 비상구 쪽 베란다로 나가 잠시 찬바람을 쐬었다. 한 10분 정도 멍하니 그렇게 있다가 누군가가 문을 열고 나오는 소리에 무심코 뒤돌아봤다. 구겨진 담뱃갑을 한 손에 쥔 상훈이었다. 그가 가볍게 인사를 하니 상훈이 반갑게 옆으로 다가와 안부를 물었다.

"통 얼굴 못 봤네. 어떻게 지내?"

"뭐 그럭저럭이요."

"얼굴이 좀 삭았네. 이제 결혼 생활의 현실을 알아 가나?"

장난스럽게 뼈가 든 말을 하고 상훈은 낄낄 웃었다. 찬헌도 덩달아 낄낄 웃었다.

"좀 가라앉았네. 슬슬 그럴 때지."

그럴 때라. 다들 그런가? 그 말이 찬헌에게 새삼스레 위안으로 다가왔다. 그의 인생에 남들도 그렇다는 게 위안이 되는 날이 올 줄은 꿈에도 몰랐다.

"어때? 결혼이라는 늪의 수위가? 딱 예상한 정도?"

찬헌이 결혼에 대해 꽤나 회의적이었던 것을 알고 있는 상훈은 슬쩍 그렇게 운을 떼었다. 찬헌은 그 물음에 잠시 대답을 주저했다.

예상한 정도냐고? 상당히 애매했다. '정도'로만 따지면 그럴지도 모른다. 하지만 문제는 '정도'가 아니라 '종류'에 있었다. 그는 예상한 부분에선 의외로 문제없는 결혼 생활을 하고 있었지만 예상하지 못한 부분에서 발이 빠지고 말았다.

정연의 비밀을 알게 된 데에 대한 심적 대가는 엄청났다. 그일을 알게 된 바로 그날, 그는 당장이라도 그녀에게 그 일에 대해 따져 묻고 싶었다. 결혼을 준비하면서 단 한 번도 물은 적이 없던 말을 묻고 싶었다.

그를 사랑하느냐고.

사랑하긴 하느냐고.

조금의 애정이라도 있었다면 어떻게 한 순간이라도 그런 생각을 할 수 있었냐고.

그 일은 단순히 곤란한 임신을 한 여자가 자신의 몸에 대한 신체결정권을 행사한 것이 아니었다. 문제가 되는 부분은 그 임신을 곤란한 것으로 만드는 무엇이다.

그것은 정연이 찬헌을 완전히 거부했다는 것을 의미했다. 그래서 그 일이 찬헌에게는 마치 정연에게 무참히 실연당한 것과 같은 충격으로 다가왔다.

관계가 가볍기를 바라는 것은 언제나 자신이었다. 그렇지만 어느새 그는 그녀에게 머리카락 한 올까지 의지하고 있었다. 이 대로 행복하다, 그렇게 느끼려는 참이었다. 이 같은 뒤통수를 맞은 것은 그냥 지나가는 일이 없다. 세상에는 과거의 일들이 다 원인이 되어 끔찍한 무언가가 되어서 돌아온다.

징징대고 싶었다. 왜 그랬냐고. 애걸하고 싶었다. 왜 그를 사 랑하지 않느냐고.

하지만 막상 그녀의 얼굴을 보니 아무 말도 할 수 없었다. 마 치 목에 칼이 들어온 듯 혀가 굳었다.

한마디도 할 수 없었다.

한마디라도 했다가 그녀를 잃어버릴까 두려웠기 때문에.

"네, 딱 그만큼. 뭐 결혼도 별거 아니네요."

찬헌이 실성한 듯 웃음을 흘리며 상훈에게 곁눈질을 했다. 그 가 새 담배에 불을 올리는 것이 눈에 들어온다. 찬헌은 저도 모 르게 물었다.

"저도 한 대 주실래요?"

상훈은 쳐다보지도 않았다. 무심히 담뱃갑에서 한 개비를 꺼 내 찬헌의 쪽으로 슥 내밀었다.

"한 대 빚진 거야. 꼭 갚아야 돼."

그는 담배 한 개비를 매우 귀중하게 여긴다. 동료들이 수군대 던 소리가 떠올랐다. 사람이 이상한 데서 박하더라는, 그 평판 을 입사 6년 만에야 몸소 확인한 찬헌이었다.

검은 연기가 스며들자 폐가 뜨겁게 달아오르며 깊은 기침을 쏟아내려 하는 것을 겨우 참았다. 담배의 진정 효과에 면역이 없는 몸이 차분하게 가라앉는다. 머리부터 지하까지 가라앉아 안락한 기분.

눈앞으로 흐릿하게 퍼져 들어가는 연기를 보며 찬헌의 의식도 아득해졌다. 침묵이 가슴과 폐에 남기는 잔상은 생각보다 짙었다. 생전 하고 싶은 말을 참아본 적이 없는 그는 처음으로 그 사실을 알아 가고 있었다.

그에게도 말 없는 이가 더 남자답다는 스테레오 타입 정도는 있었다.

과묵한 아버지는 항상 이상적인 남자로 보였다. 그저 지금까지는 말을 하고 싶은 '기분'이 참고 싶은 기분을 거의 언제나 늘 이겨 왔을 뿐이었다. 처음이었다. 말을 하고 싶지 않은 기분이 이긴 것은.

거의 본능적으로 알았던 것이다. 여기서 한마디라도 했다간 모든 것이 끝이라고.

그 여자는 나를 사랑하지 않는다.

모든 것이 선명하게 단 한마디로 정리됐다.

그리고 비참하게도 그는 그를 사랑하지 않는 그녀를 사랑한다. 아니 사랑보다도 더 근본적인 의미에서 의지하고 받아들여지기를 갈망하고 있다.

그녀에게 그가 언제든 아이와 함께 버려질 수도 있었던 존재라는 상상은 극도의 공포감을 가져왔다. 이전의 찬헌이라면 한껏 젠체하며 구차하게 구속하는 관계는 원하지 않는다, 원하는 길을 찾아가라 할 수도 있었을 것이다.

하지만 이번에는 그럴 수 없었다. 그녀는 손을 뻗으면 닿는 유일한 온기고 그의 생활을 지탱하는 근간이다. 그렇게 많은 사람들을 떠나보내고도 보낼 수 없었던 유일한 사람. 놓을 수가 없다. 설령 그녀가 그를 사랑하지 않아도.

그때, 조금 일찍 이 마음을 알았더라면.

그랬다면 지금이 조금은 달랐을까? 아니면 이 마음은 지금의 마음이라서, 후회하기 전에는 알 수 없는 그런 것일까? 그렇다면 그는 타고나길 어리석어 비참하게 사랑에 실패하도록 정해진 것은 아닐까.

자신의 비참함을 곱씹는 것은 루저들이나 하는 것이라 생각했는데, 진짜로 비참해지니 그 기분에 마냥 취해 비틀거리고 만다. 침잠한다. 깊이를 가늠할 수 없는 우울의 늪으로.

주위에서 탁탁거리는 소리의 빈도가 줄어들기 시작했다. 간간이 늘어지는 한숨 소리도 들린다. 점심시간이 가까워 오자 다들 집중하기 힘든 모양이었다. 광수도 다르지 않았다. 잔뜩 기력이 빠진 그의 눈앞에서 휴대폰이 다시 한 번 번쩍였다.

몇 시간 전에 이미 무음으로 설정해 팽개쳐 놓았지만 아직도 이렇게 뻔질나게 불을 뿜으며 메시지의 도착을 알리고 있었다.

곁눈질해 본 액정에 미리보기 메시지가 선명하게 떠올랐다.

[오빠 내가 잘못했어. 오해가 있었던 것 같아. 만나서 얘
기…….]

씨발. 광수의 입에서 짜증 섞인 욕지거리가 흘러나왔다. 그는
휴대폰을 액정이 보이지 않게 엎어 놓았다. 시야가 금세 깨끗해
지고 그도 일상적인 업무 환경으로 돌아갔다.

나이가 들어서 좋은 몇 안 되는 점 중 하나는 뭐든 정리가 빠
르다는 점이다. 일도, 감정도. 자신에게 도움이 되는 것과 도움
이 되지 않는 일로 구분해서 처리하게 된다. 이건 당연히 도움
이 되지 않는 쪽이다.

광수는 인간관계가 넓었지만 여자에게 그렇게 인기가 있는
축은 못 됐다. 학창시절 그가 호감을 가지고 있던 여자들은 그
를 친한 친구, 오빠 이상으로는 생각하지 않았다. 간혹 썸 관계
로 발전한 적도 있었지만 잘된 적이 없었다.

그가 적극적으로 관계를 발전시키려 하면 항상 상대편에서
연락을 끊었다.

친한 오빠 동생, 그 이상은 아니었지만 서정연은 광수가 상당
히 좋아했던 동아리 후배였다. 정연이 동아리 가입 신청서를 들
고 왔을 때, 동아리방에서 신청서를 받은 게 그였다. 자그마한
체격에 오밀조밀한 이목구비, 앙 다문 입술이 야무지게 보이는
그녀에게 첫눈에 반했다.

그 뒤로 기회가 있을 때마다 살갑게 대해 주며 동아리 안에
서 꽤 친분을 쌓았다. 왠지 모를 오기가 생겨 찬헌에게는 정연

과 이야기를 나눠 본 일이 별로 없다고 둘러댔지만 사실 그는
정연과 친한 편이었다. 그리고 그의 입장에서는 그 이상이었다.

정연에게 잘생긴 첫 남자 친구가 생겼을 때 그는 무척 상심
했지만 은연중에 그것을 납득해 버렸다. 그도 그럴 것이 항상
암묵적으로 그와 그녀는 '격'이 맞지 않는다고 생각해 왔기 때
문이었다.

저런 여자아이는 자기같이 엘리트에 인격도 나무랄 데 없고
키도 크고 잘생긴 남자와 사귀고 결혼하게 되겠지. 그렇게 추측
하며 상심한 마음을 되삼켰다. 그리고 정연을 추억의 한 구석으
로 미뤄 놓았다. 아주 최근에, 그 추억이 강제로 헤집어지기 전
까지.

엘리트에 키도 크고 잘생긴 남자. 얼핏 보면 그의 친구 강찬
헌은 그 조건에 들어맞는 남자였다.

하지만 강찬헌은 그렇게 괜찮은 녀석은 아니었다. 눈치도 없
고 비위도 맞출 줄 모르고 사람 관리도 할 줄 모른다. 그러면서
자기애는 충만해 조금만 칭찬해 주면 얼이 빠지는 단세포 중의
단세포.

겉으로 보기에는 고슴도치처럼 까칠해서 아무도 접근 못 할
것 같지만 공략법만 찾으면 누구보다도 쉬운 녀석이다.

고작 강찬헌과 결혼하다니. 격이 달라 보였는데 정연도 그저
그런 여자였던 모양이지. 그렇게 납득하고 지나가려 했는데 결
혼식장의 정연은 누구보다도 아름다운 신부였다.

아, 그녀는 예전 그대로였다. 그리고 그녀의 옆에 있는 남자

는 그녀와 소름끼치도록 어울렸다. 그들은 마치 신이 처음부터 한 쌍으로 만든 것 같은 선남선녀였다.

결혼식이라는 큰 행사가 조금 부담스러운 듯 보이기도 했지만 두 사람은 자연스레 어울렸다. 서로에게 향하는 눈빛, 표정, 제스처 모두 그들이 서로에게 무척이나 익숙하며 신뢰하고 사랑하고 있다는 것을 말해 주었다.

그가 모르는 새 그 둘은 연애를 하고 있었던 거다.

이제는 전 여자 친구가 된 그의 여자 친구는 어리고 화려한 여자였다. 시작부터 그의 학력과 직업을 보고 접근을 한 그 여자애가 싫지 않았다. 아니 그 사실이 은근히 그를 기고만장하게 했다.

지성과는 거리가 멀고 젖비린내가 나는 철없는 여자애였지만, 그 비위를 맞춰 주는 기분이 나쁘지 않았다. 그랬는데 서정연이라는 이름이 다시 그의 생활 반경 안으로 들어오며 조금씩, 조금씩 여자 친구가 달리 보이기 시작했다.

귀엽게만 보이던 철없는 모습이 유치하고 짜증나고, 지성과 거리가 먼 부분은 왠지 없어 보이고. 그 대척점에 있는 인물을 생각하면 우습게도 서정연이었다. 강찬헌과 결혼해서 이미 그 가치가 동급인 것으로 판명된 서정연.

그리고 그 무렵이었다. 여자 친구가 딱 자신만큼 없어 보이고 화려하게 생긴 어린 남자와 진한 스킨십을 나누는 것을 목격한 것이. 격하게 분노한 한편으로, 아주 털끝만큼은 안도가 됐다.

아, 저 여자의 짝이 나는 아닌 모양이구나. 그래도 내가 쟤와 동급은 아닌 모양이구나. 그런 생각이 들어서.

우습고 짜증이 났다. 자신은 이렇게 불행한데 녀석은 행복에 겨워 죽었다. 그 행복이 거짓이라는 모래 위에 쌓은 성인 줄도 모르고.

찰나에 살짝 허물어 주고 싶은 악마 같은 충동이 들었다.

상당히 술에 취해 있었지만 광수는 깨고 난 뒤에도 자신이 한 말을 똑똑히 기억했다. 정연이 누나의 병원에 중절 수술을 받으러 갔다가 포기하고 돌아갔다는 이야기.

그게 정확한지, 다른 사람이 아니라 확실히 정연이 맞는지 그런 건 몰랐다. 신중하고 싶은 마음은 들지 않았다. 마치 악마가 시킨 듯이 그 말이 술술 흘러나왔다. 그와 더불어 상투적이고 질이 나쁜 의혹까지 덧붙였다. 네 새끼가 맞아? 라고.

녀석은 분노에 미쳐서 쾅 소리가 나게 벽을 쳤다. 그 순간 그의 분노가 광수의 목 안으로 꼴딱꼴딱 넘어갔다. 가슴은 쿵쾅쿵쾅 뛰었다. 걸렸구나. 먹혀들었구나.

녀석은 깨끗하지 않다. 결코 열어 보이고 싶지 않은 깊은 곳 더러운 속사정을 열어 마주한 사람의 얼굴을 하고 있었다.

온몸에 전율과 같은 소름이 돋았다.

이건 죄책감이 아니야. 정당한 일을 한 쾌감이지. 광수는 몇 번이나 자신에게 그 말을 되뇌었다. 사실 그런 일이 많다고 하지 않은가. 자기 새끼가 아닌 줄도 모르고 아내가 낳은 애를 키우는 병신 같은 남자가 그렇게 많다고. 자칫하다가 자신도 그 꼴이 될 수 있었고 말이다.

그는 그저 그의 친구가 행여 그런 병신 같은 짓을 하지 않도록 도와준 것이다.

그렇게 광수는 스스로를 수도 없이 정당화했다. 술김에 엄청난 실언을 했다는 죄책감을 저 멀찌감치 미뤄 두면서.

임신 일기장에 한 줄을 더 채워 넣으며 정연은 거실 벽의 시계를 확인했다. 찬헌의 퇴근 시간 무렵이었다. 그녀의 마음이 분주해지기 시작했다.

부엌에서는 아침에 찬헌이 먹고 싶다고 한 삼치 조림이 끓고 있었다. 찬헌은 몸이 무거운 정연이 가능하면 무리하지 않기를 바라는 것 같았지만 정연으로서는 몸이 더 무거워지기 전에 할 수 있는 것은 다 하고 싶었다.

찬헌에게 한 끼라도 따뜻한 밥을 차려 주는 것이 어느새 보람이 되어 가고 있었다.

지난번 입원했을 때 약간의 우울증 증상이 있다고 듣고 나서 계속해서 통원 치료를 받고 있었다. 다행히 두통은 재발하지 않았고 기분은 계속 좋은 편이었다.

상담 의사는 주변 환경에 대해 이런저런 것들을 물었다. 정연은 직장 이야기, 남편의 이야기, 친정 식구들과 시댁의 이야기, 아이의 이야기들을 천천히 해 나갔다.

직장 얘기는 그렇게 유쾌하지 않았다. 일을 좋아했지만 임신을 하고 힘에 부치다 보니 아무래도 스트레스가 많았다.

친정 이야기는 대단히 할 것이 없었지만 남편과 오빠가 조금 티격대는 것 같다는 이야기를 했다. 시댁은 너무 쿨한 편이라 가끔 너무 편한 게 아닌가 오히려 걱정이 될 정도였다.

아이의 이야기를 할 때는 늘 기분이 최고조를 달렸다. 남편 이야기는 할 것이 많았다. 정연은 그와 어떻게 결혼에까지 이르게 됐는지에 대한 긴 이야기를 했다. 한 번의 상담 시간으로는 부족해서, 그 다음 상담 시간에까지 계속 이야기를 했다.

그녀의 긴 이야기를 들은 상담 의사가 물었다.

남편분에 대한 감정은 어때요? 정연은 한동안 골똘히 생각했다. 잘 모르겠다고 대답했다. 어제는 피곤해서 침대에 눕자마자 코를 고는데, 좀 짠하더라구요. 정연은 그렇게 덧붙였다.

안아 주고 쓰다듬어 주고 싶던가요? 의사가 괜히 그렇게 프라이빗한 것을 물어서 민망해진 정연은 그냥 대답을 얼버무리고 말았다. 그날 이후로 의사는 만날 때마다 정연에게 그렇게 물었다. 오늘의 남편분은 어땠어요? 그때마다 그녀는,

어떤 오늘은 그의 큰 머리가 좀 짜증났고,

어떤 오늘은 이상한 넥타이를 매고 출근하겠다고 해서 화가 나기도 했고,

어떤 오늘의 어제는 그가 네 생각이 나더라며 커다란 인형을 안고 들어와서 좀 찡하기도 했고,

어떤 오늘의 새벽에는 커다란 배를 안고 끙끙거리며 몸을 일으키려는 그녀를 쩔쩔매며 챙기는 모습이 뭉클하기도 했다고,

다각도로 증언했다.

남편에 대한 그녀의 마음도 훨씬 잘 들여다보게 됐다. 정말 시시때때로, 어떤 때는 초단위로 변했다.

일주일을 잡고 모두 적어 보니, 좋았다가 미웠다가 죽였다가 살렸다가, 일관성이 하나도 없었다. 그래도 미워 죽겠다는 말은 있어도 진심으로 죽이고 싶다는 말은 없었다.

주로 그의 단점들을 적으면서 그것들만큼은 고쳐 줬으면 했다. 그것들만큼은 고쳐 줬으면, 그 안에 어떤 '기대'가 있었다. 그가 조금 더 훌륭한 '남편'이었으면 하는 기대였다. 그는 어느 순간부터 온전히 그녀에게 속한 사람이었다.

그를 친밀하게 여기는 마음이 다시 움을 트고 있었다.

아니 이미 초록으로 무성해졌다.

어느새 살갑게 챙겨 주고 기대하고 티격태격하고, 그렇게 남들처럼 살아가고 있었다.

그 어느 날 절망에 가득 차 있던 와중에 절박하게 잠시 꿨던 그 꿈 그대로 되어 있었다.

"아빠 올 때 됐네, 이제."

정연이 아직 태어나지 않은 별-운석에게 말을 걸었다. 매끄러운 아이의 움직임이 그녀를 행복하게 했다. 이 순간이 행복하다고 정연은 일기장에 한 줄을 더 적었다.

아이의 옷을 사 온 날부터 하루도 빼먹지 않고 일기를 적었다. 천성이 꾸준하고 성실한 정연은 이런 일에 아주 적합했다. 그날그날의 기분부터 아기에 대한 기대, 상상, 느끼는 감정까지,

별다른 형식 없이 자유롭게 적었다.

최근에는 출산이 가까워져서인지 편지 형식의 일기가 부쩍 늘었다.

〈엄마는 우리 별-운석이 하루라도 빨리 보고 싶어서 못 견디겠어.〉

그런 종류의 비슷한 말을 벌써 몇 십 번째, 몇 백 번째 쓰는지 모르겠다. 뿌듯한 기분으로 정연은 주위를 돌아보다가 몇 주 전에 찬헌이 길거리에서 사 온 탱탱볼을 발견하고는 추가해 적었다.

〈조금 더 크면 아빠한테 농구도 가르쳐 달라고 하자.〉

아직 태어나지도 않은 아이에게 적기에는 너무 이른가 싶었지만 상상은 끝도 없이 진행됐다. 같이 동물원에도 가고 놀이공원에도 가고 아이의 운동회에도 가고 싶다. 이런 편지 형식으로 교환 일기도 써 보고 싶었다.

아이에 대한 상상은 늘 그녀를 들뜨게 했다. 그리고 그 상상 속에는 언제부턴가 늘 찬헌이 함께 있었다.

그녀의 상상 속에서 별-운석이는 늘 여자아이였다가, 어느 때부터인가는 가끔씩 남자아이였다. 아빠에게 농구를 배우는 별-운석이는 찬헌을 닮은 씩씩한 사내아이다. 그 상상이 무리 없이 선명하게 떠오르곤 했다.

불과 몇 달 전까지만 해도 외면하고 싶었던 그의 존재가 생활에 더 깊이 그늘을 드리울수록 친숙함과 갈망은 더욱 커져 갔다. 그를 꼭 닮은 남자아이여도 좋을 것이다. 까다로운 두 남자와의 삶도 꽤 괜찮을 것 같았다.

그와의 생활에 익숙해질수록 전혀 다른 가능성에 대한 두려움은 점점 더해 갔다. 아이가 생기지 않았다면 그녀와 찬헌은 어떻게 됐을까. 그렇게 2, 3년 정도 더 만나다가 한계를 먼저 소진한 쪽에서 이별을 통보했을지 모른다. 그렇게 다시는 만나지 말자고 했을 것이다.

그리고 다시 보지 않았겠지.

그 생각에 정연의 가슴이 싸하게 가라앉았다. 상상만으로도 눈앞이 깜깜해졌다.

그녀는 상처받을 것이 두려워서 그에게서 벗어나려 애썼지만 결국 벗어날 수 없었다.

그와 여기까지 왔다는 것은 아주 이상한 일이었다.

하지만 동시에 그녀를 뿌듯하게 했다.

그를 좋아했다.

항상 그를 좋아했다.

불행한 관계 속에서 책임 없이 서로를 소모하면서도, 줄곧.

3개월 만에 만나 함께 《만추》를 본 다음 날 아침, 찬헌의 집에서 눈을 뜬 정연은 낯선 듯 낯이 익은 천장의 모양에 잠시 체념을 했던 듯했다. 결국 이 남자와 헤어질 수 없다. 그렇게 되뇌자 가슴이 착 가라앉았다.

온몸으로 열정적이었던 전날 밤의 기억을 상기하며 붉게 달아오른 그녀는 몸을 돌려 떨리는 손가락 끝으로 찬헌의 얼굴을 살그머니 쓰다듬었다. 부드러운 손끝이 그의 피부를 작게 긁을 때마다 찌릿찌릿 몸에 전기가 돌았다.

아직 눈을 감은 상태였던 그가 기척에 잠시 찡그리더니 곧 천천히 눈을 떴다. 정연의 얼굴을 확인한 그의 눈 안쪽이 파르르 떨렸다.

'…….'

그가 아무 말을 못 하자 정연도 아무 말도 할 수 없었다.

뭔가가 잘못됐구나. 적어도 저 사람에게는. 정연은 그 사실만을 알 수 있었다. 정연은 얼른 고개를 숙여 그의 시선을 피했다. 얼마나 지났을까. 그가 완전히 잠긴 음성으로 먼저 입을 열었다.

'……어제 내가 피임했던가?'

그 차가운 목소리에 그녀의 심장도 얼어붙었다. 정연은 여전히 고개를 숙인 채로 들릴 듯 말 듯, 최대한 쿨하게 대답했다.

'괜찮을 거야.'

그날은 위험한 날짜와는 거리가 멀었는데도 병원에 가서 사후 피임약을 처방받아 복용했다. 약의 후유증으로 하루를 꼬박 앓으면서 정연은 앞으로 쓸데없는 기대를 하지 않으리라 다짐했다.

그에게 그녀는 인정하고 싶지 않은 실패를 되새기게 만드는 존재였다. 충분히 이성적인 그가 모든 합리적인 고려를 하고 헤어지기로 결심한 이후에, 그 결정을 번복하게 만드는, 자체로 자존심을 잔뜩 상하게 만드는 존재인 것이다.

상식적으로라면 그때 그만두었어야 하는지도 모른다. 그런데도 두 사람은 약속이라도 한 듯 상식과는 정반대로 행동했다. 그날을 계기로 이전처럼 평범하게 다시 연락을 하고 다시 만나기 시작했다.

역시나 약속이라도 한 듯, 둘 중 누구도 서로에게 '우리 관계는 이제 뭐가 되는 거야?' 라든가, '우리는 앞으로 어떻게 되는 거야?' 같은 것을 묻지 않았다. 사귈 때처럼 만나서 밥을 먹고 영화를 보고 별로 심각하지 않은 대화들을 하다가 가끔씩 잠자리를 가졌다.

진지하게 걱정할 만큼 자주 있었던 일은 아니었다. 관계를 가질 때는 늘 준비되지 않은 상태였다. 둘 다 언제나 '여기까지는 생각하지 않았다' 는 태도였기 때문에.

어떤 때는 피임을 하고 어떤 때는 하지 않았다. 그러다가 정말로 위험하다고 생각되는 날은 정연이 반드시 사후 피임을 했다. 몇 번은 둘 모두를 자괴감에 빠지게 만들었던 그 관계도 반복되다 보니 점점 익숙해졌다.

저녁에 만나 즐겁게 지내다가 밤새 서로를 바닥을 볼 때까지 소모한 둘은 아침이 되어 아무 일도 없었다는 듯 평범한 얼굴로 헤어졌다.

그 평범한 얼굴 뒤에서는 늘 다 소모하지 못한 감정과 깔끄러운 자책감이 언제든 얼굴을 내밀 준비를 하고 대기하고 있었다. 툭, 하고 언제든 기회가 있으면 불거져 나오기 위해 날을 갈고 있었다.

유예(猶豫), 겁이 많고 꿈지럭대는 동물의 이름이다. 찬헌은 본 적도 없는 그 동물의 움직임을 자신에게 대입했다. 그 상상 속의 짐승은 겁이 많아 주위에서 작은 소리만 나도 허둥지둥 나무 위로 올라간다고 한다.

겁쟁이. 그 건조한 단어에서는 이제 씹어도 연민의 단물조차 나오지 않는다.

결국 이렇게 되어 버릴 걸.

해야만 할 일은 아무리 미뤄도 결국엔 해야만 한다. 책임은 회피하면 배가 되어 돌아온다. 결국 이렇게 되어 버릴 걸. 그게 제 책임이라는 걸 인정하지 못한 만큼 빚이 늘어났다.

사랑한다고 인정해 버렸으면 됐을 걸. 실수했다고, 다시 받아 달라고 애걸했으면 됐을 걸.

자존심을 세워 회피한 만큼 상처 주고 상처받고. 이제는 빈집에서 애정을 구걸하면서 껍데기라도 끌어안지 않고는 살아갈 수가 없다.

평소보다 일찍 일을 정리하고 찬헌은 정연에게 전화를 걸었다. 통화음이 미처 시작되기도 전에 정연이 받았다.

— 여보세요? 지금 올 거야?

"응. 오늘 병원 가야지?"

— 오늘 아냐 내일.

찬헌이 당황하며 달력을 다시 확인했다. 그의 달력에는 여전히 검진일이 오늘로 표시되어 있었다.

"내 달력에는 오늘로 표시되어 있는데?"

— 내일이야. 목요일.

그러고 보니 지난 검진일들도 모두 목요일이었지. 그 말을 듣자 찬헌의 고개가 절로 끄덕여졌다.

"검진일이라고 벌써 일 정리했는데. 도로 앉아야 되나."

— 바쁜 일 있어?

"그건 아닌데……."

— 빨리 들어와. 당신 보고 싶어.

정연의 말이 찬헌의 심장을 꽉 움켜쥐었다. 울먹거리려는 걸 애써 참고 찬헌이 퉁명스레 대답했다.

"매일 보는데 뭘 보고 싶어?"

어린애 같은 투정일지도 모른다. 정말 보고 싶으냐, 왜 보고 싶으냐 굳이 캐묻고 싶은 마음.

— 나 참. 말을 또 그렇게 한다. 보고 싶은데 무슨 이유가 있어.

"보통은 이유가 있지. 보기 싫을 수도 있는데 보고 싶은 거면 이유가 있잖아."

유치하게 물고 잡는다. 듣고 싶은 말이 있어서.

— 오늘은 그런 기분이라서? 몰라. 우리 별-운석이가 아빠 보고 싶대. 난동을 부려.

아이가 난동을 부린다는 말에 그의 입꼬리가 슬쩍 올라갔다.

애가 생기면 여자의 대변인은 애가 된다는데, 정연도 벌써 그런 모양인가 보다. 듣고 싶은 말을 듣지는 못했지만 마음이 조금 가벼워진다. ◦

"스탑. 엄마 배 그만 차라고 해. 아빠가 얼른 간다고."

'엄마', '아빠'. 아직은 덜 익숙한 그 말들을 간지럽게 입에서 내뱉고 그는 휴대폰 액정에 입을 맞췄다.

연극이라도,

이 거짓이 그를 행복하게 한다.

◆

4차선 도로에 접어들며 찬헌은 집에서 기다리고 있을 정연과 별-운석의 생각에 가슴이 묵직하게 뜨거워지는 것을 느꼈다. 자동차의 속도가 조금씩 오르며 마음이 덩달아 약간 가벼워졌다.

이러나저러나, 결국 그와 그녀는 함께 살게 되었으니 낙천적으로 생각하면 이것이 운명의 배려인 것이 아닐까. ◦

"운명이라……."

그것은 두 사람을 서로의 앞으로 이끌고 서로에 대한 모든 것을 알게 하는 힘이다.

그녀를 알고 싶었다.

그녀에게 자신을 알게 하고 싶었다.

처음 만나 자신의 모든 것을 이야기 하고 사랑에 빠진 《비포 선라이즈》의 두 남녀처럼,

자신의 모든 것을 이야기하고,

그녀에 대한 모든 것을 듣고 싶었다.

그렇게 되면 두 사람이 다시 사랑에 빠질 수도 있지 않을까.

그 순간 그의 가슴이 기쁜 기대로 가득 차오르기 시작했다. 익숙한 퇴근길이 마치 낯선 도시의 거리를 달리는 양 설레었다.

그는 길 저편 미지의 목적지에 차를 댄 후, 처음 만나는 그의 아내를 보러 한달음에 계단을 올라갈 것이다. 그런 일이,

과연 있을 수 있을까?

건조한 이성이 낙천적인 상상을 집어삼켰다. 그가 고개를 들어 익숙한 도로를 정면으로 보는 순간 돌연 그의 시야에 승용차 한 대가 확 끼어들었다.

찬헌은 놀라 브레이크를 밟으며 재빨리 핸들을 바깥으로 틀었다. 순식간에 시야가 하얗게 변하고, 차바퀴가 바닥을 세게 긁으며 신경질적인 소리를 냈다.

몰랐던 세계를 본 것 같았다. 눈앞이 새하얗게 변하는 순간 찬헌의 머릿속에는 단 한 마디만이 떠올랐다.

어쩌지?

그는 종종 불의의 사고로 죽는다면 어떤 기분일까를 떠올려 보곤 했다.

아 끝났네, 강찬헌 인생이 이것이 끝이구나 같은, 그런 생각이 떠오르지 않을까, 하고 늘 생각했었는데 의외의 말이 떠올랐다.

어쩌지,

어쩌지,

널 어쩌지?

오래전에 단 한 번의 전투에서 져서 천하를 얻지 못한 남자가 자살하기 전에 아내를 안고 그렇게 울며 말했다고 했다. 널 어쩌지, 라고. 그는 아마도 가장 오래된 로맨티시스트 중 하나일 것이다.

그리고 종종 그보다 못한 사람도 그 기분을 공유한다. 가장 솔직하고 원초적인 마음으로. 비극적인 운명에 처한 자기 연민을 넘어 사랑하는 여자를 걱정한다.

숭고함에서는 조금 먼, 한 인간이 다른 사람을 사랑할 수 있는 가장 깊은 형태. 죽음의 순간에 나는 사라지고 사랑하는 상대만이 남겨진 세상의 전부로 남는다.

내가 죽으면 그녀가 슬퍼하겠지?

배경이 사라진 시야에서 그렇게 말하는 목소리는, 찬헌 자신의 것이었다. 귀로 들어온 소리가 목으로 흘러내려 심장을 찌르르 울렸다.

끼익—

차가 격렬하게 긁히는 소리와 함께 찬헌의 몸이 크게 흔들렸다. 정신을 차렸을 때 그는 가쁜 숨을 빠르게 쉬고 있었다. 살아 있다. 그 사실이 찬헌을 깊이 안도하게 만들었다.

차가 진로를 틀며 비어 있는 옆 차선에서 완벽하게 90도로 꺾여 멈춰 섰다. 차가 멈추자마자 찬헌은 그 자리에서 단번에

차 밖으로 뛰쳐나가 목청이 터져라 고함을 질렀다.

"야 이 개새끼야!!! 너 당장 나와!!"

그의 시야에 끼어든 차는 이미 멀리 떠나고 없었지만 찬헌은 속에 있는 울분을 다 뱉어 내기라도 할 듯 허공을 향해 고래고래 소리를 질렀다. 뒤에 오던 차의 운전자가 길을 막고 있는 찬헌의 차 앞에서 겨우 멈춰 서 몇 번이나 클랙슨을 울리다가 못 참고 차 밖으로 나왔다.

"이봐요. 고속도로 한복판에서 이게 무슨…… 어? 다쳤어요?"

차에서 내린 30대의 남자는 다짜고짜 찬헌에게 싸움을 걸려다 그의 얼굴을 보고 기겁을 하며 숨을 들이켰다. 그의 시선에 찬헌의 눈이 안쪽으로 몰렸다. 시야의 맹점인데, 뜨겁고 축축한 무언가가 보이는 듯했다.

"피?"

"자, 잠깐만. 경찰에 신고. 아니 구급차부터."

찬헌은 무심코 손으로 자신의 왼쪽 머리 부분을 쓸었다. 그러자 뜨끈하고 빨간 것이 묻어났다. 그것을 확인하자 갑작스레 눈앞이 핑 돈다.

눈앞의 남자가 허둥대며 휴대폰 액정을 누르는 모습이 순간 두 겹으로 보였다. 찬헌은 남자의 팔을 피 묻은 왼손으로 콱 움켜쥐었다.

"저기요."

"예, 여기 교통사고 환자…… 힉!"

구급차를 부르던 남자는 예고 없이 찬헌에게 잡혀 식겁하고 말았다.

"집에 연락하지 말라고 하세요. 부탁이에요. 아내가 임신 8개월입니다. 쇼크 받을지도 몰라요. 꼭이요. 제발. 부탁합니다."

찬헌은 단호하고 분명하게 자신의 의사를 전달하고는 바로 푹 고꾸라져 버렸다.

요란한 소리를 들은 것 같았다. 코를 찌르는 소독약의 냄새와 피부에 번지는 요오드 액의 색깔도 본 듯, 꿈이 선명했다. 내가 다쳤구나. 많이 다쳤을까? 불분명한 의식 속에서 찬헌은 내내 그 사실을 걱정했다. 접촉사고? 뇌출혈 가능성 있어요? 옆에서 누군가가 물었다. 아주 희미하게 'CT를 찍어야겠는데요.' 라는 소리도 들었다.

아무 일이 없어야 할 텐데.

깜깜한 암전 속에서 되풀이되는 걱정. 그 사이로 정연의 얼굴이 보였다. 찬헌은 그녀를 보고 마음이 쓰려 무척 안쓰러워하다가 얼른 그 얼굴을 쓰다듬어 보았다.

하얀 도자기처럼 매끄럽고 곱다. 그 슬픈 얼굴을 보고 있자니 왠지 모르게 그녀를 안아 주고 싶었다. 그래서 그녀를 깊이 끌어안았다.

그러자 정연이 안심하는 듯했다.

아니 안심한 것은 그였던 것 같다.

그녀에게서 그리운 기분이 들었다.

그는 고향에 돌아온 듯 안락했다.

이제 다시 어디 가지 않을게. 그는 마음으로 그렇게 말했던 것 같다. 그러자 그녀가 고개를 끄덕였다. 가슴 깊은 곳에서, 그 것이 보였다. 아마도 꿈이니까. 하지만 기쁘다. 온몸이 행복했 다.

다시는 헤어지지 말자. 그는 이번에는 그렇게 말했던 것 같 다.

찬헌은 훤한 조명이 바로 눈 위로 쏟아지는 입원실에서 눈을 떴다. 가물거리는 시야의 초점이 잡히자마자, 그리워하던 아내 의 얼굴이 눈앞에 보였다.

눈이 마주치자 찬헌은 손을 뻗어 정연의 얼굴을 살짝 어루만 졌다. 그러자 손이 바로 툭 떨어졌다.

"너 울어?"

목소리가 잠겨 거의 들리지 않았다. 그냥 물었다. 사실 그녀 는 울지 않았다. 단지 조금 화가 난 것 같았다.

"……."

정연은 말이 없었다. 아무튼 이게 실제로 일어나고 있는 일이 긴 한 모양이다. 어쨌든 그는 살아 있고, 분명히 아내에게 연락 하지 말라고 했을 텐데 아내가 그의 옆에 있다. 망할.

내내 화난 표정이던 정연이 겨우 입을 열었다.

"도대체 정신이 있어 없어?"

찬헌은 자신의 귀를 의심했다. 이게 지금 책망당할 일인가?

"회사 앞에서 넋 놓고 걷다가 전봇대에 머리 박았다며?"

"……."

찬헌은 말할 의욕을 잃었다. 이건 아니었다. 누군가가 끼어들어 그의 불행한 사고를 삼류 시트콤으로 만들었다. 그 작가가 대체 누굴까. 아니, 그 이전에 그것을 진지하게 믿는 정연의 상식과 소양에 의문을 던질 참이었다.

"어……. 살다 보니까 별 웃기는 일이 다 생기네. 그렇지?"

"웃겨? 이게 웃겨?"

울분 어린 정연의 응대에 그의 가슴이 조금 위안을 받았다. 그래도 정연이 그를 걱정하는구나 싶어서.

"미안. 걱정 많이 했니?"

"정말. 이렇게 칠칠맞지 못해 가지고 어떻게 아빠가 되려고 그래?"

"……."

다행히 그녀는 쇼크를 받지 않은 듯했다. 말도 안 되는 시나리오로 둘러대 준 정체모를 누군가 덕에.

하지만 찬헌은 어쩐지 모르게 조금 울컥했다. 나는 생사의 경계를 왔다 갔다 했는데. 뭔가 흰 불빛이 보이고, 네 걱정을 했는데. 너는…….

"뇌진탕이래. 여기 혹 좀 봐."

"아얏."

정연이 혹 부위를 쓰다듬자 찬헌이 비명을 지르며 고개를 홱 틀었다. 그러자 목 근처에 엄청난 통증이 따라왔다. 아무래도 사고를 당하면서 목까지 삔 것 같다.

고통에 눈물을 글썽이면서 여전히 섭섭한 기분에 그는 꾸욱 입을 닫았다. 그러자 정연이 잠시 주춤했다가 작게 한숨을 내쉬었다.

그녀가 바로 부드럽게 손을 뻗어 아이를 달래듯 이번에는 아주 살살 혹 부위를 쓰다듬었다. 여전히 쓰렸지만 어쩐지 모르게 온기로 인해 상처가 가라앉는 듯해서 목덜미를 맡긴 강아지처럼 가만히 눈을 감았다.

찬헌이 슬그머니 입을 열었다.

"울더라고 니가…… 내 꿈에서."

"그래?"

정연이 꽤나 영혼 없이 대답했다.

"내가 울릴 일을 꽤나 많이 했으니까."

"……."

"있지. 울고 싶으면 울어도 돼."

정연의 손이 뚝 그쳤다. 찬헌은 그녀를 쳐다볼 자신이 없어 계속 고개를 돌린 채였다.

"욕하고 싶으면 욕해도 되고. 실수였으면 실수라고, 사랑…… 하지 않으면 아니라고 말해도……."

결국 말을 다 못 마치고 울먹인 건 찬헌이었다.

아이씨, 이게 뭐지? 한마디, 한마디, 자기 비하가 점입가경 될수록 되게 울적하고 싫은 기분. 목이 탁 메었다. 제어가 되지 않는 울음이 무척이나 꼴사나웠다. 기어이 눈이 그렁그렁해졌다.

정연은 내내 말이 없었다. 찬헌은 그녀의 얼굴을 보기가 무서웠다. 아니면 자신의 얼굴을 보이기가 싫었는지도 모른다. 그렇게 오래 침묵이 이어졌다.

"아아아……."

정연이 끝끝내 난감한 신음을 내뱉었다.

"……오빠……."

오빠?

찬헌의 몸이 용수철이 튀듯 단번에 일으켜졌다. 설마 그 망할 서정호가 나타난 거야? 아픈 고개로 두리번거리는 그의 반응에 정연은 웃음을 터뜨려 버렸다.

"아니 그 오빠 말고."

"……?"

"찬헌 오빠."

찬헌의 얼굴이 순식간에 귀까지 빨개졌다. 그러고 보면 정연은 그를 꽤 오랫동안 오빠라고 불렀다. 사귀기 시작한 이후에 나는 네 오빠가 아니고, 너도 내 동생이 아닌데 무슨 오빠냐라는 명목으로 이름을 부르기 시작했지만.

정연이 갑자기 정색하며 찬헌을 깊이 응시했다.

"……혹시 전봇대에 부딪히기 전에 주마등 같은 거 봤어? 아니면 임사체험?"

"야!"

"아니야?"

"아니거든? 그게 무슨 소리야 뜬금없이?"

"안 하던 말을 해서. 아님 말고."

찬헌의 시선이 절로 스륵 내려가 정연의 배에 가 멎었다.

아침과 다름없이 동그랗게 볼록한 배다. 무사하구나, 무의식 중에 안도의 숨을 내쉬었다. 사고를 당한 것은 자신인데, 꼭 정연과 아이의 사고를 걱정한 것 같이 정신적으로 녹초가 되어 있었다. 묘한 아이러니다.

가족이 이런 걸까. 내가 나인데도 내가 아니다. 내 몸이 내 몸인데도 긴밀한 이에게 온전히 맡겨져 있다. 내가 다치면 내가 아픈 걸로 끝이라고 생각했는데 그게 아니게 된다. 내가 아픈 것을 보고 내 아내와 아이가 아플까 봐, 그것이 걱정된다.

"……근데 누가 너한테 연락했어?"

"응, 오빠가……."

"뭐?"

내가 연락을 해? 텔레파시? 말도 안 되는 상상의 가지를 뻗치던 찬헌이 그 '오빠'가 그 '오빠'가 아니라는 것을 깨달은 순간 병실 문이 벌컥 열렸다.

"야, 매제. 일어났냐?"

"오빠 들어왔어?"

말도 안 되는 삼류 시트콤의 작가는 서정호였던 모양이다.

그나저나 서정호가 대체 왜 여기 있는 거지? 그것도 왜 최초 연락자고? 찬헌은 뭔지 모르게 무척 불쾌한 기분이 들었다.

서정호는 넉살 좋게 간병인 의자에 앉더니 갑자기 손바닥을 딱 치며 정연을 봤다.

"아차, 주스 좀 뽑아 오려고 했는데. 정연아 니가 사와라. 매제 마시게."

가증스러울 정도로 부드러운 서정호의 억양에 찬헌의 등으로 꿈틀꿈틀 벌레가 기어 올라왔다.

"그럴까? 당신은 포도 주스지?"

"아니."

"포도 주스 싫어?"

"아니, 그게 아니고."

"그럼 다녀올게. 오빠 건 대충 산다."

제 남편만 살뜰하게 챙기는 동생의 괘씸한 주변에도 정호는 쿨하게 손을 들어 고개를 끄덕여 주었다. 정연이 나가자 병실에는 잠시 암울한 침묵이 돌았다.

"저기 말입니다."

"이 덜떨어진 새끼."

"뭐요?"

손위 처남의 기습 욕설에 찬헌은 반사적으로 바락, 소리를 지르고 말았다.

"미쳤어요?"

"미친 건 내가 아니라 너겠지. 내가 몸 간수 잘 하라고 했지? 넌 왜 처자식도 있는 놈이 총각 때도 안 치던 사고를 치고 다녀?"

"아니, 그게. 불가항력인데 어쩝니까? 눈앞으로 홱 끼어드는데."

"전방을 계속 뚫어져라 주시를 했어야지."

정호가 팔짱을 낀 한쪽 팔을 꺼내 손바닥을 세워 눈앞을 척 가리켰다. 도저히 말이 통할 분위기가 아니었다. 찬헌은 지레 질리고 말았다.

"근데 왜 형님이 여기 와 있어요?"

"병원에서 나한테 연락했더라."

"그러니까 왜 형님한테……."

"니가 계속 가족한테는 연락하지 말라고 중얼중얼 거리는데 휴대폰을 뒤져 보니까 가족 아닌 사람 중에서 제일 먼저 튀어나오는 게 나더라."

정호는 어이가 없다는 듯 혀를 쯧 찼다. 찬헌은 그제야 고개를 끄덕였다.

'집', '아버지', '와이프', '누나1'과 같은 저장명 사이에서 밋밋하기 그지 없는 '서정호'는 당연히 돋보였으리라. '처남'이라고 저장하지 않은 게 일을 이런 식으로 만든 것이다. 어쩐지 그에게 조금 미안한 마음도 들었다.

"그래도 니가 정연이 생각을 제일 먼저 한 것 같아서 이 정도로 넘어가는 거지."

정호가 툴툴대며 정연의 이름을 입에 담자 찬헌은 다시금 침울한 얼굴이 됐다.

"표정이 또 왜 그래?"

"······괜히 생각했나 싶네요."

"뭐 인마?"

"걱정도 안 하는데."

정호가 황당함을 금치 못했다.

"지금 정연이가 너 걱정 안 했다고 뒤끝이야?"

"그렇다기보다."

"내가 둘러댔어. 걔 쇼크 받아서 혹시라도 애가 잘못될까 봐. 이 시기엔 다들 그러지 않아?"

"압니다. 제가 그래 달라고 했어요."

"그런데?"

"어차피 쇼크도 안 받을 것 같은데 괜한 짓 한 것 같단 말입니다."

"······너 CT 다시 찍어 봐야 되는 거 아냐?"

"어차피 걘 나 사랑하지도 않는데."

"뭐?"

"애 때문에 결혼한 거잖아요."

"아니라고는 못 하겠는데······."

"노력은 하겠지만 살다가 지옥보다 못하다고 하면 보내 줘야죠. 할 수 없······."

"에라이!"

정호가 버럭 역정을 내며 찬헌의 말을 끊었다.

"이런 덜떨어진 놈을 봤나. 누가 서정연 남편 아니랄까 봐. 하는 짓이 똑같네."

"뭐요?"

찬헌이 덜떨어졌다는 말에 예민하게 반응했다. 한 번은 정신이 없어서 그냥 넘겼는데 두 번 들으니까 참을 수가 없었다. 덜떨어졌다는 수식어가 그에게 가당키나 한가. 살다 살다 강찬헌에게 덜떨어졌다고 하는 인간은 서정호가 처음이었다.

"혼자서 진상 작작 떨고, 니 마누라한테 물어보지 그래? 나 좋아? 나 사랑해? 와 진짜 부끄럽네."

정호가 남사스러운지 홱홱 손부채질을 해 댔다.

"나도 알겠는 걸 니가 몰라? 친절하게 정답을 알려 줘? 걔 너 좋아해. 무지무지 엄청엄청 진짜진짜 좋아한다고. 알았냐?"

찬헌의 입이 저절로 딱 벌어졌다. 때마침 병실의 문이 열렸다.

"나 왔어. 여기 포도 주스."

정연이 포도 주스 두 개를 양손에 들고 입원실에 들어왔다. 정호와 당사자의 얘기를 하고 있던 찬헌은 화끈한 얼굴로 시선을 돌리고 말았다. 아무것도 모르는 정연이 침대 쪽으로 다가와 찬헌에게 포도 주스를 건네주었다.

"얼른 마셔."

"어."

"따 줘?"

"아니! 아니야."

찬헌은 얼른 고개를 도리도리 저으며 뚜껑을 따 주스를 벌컥 벌컥 들이켰다. 그러다가 얕게 사레가 들어 켈록켈록거리고 말았다. 정연이 내내 그 모습을 뿌듯하게 살펴보다가 찬헌이 콜록거리자 작게 핀잔을 주었다.

"천천히 마시지."

"으응."

붉어진 얼굴로 어색하게 쑥스러워하는 찬헌과 그에게 시선을 고정시킨 정연이 자신들만의 세계에 빠져 들어가자 정호는 들리지 않게 욕지거리를 내뱉었다. 얼른 자리를 털어야 할 시점이었다.

"서정연, 오빠 간다."

"벌써 가게? 같이 저녁 먹고 가지?"

"바쁘다. 개인전 준비 들어가야 돼."

"언젠데?"

"넉 달 뒤. 매제랑 꼬마랑 같이 오면 되겠다."

정연이 놀란 눈으로 정호를 쳐다봤다. 늘 정연에게 오지 말라고 당부하는 정호이기에. 예상치 못한 초대였던 탓이다.

"그때면 백일 좀 안 됐을 땐데. 그런 데 데리고 가도 되나?"

"괜찮아 괜찮아. 나는 하민이 백일 되기 전에 업고 하이킹도 갔다고."

확실히 그런 일이 있었다. 부모님은 미쳤다고 펄쩍 뛰었는데 의외로 아기 엄마인 유진은 평온했다. 그때를 떠올리며 정연은 피식 웃고 말았다.

"알았어. 고마워."

정호가 밖으로 나가자 그때까지 안절부절못하던 찬헌이 하아~ 하고 크게 한숨을 내쉬었다. 정연이 의아한 눈으로 찬헌을 봤다. 찬헌은 정연과 눈이 마주치자 또다시 얼굴을 붉히고 말았다. 그가 시선을 떨구자 정연이 더더욱 수상한 눈으로 찬헌을 응시했다.

"왜 그래?"

"아냐, 아무것도."

찬헌의 머릿속은 마구 엉켜 있었다.

좋아해? 정연이 나를 좋아한다고? 서정호의 입으로 들은 그 말을 믿을 수가 없으면서도 심장은 속절없이 두근거렸다. 마치 짝사랑에 내내 끙끙 앓다가 상대 아이도 나를 좋아하고 있다는 말을 들은 중학생이 된 기분이다.

이런 감정을 아내에게 느끼다니 참 이상하기도 하지.

사랑해, 사랑하지 않아. 그는 중얼거림으로 꽃잎을 참 많이도 뜯을 기세였다. '사랑하지 않아'에 '사랑해'의 가능성이 아주 약간 추가되는 순간 그의 세계는 완전히 바뀌었다. 사랑과 미움 사이의 어느 지점. 혹시 이게 애증 뭐 그런 걸까?

찬헌이 멍해 있다가 소심하게 입을 열었다.

"정연아."

"응?"

"너, 넌…… 나 좋…… 아니…… 나의 좋은 부분이 뭐라고 생각해?"

찬헌의 물음에 정연은 진심으로 당황하는 표정을 지었다.

"가, 갑자기 그건 왜?"

"아니, 그냥. 그냥 남들이 보는 나는 어떤가 싶어서."

"당신 오늘 좀 이상해. 무슨 꿈꿨어?"

"그런 거 아냐. 난 좋은 점이 없나?"

찬헌이 급히 우울한 기색을 띠자 정연이 화들짝 놀라 급히 몇 가지를 입에 담았다.

"무슨 소리야. 좋은 점 많지. 잘생겼고 머리도 좋고 우리 아기한테도 잘하고."

찬헌의 미간이 좁아졌다. 그다지 영혼이 느껴지지 않는 대답이다.

"그리고 이런 말해도 되는지 모르겠는데…… . 이래도 되나 싶을 정도로 시댁 신경 안 쓰게 해 줘서 고맙고."

"……그건 또 뭐야?"

찬헌이 극도로 황당해했다.

"생각해 보면 당신네 집은 대가족이잖아. 형님이 세 분인데 결혼식 때만 뵀고. 어쩌다 시댁에 가도 어머님 아버님이 정말 편하게 해 주시고."

"누나들도 조카 키우느라 바쁜데 굳이 볼 일이 뭐가 있어?"

"그게 꼭 그런 것도 아니니까. 괜찮으니까 내가 앞으로는 좀 더 신경 쓸게."

"내가 안 괜찮거든?"

앞으로는 시댁에 조금 더 신경을 쓰겠다는 정연의 말에 찬헌이 정색을 하면서 펄쩍 뛰었다.

결혼을 해서 이제야 지겨운 부모님과 누나들의 등쌀에서 해방되나 했는데 아내가 오히려 더 그들을 챙기겠다고 난리다. 이런 결론은 그가 바라는 바도 아니고, 또 이런 답변은 그가 원하는 것도 아니었다.

시댁에 신경 안 쓰게 해 주는 게 내 좋은 점이라고? 그런 대답을 원하는 게 아니라고 이 바보 같은 여자야!

"그럼 나의 싫은 점은 뭐야?"

그러자 순간 정연의 눈이 깊이 흔들렸다. 그 눈빛을 보고 찬헌은 순간 질문을 한 것을 깊이 후회하고 말았다.

"이거 뭐 진실 게임 같은 그런 거?"

"말하자면?"

"솔직하게 말해도 돼?"

정연의 표정이 진중하고 결연해진다. 뱉은 말을 주워 담을 수는 없는 법이라, 찬헌은 무겁게 고개를 끄덕이고 말았다.

"멀쩡하게 잘 하다가 말 함부로 하는 거. 그게 제일 싫어."

"……"

"전에 우리 오빠한테 함부로 말했을 때. 나 그때 진짜로 너무 창피해서 쥐구멍에 숨고 싶었어."

"……"

"같이 어디 가서 일하는 것도 싫어. 당신 시도 때도 없이 휴대폰 들여다보는 거 보고 있으면 휴대폰을 갈아 버리고 싶어."

"……어 그래."

갈아 버리고 싶다니. 정연치고는 무섭도록 과격한 표현이었다. 그 말에 묻어 있는 울분이 느껴져서 찬헌은 겁을 먹고 말았다.

"그리고 내가 잘해 주려고 하면 싫어도 좀 좋은 척해 주면 안 돼? 진짜 못 견디게 싫으면 말을 하면 되잖아."

"내가 언제 또 그렇게 싫은 티를 냈니?"

"아침 차리는 거. 싫은 티 팍팍 냈잖아."

"내가 말을 제대로 안 했는데. 원래 아침 안 먹어."

"그럼 말을 하든지! 아니 사람이 그렇게 힘들게 준비했는데 좀 억지로라도 좋은 척하면 안 돼?"

"어쩌라는 거야? 싫다고 말을 하라는 거야 닥치고 좋은 척을 하라는 거야?"

"몰라!! 그걸 꼭 말로 해야 알아?!"

원투펀치에 이어 영문도 모르고 스트레이트를 맞은 기분이었다.

이게 말로만 듣던 '오빠는 내가 왜 화났는지 아직도 몰라?' 스킬인 건가.

정연은 늘 그런 여자들과 다르다고 생각했는데, 결론을 들어 보니 다른 것이 하나도 없었다. 대체 여자들은 어째서 왜 화가 났는지 말해 주지 않는 걸까. 하나같이 말을 하지 않아도 알아주는 남자를 원한다. 그럴 거면 독심술사나 초능력자랑 살든지!

"······미안해 신경 쓸게. 그리고 또?"

찬헌은 완전히 너덜해진 상태로 되물었다. 그러자 정연이 틈도 주지 않고 다시 입을 열었다.

"조심성, 책임감이 너무 없어. 이게 뭐야. 길 가다가 전봇대에 부딪히기나 하고."

더 물어보면 계속 나올 기세였다. 찬헌은 짐짓 분한 마음이 들었다.

"야, 서정연."

"응?"

"넌 도대체 왜 나랑 사니?"

그의 목소리 끝이 흉하게 갈라졌다. 눈가가 촉촉해진다. 아이 씨, 이건 또 뭐지? 찬헌은 제 체면을 몰라주는 눈이 시뻘게지도록 힘을 주었다.

"왜 사냐니?"

"그렇게 싫은 게 많은데 어떻게 그걸 다 참고 살아?"

"어떻게냐니. 참을 만하니까 참는 거지."

"그러니까 그걸 왜 참느냐고! 왜 참아, 바보같이? 너 마조야? 막 괴롭힘당하는 거 즐겨?"

"뭐?! 무슨 말을 그렇게 해? 당신이 싫은 거 말하라며!"

"누가 말하지 말랬어? 왜 그렇게 싫은 걸 참고 사느냐고!"

"바보야! 그걸 꼭 말로 해야 알아?!"

"악! 또 그 소리!!"

흥분한 두 사람이 말을 주고받다가 찬헌이 육성으로 악 소리를 지르자, 정연은 흥분에 못 이겨 찬헌의 혹을 찰싹, 때리고 말았다. 그러자 찬헌이 또다시 악 소리를 지르며 뒤로 넘어가고 말았다.

정연은 찬헌이 전봇대에 머리를 부딪혀서 뇌에 이상이 온 것이 틀림없다고 생각했다.

초저녁에 금세 온다던 찬헌이 두 시간이 지나도 집에 오지 않자 정연은 안절부절못했다. 불안한 예감과 긴장 때문에 배가 당기기 시작할 무렵 오빠의 전화를 받았다.

오빠는 굉장히 짜증스런 목소리로 찬헌이 그의 직장 앞에서 전봇대에 머리를 박았노라고 전했다. 정연이 발끈하게 덜떨어진 놈이라는 말을 덧붙이는 것도 잊지 않았다.

대체 왜 오빠가 가장 먼저 그 해프닝을 알게 되었는지, 찬헌은 왜 굳이 병원에까지 실려 가게 되었는지. 영민한 그녀가 떠올릴 수 있는 의문은 많았으나 정연은 그야말로 감쪽같이 그 말도 안 되는 이야기를 받아들였다. 그리고 그게 뭐냐며 깔깔 웃고 말았다.

병원에 도착해서 머리에 혹이 난 채로 누워 있는 찬헌을 보자 그 모습이 짜증스럽고, 한편으로는 안쓰럽고, 그러면서도 아기 같아 사랑스럽기까지 했다. 그 복잡한 마음을 대체 어떻게 다 설명할 수 있을까?

그때 그 감정이 사랑과 같은 것이라는 것을 깨달았다. 그와 동시에 그 사실이 분했다. 그 감정이 공평하지 않다는 것을 알아서였다.

더 사랑하는 사람이 진다. 다른 이들처럼 정연도 그 사실을 본능으로 알고 있었다. 그래서 늘 더 사랑하지 않는 척을 했다.

하지만 언제나 더 사랑하는 것은 그녀였다. 아니, 그녀만이 사랑했는지도 모른다. 세상에 어떤 여자가 사랑 없이 기약 없는 관계를 4년이나 지속할 수 있겠는가. 그게 당연한데도 찬헌은 늘 그것을 모르는 듯 행동했다.

그런 찬헌이 미웠다. 그녀가 더 사랑하고 있다는 사실을 알면서 자신이 이겼다는 사실을 바닥까지 확인하려 드는 찬헌에게 진절머리가 났다. 가능하다면 대등하지 않아서 상처받은 만큼 그를 사랑하지 않았으면 좋겠다고 생각했다.

하지만 아무리 노력해도 그것은 불가능했다. 그는 늘 그녀를 찾았고 그녀는 늘 그에게 돌아갔다.

사랑한다는 말을 입으로 내지 않는 것은 그녀의 마지막 자존심이었다.

"그러는 당신은 왜 나랑 사는데?"

그래서 정연은 되물었다. 책임감. 있을 거라고 생각지 못했던 아주 털끝 같은 책임감이 그에게 있었다.

버려질 거라고 생각했다. 늘 그래 왔던 것처럼 그가 책임을 회피할 거라고 생각했다. 하지만 이야기는 전혀 다른 방향으로 흘러서 그녀를 생각지도 않은 삶으로 내려놓았다. 그 사실이 기쁘면서도 내내 속이 아렸다.

그를 옆에 두고 보게 되었다는 사실이 기쁘면서도 단순히 책임감을 이유로 옆에 자리를 잡은 그가 그녀를 비참하게 했다. 열등감을 느꼈다. 발목을 잡은 여자가 된 것 같았다.

"야! 그걸!"

질문을 받는 순간, 찬헌의 말이 막혔다. 야 그걸,

그걸 꼭 말로 해야 알아?

똑같다. 남자가 막 하려고 하는 말은 여자가 하고 싶은 것과 똑같은 말이었다. 찬헌은 경악했다. 그 분명한 한마디를 입으로 내뱉을 수가 없었다.

자존심이 상해서.

그리고 말하면 그 진심이 사라져 버릴까 봐.

동시에 그는 그녀가 악에 받혀 하지 못하는 그 말이 뭔지 비로소 알게 되었다.

찬헌의 눈에 한 사람이 들어왔다. 그 못지않게 간절하게 사랑에 목이 마른 한 인간이다.

그랬구나. 그 한마디의 인정과 함께, 그녀가 그를 사랑하지 않는 백 가지 이유가 모두 찬헌의 머릿속에서 삭제되었다. 찬헌은 그녀의 물음에 답하는 대신 다른 것을 물었다.

"화났니?"

정연은 말이 없이 거친 숨을 내쉬었다. 화가 난 것이 분명했다. 생생하리만치 그녀의 감정이 전해졌다. 머리로는 아직도 믿을 수가 없는데, 가슴은 그가 방금 얻은 대답이 분명하다고 확신을 보내고 있었다. 그녀는 그를 사랑한다. 미워서 어쩌지 못할 정도로.

찬헌의 심장 미세한 혈류, 그 깊고 깊은 곳에 전류가 스며들었다. 그리고 잠시 후에 다시 고요해졌다.

찬헌은 잠시 그가 느낀 모든 것들이 착각이었나 의심했다. 씩

씩대던 정연은 조금 풀이 죽었고 눈에 훤히 들여다보이던 마음은 또다시 그녀의 안으로 쏙 들어가 버렸다.

찬헌이 바라보는 새에 정연의 얼굴은 눈에 띄게 더 어두워졌다. 찬헌은 곧 그 이유를 알았다. 기다리고 있는 것이었다. 그의 답을. 하지만 동시에 기다리고 싶지 않은 것이다.

찬헌이 일없이 입을 움찔거리자 정연이 화들짝 놀라 손을 뻗어 그의 입을 막아 버렸다. 아, 얼마나 다급했으면. 조금 애잔한 기분이 들었다.

정연은 뭘 그렇게 두려워하고 있는 걸까. 혹시라도 그와 다름없이 일방적으로 사랑하고 있다고 느끼기 때문일까.

왜인지 영문은 몰랐지만 찬헌은 손을 뻗어 정연의 머리를 쓰다듬었다. 찬헌의 입에 닿았던 정연의 손이 슬그머니 미끄러져 내렸다. 찬헌이 나직하게 입을 열었다.

"있잖아 나. 처음 널 봤을 때가 기억나."

그가 또다시 동문서답을 하기 시작했다. 하지만 이번에는 정연이 눈에 띄게 그 말에 집중했다. 그녀는 말의 여백 하나까지 모두 듣겠다는 듯 주의를 세웠다.

"보자마자 깜짝 놀랐어. 아, 진짜 예쁜 애구나. 정말 예쁘다."

별다른 억양 없이 무심하게 찬헌은 하고자 하는 말을 계속했다.

"저렇게 예쁜 애는 세상에서 처음 봤어. 와 진짜 미치겠다. 엄청 예뻐."

찬헌은 흡사 그때의 기분을 되풀이하려는 듯, 했던 말을 조금씩 변주해서 반복했다.

"그만해, 찬헌 씨."

정연이 먼저 견디지 못하고 찬헌의 말을 끊었다. 그녀가 찬헌의 목을 깊이 끌어안았다. 그걸로 됐다는 듯. 공기가 흡족함을 머금었다. 앞으로 할 얘기가 많겠지만 이것으로 반 정도는 해 버린 느낌.

처음이었다. 십 년이 넘도록 알아 오면서 그때의 이야기를 하는 것은. 가슴이 후련한 기분으로 찬헌은 정연을 마주 안았다.

오늘 살아 있어서 다행이다.

따뜻하고 부드러운 살의 느낌을 음미하며 찬헌은 그렇게 느꼈다.

살아 있지 않았더라면 몰랐을 것들을 알아 버렸으니까. 오늘 다 얘기할 필요는 없겠지. 짓궂게 그런 마음도 들었다. 살아가면서 천천히 안달이 나게 조금씩 말해 줄 생각이다.

이걸로 당분간은 내가 갑이고 네가 을인 건가? 아니, 아닐지도 모른다. 그녀는 그보다 훨씬 더 그의 마음을 알고 있을지도 모른다. 하지만 뭐면 어때. 네가 갑이고 내가 을이면 어때. 아무래도 상관 없다고 찬헌은 그렇게 자신을 놓아 버렸다.

"집에 갈래?"

정연이 찬헌의 목을 끌어안은 상태로 고개를 끄덕였다.

◆

병원에서의 일 이후로 조금은 다른 3주가 흘렀다. 그동안 찬헌은 '예쁘다'는 말이 여자의 심리에 미치는 영향을 실감하는 중이었다. 그의 고백을 들은 이후로 정연은 조금은 들뜬 듯, 조금은 기고만장한 듯했다.

그녀는 내내 기분이 업 되어 있다가 문득문득 전신 거울을 확인할 때는 갑자기 우울해져서 그를 시험하듯 물었다.

'지금은 그때처럼 예쁘지 않지?'

'나도 다 됐지?'

'애 낳으면 이젠 아줌마네.'

같은 것들.

찬헌은 그때마다 땀을 빼며 정연의 눈치를 살폈다. 매번 다른 얘기를 했지만 결론은 '예쁘다', '지금이 더 예쁘다'는 입에 발린 칭찬으로 끝나 버렸다. 이래도 되나 싶을 정도로 입이 달았는데 정연은 아부에 가까운 찬사를 기꺼워했다.

만삭에 온통 동글동글해져서는. 어린 여자아이처럼 예쁘다는 말에 반응하면, 그게 또 정말로 더 예뻐 보였다. 저렇게 좋아하는 걸 돈 드는 일도 아닌데 진작 말해 줄걸. 자주 후회가 됐다.

찬헌에게 정연은 늘 '예쁜 여자'였다. 한 번도 그 사실에는 변함이 없었다. 동시에 그녀는 늘 그 이상이었다. 그가 사랑하고 미워하고, 그를 지치게 하고 편하게 하는 존재.

그렇기에 굳이 강조해 예쁘다고 말해 본 적이 없다. 하지만 그렇다고 딱히 거창하게 그녀를 치하한 적도 없으니 결국 표현에 인색했다는 것을 찬헌은 인정해야만 했다. 간지럽지만, 예쁘다는 한마디면 모든 것이 좋아진다. 사랑한다고 말하면 더 좋아질까?

그런 상상을 하며 찬헌은 어제 막 깎아 허전해진 뒷머리를 하릴 없이 긁었다.

"머리 시원하다. 진짜 잘 잘랐어, 그렇지?"

찬헌의 옆자리에 거의 누운 자세로 앉아 있던 정연이 찬헌의 까슬한 머리를 쓰다듬으며 기분 좋은 표정을 지었다.

곧 아기가 태어나니까. 엄마가 준비하는 김에 아빠도 준비한다는 어수룩한 명목으로 같이 잘라 버렸다. 물론 정연의 머리도 덩달아 퍽 짧아져 있었다.

찬헌은 목 근처에 찰랑거리는 정연의 머리가 소녀 같다고 생각했다. 곧 아기 엄마가 되면서, 요즘의 정연은 그 어떤 때보다 청량했다.

예정일을 2주 앞두고 정연은 숨쉬기도 벅찰 정도로 힘들어했지만 동시에 즐거워 보였다. 밤새 그의 옆에서 아이를 화제로 재잘거렸다. 그녀는 그와 아이의 일을 공유하기 시작한 처음부터 지금까지 시종일관 아이를 반기고 기대했다.

그녀에게서는 늘 진심이 느껴졌다. 아이를 없애려던 사람이라고는 도저히 생각할 수 없을 정도로.

찬헌의 가슴이 돌덩이를 얹은 것처럼 묵직하게 답답해졌다.

한 번은 다시 확인해 볼까도 생각했다. 하지만 그 일을 폭로했던 광수에게 다시 확인하고 싶지는 않았다. 어떤 경우라도 그녀를 이해해야 한다고 생각했다.

머리로는 수도 없이 많은 시뮬레이션을 돌렸다. 당시 그녀가 처해 있던 상황을 수많은 변수와 요인을 통해 분석한 후 아이에 대한 선택이 베스트였을 가능성을 계산했다.

그가 나빴다. 신뢰를 주지 못했다. 하지만 그것을 인정해도 여전히 가슴이 답답했다.

그녀가 쉽게 아이를 지울 결심을 할 만큼 그를 미워한다고 생각했다. 그렇지만 병원에서 알아차린 그녀의 눈은 그를 사랑한다고 끊임없이 말하고 있었다. 이곳에는 여전히 그녀가 그를 사랑하지 않는 이유와 그녀가 그를 사랑하는 증거가 공존한다.

넘겨야 되는 거겠지.

어차피 누구의 인생이라도 많은 부분 풀리지 않는 미스테리니까. 알아서 좋을 것이 없는 것은 그냥 묻어 두는 것도 방법이다.

눈을 감자 먼 부위에서 미세하게 욱신거렸다. 무시하고 더 큰 행복감에 집중하기로 했다. 결과적으로 그녀는 아이를 지켰고, 곧 두 사람을 닮은 아이가 태어난다. 그 사실이 다시 찬헌을 설레게 했다.

그동안 출산할 병원을 고르느라 찬헌과 정연은 참 많이도 고민을 했다. 여러 가지 새로운 방식의 출산도 알아보았다. 여러 가지 방식의 자연 분만과 조산원, 가정 분만도 알아봤다. 시설에도 찾아가 보고 경험담과 후기도 꼼꼼하게 읽었다.

다 나름대로 좋아 보였지만 결국 둘 다 겁이 많고 보수적인 편이라 평범한 병원 분만을 선택했다. 너랑 나도 병원에서 태어났는데 멀쩡하게 잘 살고 있잖아? 마지막 결정을 내리며 찬헌이 그렇게 이유를 댔다.

그렇지, 이 정도면 멀쩡하지. 정연이 관대하게 웃었다. 아이에게 해 줄 수 있는 것은 뭐든 다 해 주고 싶다. 벌써부터 마음이 그랬다. 만일 지금의 생활이 만족스럽지 않았다면 두 사람은 무슨 이유를 대서든 가장 유행하는 출산 방식을 택했을지도 모르겠다.

아이에게 자신이 태어난 방식을 물려 줘도 문제없다고 생각하는 것은 둘 모두가 스스로에게 꽤나 만족하고 있다는 의미이기도 한 것이었다. 그렇게 둘은 일상 속에서 퍽 무심한 조화를 찾아가고 있었다.

찬헌과 함께 영화를 보다가 소파가 불편해 계속해서 자리를 바꾸던 정연은 영화가 끝나갈 무렵에는 아예 바닥에 누워 있었다. 찬헌도 그것을 말리지 않고 같이 옆에 누웠다.

영화가 채 끝나기도 전에 두 사람은 거실 천장을 보고 금세 또 육아 계획을 의논하기 시작했다.

"손에 힘이 생기면 활부터 쥐여 줘야지."

"위험하지 않을까?"

"옆에서 계속 보고 있으면 되지."

아이가 생기면 세계적인 바이올리니스트로 키우고 싶었다던 찬헌은, 그런 것 치고는 음악 태교에 그다지 대단한 열정을 보이지는 않았다. 하지만 그래도 아이에게 활을 쥐여 줄 생각에 못내 즐거운 듯했다.

"가능할까? 당신하고 나 사이에서, 세계적인 연주가가?"

"안 될 건 또 뭐야."

"소질이 없으면 어떡해."

"그럼 수학 시키면 되지."

돌이 채 되기 전부터 숫자를 알아봤다던 찬헌은 대수롭지 않게 얄미운 이야기를 해 정연을 웃게 만들었다.

"난 수학 잘 못했어."

"그래? 너 닮았으면 그림을 잘 그리려나?"

"나는 그냥 그랬는데. 우리 오빠 닮으면 가능하겠지."

자연스럽게 등장한 정호의 이름에 찬헌의 미간에 살짝 주름이 갔다.

그의 자식이 서정호의 소질을 물려받는다고? 기분이 나쁜 것도 아니면서 유쾌하지도 않았고, 참 이상했다. 그러고 보니 그와 서정호는 완전 남이지만, 아이에게는 외숙이다. 닮아도 유전적으로 전혀 이상하지 않은 관계다.

"얼굴은 닮으면 안 되는데."

"얼굴은 당신 닮은 것 같으니까 걱정 마."

바로 전주에 확인했던 삼차원 초음파를 떠올리며 정연이 즐거운 듯 덧붙였다. 더불어 머리 크기는 자그마해서 엄마가 고생을 안 하겠다는 의사의 말에 그녀는 참 좋아도 했다.

"유전자가 어디서 튀어나올지 모르는데. 음악 하는 사람 없어? 너희 집에는?"

"없는데. 내가 아는 바로는. 당신네는?"

"없는데 이쪽도."

"혹시 젊어서 가출해서 인연 끊은 삼촌이라든가? 안 계셔?"

"으으음."

찬헌과 정연은 그런 사소하고 바보 같은 이야기들을 참 진지하게도 나눴다.

세상이 좁고 한국 땅은 더 좁고. 사돈의 팔촌까지 따지면 연결되지 않는 사람이 없다는데, 밤을 새면 누군가 하나 찾아낼 수도 있지 않을까.

어느새 정연도 찬헌의 꿈에 동참하고 있었다. 그와 그녀 사이에서 대단한 음악가가 나오면 엄청나게 자랑스러울 것 같다. 하지만 아니라도 그와 그녀를 닮으면 엄청나게 사랑스러울 것이다.

"대체 어떤 녀석이 나올지 상상도 안 가."

"당신 닮았겠지."

"너도 닮고."

"둘이 섞어 놓으면 어떤 느낌이지?"

정연의 물음에 정연 자신도, 찬헌도 상상력이 막힌 듯 한참을 고민했다. 달랐다, 두 사람은. 달라도 너무 달라서 섞으면 섞이기나 할지, 억지로 섞어도 어떤 느낌일지 도저히 상상이 안 됐다.

"정말 모르겠는데."

"어디서 폭탄이 하나 튀어나오는 거 아냐?"

"에이. 그 정도는. 그냥 얼굴은 당신 닮고. 성격은 나를 닮고."

"말 잘하는 건 너 닮고, 말 막 하는 건 나 닮고."

"완전체네."

정곡을 찌르는 정연의 말에 둘이 같이 낄낄대며 웃었다. 섞이면 어떤 느낌일지, 상상이 가지 않는 두 사람이 만나 물같이 섞여 들어가고, 두 사람을 절묘하게 닮은 완벽하게 새로운 생명이 태어난다.

그러고 보면 사람과 사람의 결합과 탄생이라고 하는 것은 늘 예상을 뛰어넘으면서도 완벽한 자연의 법칙이다.

불붙기 시작한 상상에 찬헌은 침대 맡에서 한참을 바둥대다가 새벽녘에야 얕은 잠에 들었다. 꿈결에 그는 노란빛이 도는 넓은 공간에 있었다. 두리번거리는 그의 팔목을 아빠! 하며 자그마한 사내아이 하나가 덥석 잡았다.

동시에 정연이 아빠, 하며 그의 팔목을 덥석 잡았다.

"응, 운석아."

"그래, 운석이가 부르나 봐."

"응?"

찬헌이 가물거리는 눈으로 고개를 정연의 쪽으로 돌렸다. 정연의 예쁜 얼굴이 곤란한 표정을 띠고 있었다.

"나 양수 터진 것 같아."

정연의 말이 찬헌의 눈을 번쩍 뜨게 만들었다.

"예정일보다 2주나 빠른데?"

정연이 눈을 찡그리며 고개를 끄덕였다.

"첫 애는 늦을 가능성이 높다며?"

정연이 계속 맹하게 구는 찬헌의 팔목을 꽉 움켜쥐었다.

"어디나 예외가 있잖아. 얘는 빨리 나오려는 모양이니까, 준비해. 병원 가야 돼."

찬헌이 그제야 제자리에서 벌떡 일어나 방황하기 시작했다.

Part V. 두 사람, 세 사람

예정일보다 2주나 빠르다니! 조기 파수가 됐다는 정연의 말에 찬헌은 혼자 우왕좌왕 어쩔 줄을 몰랐다. 정연이 먼저 옷장을 열어 출산 준비물을 챙기기 시작하는 것을 보고 나서야 겨우 정신이 들었다.

"아, 앉아 있어. 내가 할게."

"아직 움직일 수 있어. 당신은 아기 방 가서 옷이랑 손, 발 싸개 챙겨 놓은 것 좀 갖다 줘."

계속 멍하니 어쩔 줄을 몰라 하던 찬헌은 이러지도 저러지도 못하다가 결국 정연이 시키는 대로 아기 방에 가기 위해 방문을 열었다. 그가 문을 지나는 순간 등 뒤에서 턱, 하고 바닥을 차는 소리가 들렸다. 찬헌이 흠칫 놀라 뒤돌아보았다.

그의 시선을 받은 정연이 너무나 멀쩡한 얼굴로 찬헌을 응시했다. 왜? 라고 묻는 듯한 눈길에 찬헌은 고개를 저었다.

"아, 아냐, 금방 가지고 올게."

그러나 찬헌은 방문을 나서는 순간 듣고 말았다.

"아이씨."

정연이 아주 작게, 그녀의 평소 언어 생활에 미루어 볼 때 쌍욕에 가까운 소리를 뇌까리는 것을.

"……."

찬헌은 숨을 죽였다.

정연은 지금 기분이 몹시 상했다.

남들이 들으면 첫 아이의 탄생이라고 하는 일생일대의 사건을 두고 기분이 상하는 게 무슨 일이냐 의아해할 법할 일이지만 찬헌은 그 이유를 짐작할 수 있었다.

완벽주의자인 정연이 그 성미에, 미리 준비해 놓지 않은 것에 자존심이 상해 있는 것이다. 아니나 다를까. 정연이 곧 구시렁거리기 시작했다.

"출산 가방은 원래 한 달 전에 싸 놓는 거라던데……. 가진통도 없길래 괜찮을 줄 알았지. 내가 정신이 나갔어. 진작 준비해 놨어야 하는 건데."

"지금부터 싸면 되지. 괜찮아, 괜찮아."

찬헌의 위로에도 정연은 그것을 듣는 둥 마는 둥, 염불처럼 계속해서 비슷한 말을 중얼거렸다.

"아…… 어쩌지……. 급하게 하면 꼭 뭘 빠뜨린단 말이야. 오빠네처럼."

"차근차근 챙기면 되지 뭘. 가방 싸는데 뭐 그리 오래 걸린다고."

"아아아아 찬헌 씨."

"어어어어 왜?"

정연이 고개를 들어 찬헌을 봤다. 혼란과 당황, 다급함으로 벌써 눈이 글썽이고 있었다.

"나, 나나, 그것도 좀 가져와."

"뭐 뭐? 그게 뭔데?"

"아아 그거 말이야 그거."

그러니까 그게 뭐냐고? 찬헌이 소리를 높일 뻔하다가 애써 소리를 죽여 다시 물었다. 그러자 정연이 입모양으로 말했다. 생.리.대. 그제서야 찬헌이 아— 하고 자기 이마를 문질렀다.

파수가 시작되면 월경을 하는 것처럼 양수가 조금씩 새 나온다고 병원에서 들었다. 그때를 대비해 생리대가 필수라고 그 역시 사전 교육을 받은 바가 있었다.

찬헌은 아기 옷, 생리대를 번갈아 중얼거리면서 다시 몸을 돌렸다. 그러자 정연이 다시 그를 돌려 세웠다.

"아냐 생리대가 아니라 기저귀로 가져와."

"많이 나와?"

"계속 새. 어떡해……."

오 마이 갓. 분명히 처음에는 조금씩 나온다고 했는데 어떻게 된 거지?

"완전 파수인가 봐. 병원에 빨리 가야 해."

찬헌이 갑자기 무언가를 떠올리고 황급히 정연에게 물었다.

"진통은?"

"몰라. 지금 욱신거리는데 가진통인지. 진진통인지."

"시간 쟀어?"

"지금 일어났는데 언제 시간을 쟀겠어?!"

"시간을 재야지! 아냐, 아냐. 진정해. 다음에 욱신거리면 나한테 꼭 얘기해. 체크해야 되니까. 알았지?"

찬헌의 당부에 정연이 멍하니 고개를 끄덕였다. 한 가지 중요한 일의 체계를 잡아 놓은 뿌듯함에 찬헌은 한숨을 돌리고는 아기 방으로 건너갔다.

"아기 옷, 아기 옷."

찬헌은 벌써 오래전에 꽉 채워 놓은 자그마한 나무 서랍장의 첫 칸을 급하게 드륵— 열었다. 파랑, 보라, 분홍, 초록 무늬의 갖가지 신생아 옷이 가득 채워져 있었다.

찬헌과 정연은 막달에는 아기의 성별을 가르쳐 주겠다는 의사의 제안을 호기롭게 거절했다. 이왕 모르는 것, 서프라이즈로 하겠다고 합의를 봤다. 막달에는 혹여 초음파를 보는 중에 저절로 알게 될까 봐 곁눈질로 슬금슬금 봤다.

다행히도 태아는 상당히 조신한 모습으로 늘 주요 부위를 가린 상태의 모습만을 보여 주었다. 하지만 그 호기가 지금 이 순간 찬헌을 갈등하게 만들었다.

"……무슨 색으로 가져가야 되지."

찬헌은 선분홍색 하트 무늬의 신생아 옷을 살짝 들었다.

너무 여자아이 것이다. 여자아이라면 최고의 선택이 되겠지만 남자아이라면 훗날 사진을 봤을 때 놀림거리가 될 수도 있지 않을까? 어차피 성별을 모른다면 중성적인 색을 고르는 것이 최선이다.

찬헌은 연두색이 들어간 옷을 집어 들었다. 그런데 무늬가 자동차 무늬였다.

"자동차가 남성적이라는 건 편견이지 않나?"

그렇게 따지면 분홍색이 여자 색이고 파란색이 남자 색이라는 것도 편견이다. 찬헌은 오래된 성별 상징체계에 대항할 기세로 뜬금없이 진지한 고민에 들어갔다. 그를 다시 일깨운 것은 방 밖에서 들려오는 비명에 가까운 고함이었다.

"진통 왔다고, 지금! 당신 어디서 뭐해? 시계는 어딨어? 시간 잰다며어어어어!!"

정연이 멀리서 짜증에 못 이겨 흐느끼기 시작했다.

"지금 가! 지금 간다고!!"

아무 옷이나 손에 쥔 찬헌이 고함 소리로 대답하며 허둥지둥 다시 부부 침실로 건너갔다.

금세 준비물을 챙길 것 같았던 정연은 완전히 넋이 나가 버려서 별로 진전이 없었다. 찬헌은 아기 옷을 가방에 쑤셔 넣고 정연을 진정시키기 시작했다.

"여기 시계. 새벽 3시 15분. 지금부터 재자."

"지금부터 재면 어떡해. 아까 지나갔는데."

"1분도 안 됐어. 지금부터 재면 돼."

"아야."

그때 정연이 배를 움켜쥐며 몸을 움츠렸다.

"또 아파? 진통이야?"

간격이…… 1분? 지금? 말이…… 될 리가 없었다.

"……몰라."

순간 깊은 정적이 두 사람 사이에 머물렀다. 진통하는 당사자조차 믿을 수가 없었다. 시계를 들고 있는 찬헌도 완벽한 혼란에 빠졌다. 이 밤이 무지하게 길어지겠구나. 왠지 모르게 그 순간 찬헌은 그렇게 예감했다.

우여곡절 끝에 허둥지둥 가방을 챙긴 두 사람은 차를 타고 병원으로 향했다. 학교에 다닐 때도 늘 모범생이었던 찬헌과 정연은 '조기 파수가 되면 바로 병원에 오라'는 지시를 철저하게 따르느라 조급증이 극도에 달해 있었다.

"바로 오랬는데 너무 늦은 건 아니겠지?"

"너 일어난 뒤로 한 시간도 안 지났어. 걱정 마."

찬헌이 급히 시계를 확인하며 정연을 안심시켰지만 당황하고 걱정이 되는 것은 그 역시 마찬가지였다.

"아얏."

"괜찮아?"

"시간, 시간……."

"지금 3시 45분…… 30분 간격인 건가?"

찬헌의 자신 없는 목소리에 정연이 울상을 지으며 물었다.

"아까는 몇 분이었는데?"

"3시 15분…… 일단 30분으로 칠게."

그 이전에 더 짧은 간격으로 정연이 느꼈던 통증이 신경 쓰였지만 찬헌은 다시 시작한다는 기분으로 일단 '30분'을 머릿속에 적었다. 생전 뭔가를 이렇게 대충 측량해 본 적은 처음이었다.

진통 간격 30분, 10분, 이런 소리는 들었지만 기계가 아닌 사람의 몸인지라 오차 없이 정확한 건 아닌 모양이었다. 당연한 것인데도 업무상 아주 자그마한 오차에도 작동이 멈추는 프로그램을 다뤄 오던 찬헌은 이 부정확성이 신경 쓰여서 미칠 지경이었다.

정연이 뒷좌석에서 찬헌에게 다시 물었다.

"우리 안 가져온 건 없지?"

"내가 꼼꼼하게 다 챙겼어. 걱정 마."

"너무 갑작스럽잖아. 얘는 왜 이렇게 급한 거야."

항상 모든 일에 차분할 것 같더니, 갑작스런 출산이 임박하자 정연은 끝도 없이 징징대고 있었다. 그러다 보니 상대적으로 차분한 찬헌이 계속 달래는 수밖에 없었다.

하소연의 대부분은 왜 이렇게 갑작스럽냐는 내용이었다. 정연은 늘 찬헌이 놀랄 만큼 모든 일에 철저히 준비되어 있었다. 준비되어 있지 않았던 것은 임신과 출산뿐이었다.

"너 아기 가진 거 처음 알았을 때도 이랬니?"

"응? 그때 뭐?"

"이렇게 패닉이었냐고. 넌 갑작스러운 일에 면역이 없는 것 같더라."

그때도 지금 같았냐고? 그걸 어떻게 비교할 수 있을까. 그녀의 인생에 그런 일이 일어날 거라고는 생각해 본 적도 없었고, 미래도 희망도 없이 깜깜했다.

그때에 비하면 지금 일은 그냥 투정이다. 세상에서 가장 기쁜 일을 맞이하기 전에 부리는 작은 투정.

당시의 기억을 생생하게 떠올린 정연이 울컥해 입을 꼭 다물었다. 입을 비죽 내민 정연의 모습에 찬헌은 자신이 말실수를 했다는 것을 깨달았다. 정연이 굉장히 힘들었나 보다. 새삼스레 그 사실에 가슴이 욱신 아려 왔다.

"……혼자 고민하지 말고 나한테 더 일찍 말하지."

"말할 처지가 아니었잖아, 바보야."

"그래도."

"내가 떠보니까 식겁하면서 그런 일이 어떻게 있을 수 있냐고, 니가 그랬잖아!"

정연이 울먹이며 버럭 댔다. 찬헌은 끔찍하게 쫄아 버렸다.

내, 내가 언제? 내가…… 그랬나? 그건 그렇고 왜 갑자기 야자하는 건데?

떠오르는 의문이 많았지만 찬헌은 묻지 않는 쪽을 택했다. 대신 인정하고 정연을 달랬다.

"미안. 그땐 나도 경황이 없었어. 그래도 책임 회피할 생각은 한 번도 한 적 없어."

"그러시겠지. 책임감이 충만한 강찬헌 씨."

정연이 결국 비아냥거렸다.

아, 이 여자는 왜 갑자기 이렇게 삐딱한 걸까. 기분이 상했으면 진작 족칠 것이지. 출산을 앞두고 아프고 정신없는 와중에 과거의 일로 기분이 상한 정연을 달래느라 찬헌은 완전히 진을 빼고 있었다.

결국 삐친 그녀에게 타협을 제안하는 것으로 마무리 지었다.

"애 낳고 나면 날 굽든지 삶든지 맘대로 하게 해 줄게. 지금은 좀 기뻐하자. 좀 있으면 만나는 거잖아. 우리 별-운석이."

곧 아이를 만나는 거라는 말을 듣자 정연의 분한 얼굴에 금세 숨길 수 없는 밝은 빛이 돌았다. 정연은 조금 누그러든 목소리로 찬헌에게 확인하듯 물었다.

"진짜 마음대로 하게 해 줄 거야?"

"아 그렇다니까. 귀 잡고 뺑이를 치게 하든. 24시간 베이비시터로 써먹든 니 맘대로 해!"

찬헌은 지금 자신이 무슨 말을 하는지도 모르고 있었다. 당장의 위기를 모면하기 위한 그 공약이 향후 석 달 동안 자신의 생활을 지옥으로 만들 것이라는 사실은 상상도 못 한 채.

다급한 와중에도 24시간 보모라는 말에 귀가 훤하게 트인 정연은 변호사답게 그 자리에서 휴대폰을 꺼내 들어 약식 계약서를 하나 작성했다. 그리고 운전하는 찬헌에게 내밀어 사인을 요구했다.

이 와중에 이게 뭐하는 짓이야? 찬헌은 어리둥절했지만 곱게 사인해 주었다. 그리고 정연의 요청대로 계약서를 육성으로 읽어 녹음까지 했다. 그러면서도 참 웃기는 짓이라고 생각했다.

30여분 전 넋이 나간 채로 병원에 뛰어 들어오던 임부의 남편은 많이 진정된 상태로, 조금 전의 호들갑에 민망해하는 중이었다.

그가 어찌나 허둥대는지 의사는 그의 아내가 차에서 응급으로 아기를 낳기라도 했나 의심을 했다. 하지만 정작 병원에 제 발로 걸어 들어온 그의 아내는 막 파수가 되었다는 초산의 임부였다.

항생제와 수액을 투여한 후 진통 여부를 묻자 안절부절못하던 남편이 자신 없이 말했다.

"30분? 그 정도요."

"네, 그래요."

대답한 의사는 양수 검사 후 내진을 하더니 짧게 한마디를 던졌다.

"아주 순조롭네요."

그러자 여자의 남편이 얼굴에 급 밝은 기색을 띠며 물었다.

"그러면 애가 곧 나오는 거예요?"

의사는 황당해했다.

"좀 기다리셔야겠어요."

"얼마나요?"

"초산에 지금 3센티 정도 열렸는데. 대충 아홉? 열 시간은 걸리겠네요."

당직의는 눈이 휘둥그레진 남편에게 까딱 목으로 인사했다.

"그럼 좀 있으세요."

그리고 정연을 보고도 같은 당부를 한 후 그대로 밖으로 나가 버렸다.

"열 시간?"

허둥댄 것이 허무할 정도로 막막하게 느껴지는 시간이었다. 정연은 비교적 차분한 얼굴이었으나 조금 지친듯했다.

"원래 초산은 오래 걸린다잖아. 파수 후에 진통 안 오면 촉진제 맞아야 한다는데 나는 그것도 아닌 것 같고."

"그렇구나. 그럼 좀 잘래?"

"……당신 같으면 잠이 오겠어?"

"아 맞다."

찬헌은 민망해하며 자기 이마를 어루만졌다. 정연은 좀 발끈했다. 아무리 제 몸이 아니라 해도 그렇지. 진통하는 여자에게 잘 거냐 묻는 무신경함이라니.

"열 시간 동안 뭘 하지. 아 맞다. 집에 전화해야지."

"어 나도."

"그래도 장모님한테 먼저 알려야지. 내가 걸어 줄게."

찬헌이 자신의 전화로 장모의 번호를 찾아 통화 버튼을 눌렀다. 잠시 통화음이 가다가 조금 덜 깬 목소리의 장모가 전화를 받았다.

— 강 서방이야?

"네, 장모님. 정연이랑 지금 병원 와 있어요. 양수가 벌써 터져서."

— 안 그래도 어젯밤에 예감이 이상하더라니. 지금 당장 정연이 아버지랑…… 아니, 아…… 이 양반은 어제 또 한잔하고 들어와서는. 기다려. 지금 정호한테…….

"아, 아닙니다. 초산이라 적어도 열 시간은 걸릴 거래요. 쉬시고 아침에 장인어른이랑 같이 오세요."

정연이 옆에서 찬헌의 팔을 톡톡 쳤다. 그가 돌아보니 그녀가 자신을 가리킨다. 찬헌이 잠시만요, 라고 양해를 구하더니 정연에게 전화를 바꿔 주었다.

"응 엄마. 응……. 첨엔 30분이더니 지금은 10분 정도. 자식 낳으면 엄마 맘 알 거라고? 뭘 새삼스레 또……."

엄마의 전화를 받으며 정연은 유독 아기 목소리를 했다. 코끝이 시큰한 듯 몇 번이나 킁킁거리다가 응석을 부리듯, '응 엄마 사랑해'라고 말하고는 전화를 끊었다.

전화를 끊은 정연이 푹 한숨을 내쉬다가 찬헌과 눈이 마주쳤다. 아얏, 다시 찾아온 진통에 몸을 움츠리며 정연은 저도 모르게 훌쩍이고 말았다. 아프고 심란하고 갑자기 울적해졌다.

눈에서 눈물이 또르르 떨어지는 정연의 머리를 찬헌이 살짝 끌어안자 정연은 못 이기고 그 품 안에서 엉엉 울어 버렸다.

"으으. 흐윽. 나 나 왜 이러지. 아, 아파."

일도 많고, 탈도 많고, 기쁘기도 하고, 슬프기도 하고, 누군가가 사랑스럽고, 믿기도 하고. 참 많은 일들이 있었다. 어른이라도 자란다는 것을 알았다. 그렇게 여태 한 뼘은 더 커졌겠거니 생각했는데.

지금 이 순간 이 밤이 지나면 지금까지와는 전혀 다른 사람이 될 거라는 예감이 들었다. 그 사실이 가슴에 꽉 차서 뿌듯하기도 하고 답답하기도 하고 기쁘기도 하고 슬프기도 했다. 엄마의 어린아이가 어린아이의 엄마가 되는 것이다.

찬헌이 정연을 한참 토닥이고 있을 때, 중간 체크를 하러 들어 온 간호사가 그 둘의 모습을 보고 피식 웃었다.

"벌써 그렇게 힘 빼시면 안 돼요. 지금부터 장난 아닐 텐데."

그 말에 찬헌과 정연이 서로를 안은 채로 굳어 버렸다. 새벽이 반절 정도 지나고 있었다.

"아아아아아아아아!"

정연이 길게 신음을 뽑을 때마다 찬헌의 입도 아아아아아아 하고 같이 벌어졌다. 병원에 왔을 때 진통하는 사람에게 좀 자라고 할 만큼 무신경했던 찬헌도 몇 시간을 딱 붙어 있으니 점점 그 고통에 동화되어 갔다.

정연이 아파서 눈물을 뽑을 때마다 그의 눈도 찔끔찔끔 눈물을 뽑았다. 가슴이 욱신거리는 것이, 단지 안타까워서가 아니라 정말로 뭔가로 탕탕 치는 것 같았다. 보고 있는 그도 이렇게 아픈데 당사자는 또 얼마나 아플까. 그 생각을 하니 안타까움이 배가 됐다.

"이제 나오는 거 아닐까? 선생님 부를까?"

두 시간 전에 응급 콜을 받은 그녀의 담당 의사가 다녀갔다. 의사는 초산인데 진행이 빠르다며 굉장히 만족해했다.

그럼 바로 나오는 거냐는 지치지도 않는 찬헌의 물음에 대여섯 시간이면 나오겠다고 대답해 찬헌을 좌절하게 만들었다. 그이후로 진통 간격은 점점 짧아졌고, 정연은 계속해서 길게 곡을 하고 있었다. 물론 찬헌도 함께.

"으으으으 나아 죽을 것 같아. 나 그냥 죽을래…… 으으으으-"

"죽으면 어떡해? 나 홀아비 되라고?! 숨 크게 쉬어. 흠 후우 흠 후우."

초 단위로 호흡법을 까먹는 정연을 위해 찬헌이 숨 쉬는 시범을 보이자 정연은 또 그것을 곧잘 따라 했다. 숨이 들어가면 찰나 통증이 멈추었다가 또다시 살이 에는 통증이 찾아왔다.

"아아아아 가만 안 둘 거야. 이놈의 자식 나오기만 해 봐라. 내가 가만 안 둘 거야."

다른 여자들은 임신시킨 남편 원망을 해 댄다는데, 정연은 참신하게도 아이를 원망했다.

"가만 안 두면 어쩔 건데? 눈 땡~그렇게 뜨고 나 귀엽지? 나 때릴 거야? 그럴 텐데."

그 와중에 찬헌이 농담을 하자 정연은 또 그것을 상상하고 실성한 듯이 웃었다. 웃느라 배가 더 조여 왔다. 정연은 악악거리며 허파에 바람이 들어간 듯 계속 웃었다.

웃고 소리 지르고 웃고 소리 지르다 지칠 때 즈음, 의사가 다시 들어왔다. 희미한 시야 속에서 정연은 그녀의 머리 뒤에서 후광을 봤다.

찬헌은 기대감에 가득 찬 눈으로 담당 의사를 봤다. 그런 시선을 잘 알고 있다는 듯, 의사는 무척 쿨했다. 또 한 번의 내진 후에 그녀는 만족스럽게 고개를 끄덕였다.

"애기가 착하네요. 좀 이따 분만실로 옮겨도 되겠어요."

"좀 이따 언제요?"

"음. 세 시간? 한 시간 뒤에 다시 와서 볼게요."

찬헌의 얼굴에 절망의 그림자가 드리워지고 말았다.

"저렇게 아파하는데요. 세 시간이나 더 기다려야 합니까?"

"엄청 빠른 건데. 너무 아프면 무통 주사 놔 드릴까요?"

쳐다보자 정연이 그 와중에도 도리도리 고개를 저었다.

"여태 버텼는데 좀 아깝죠? 조금만 더 참아요."

그녀가 정연의 어깨를 어루만져 격려를 해 주었다.

그리고 두 사람은 다시 대기실에 남겨졌다. 정연은 힘을 아끼느라 아예 축 늘어졌고 간간이 신음을 흘렸다. 찬헌은 손수건으로 정연의 이마에 맺힌 땀을 닦아 줬다.

커다란 방 안에 둘만 남겨지니 서로가 느끼는 모든 것을 공유할 것만 같은 기분이 들었다. 가지고 태어난 공감의 용량이 있다면 지금 이 순간 다 써 버릴 것만 같다고 느낄 정도로 정연의 숨소리 하나까지 찬헌에게 그대로 느껴졌다.

어마어마한 일이다. 둘이 아니라면 절대로 버티지 못했을 일이었다.

찬헌은 문득 병원에 갔다가 제 발로 걸어 나온 정연이 어떤 마음이었을까, 그런 궁금증이 들었다. 어떻게든 그와 이렇게 갈 것을 생각하고 있었던 걸까? 그렇지 않으면 혹시 혼자서라도 아이를 지키겠다고 생각한 것은 아니었을까. 찬헌의 목울대가 울렁거렸다.

언제든 버려질 수 있던 존재가 아니었다. 아이에 대한 그녀의 진심을 의심하는 것은 잔인한 일이다.

이런 어마어마한 일을 하마터면 혼자 하게 할 뻔했다. 찬헌은 진심으로 그런 일이 일어나지 않아서 다행이라고 생각했다. 그와 그녀가 이 순간에 함께 있어서 가장 좋고, 만일 두 사람이 잘 되지 않았다면 차라리 그녀가 아프지 않는 편이 나았겠다.

사람을 얼마나 사랑하면 이 정도의 고통을 감수할 수 있을까. 얼마나 사랑하면 이 고통을 함께 느낄 수 있을까. 울컥한 찬헌이 정연의 이름을 불렀다.

"정연아. 서정연."

"응……."

"알지?"

"뭘?"

"알잖아. 내가 너 사랑하는 거."

정연의 피곤한 얼굴에 작게 미소가 드리워졌다.

"알아. 나도 그래."

방 안에 찰나 동안 가장 깊은 평화와 고요가 스며들었다.

한 시간 후에 정연은 분만실로 옮겨졌다. 그리고 정확히 30분을 진통한 후에 아기를 낳았다.

"9월 27일, 오전 열 시 삼십 분. 2.9kg, 아들이에요."

아기가 새카만 눈동자를 몽롱하게 떠서 소리가 나는 방향을 응시했다. 새빨갛고 따끈따끈한 살덩어리가 움찔거릴 때마다 울컥하고 무언가가 튀어나올 것만 같았다.

아기는 애앵 한 번 울고 나서는 자그마한 입술을 비죽거렸다. 엄마의 품에 안겨 주자 제가 알아서 젖을 찾아 물었다. 까만 눈동자가 제 엄마의 눈을 깊이 응시했다. 그 순간 찬헌의 손이 바들바들 떨어, 하마터면 동영상 모드로 재생시킨 휴대폰을 떨어뜨릴 뻔했다.

대기권을 돌파한 지 일곱 시간 반 만에, 운석이 지구에 떨어졌다.

◆

「별 봤습니다. 예쁘죠?」

그날 영화 평론계의 파워 블로거 '스타더스트'의 블로그에 올라온 한 장의 사진과 멘트가 그의 고정 독자들을 떠들썩하게 만들었다. 포스트 아래에는 줄줄이 축하 멘트가 달렸다.

「아니, 스타더스트님 결혼 하셨어요? 제 이상형이신데 ㅠ.ㅠ」

「애기가 너무 예뻐요~ 엄마 닮았나요? 아빠 닮았나요? ^.^」

「훔치고 싶네요. ㅇ^_^ㅇ」

「미인되겠습니다. 나중에 우리 며느리로 어떻게 안 될까요?」

찬헌은 실시간으로 올라오는 멘트를 새로고침으로 확인하면서 끝도 없이 실실거렸다. 정연에게 등짝을 맞을 때까지.

"아얏."

방금 애를 낳고도 어디 따로 비축해 둔 힘이 있는지, 때리는 힘이 꽤 화끈했다.

"블로그에 아기 사진 올렸지?"

찬헌의 행동패턴 따위는 모두 꿰고 있다는 듯 정연이 핀잔을 주었다. 찬헌이 등을 문지르며 비죽거렸다.

"뭐 어때? 자랑하면 안 돼?"

"요새 온라인 불법행위가 횡행한단 말이야. 사진 가져다가 엉뚱한 데 써먹으면 어쩌려고 그래."

"엉뚱한 데 뭐?"

"광고나 전단이나. 합성 같은 거."

"아아."

찬헌이 납득을 하며 고개를 끄덕였다. 그러면 큰일이지. 게다가 그들의 아이는 정말로 보기 드문 미(美) 신생아가 아닌가. 가능성은 충분했다.

"그럼 지울까?"

"글쎄. 지우는 건 좀 그렇고."

정연은 찬헌의 손에서 슬그머니 휴대폰을 빼앗아 길고 긴 댓글의 향연을 즐기는 중이었다. 아이가 예쁘다는 길고 긴 축하와 찬사에 그 아이를 배로 낳은 정연의 가슴은 한껏 부풀어 올랐다.

"사진 작게 해서 다시 올리면 어때?"

"오케이. 그래야겠다."

찬헌은 재빨리 사진앱으로 원본 사진의 크기와 화질을 줄여 다시 업로드했다. 뿌듯함이 가슴 가득 차오른다. 벌써부터 신생아실로 간 아기의 얼굴이 눈앞에 아른거린다 싶을 때, 입원실 문이 열리며 신생아실 간호사가 아기 카트를 밀고 들어왔다.

"엄마 아빠 볼게요~"

찬헌과 정연의 입이 동시에 반가움으로 쩍 벌어졌다. 그 기분을 어떻게 설명하면 좋을까. 제 것인데 마치 선물을 받는 것 같은 반가움과 설렘. 정연이 아직 불편한 몸을 앞으로 숙여 팔을 쭈욱 내미니 간호사가 카트에서 아기를 번쩍 들어 그녀에게 안겨 주었다.

"조심 조심. 팔은 좀 더 바깥으로 하시구요."

아홉 달이 조금 못 되는 동안 속에 품고 있던 아기가 이제는 밖으로 나와 품 안으로 들어왔다. 분리감에 주린 듯 헛헛했던 마음이 어느새 꽉 차오른다. 아기는 그새 반쯤 물이 빠져 더 보송보송해진 모습이었다.

세상에 나오자마자 꿈틀거리고 앵앵거리더니 지금은 언제 그랬냐는 듯 배부른 얼굴로 자고 있었다. 숨을 쉬고 있는 게 맞나 의심이 될 정도로 조용하고 편한 얼굴이었다.

"너 진짜 예쁘다……. 인형 같아."

정연의 옆에 바짝 달라붙은 찬헌이 감격에 겨운 목소리로 아기를 칭찬했다. 말을 알아듣기라도 했는지 눈을 감고 있는 아기의 한쪽 입꼬리가 조금 위로 올라간다. 초보 엄마 아빠는 동시에 흥분했다.

"어머 얘 웃는 거 아냐?"

"나도 봤어. 입꼬리가 이~렇게 올라가는데?"

"당신 하는 말 알아듣나?"

진지하게 신생아가 웃는 것인지 궁금해하는 부부는 누가 봐도 상위 0.1프로 고학력자 부모로는 보이지 않았다. 하지만 간호사는 별로 드문 일도 아니라는 듯 어리숙한 토론을 해 대는 부부를 웃음기 어린 얼굴로 쳐다봤다.

"애기가 엄마 아빠 닮아서 잘생겼나 봐요. 신생아실에서도 난리예요."

반쯤은 인사치레였겠지만, 세상에 막 나온 운석은 정말로 신생아답지 않은 미모를 자랑했다.

초음파로 볼 때는 찬헌을 더 닮은 줄 알았는데 낳고 보니 둘의 느낌을 모두 가지고 있었다. 자그마한 이목구비가 벌써부터 둘을 나눠 닮았다.

귀가 큰 것은 찬헌을 닮았고 눈꺼풀이 얇고 눈이 큰 건 정연을 닮았다. 오똑한 코 모양은 정연이고 반듯한 콧대는 찬헌을 닮은 것 같다. 입술도 윗입술과 아랫입술을 따로 골라 닮았다.

또 불가사의하게도 찬헌의 짱구 두상을 닮았는데 머리가 무척 작았다.

오묘한 기분이었다. 만나기 전까지는 서로를 몰랐던 두 타인이 만나 그 사이에서 아이를 얻었다. 아이는 마치 두 가지 색을 겹쳐 놓은 것처럼 둘을 모두 닮았다. 그 존재가 마치 둘을 이어 주는 다리 같다. 아이의 얼굴을 보고 있으니 비로소 두 사람이 가족이라는 사실이 생생하게 다가온다.

"당신이랑 나랑 예쁜 데만 골라 닮았나 봐."

"이런 이기적인 자식. 나중에 얼굴값 하면 안 되는데."

아빠는 벌써부터 운석이가 여자를 꽤나 울릴까 걱정이었다.

"근데 애 엄청 순한 것 같지?"

부처님 같은 얼굴로 내내 자고 있는 아들의 얼굴을 들여다보며 정연이 동의를 구했다. 임신 초기에 스트레스가 많았던 터라 아기가 까다롭지 않을까 내심 걱정을 했던 차에 온순한 아기의 모습은 큰 안도감을 주었다.

"아직 몰라요~ 애들은 하루가 달라요."

신생아실 간호사가 슬쩍 일러 주며 정연의 쪽으로 다가왔다.

"모유수유 하는 법 가르쳐 드릴게요. 첫 아기 맞으시죠?"

정연이 고개를 끄덕이자 간호사는 옷매무새를 능숙하게 풀어 주며 아기의 머리를 받쳐 가슴 쪽으로 살짝 가져다 댔다.

그러자 눈을 감고 있던 아기가 꿈틀하더니 입술로 살짝 젖을 건드렸다. 아이의 보드라운 입술이 피부에 닿자 살면서 한 번도 경험한 적이 없던 환희가 정연의 몸속에 뜨겁게 차올랐다.

몇 번의 시행착오 끝에 아기는 능숙하게 젖을 빨게 됐다. 배 속에 있을 때부터 존재감을 어필하고, 우여곡절 속에서도 활발하고 무탈하게 자라서 순산으로 세상에 나온 운석은 젖을 빠는 것조차 젠틀했다.

힘이 있으면서도 꽉 물지 않는 적절한 강도를 유지했다. 본능적으로 사려 깊은 아이랄까. 정연은 완전히 넋을 놓아 버렸다.

생각해 보면 그녀가 아이를 위해서 할 수 있었던 것은 아주 작은 것뿐이었다.

상황은 아이를 중심으로 저절로 순탄한 방향으로 흘러 나갔다. 마치 모든 사람이 아이를 기다렸던 것처럼 반겼고 그와 함께 서로를 붙잡고 무한정 유예 상태에 머물러 있던 찬헌과 정연의 관계도 급진전되었다.

그녀가 지금 안고 있는 아기가 그 모든 기적을 일으킨 장본인이었다. 이 아이는 혹시 신이 그녀에게 내려 준 천사가 아닐까?

"운석아. 우리 복덩어리."

정연이 젖을 빨다 어느새 까무룩 졸고 있는 아기의 작은 이마에 입술을 가져다 댔다. 솜털 같은 머릿결이 보드랍게 정연의 입술을 간질인다.

옆에서 보고 있던 찬헌이 부러운지 얼른 양 팔을 들이 밀었다. 정연이 조심조심 자고 있는 아기를 찬헌에게 넘겨주었다. 아기가 묵직하게 팔 안에 들어오자 그의 얼굴도 금세 환해졌다.

아기는 옮겨지는 와중에도 조금 뒤척이기만 했을 뿐, 줄곧 얌전히 꾸벅거렸다. 배 속에서부터 에티켓을 배우고 나온 듯 점잖았다. 이 아이와 함께라면 지옥 같다는 육아도 남의 이야기일 것만 같다.

아, 나는 전생에 무슨 일을 했기에 이런 천사 같은 아이를 낳았을까. 정연은 감동에 벅차 몇 번이나 그렇게 생각했다.

◆

그렇게 기쁨과 희망에 찬 첫 대면 후, 5주가 지났다.

그동안 정연은 아기에 대해 꽤 많은 것을 알게 되었다. 천사인 줄만 알았던 아기가 가끔은 악마라는 것, 그리고 인간의 아기라는 존재가 상당히 영악하다는 것.

"애애앵!!"

싸이렌 소리가 시동을 걸기 시작했다. 막 베개에 머리를 댄 찬헌은 마치 거북이가 등딱지에 머리를 숨기듯, 자신의 머리를 베개에 틀어박았다. 나는 자는 거야. 자는 거야. 찬헌은 헛된 자기 최면을 걸었지만 정연은 에누리 없이 찬헌의 등을 손바닥으로 두드렸다.

"24시간 대기조."

"쫌! 나 진짜 과로로 죽을 것 같아!!"

"계약을 파기할 셈이야?"

정연은 찬헌의 육성을 담은 음성 파일을 재생시키기 위해 휴대폰을 켰다. 그러자 찬헌이 엎드린 채로 버들버들 떨면서 팔을 올려 협상을 요청했다.

"울리자, 제발. 그냥 울려!! 저놈도 세상의 쓴맛을 알아야 해!"

"울면 스트레스 받는다잖아. 성격 나빠지면 책임질 거야?"

"30분 전에 젖 먹였잖아! 기저귀도 갈았어. 저거 다 공갈이야. 울 때마다 안아 주는 게 더 성격 버리는 거라고 생각 안 해?"

"낳은 지 5주 된 애 스포일 될까 걱정하는 거야? 당신 진짜 잔인하다. 애 아빠 맞아?"

정연의 신랄한 공격에 찬헌은 하는 수 없이 벌떡 일어나 아기 방으로 걸어갔다. 아기는 벌써부터 그의 발자국 소리를 알아듣고 점차적으로 볼륨을 줄여 나가기 시작한다.

애-앵, 애앵, 앵…….

"……이런 영악한 자식"

손이 닿자 울음을 뚝 그치고 눈을 동그랗게 뜬다. 손을 떼자 또 애앵거리는 통에 그냥 안아 버렸다. 그러자 언제 울었냐는 듯 금세 방긋방긋거린다. 천사 같은 얼굴에는 운 흔적도 없다. 예상했던 바다. 공갈 울음이었다.

"완전 손 탔네."

'아기가 손 탄다'는 표현을 가르쳐 준 건 장모였다. 장모는 정연이 출산하고 집에서 산후 조리를 시작할 때 일주일 정도 그들의 집에 머물며 아이를 보는 법을 가르쳐 주었다.

정연과 찬헌의 품에서는 물고기처럼 바둥대는 애가 외할머니의 품에서는 어찌나 얌전하게 푹 자는지, 야속할 정도였다. 부부는 학습 의욕에 불타올랐다.

1초라도 아기를 더 안고 싶어서 어쩔 줄을 모르는 사위와 딸에게 장모는 끊임없이 경고했다.

'애기가 손 타면 나중에 힘드니까. 적당히 안아 줘야 해.'

그때마다 고개를 끄덕였지만 그다지 소득은 없었다.

아기가 울 때마다 매번 마음이 약해지는 바람에 항상 안아 주고 달랬다. 그러자 아기는 벌써부터 공갈 울음을 배웠다. 찬헌은 신생아의 학습력에 깊은 경이감을 느꼈다. 그리고 아기는 밥 때가 아닐 때도 수시로 공갈 울음으로 부모를 소환했다.

지금처럼 새벽 수유를 마친 후 잠시 눈을 붙이려는 찰나에 울기도 했다. 새벽에 울 때는 항상 찬헌이 출동했다. 노예 계약서의 힘이었다.

찬헌은 아기를 품에 안고 꾸벅대고 말았다. 졸았다가 황급히 정신을 차리니 정연을 많이 닮은 눈망울이 똘망똘망 그를 올려다보고 있었다.

"자자. 제발 자자⋯⋯."

흔들어 보았으나 큰 눈은 더 똘망해진다. 거부할 수 없는 사랑스러움에 그는 그만 픽 웃어버리고 말았다. 그와 함께 영혼도 함께 빠져나가는 듯했다. 어쩔 수가 없다. 당분간은 영락없는 노예생활인가 보다.

아이는 타고난 청개구리였다. 자라고 하면 일어나서 웃고, 얼굴 보기를 바랄 때면 정신없이 잤다. 정신없이 잘 때는 쿡쿡 찔러도 미동도 안했다.

일어나, 엄마 아빠랑 놀아 줘- 라고 애원해도 꿈쩍도 안 했다.

그렇게 한참 동안 정신없이 자다가 일어나면 반드시 울었다. 푹 잘 때는 세 시간도 잤지만, 짧게 자고 일어나는 때가 많았다. 그때마다 예외 없이 기상 신고를 했다. '이봐, 내가 울잖아. 얼른 안아!' 라고 말하는 듯이.

그때마다 허리가 빠지는 것은 찬헌이었다. 새벽마다 아이를 어르면서 찬헌은 그딴 계약서를 써 버린 자신의 어리석음을 뼈저리게 후회했다.

6주 차를 넘어갈 즈음 그는 아이에 대해 신기한 발견을 했다. 발견은 순전한 우연이었다.

여느 때와 같이 아이가 울던 날, 찬헌은 아이를 안고 이 방 저 방을 돌아다니다가 서재에 안고 들어갔다. 서재에는 큰 오디오 시스템이 있었고 찬헌은 아이가 음악에 어떻게 반응할지 갑작스레 궁금해졌다.

그래서 그가 가장 좋아하는 음반 중 하나인 밀스타인의 바흐 무반주 파르티타 2번을 재생시켰다.

우주같이 심오한 바흐가 서재에 울려 퍼지는 순간 아이는 뚝, 울음을 그쳤다. 찬헌은 놀라 아이의 얼굴을 들여다봤다. 아이가 눈을 동그랗게 뜨고 주위에서 들리는 음악에 집중하고 있었다.

심장이 덜컹덜컹, 과도하게 흥분한 찬헌은 차분히 자신을 가라앉혔다. 실험을 해 보기로 했다. 오디오를 껐다 켜기를 수회 반복했다. 끌 때마다 아기는 짜증을 냈다. 그리고 다시 음악이 울려 퍼지면 집중을 했다.

아이가 음악 소리에 반응하고 있었다!

찬헌은 침착하게 몇 가지 실험을 더 해 봤다. 그 자리에서 힙합, 락, 가요 음반을 차례로 재생시켜 봤다. 아기는 하품을 하거나, 애앵거리며 짜증을 냈다.

아기는 클래식 음악에만 반응을 보였다. 고작 생후 6주인데! 찬헌은 그 자리에서 아이를 안고 거실로 뛰쳐나갔다. 마침 소파에 앉아 쉬고 있는 정연을 발견하고 흥분에 들뜬 소리를 내질렀다.

"정연아! 운석이 엄마! 천재야! 우리가 천재를 낳았어!!"

우리 아이는 천재야, 첫 돌에서 두 돌 사이가 그 함정에 가장 취약한 시기라고 결혼 전에 수도 없이 들었다. 찬헌은 안 그럴 줄 알았는데, 고작 6주에 그 함정에 빠지다니. 정연은 흥분해서 여태 헐떡거리는 찬헌의 말에 코웃음을 쳤다.

"이거 봐. 자 힙합, 락, 가요, 클래식."

찬헌이 정연의 눈앞에서 음반을 장르별로 나열해 보여 주며 확인시켰다. 정연이 고개를 끄덕이자 그가 차례대로 그것들을 번갈아 재생시켰다. 그러자 아이가 정말로 클래식 음악에만 반응하는 걸 알 수 있었다.

"신기하네……."

천재니 뭐니 하는 건 오버 같긴 했지만 아이의 차별적인 반응이 굉장히 신기했다. 찬헌은 정연의 앞에서 몇 번이나 아기의 반응을 실험했다. 음악 껐다 켜기, 장르 바꾸기. 운석은 자동으로 집중했다, 짜증을 냈다, 지루해했다, 또 짜증을 내기를 반복했다.

"어머, 얘 좀 봐. 표정이 초 단위로 변해."

완전 신이 난 찬헌이 3초 간격으로 음악을 껐다 켜자 운석의 표정도 만화처럼 3초 간격으로 변했다. 그걸 신기하게 지켜보던 정연이 좀 과하지 않나 하고 생각할 때 아기가 경기하듯 울음을 터뜨리고 말았다.

애애애앵!! 정연은 얼른 아기를 넘겨받았다. 서럽게 우는 녀석을 어르면서 정연이 찬헌에게 핀잔을 주었다.

"애를 왜 그렇게 놀려? 얘가 장난감이야?"

"재밌잖아. 야, 그리고 너도 즐겼으면서."

"좀 신기하긴 했지만…… 그래도 그렇지."

솔직히 즐기긴 했는지라 정연의 말끝이 흐려졌다. 크게 울던 운석은 징징거리다가 고개를 팍 묻어 정연의 가슴으로 파고들었다.

"우유 먹을 때 됐나?"

"30분 전에 먹였는데."

30분이면 아직 배가 고플 때는 아니었다. 신경질이 나서 울며 젖을 찾는 것이 분명했다. 신생아는 배가 고프지 않아도 물려 주면 일단 빨고 보기 때문에 제대로 시간에 맞춰서 젖을 물리라고 주의를 들었던 것이 기억났다.

"좀 참아야겠네."

"운석아 까꿍~ 아빠 봐~"

부부가 어떻게든 달래려고 노력했지만 운석이는 좀처럼 울음을 그치지 않았다. 결국 정연이 먼저 손을 들었다.

"그냥 젖 물리자. 한 번 쯤은 괜찮겠지."

"야, 그러다가 배탈 나면 어쩌려고……. 아, 그래. 공갈 젖꼭지 있지. 그거 물려 보자."

"벌써 공갈을 물려? 너무 일찍 물리면 안 됐댔는데. 젖이랑 착각할 수도 있다고."

"착각하라고 공갈이지! 지금 필요한 게 그거 아냐? 기다려. 내가 가져올게."

찬헌이 재빨리 아기 방에 가서 포장도 뜯지 않은 공갈 젖꼭지를 들고 나왔다. 바로 뜯은 걸 아기한테 그냥 물릴 수는 없는지라 할 수 없이 물을 끓이기 시작했다. 물이 끓고 젖꼭지를 소독하는 동안에도 운석은 우는 것을 그칠 생각을 하지 않았다.

"참 대단하다. 누구 닮았냐, 너?"

불쑥불쑥 머리를 드는 젖꼭지를 쇠젓가락으로 꾸욱꾸욱 눌러내리며 찬헌이 큰 소리로 물었다.

"나는 순했댔어!"

정연이 소리 높여 대답했다.

"나도 순했거든? 젖 한 번 물면 세 시간은 자고 일어나서 울지도 않았다는데?"

그러자 정연이 코웃음을 쳤다.

"그럼 언제부터 성격이 나빠진 거야?"

"내 성격이 뭐가 어때서?"

찬헌은 막 끓는 물에서 꺼낸 젖꼭지를 식히면서 버럭 응대했다. 정연은 계속해서 코웃음만 쳤다.

둘을 아는 사람 백 명을 잡고, 아기가 집요하게 우는 게 누굴 닮은 것 같냐고 물어본다면, 강찬헌이라고 대답할 것이다. 그녀는 수월하고, 그는 까다롭다. 듣지 않아도 그의 아기 시절 모습이 눈에 훤히 보이는 듯했다.

애초에 잘못으로 따지면 애에게 쓸데없는 장난을 건 부모가 문제였지만, 두 사람은 계속 우는 아기를 두고 애가 누굴 닮았는지 쓸데없는 실랑이를 하며 한참 투닥거렸다. 그리고 거의 10분 만에 찬헌이 소독된 젖꼭지를 들고 돌아왔다.

그때까지도 운석은 지치지 않고 목이 쉬어라 울어 대고 있었다.

"자자. 맘마 먹자."

공갈하는 것은 아기의 부모였다. 찬헌 아빠는 조심스레 아기의 입으로 공갈 젖꼭지를 들이 밀었다. 그러자 아기가 그것을 슬금슬금 물었다.

"빤다, 빤다."

아기를 안은 정연도 완전히 집중해서 기념비적인 아기의 첫 공갈 젖 수유(?)를 관찰했다.

입으로 젖을 쏙 빼물어 빨던 아기의 이마가 만화에 나오는 아기처럼 확 찡그려졌다. 흡사 이게 뭐지? 라는 말풍선이 옆에 붙어 있을 것만 같은 당황한 얼굴에 정연과 찬헌은 하마터면 동시에 웃음을 터뜨릴 뻔했다.

"이게 뭐지? 이상하지?"

큭큭거리던 부부가 크게 웃기 직전, 아기가 입에서 젖꼭지를 밀어 냈다. 그리고 또다시 울기 시작했다.

"애애애애앵!!!!!!"

아기의 신경질적인 울음소리에 정연과 찬헌은 혼비백산했다. 엄마 아빠에게 두 번이나 놀림 당한 아기의 울음에 짙은 설움이 묻어 있었다.

"울지 마, 울지 마. 진짜 맘마 먹자."

허둥대며 급하게 젖을 물렸으나 이번에는 젖까지 거부당했다. 바둥대며 한참을 목 놓아 울던 운석은 그렇게 30분 정도 더 부모의 혼을 빼놓은 뒤에야 끅끅거리며 잠이 들었다.

아기가 잠들고 나서 찬헌과 정연은 뼈저리게 깨달았다. 앞으로 절대 다시는 쓸데없이 애를 놀리지 말아야겠다는. 하지만 그 이후로 아기가 백일이 되기 전까지 가끔 그런 일이 있었다.

그때마다 아기는 목 놓아 울었고, 엄마 아빠는 그때마다 후회했으나, 아기를 놀리고 싶은 유혹은 참 거부하기 힘든 것이었다.

아기가 60일째 되던 날, 찬헌과 정연은 아기를 데리고 본가에 들렀다.

아기는 포동포동 하얗게 살이 올라 있었다. 태어날 때는 새빨갰는데 금세 하얘지더니 지금은 눈에 띄게 하얀 피부가 됐다. 찬헌의 어머니는 찬헌이 어렸을 때와 똑같다며 아이의 하얀 피부를 칭찬했다.

비공식적으로 운석이었던 아기는 공식적으로 운석이 됐다. 찬헌의 아버지가 작명소에서 한자를 정해 오셔서 운석(隕石)이, 운석(韻晳)이 됐다. 소리 운에 밝을 석자를 써서, 소리가 밝다는 뜻으로 생각하기로 했다.

혹시나 찬헌의 바람대로 음악가가 된다면 꽤 잘 어울릴 이름이었다. 그 내밀한 소망을 입 밖에 낸 적이 없는데 아버지는 무언가 다 알고 있다는 듯 그 글자를 골라 왔다.

"운석아~ 이놈아. 강운석!"

배 속에서도 가끔, 낳자마자 아들이어서 내내 운석이라고 불리던 아기는 벌써부터 자기 이름을 알았다.

할아버지의 품에 안겨 자기 이름에 반응해 시선을 맞췄다. 벌써부터 어른을 알아보는지 평소에는 꽤 까탈스러운 운석이 할아버지의 품 안에서는 얌전하기 그지없었다.

"옳지. 이놈 참 똘똘하게 잘~생겼다."

평소에 통 말이 없는 찬헌의 아버지는 오늘따라 유독 말이 많았다. 아기가 손을 뻗어 할아버지의 턱에 툭 닿자 그것까지 즐거운지, 어이쿠, 아얏, 하며 한껏 엄살을 부렸다. 아기를 안아 보려고 옆에서 대기하던 할머니는 할아버지가 좀처럼 손자를 내려놓지 않자 조금 샐쭉해졌다.

"찬헌 아버지. 나도 손자 좀 안아 봐요."

"좀 있어 봐. 어이구 그래. 내가 네 할비야. 벌써 얼굴을 알아보는 건가?"

최근 좀 까칠해진 운석이 갑자기 울면 넘겨받기 위해 대기하고 있던 정연은, 양처럼 온순한 운석의 태도가 낯설면서도 흡족했다.

이래서 아이는 부모의 얼굴이라고 하는 거구나. 작은 일상의 깨달음이 정연을 찾았다. 찬헌의 어머니도 순한 아기가 무척 귀여운지 아버지의 옆에 딱 붙어 운석을 들여다봤다.

"애 순한 게 찬헌이 어릴 때랑 똑같네. 그렇지 않아요?"

"그러네? 찬헌이 그놈도 어릴 때 호랑이가 물어 가도 모를 만큼 순했지."

"네?"

정연은 잠시 자신의 귀를 의심했다.

"그러니까 애들은 몰라. 키워 봐야 안다니까. 저놈이 저렇게 까칠해질 줄 누가 알았누."

"제가 뭐요?"

거실과 이어진 부엌에서 냉장고를 뒤지던 찬헌이 아버지의 뒷말을 듣고 큰 소리로 물었다. 하지만 아버지는 찬헌의 항의를 가볍게 무시했다.

"말은 바로 하셔야죠. 쟤가 왜 저렇게 됐는데요. 당신 때문에 그런 거 아녜요?"

"아니 내가 뭘?"

갑작스레 자신에게 화살이 돌아오자 찬헌의 아버지는 펄쩍 뛸 기세였다. 찬헌이 시아버지 때문에 까칠해졌다고? 정연은 그 순간 왠지 모르게 시어머니의 대답이 무언지 알 것만 같았다.

"당신이 애가 예쁘다고 자꾸 놀리니까 울고 짜증내고 하다가 저렇게 된 거 아녜요."

"어헛– 무슨 말을 그렇게 하나. 그거 좀 놀렸다고 애가 까칠해져? 그냥 타고 나길 글러 먹은 거지."

시부모님의 투닥거림 속에서 정연의 정신은 아득해졌다. 놀라운 사실을 알아 버렸다. 찬헌은 정말로 아기 때는 순했는지도 모른다. 아기를 놀리는 것도 유전인지 시아버지도 찬헌을 그렇게 놀렸다고 했다. 그리고 그 결과가 지금의 강찬헌이다.

……절대로 놀리면 안 되겠네.

그 와중에 찬헌은 저쪽에서 계속해서 뭐요? 제가 뭐요? 라며 항의했지만 투닥거리는 시부모님은 듣지 않았다. 정연만 조금 난처해졌다.

예정일보다 빨리 조금 작게 태어난 운석이는 야무지게 쑥쑥 컸다. 몸이 고되고 힘든 와중에도 시간은 금세 지나갔고 정연이 다시 출근할 날도 다가오고 있었다. 운석의 백일과 첫 출근일을 한 주에 표시해 놓은 달력을 보며 정연이 까마득하게 한숨을 내쉬었다.

"왜 그렇게 한숨을 쉬어?"

운석을 안은 찬헌이 다가오다가 달력의 표시를 보고 금세 한숨의 이유를 알아차렸다. 그 자신도 아침마다 아기를 한 번 안아 보고 출근하면 하루 종일 눈앞에 아른거리는데 백 일 가까이 하루 종일 붙어 있었던 정연이라면 말할 것도 없을 것이다.

찬헌은 주저하다가 조심스럽게 말을 꺼냈다.

"더 집에 있을래?"

정연의 눈에 당황의 빛이 맴돌았다. 찬헌은 말을 뱉고도 쭈뼛거렸다.

"아니 그냥…… 니가 애랑 더 있고 싶으면 그럴 수도 있다고. 우리가 맞벌이가 시급한 것도 아니잖아?"

"나보고 일 그만 두라고?"

"그런 얘기는 아냐. 그냥 그런 방법도 있다는 거지. 넌 전문직이니까 기회도 많잖아. 애가 좀 더 크면 다시 취직해도 되고."

"내가 우리 회사 얼마나 심혈을 기울여서 골랐는지 알아?"

"알아. 그때 니가 입에 침이 마르게 자랑했잖아."

날·선 정연의 말에도 더없이 침착한 찬헌의 응대에 정연은 더 흥분하고 말았다.

"그런데 어떻게 그렇게 쉽게 말해. 내 일이 그렇게 아무 일도 아닌 것 같아?"

"그런 말이 아니잖아. 아냐, 아님 말고. 신경 쓰지 마."

"어떻게 신경 쓰지 말라고. 그런 말을 해 놓고."

정연은 평소보다 길게 따지고 말았다. 그리고 정연의 격한 반응에 찬헌이 쩔쩔맸다. 두 사람 사이의 공기가 순식간에 무거워지고 정연의 마음도 불편해졌다. 찬헌에게 이런 말을 하려고 한게 아니었는데. 자격지심인지도 몰랐다.

찬헌은 애초부터 현모양처 전업주부를 원하는 그런 남자와는 거리가 멀었다. 그는 자신의 편의나 가족을 위해 그녀에게 희생을 하라고 한 것이 아니라 온전히 그녀를 위해 잠시 쉬면 어떻겠느냐고 권한 것이었다.

물론 그녀의 일을 잘 모르기 때문에 안일하게 말했던 것일 테지만 그에게 악의가 없다는 것은 누구보다 정연이 잘 알았다.

그녀를 불편하게 한 것은 오히려 자신의 솔직한 마음이었다. 한 사람의 사회인으로서 견고한 사회적 정체성을 가지고 있던 그녀가, 엄마가 되었을 때 처음으로 그 경계가 무너지는 것을 경험했다.

젖을 물고 잠든 아이의 옆얼굴을 잠시 바라보고 있던 어느 새벽, 그녀는 문득 변호사로서의 그녀보다 엄마로서 백 배는 더 행복하다고 느꼈다. 그리고 그 마음이 내내 복직을 앞둔 그녀를 까슬까슬 괴롭혔다.

한순간에 인생의 우선순위가 바뀐 데에 대한 혼란감과 더불어 자칫하다간 사회적 자아를 잃을지도 모른다는 두려움이 그녀를 감쌌다. 좀 더 쉬면 어떻겠냐는 찬헌의 말은 그 불편한 감정에 기름을 부었다.

다른 한편으로 이 상황은 공평하지 않았다. 아기가 생긴 책임을 처음으로 짊어져야 했던 것도, 아이가 눈에 밟혀 일을 그만둘 것을 고려하는 것도 여자이고 엄마인 정연이었다. 본능적으로 모성애를 경험하면서도 모성애에 더 큰 의무를 부여하는 환경들이 불편했다.

그러면서도 이 불편한 감정이 행여나 아이에 대한 그녀의 애정을 왜곡하지는 않을까 걱정이 되기도 했다.

"쉽게 쉽게 생각해요. 아가씨."

정연은 평일 낮에 운석이를 보러 집에 들른 유진에게 자신의 고민을 털어놓았다.

"모든 게 그렇지 않아요? 좋아하는 건 많은데, 하나를 선택하면 다른 하나는 좀 덜 갖게 되고."

"……."

"덜 가진 걸 아쉬워하면서 살 수도 있지만 선택한 걸 즐기면서 살 수도 있죠. 안 그래요?"

"그러면 누가 봐도 일보다는 아이잖아요."

"어머, 누가 그래요. 일을 해도 운석이가 아가씨 아들이라는 게 변하는 건 아니잖아요. 낮 시간에 좀 덜 보는 것뿐이지."

그럴까? 그런데 지금 당장은 낮 시간에 아이를 보지 못한다는 것만으로도 울음이 터질 것 같다. 그냥 이건 욕심일 뿐일까? 둘 다 모두 갖고 싶은데 갖지 못하기 때문에 느끼는 아쉬움? 그녀가 굉장한 욕심쟁이인 걸까?

유진은 정연의 얼굴이 금세 울 것 같이 변하는 것을 보고 자신의 과거를 떠올렸다.

"나도 그랬어요. 하민이 처음 낳고 1초라도 떨어져 있으면 가슴이 텅 빈 것 같고 내가 죽을 것 같아서."

유진은 일을 그만 둔 쪽이었다. 그러고 보니,

"언니 음악 하셨죠? 피아노였나?"

"맞아요. 여름에 하민이 낳고 다음 학기에 대학원 복학하려고 했는데 그냥 들어앉았죠."

"후회 안 돼요?"

"안 되는 건 아닌데, 그때 같이 있어서 너무 좋았으니까."

"그런가요."

"근데 내가 안 떼도 제가 알아서 떨어지더라구요. 요새 하민이 어린이집 가거든요. 벌써 같은 반 여자아이랑 손잡고 다니고."

유진이 조금 야속한 표정을 얼굴에 띄웠다. '자식 키워 봤자 소용없어'. 어린 엄마인 그녀가 벌써 그렇게 말하는 것 같았다.

정연은 문득 운석을 처음 낳고 느꼈던 깊은 일체감과, 동시에 찾아온 쓰린 분리감을 떠올렸다. 그 분리감은 늘 가슴속에 작은 바늘구멍처럼 남아 있어, 아이를 안고 있어도 늘 허전함을 느끼게 했다.

어쩌면 아이는 태어나는 순간부터 끊임없이 엄마에게서 독립해 나가고 있는 것인지도 모른다. 운석이도 지금은 이렇게 작지만 언젠가 아빠만큼 커질 것이고, 좋아하는 여자가 생길 것이고, 자기같이 작은 아이의 아빠가 될 날도 올 것이다.

그 일반론을 받아들이자 여전히 허전하면서도 어쩐지 조금은 위안이 됐다.

"얘는 커서 뭐가 될까요? 애 아빠는 바이올린 시킨다고 난린데."

"어머 그래요? 그럼 나중에 우리 하은이랑 같이 내가 피아노부터 가르치면 되겠다."

"세상에, 그럼 너무 좋죠."

운석이 태어나기 전에 사돈의 팔촌까지 뒤질 기세로 음악 하는 사람을 찾았는데 의외로 가까운 곳에 있는 것을 모르고 지나갔다. 물론 피가 섞이지는 않았지만 마음으로는 누구보다도 가까운 사람이니, 외숙모에게서 영향을 받을 수도 있지 않을까. 정연의 마음에 작은 기대감이 차올랐다.

"아참 오빠 개인전이 언제였죠?"

"4일. 다음 주 월요일이요."

"월요일? 그날 운석이 백일인데."

정연이 허둥지둥 달력을 뒤져 날짜를 확인했다. 2016년 1월 4일. 그날은 운석이 태어난 지 백 일째 되는 날이고, 그녀의 오빠 서정호의 여덟 번째 개인전이 열리는 날이었다.

"어머 벌써 백일이구나. 그럼 그날 못 와요?"

"아뇨. 사진만 찍을 거라서. 사진 찍고 셋이 같이 갈게요."

정연이 흔쾌히 간다고 하자, 유진이 손뼉을 치며 아이같이 기뻐했다.

Part Ⅵ. 사랑의 행방

눈발이 차창에 스치는 것을 보고, 운석이의 눈이 휘둥그레졌다. 아우우우, 이른 옹알이를 하는 녀석의 시선이 창밖에 사로잡혀 있다.

"저게 뭐야? 엄마가 가르쳐 줬지? 눈? 하얀 눈?"

아기가 즐거운지 계속해서 알 수 없는 말을 종알거렸다.

오늘은 운석이의 백일이었다. 백일 날이 월요일이라 하루 당겨 주말에 사진을 찍을까 했는데 정호의 전시회가 같은 날이기도 해서 겸사겸사 반차를 내 버린 찬헌이었다.

아기가 가을에 나와 추워지기 시작하는 시점이라 많이 데리고 다니지 못했는데 모처럼 가족들이 함께 나들이를 했다. 운석이는 자그마한 몸에 장갑, 양말, 털모자, 아기 패딩으로 꽁꽁 싸매었다.

예약해 놓은 사진관은 그들이 자주 가던 영화관과 같은 번화가에 위치해 있었다. 자연스레 식당도 익숙한 곳으로 들어가게 되었다.

남도식의 진한 육수를 내어 파는 칼국수 집은 그들이 자주 다니던 단골집이었다. 오랜만이네라고 아기를 안고 출입구로 들어서는 찬헌의 뒤를 따르며 정연은 찌릿, 온몸에 전율을 느꼈다.

가게 안으로 들어가자 한 번도 사람을 아는 척하는 법이 없던 중년의 여사장이 그들을 반갑게 맞았다.

"오랜만에 오셨네요."

"예예. 근처에 볼일이 있어서."

"안 그래도 안 보여서 궁금했는데. 결혼하셨나 봐요."

사장의 시선이 찬헌의 품에 안긴 아기 운석이에게 가 꽂혔다. 호기심이 많아 두리번거리는 아이가 귀여운지 그녀는 좀처럼 눈을 떼지 못했다.

"얼마나 됐어요?"

"백 일……이요."

정연이 말끝을 흐리며 어색한 웃음을 터뜨리고 말았다. 마지막으로 이곳에 왔던 기억이 새록새록 떠올라서였다. 딱 봄이 되기 직전이었다. 그때 아이가 배 속에 있어서 이미 세 명이었다.

당시엔 아마도 연인으로는 보이지 않았을 텐데 설마 주인이 시기까지 헤아리고 있는 것은 아닐 테지? 설마하면서도 제 발이 저려 부끄러웠다.

"금방 낳았나 보네. 그래야지요. 요즘 젊은 사람들은 통 애를 안 낳아서."

주인은 정연이 걱정한 것은 안중에도 없다는 듯, 요새의 출산 세태를 걱정했다. 그들은 외려 칭찬을 받은 꼴이 되었다.

"주문은요?"

"국수 두 개요."

"애기 아빠는 고명, 다대기 따로?"

"네네 맞습니다."

늘 고명을 따로 달라고 하는 그의 취향을 대번에 기억해 낸다. 하긴, 정연이 생각하기에도 칼국수 집에서 저렇게 까탈스런 주문을 하는 손님이 있다면 잊기도 힘들 것 같다.

찬헌의 까다로운 취향 때문에 괜스레 기억에 생생하게 남아 있는 것일까? 정연은 영문을 모르는 찬헌을 향해 작게 눈을 흘겼다.

"왜 그래?"

"우리 완전 기억하고 있네. 주인아주머니가."

"그렇게 자주 다녔는데. 당연하지."

찬헌이 접어서 들고 들어온 유모차를 펴서 운석이를 앉혀 놓으며 심드렁하게 대답했다. 운석은 유모차 위에 달아 놓은 작은 모빌에 시선이 팔려 활발하게 손장난을 시작했다.

"우리 말이야. 어떻게 보였을까?"

찬헌이 잠시 휴대폰을 확인하다 정연의 말에 손을 멈칫했다. 정연이 어떤 말을 하고 싶어 하는지 금세 알아차렸다.

어떻게 보였을까? 그건 그로서도 잘 알 수 없었다. 다만 두 사람 사이의 복잡하고 대책 없는 관계에 대한 기억만을 가지고 있었다.

늘 바빴고, 한 번 헤어졌고, 관계에 대해 다시 생각하기에는 머리가 복잡했고, 그러면서도 항상 서로의 옆이 편했다. 하지만 이런 것이 무슨 변명이 될 수 있을까. 모든 것이 평범하게 변해 버린 지금은 과거의 자신인데도 이해할 수가 없다.

"……그냥 평범해 보였겠지."

아마도 다른 사람에게는 그러지 않았을까.

"그래? 그럴까?"

정연의 목소리에 살짝 안도가 묻어났다. 타인의 눈을 퍽 신경 쓰는 그녀인데도, 당시에는 자신의 감정으로 가득 차 있어서 타인에게 그들의 관계가 어떻게 보였을지 신경 쓰지 않았었다.

심지어 이곳에 마지막으로 왔던 날, 그녀는 그에게 뼛속 깊이 실망하고 마음을 닫았다. 비참한 기분으로 가득 차 있는 기억. 그 감정이 조금이라도 남에게 보였을까 전전긍긍하게 된다.

모빌을 보며 손장난 하는 아기를 이곳의 배경에 놓고 보자 이중적인 기분이 들었다. 치유된 기분과 여전히 작은 상처가 들쑤시는 기분. 아이러니하다.

조금 시간이 지나 뜨거운 국수가 나왔다. 찬헌은 코트 주머니에 휴대폰을 쑤셔 넣은 채 후후 불어 가며 국수를 입에 넣었다.

그 모습에 정연의 기분이 조금 흡족해졌다. 뜨거운 국수가 혀에 닿고 목구멍을 타고 내려가서 그 뜨거움이 마침내 배 속까지 스며들었다. 겨울은 차도 여전히 국수는 따뜻하고, 또 맛이 있다. 하지만 다시는 이곳에 오고 싶지 않다.

"……맛이 좀 변했나?"

찬헌이 무덤덤하게 물었다.

"그러게. 좀 그렇지?"

그리고 두 사람은 일상적인 얘기들을 주고받았다. 복직을 앞둔 정연이 긴장해 있는 이야기, 운석이의 뒤집기가 성공한 것을 돌이켜 보는 이야기, 찬헌이 오늘로 새해 첫 반차를 냈다는 이야기 같은 것들이었다.

"잘생긴 왕자님 여기 볼까요~?"

운석이는 통 웃질 않았다. 그렇다고 기가 질려 울지도 않았다. 내내 무표정으로 카메라를 응시했다. 아이를 웃게 하려고 별 노하우를 다 써 보던 사진사도 결국 손을 들었다. 찬헌과 정연이 열심히 웃겨 놓고 사진을 찍으려 하면 영락없이 안색이 굳었다. 사진사는 운석이의 무뚝뚝함에 혀를 내둘렀다.

"사진을…… 아는 것 같기도 하고. 백일 된 애가 되게 시크하네요."

"원래 잘 웃는데."

정연이 난처한 얼굴로 변명했다. 아직 백일이기도 했지만 운석이가 다른 아이들에 비해 특별히 무뚝뚝하다고 생각해 본 적은 없었다. 자주는 아니더라도 다른 애들만큼은 웃었다.

어떤 이유로 카메라 앞에서 특이하게 행동하는 것이 틀림없었다. 그렇다고 사진이 아이를 불편하게 하는 것 같지도 않았다. 짜증을 내거나 몸을 틀거나 울먹이는 대신 운석은 내내 오만하리만치 쿨한 얼굴이었다.

마치 자 한 번 찍어 봐, 라고 말하는 듯.

결국 찬헌과 정연은 무척 특이한 콘셉트의 아들 백일 사진을 얻었다. 흔한 아기 천사의 천진함이 아니라 프로 모델에 가까운 시크함이었다. 훗날 운석이가 사진을 이런 모습으로 퍽 자주 찍게 될 거라고는 찬헌도 정연도 지금은 전혀 예상하지 못했다.

운석이는 사진을 찍느라 온 기가 다 빨렸는지, 정호의 전시회가 열리는 장소에 도착했을 때는 이미 곤히 자고 있었다. 유모차에 태워 전시회장 안으로 들어가는 동안에도 좀처럼 감은 눈을 뜰 생각을 하지 않았다.

방명록 테이블 옆에 《가족》이라는 팸플릿이 손가락 두 마디 반 두께로 사붓이 놓여 있었다. 첫 장에는 흑백의 서정호가 작품을 배경으로 서 있었다. 작업복을 입은 커다란 남자가 낯설게 보인다.

"어~ 왔어?"

정장 차림의 남자가 정연의 쪽으로 다가왔다. 격식을 차린 모습도 조금은 낯선 그녀의 오빠 서정호다.

정연과 찬헌을 보며 다가오던 정호는 곧 시선을 아래로 해 자고 있는 운석에게 고정했다. 작업 준비에 들어가면 주위와의 모든 연결을 최소화하는 정호는 백 일만에 조카를 처음 보는 것이었다.

그 탄생에 일조한 바가 있어서일까, 그의 입이 흐뭇하게 씩—올라간다.

"아이고. 진짜 핏덩어리네."

"핏덩어리는 무슨. 오늘 백일 사진 찍었는데."

"너희 둘을 진짜 절묘하게 닮았다. 매제를 좀 더 닮았네."

그는 보기만 해도 핏줄이 동하는 아기를 한번 안아 보고 싶었으나, 곤히 자고 있는 아이를 깨울까 싶어 보기만 했다. 이 묘한 뿌듯함의 정체를 서정연은 아마도 모를 것이다.

왠지 모르게 조그맣던 아기 정연이 떠오르기도 하고 그 아이가 아기를 낳았다는 사실이 어색하고 재미있고, 아무튼 그런 기분들을 어떻게 다 설명할 수 있을까?

말해도 정연은 아마 믿지 않을 것이다. 그조차도 믿을 수가 없다. 늘 무신경한 오빠의 범주에서 서성이던 그가 이런 감정을 느낀다는 것을.

'가족'이라는 그 마음의 새삼스런 부분을 떠오르게 하는 것이 의외로 여동생인 정연이었다. 그녀를 중심으로 새삼스러운 부분이 잔가지처럼 확장해 나간다.

한 번도 내 사람이라 여겨본 적이 없던 특이한 동생의 남자와 남자의 아들까지, 콕콕 찌르면 아픈 부분이 조금씩 늘어 간다. 전시회의 주제를 '가족'으로 정하고 나서 시기적절하게도 동생 부부에게서 퍽 영감을 받은 것도 사실이었다.

그 때문에 더 그 가족을 초대하고 싶었다.

"좀 보든지."

"작품 설명 같은 건 안 해 줘?"

"귀찮게 뭘 그런 걸. 대충 보지."

좀 다른 듯 보였던 정호가 어느새 평소의 서정호로 돌아갔다. 그러면 그렇지, 정연은 픽 웃어 버렸다. 정연이 찬헌과 함께 움직이려던 찰나 전시회장을 잠시 두리번거리던 정호가 누군가를 발견하고 손을 들었다.

"명호야-"

그의 부름에 회장의 가장 안쪽에서 교복을 입은 남학생 하나가 걸어왔다. 정연에게도 낯이 익은 교복. 정호가 예고에 다닐 무렵 입었던 것과 같은 것이다.

"선생님, 축하드립니다."

"언제 왔어? 말도 없이 투명인간처럼 왔다 가려고 했어?"

"에이, 그런 거 아닙니다."

정호의 핀잔에 남학생이 난처하게 웃었다. 특이하게 그 모습까지도 해맑아 주변을 훤하게 비춰 주는 듯한 청년이었다.

"아, 여기 우리 동생이랑 매제. 여긴 내 제자야. 장명호."

예상치 못한 소개에 가장 천연덕스러운 건 정연이었다. 찬헌은 무척 뻘쭘해했고 청년은 부끄러워했다.

"너 좀 있음 실기 아냐? 그림 그리지 뭐하러 이런 델 와?"

"공부가 되는데 와야죠."

"볼 게 좀 있냐?"

"제가 어떻게 선생님 그림에 토를 답니까. 저는 그냥 저 안에 저 그림이 정말 좋네요."

남학생이 전시회장 메인으로부터 약간 벗어난 곳에 있는 작은 그림을 가리켰다. 유일하게 아내만을 그린 그림. 그것을 바로 집어내는 그의 날카로운 안목에 정호는 만족스럽게 웃었다.

"너는 못 당하겠다. 실기 끝나면 연락해. 술 사 줄게."

정호는 남학생을 배웅하며 몇 가지 말을 더 남기고 다시 정연과 찬헌에게로 돌아왔다.

"학생이야? 예고?"

"괴물이야. 지금 고3인데. 돈 있으면 쟤 그림 사 둬라. 20년 후엔 엄청나게 오를걸."

심드렁하게 말한 정호가 다시 문 쪽으로 다가가 손님을 맞았다.

그림을 그리는 것이 직업이면서 평소에는 그림이 사치품이라고 말할 정도로 냉소적인 그가 저런 말을 하다니. 정연은 의아해하며 방금 본 남학생을 한 번 더 떠올렸다.

정연이 정호와 얘기하며 머뭇거리는 중에 찬헌은 벌써 유모차를 밀고 전시회장 중앙까지 가 있었다. 정연이 그것을 보고 얼른 그의 뒤를 따라 잡았다.

"같이 보지."

찬헌이 바로 뒤돌아봤다.

"바쁜 것 같길래. 오빠랑 얘기는 끝냈어?"

"응. 별말 안 했어."

정연은 무심코 찬헌이 멈춰 서 있는 곳의 그림을 들여다보았다. 유진을 그린 그림이다. 제목을 보니 《아내》가 아니라 《가족》

이다. 정연은 잠시 명패가 잘못되었나 싶어 주위를 두리번거렸다.

하지만 물어볼 곳도 없고 엄청나게 꼼꼼한 성격의 정호가 실수를 했을 것 같지도 않았다. 그때 찬헌이 정연의 마음을 읽기라도 했는지 슬쩍 덧붙였다.

"무슨 기분인지 알 것 같은데, 난."

정연의 시선이 스르륵 돌아가 찬헌과 눈이 마주쳤다. 무덤덤한 그의 얼굴에 정연의 미간이 조금 찌푸려졌다.

"마누라는 그냥 가족이라 이거야?"

"……뭐?"

정연이 잔뜩 골이 난 얼굴로 찬헌에게 다시 물었다.

"결혼했으니까 마누라, 그냥 가족이다 이거야?"

"결혼했으니까 마누라 맞지. 그냥 가족은 또 뭐고. 그냥 아닌 가족도 있어?"

궤변이다. 둘 사이에서 끝날 것 같지 않은 궤변이 시작할 기색이 보였다. 찬헌은 정연이 뭘 문제 삼는지 잘 이해할 수 없었다.

그는 서정호와는 좀체 공통분모가 없는 사람이었지만 그의 아내를 그린 이 그림의 제목으로 그가 무얼 말하고자 하는지 차고 넘치도록 알 수 있었다.

서정호에게는 아내가 있고 아이도 둘이나 있다. 상식적으로 가족이라면 그들을 모두 그렸어야 옳을 텐데 정호는 그러지 않았다.

그의 아내가 완성된 하나의 가족이라는 의미였다. 남자에게 아내는 태어난 가정을 벗어나서 자신만의 가족을 지어 확장하는 축이 된다. 그러므로 아내는 가족인 것이다. 아내와 첫 아기와, 그 뒤에 태어날 아이들 그 모두가 모여서가 아니라 아내 홀로 온전한 남자의 가족인 것이다.

찬헌에게 정연은 어떤 강제나 타의에 속하지 않는, 그가 태어나서 처음으로 갖게 된 그의 가족이었다. 그녀를 가족으로 생각한다는 것은 그런 좋은 기분이다. 어떻게 이런 기분을 갖고 책망당할 수 있단 말인가.

"너는 그럼 내가 가족이 아니라고 생각해?"

"……."

정연은 말문이 막혔다. 진정 그가 이런 말도 안 되는 말장난을 하는 이유가 뭘까? 그는 정말로 그들이 끊임없이 확인해 왔던 그 감정의 결실을 단순히 가족이라는 틀 안에 밀어 넣기를 원하는 걸까?

가족이라는 말은 너무나도 흔했다. 아버지도, 어머니도, 오빠도, 시어머니도 시아버지도 모두 가족이다.

소중하지만 그 이상으로 흔하다. 똑같이 가족이라고 부르는데 그들 사이에 어떻게 특별함이 있을 수 있을까. 어떻게 그 평범한 단어에 따뜻함, 내 편, 화목한 연대 따위의 훈훈함을 넘어서는 숨 막히는 애정이 있을 수 있을까.

적어도 부부는 달라야 한다. 부부이기 이전에 연인이기에.

"가족이다 아니다 그게 문제가 아니잖아."

"나를 가족으로 생각 안 한다고?"

"말이 왜 그렇게 돼? 그냥 좀 뉘앙스가 그렇잖아."

"뭐?"

찬헌은 기가 막혔다.

'그냥' 가족이냐는 물음 하며 뉘앙스가 그렇다는 것 하며. 서정연은 정말로 가족이라는 단어의 사전적 의미를 알고나 있는 걸까? 다이아몬드를 '그냥' 다이아몬드라고 하나? 세계 7대 불가사의를 '그냥' 불가사의라고 하나?

가족이라는 단어를 '그냥'이라는 말로 수식하는 저 심리는 대체 뭘까?

"너 혹시 가족이 아주 안 좋은 말이라고 생각하니?"

"뭐?"

정연도 기가 막혔다. 이제는 함께 사전까지 들춰 볼 기세다. 가족의 소중함을 다룬 영화와 음악과 소설과 다큐멘터리까지 모두 뒤져 그녀에게 용례를 설명해 줄지도 모르는 일이다.

그녀만 바보가 될 것이다. 가족을 부정적으로 묘사하는 건, 그 가족이 역기능 가족일 때뿐이다. 애초에 그 말은 따뜻함, 내편, 화목한 연대, 아무튼 그런 것들을 위한 말이 아닌가.

정연은 달리 묻기로 했다.

"그러면 당신한테 여자는 뭐야?"

"뜬금없이 무슨 소리야 그건 또?"

"여자는 뭐냐고? 내가 당신한테 여자이긴 해?"

아.

찬헌은 신음을 내뱉고 말았다.

서정연이 그를 곤란하게 하고 있었다.

출산 전후로 거의 10개월에 걸친 섹스리스, 그게 문제였던 걸까? 찬헌은 운전대를 잡은 채로 내내 골이 나 있는 정연의 눈치를 슬금슬금 살폈다.

내가 당신에게 여자이긴 하냐고 정연이 따지자 찬헌은 너무나 당황해서 그만 '당신은 최고의 여자지'라고 말해 버렸다. 당연하다면 당연하지만 정연은 그 영혼 없는 대답에 고분고분 기꺼워하지 않았다. 그 이후로 저렇게 저기압이다.

그녀가 그에게 '여자'로 보이기를 바라는 것이 정확히 어떤 의미를 갖는지 솔직히 알 듯, 모를 듯했다.

매력을 말하는 거라면 정연은 그의 눈이 충분히 매력적이었다. 어느 정도냐면 그가 그녀 외에 다른 생물학적 여성에게 한눈을 팔지 않을 거라고 장담할 수 있을 정도다.

이것은 어느 정도 그의 성향 문제이기도 했지만 아무튼 그에게 정연은 '예쁜' 여자였다. 하지만 정연을 예쁘게 보는 것과 가족이라고 생각하는 것은 충분히 양립 가능한 문제였다. 그렇다면 정연은 단순히 예쁘게 보이는 것 이상의 것을 신경 쓰고 있다는 것이 된다.

그래서 찬헌이 생각한 것이 '섹스리스 원인론'이었다. 정연은 아마도 그가 그녀를 가족이라고 느낌으로 인해 성욕을 잃었다고 생각하는 것 같았다.

"아, 미치겠네……."

비록 사고를 쳐서 결혼하긴 했지만 그는 본디 그렇게 욕구가 강한 남자는 아니었다. 섹스가 인생에서 차지하는 비율은 잘 쳐줘 봐야 십 퍼센트 정도. 그나마도 지금은 잘 모르겠다.

물론 결혼 초기 임신한 정연을 옆에 두고 참기 힘든 적도 몇 번 있었다. 하지만 그녀를 배려해 한두 번, 두세 번, 혼자서 몰래 해결하다 보니 괜찮게 되었다.

아이를 낳은 후로는 남편으로서의 그리고 아빠로서의 행복감이 지나치게 충만해서 섹스 생각을 한 번도 하지 않았다. 그러다가 벌써 백 일이 흐른 것이다.

운석이 태어난 이후로 정연은 찬헌의 안에서 완전히 다른 카테고리에 구분되었다. 아내, 아이의 엄마, 이런 거추장스러운 수식을 떠나 정연은 그냥 정연이다. 그냥 서정연이다. 이런 기분을 단순히 성욕의 문제로 환원시킨다면 너무나 억울하지 않은가.

그 특별하고 오묘한 감정을 왜 굳이 정해진 말로 단순화시키는가?

섹스리스라서 그렇게 화가 났냐고 물어보면…… 화내겠지?

입이 근질거렸지만 꾸욱 닫았다. 아무리 눈치가 없는 그라도 그 정도는 알았다. 그 말을 했다간 도저히 감당할 수 없는 한파를 경험하게 될 것이라는 걸.

그렇다고 툭 터놓고 '여자'와 '서정연'의 차이를 설명할 수도 없었다. 결국 강찬헌에게 여자이기를 원하는 서정연은 그의 말이 변명이라고 생각할 것이다.

"아아아……."

한숨에 가까운 그의 신음 소리에 정연이 싸늘한 시선을 흘끔 보냈다.

"왜 그래?"

"응?"

"한숨 쉬었잖아."

"내가 언제? 아니 아냐. 그냥 차가 좀 막히나 보다 싶어서."

되는 대로 입으로 주워섬기고 도로를 확인했다. 다행히 차선이 꽉 막혀 있었다. 찬헌은 안도의 숨을 내쉬었다. 그러다가 문득 자신의 처지를 자각했다.

빼도 박도 못하는 공처가 인생.

"왜 그래?"

찬헌이 혼자서 숨을 내쉬고 급히 우울해하는 것을 보고 정연이 다시 묻는다.

"……아니."

찬헌이 다시금 자동적으로 변명했다. 그의 친구들이 본다면 "강찬헌 성질 많이 죽었네", "유전자 개량했냐?" 뭐 이런 말을 입에 담지 않았을까. 과연. 그의 까칠함은 유전자 수준에서 결정되어 있다고 생각될 정도로 본성적인 무언가였다.

하지만 지금 그는 영락없이 꼬리 내린 개였다.

그가 사사건건 '공처' 한다는 것은 스스로가 생각하기에도 불가사의한 부분이었다. 생각이 다를 때 전처럼 싸우고 투닥댈 수

358

도 있는데 막상 닥치면 그렇게 되지를 않았다.

그녀와의 기존 관계에서 대립과 화목의 비율을 설정하면 대략 90대 10이 된다. 90은 관심 있는 거의 모든 것들에 대한 것이고 10은 영화나 뭐 그런 것들과 관련된 것이다. 결혼 전 그들은 그 10에 의지해서 관계를 이어 왔다. 위태위태했지만 용케 5년이나 이어졌다.

결혼 후에 그 10은 고스란히 남고 신기하게도 나머지 90은 증발해 버렸다. 대신 전혀 새로운 관심사들이 그 부분을 채웠다.

아침식사, 출근, 퇴근 시간, 저녁 메뉴, 아기, 적금, 뭐 이런 것들이다. 새로운 주제들에 대해서 의견이 항상 같진 않았지만 그는 거의 대부분 정연의 말을 들어주었다.

그녀를 잃을까 비위를 맞춰 주는 것도 아니고 그녀의 완력이 두려워서는 더더욱 아니다. 그냥 그렇게 하는 것이 편했다. 그녀가 팥으로 메주를 쑤자고 하기 전에는 그 말대로 하고 싶다. 뭣보다 그녀가 팥으로 메주를 쑤자고 할 인물이 아닌 것은, 그가 제일 잘 안다.

말하자면 그는 어른의 복종이 뭔지에 대해 알게 된 것이다. 그리고 이런 좋은 기분을 섹스리스가 폄하해서는 안 되는 것이다.

"왜 그래?"

정연이 세 번째로 물었다.

'아 내가 또 뭘.'

"아냐 아무것도."

흐음, 정연이 시원치 않은 찬헌의 둘러댐에 불만스러운 목소리를 흘렸다.

'아, 젠장, 섹스하자 그래. 섹스하면 되잖아!'

이게 다 섹스리스 때문이다. 별로 문제가 없다고 생각했지만 문제가 된다면 그냥 해결해 버리면 된다. 그렇게 찬헌은 조만간 그냥 한 번 해야겠다는 결론을 내리고 있었다.

결심은 월요일에 했으나 둘은 토요일까지 섹스리스였다. 딱히 찬헌이 우유부단했던 것이 아니라 정연이 복직 준비로 바빠 옆에 가기도 힘든 분위기를 형성했기 때문이었다. 결국 정연은 금요일에 첫 출근을 하고 돌아왔다.

찬헌이 예상치 못한 전화를 받은 것은 정연의 복직을 축하하던 토요일 오후였다.

회, 로브스터, 스테이크가 한 테이블에 올라온 비싼 식사를 마치고 영화를 보던 중, 한 시간 전에 잠든 운석이의 방에서 웅얼거리는 소리가 들리자 찬헌은 반사적으로 자리에서 일어났다.

"도로 재우고 올게."

정연이 부탁한다고 짧게 말하며 이미 클라이막스에 와 있는 영화에 집중했다. 찬헌은 오래전에 한 번 본 영화라 아쉬움을 삼키며 아이의 방으로 갔다.

운석은 아기 침대에서 몸을 뒤집는 중이었다. 찬헌이 들어가자마자 막 다시 뒤집어 발랑 누웠다.

"어이 아들. 운동했어?"

운석이 뭐라고 말할 듯 계속해서 웅얼웅얼거렸다.

"뭐라고? 안아 달라고?"

찬헌이 귀를 기울이는 시늉을 하며 아기에게 다가갔다. 양손을 뻗어 아기를 안으려는 순간 운석의 머리맡에서 반짝이는 자신의 휴대폰을 발견했다. 한 시간 전에 중요한 전화를 받다가 들고 들어와 깜빡해서 놓고 갔나 보다. 아기가 울까 봐 무음으로 해 놓은 것이 그대로라서 여전히 불빛만 반짝이고 있었다.

지금 저렇게 번쩍이는 건 전화가 왔다는 뜻이다. 동시에 발신자 번호 표시 제한이라고 액정에 뜨는 메시지를 보며 찬헌은 고개를 갸웃했다. 평소 같으면 받지 않았을 것인데 저절로 손이 휴대폰을 잡았다.

"여보세요?"

수화기 건너편에서 숨소리가 들렸다. 곧, 탁한 목소리가 대답한다.

— 찬헌이냐?

세상이 여러 번 뒤집혀도 반길 수 없는 목소리. 그 소리의 주인을 떠올리고 찬헌의 미간이 순식간에 좁아졌다.

— 오랜만이다. 잘 지내지? 블로그에서 딸 사진 봤어. 너 많이 닮았더라.

그가 거친 목소리로 그에게 단숨에 말한다. 딸이 아니라 아들이라고 정정해 줄 마음도 들지 않았다. 네놈 보라고 올려놓은 게 아니라고 쏘아 주고 싶다. 기분이 더러워져서 당장 사진을 내려야겠다는 생각이 든다.

"무슨 일이야?"

일단은 받았으니 용무나 물어야겠다고 생각했다. 대충 듣는 척하다가 끊을 생각이었다. 찬현의 애써 무심한 목소리에 광수가 큭큭 웃었다. 웃다가 콜록콜록 기침을 했다. 잠시 후 기침을 그치고 흘러나온 목소리는 더욱 탁해져 있었다.

— 아 미안 미안. 내 전화가 반갑지 않지?

"……무슨 일인데?"

아니라는 빈말조차 할 맘이 들지 않는다. 그래도 녀석이 능청을 떨지 않아 기분은 조금 나았다. 아무 일도 없다는 듯 언제 볼래? 라고 물었다면 죽여 버리고 싶었을 지도 모르니까.

— 안부 차 걸었다. 안 궁금하겠지만 나 곧 결혼해.

"아 그래? 잘 됐네."

찬현은 영혼 없이 축하했다. 전혀 놀랍지 않았고 그 어떠한 감흥도 없었다. 심지어 그 운이 나쁜 여자가 누굴까 하는 안타까움조차도 들지 않았다. 그를 대하는 자신의 태도가 점차적으로 차분하고 무감해지고 있다는 사실에 찬현은 놀라 버렸다.

둘 사이에 잠시간의 침묵이 이어졌다. 보통의 친구 사이라면 결혼 이야기에 응당 오가야 할 청첩장 문제라든가 상대에 대해 간략하게 묻는 말이라든가 하는 것은 전혀 없었다. 말해야 하는 쪽도 초조하지 않았고 듣는 쪽도 재촉할 마음이 없었다.

그렇게 잠시 있다가 광수가 다시 먼저 입을 열었다.

— 미안했어, 저번엔 내가 말실수를 했어.

"그 얘기는 그만하지."

찬헌은 아직까지 그 이야기를 정연에게 물어보지 못했다. 그 상태로 그 일은 기억의 표면에서 씻겨 사라지고 있었다. 잊을 수야 없겠지만 기억의 깊은 곳에 파묻어 버렸다.

생각하는 것만으로도 정신이 바닥으로 푹푹 빠질 것 같은 주제다. 그것을 파헤치려는 타인의 시도는 충분한 악의의 반영이다. 반길 수가 없었다.

— 못 하겠다고…… 그랬다더라. 못 하겠다고 울었대.

"그만해."

— 그래서 누나가 초음파도 보여 줬대. 그렇게 하면 정말로 안 할 것 같아서.

"그만하라 그랬지!!"

찬헌이 못 참고 큰 소리를 지르며 휴대폰을 내던졌다. 바닥에 떨어진 휴대폰이 나뒹굴며 배터리와 분리됐다. 갑작스런 큰 소란에 운석이 애앵 우는 소리를 냈다. 찬헌이 얼른 아기를 안아 들었다.

"운석아 미안해, 아빠가 미안해. 울지 마."

찬헌이 아이를 안고 열심히 얼렀지만 운석은 계속해서 몸을 떨며 울었다. 심하게 놀란 탓이었다. 거실에서 큰 소리를 듣고 놀란 정연도 헐레벌떡 뛰어 들어왔다.

"무슨 일이야 당신?"

먼저 우는 아기에게 시선이 갔다. 고개를 들자, 아기를 달래는 남자와 눈이 마주쳤다. 아기를 안은 그녀의 남편의 눈이 젖어 있었다.

"……찬헌 씨?"

찬헌은 볼이 젖어 가는 것을 의식했다. 내가 울고 있구나, 비로소 깨달았다. 잊어버렸는 줄 알았는데 아직까지 상처로 남아 있다. 사내자식이 이런 것을 가지고.

스스로를 책망해 보아도 있는지 알지도 못했던 두터운 껍질의 안쪽 살이 아려온다. 사랑을 확인 했어도 지금의 사랑이 모든 것을 치유해 주지는 않는다.

그녀를 사랑해도 모든 것을 받아들일 수가 없고, 사랑하는 사람의 일부를 받아들일 수 없는 자신이 더 힘들고 괴롭다.

좋은 얘기겠지. 지금보다는 아주 약간 더 좋은 이야기가 추가된 것이겠지. 그녀가 고민했단다. 못 하겠다고 울었다고. 아이의 사진을 보고 마음을 돌렸다고 했다. 그래서 지금 이 기적이 그의 품에 안겨 있는 것이다. 찬헌은 그렇게 수도 없이 되뇌었다.

"찬헌 씨? 운석 아빠? 괜찮아?"

정연이 찬헌의 코앞까지 다가갔을 때 그가 털썩, 그녀의 가슴에 이마를 댔다. 그 갑작스런 행동에 정연은 너무 놀라 굳어 버렸다.

"……정연아"

"응."

"서정연."

"응 그래. 나 여기 있어."

"나 있잖아. 나한테. 사랑한다고 백 번만 말해 줄래?"

어린아이 같은 그의 부탁에 정연은 어리둥절해졌다. 왜 그래 징그럽게? 장난스럽게 물어볼까 생각도 해 봤지만 그의 분위기가 너무나 진지해서 그의 목을 살짝 안아 주었다.

안 좋은 일이 있었어? 물을까 하다가 그만 두었다. 그가 너무 슬퍼 보여서. 그냥 사랑한다고 말해 주기로 했다.

사랑해, 사랑해, 사랑해, 사랑해, 사랑해.

조근조근한 목소리가 너무 빠르지 않게 다섯 개 단위로 사랑한다고 말해 준다. 엎드려 절 받기라도 그 말이 위안이 된다는 사실을 깨닫고 찬헌은 놀랐다. 또 그만큼 그녀는 진지했다. 무슨 일인지는 모르겠지만 그를 위로하고 싶은 것이다.

함께 살아가는 일은 밑 빠진 독에 물 붓기 같은 것이 아닐까. 서로에게 받은 상처에서는 끊임없이 온기가 새어 나온다. 하지만 순간순간의 온기가 다시 그 자리를 채운다. 그래서 차마 네가 나를 상처 입혔다고 책망할 수가 없다.

나도 당신을 상처 입혔으니까, 그런 차원의 문제가 아니다. 돌이켜 보면 언제나 밉고 사랑스럽고 그렇기 때문에 깊이 의지하고 있다.

정연이 백 번을 꼬박 세었다. 좀 기분이 나아져? 그렇게 묻는 말에 찬헌은 여전히 그녀의 가슴에 고개를 묻은 채로 살짝 끄덕였다.

"서정연, 나 버리지 마라. 난 친구도 없고 너하고 운석이 뿐이야. 니가 나 버리면 다음 날로 죽을 거니까 그렇게 알아."

"뭐? 뭐야 그게? 무섭게."

정연이 식겁했다. 대체 무슨 일이 있었던 걸까. 심상치 않은 찬헌의 모습에 당황했지만 어쨌든 정연은 그의 장단에 맞춰 주었다.

"잘해 나한테. 그러면 당신 죽을 때까지 살아 줄 테니까."

"잘할게. 잘할 거야. 진짜로.

"말로만?"

"솔직히 지금도 괜찮지 않아? 뭘 더 잘해야 되는데?"

찬헌이 고개를 들고 물었다. 아직 가장자리가 촉촉했지만 빛이 돌아와 있는 눈에 정연은 금세 안도했다. 지금도 괜찮지 않아? 그 근자감 가득한 물음에 정연이 대답할 차례였다.

"뭐 괜찮은 편이지. 육아도 잘 도와주고."

"그렇지? 나처럼 괜찮은 남편이 또 어디 있어?"

"그런데 좀 뭐랄까. 섬세함이 부족해."

"섬세함? 그건 또 뭐야?"

깔끔하고 꼼꼼하고 집도 잘 꾸미고 DIY까지 만능인 남편인데. 섬세함이 부족하다고?

"여자 마음을 너무 몰라."

"여자 마음?"

또 그 이야기로 되돌아간다. 월요일 서정호의 전시회에서 있었던 실갱이를 문제 삼는 것임에 틀림없었다. 그 마음을 이해하려고 얼마나 노력했는지 서정연은 모른다. 행동으로 옮기려고 얼마나 노력했는지, 복직 준비로 바빴던 서정연이 뭘 알겠는가.

"야 그거. 내가 잘 하려고 벼르고 있었어. 니가 바빠서 못 한 거야."

"별러? 바빠서 뭘 못해?"

여자 마음을 모른다고 했더니, 이게 무슨 괴상한 소리일까.

"기다려 기다려. 얘 좀 재워 놓고, 당장 하자. 내일 일요일이니까 아주 다리가 후덜덜하게 하자."

"여보!! 그게 무슨 소리야?!"

너무 당황한 나머지 정연은 외마디 비명을 질러 버렸다. 온몸이 화끈했다. 얼굴은 새빨개지다 못해 자줏빛으로 변할 지경이었다. 부끄럽고 황당하고 어이가 없었다. 내내 여자 마음 모른다는 말을 그렇게 해석한 거야? 그럼 그녀를 욕구 불만이라고 생각했단 소리인데……,

"진짜!!"

정연이 버럭 화를 내며 아기 방을 뛰쳐나갔다.

"어어어. 정연아. 운석 엄마?"

경황이 없어 유혹의 단계를 모두 생략하고 '한 번 하자'라고 말해 버린 찬헌은 당장 자신의 잘못이 무엇인지 인식조차 하지 못하고 있었다. 지금 당장 눈에 보이는 건 그의 품에 깊이 안겨 있는 운석과 어째서인지 화가 나서 방을 뛰쳐나간 정연.

"아아아…… 운석아?"

운석이는 진작 진정되어 하품을 하고 있었다.

"아유 착하다. 혼자 자고 있어 알았지?"

찬헌은 운석을 아기 침대 위에 살짝 올려놓고 정연을 따라 나갔다.

찬헌이 아기 방을 나서자마자 침실 문이 쾅 하고 닫히는 소리가 들렸다. 찬헌은 거실을 건너, 안방 문을 살짝 열고 들어갔다. 곧이어 문고리가 걸리는 소리가 들리고, 방 안에서는 잠시 동안 꿍얼대는 실갱이 소리가 오갔다.

그러다가 싸우는 소리가 조금씩 점점 달콤하고 야릇하게 변해 갔다. 강찬헌이 서정연을 달래는 데에 성공한 것이었다. 그리고 그날 부부는 10개월여에 걸친 섹스리스의 종지부를 찍었다.

♦♦♦

Part Ⅶ. Seeing Eye to Eye

5년 전.

찬헌은 늘 만나던 카페에서 정연을 기다렸다. 비스듬히 앉아 있으려니 지루하고 조금씩 허리가 아팠다. 그런데도 어쩐지 허리를 세울 마음이 들지 않았다. 그는 완벽하게 무기력했다. 최대한 단호한 목소리로 해야 할 말을 연습했다. 가능한 한 조용히, 그 말이 입에 익도록.

그가 입을 뻐끔거리고 있을 때 출입문이 열렸다. 문에서는 언제나처럼 쨍그랑거리는 종소리가 났다. 예상대로 정연이 들어왔다. 그녀의 안색이 어두웠다. 지난밤에도 그와 그녀는 전화를 하다 크게 싸웠다.

이제는 뭐가 어디서부터 문제였는지조차 불분명했다. 이제는 평범한 일을 가지고도 싸우게 된다. 아마도 그와 그녀는 원래 잘 맞지 않는 거라고 생각했다.

찬헌은 정연이 자리에 앉는 것을 지켜봤다. 인사도 하지 않고 건조하게 물었다. 커피? 그녀가 고개를 저었다. 그는 포도 주스를 시켰고 그녀는 물 한 잔을 부탁했다.

두 사람이 와서 한 가지를 시키는 경우 없는 주문에도 별로 신경 쓰지 않는 쿨한 카페였다. 그만큼 한가하기도 했고. 아무튼 이곳도 이제 마지막이구나. 찬헌은 제 머리를 쓸어 넘기며 입을 열었다.

'우리 말이야. 이제 그만 만나는 게 좋겠어.'

정연은 별로 놀라지 않았다. 물을 한 모금 마실까 했는데 아직 점원이 가져오지 않았다. 정연은 가만히 테이블 위를 응시했다.

'그래 그럼.'

뭐가 그렇게 쉬웠을까. 그의 말에도 그녀의 말에도 조금의 주저함이나 질척임이 없었다. 찬헌은 팔짱을 낀 자세로 더 할 말을 찾았다. 그의 포도 주스가 아직 도착하지 않았기 때문이다.

'건강 잘 챙겨.'

'당신도.'

'새 영화 나오면 날짜 놓치지 말고 꼬박꼬박 챙겨.'

새로 나오는 영화의 반 정도는 그가 챙겨서 보게 했던 것을 생색내며 하는 말이었다. 정연은 큰 감흥 없이 고개를 끄덕였다.

둘 사이의 대화가 완전히 멎었다. 찬헌의 이마가 불쾌하게 조여 왔다. 아직 헤어지긴 이르다. 그의 포도 주스가 나오지 않았다. 두 사람 사이에는 당장 더 나오는 얘기가 없는데 어딘지 못다 한 이야기가 남아 있는 기분이다.

'갈게.'

정연이 먼저 일어설 결심을 했다. 멍하니 있던 찬헌은 툭, 테이블 위로 팔을 헛짚고 말았다. 그의 무게가 테이블에 걸쳐지며 모서리가 약간 들렸다.

'괜찮아?'

정연이 묻자 찬헌이 그녀를 봤다. 그가 헛짚은 상태로 그녀의 눈을 봤다. 두 사람의 눈이 마주쳤다. 끝나지 않았다. 아직 두 사람의 대화는 끝나지 않았다. 찬헌은 정연의 눈을 보고 그걸 알았는데, 정연은 그대로 일어서서 돌아 나가 버렸다.

찬헌이 비긋한 팔에 힘을 주어 몸을 일으키려다가 다시 푹 고꾸라져 버렸다. 이마에 찬 철제 테이블의 냉기가 전해졌다. 그리고 직원이 그의 포도 주스를 가져 와서 어디다 놓아 드릴까요, 라고 물었다.

제 머리요. 머리에 부어 주세요. 들리지 않게 그렇게 중얼거렸다. 그녀의 물이 조금 일찍 나왔다면 좋았을 것이다. 그랬더라면 그걸 뒤집어쓰고 어떻게든 더 이야기를 했을지도 모른다. 그랬더라면 헤어지지 않았을 것이다. 실언을 했다고 이별을 번복했을 것이다.

1년 전.

찬헌을 기다릴 때마다 정연은 종종 영화관에서의 일을 떠올렸다. 그때 영화가 끝나고 옆을 돌아보지 말았어야 했다. 그와 눈이 마주치지 말았어야 했다. 그때 그 안에 있는 남은 감정을 봐 버린 것이 모든 복잡한 일들의 시작이었다.

쨍그랑 소리가 들리며 카페의 출입구가 열리고 겨울 코트를 입은 찬헌이 들어왔다. 잘생긴 얼굴이 오늘따라 싱글벙글이다. 그 얼굴에 정연도 덩달아 기분이 들뜨고 만다.

'무슨 좋은 일 있어?'

'어. 있지.'

코트를 벗으며 직원이 건네주는 메뉴를 집어 든 찬헌이 대뜸 매장에서 가장 비싼 와인을 병으로 시켰다. 정연의 눈이 휘둥그레졌다.

'초저녁부터?'

'놀라지 마라, 너. 김천호 감독이 나한테 메일 보냈다?'

휘둥그레진 눈에 이어 정연의 입이 살짝 벌어졌다.

'김천호? 그 김천호?'

'그럼 다른 김천호가 있어? 흔한 이름도 아닌데?'

'세상에. 어쩌다가?'

'내 블로그에서 자기 영화 리뷰를 봤다는 거야.'

'Seeing Eye to Eye!'

'맞아 그거. 내가 처음이래. 자기 속마음에 그대로 들어갔다

나온 관객이.'

'진짜? 이게 꿈이야 생시야.'

'다음 영화 시사회 표는 무조건 보내 준다고 그랬어. 두 장 보내 준댔거든. 같이 가자 꼭.'

정연은 마치 자기 일처럼 그의 일을 기뻐했다. 김천호는 그들이 가장 좋아하는 영화 감독 중 하나였다. 그의 영화는 극도로 깔끔하고 시니컬하지만, 묘하게도 휴머니즘이 있었다.

찬헌은 그의 영화를 너무 좋아해서 혼자서 여러 번 봤다. 그리고 《Seeing Eye to Eye》는 정연과 함께 세 번을 봤다. 김천호의 인정은 그와 그녀가 이뤄낸 것이다. 혼자서만 공을 독차지하는 것은 옳지 않았다.

찬헌은 와인을 따서 그대로 그녀의 잔을 채웠다. 너무 많다고 손을 젓는 그녀의 만류에도 불구하고 규정 라인을 많이 넘겨 부었다. 와인으로 취하는 것은 촌스러운 일이지만 그래도 그날은 그렇게 기뻐하고 싶었다.

찬헌이 잔을 손에 쥐고 고개를 들자 똑같이 들뜬 네 개의 눈동자가 마주 봤다. 크리스마스가 끝난 바로 다음 주, 2015년의 연초였다.

2시간 전.

"정연아, 나 좀 봐. 응?"

찬헌은 정연과 한 베개를 베기 위해 안간힘을 쓰고 있었다.

벌써 이불을 꽁꽁 싸매고 돌아누운 정연의 등 뒤에서 찬헌은 머리를 들이미는 한편 여기저기 손으로 지분거리며 달랬다. 그게 벌써 5분이 지나가고 있었지만 정연은 여전히 수치심에 얼굴이 화끈 달아오르고 속이 불같이 타는 듯했다.

세상에 어떤 여자가 욕구불만인 걸 채워 주겠다는 남편의 제안에 수치스러워하지 않을 수 있을까. 그게 '여자 마음을 안다'는 주제와 섞이면 상당히 문제가 야릇해지는 것이다.

솔직히 아쉽지 않았다고 하면 거짓말이다. 아주 조금, 아이를 낳고 아주 가끔은 아쉬웠지만 맹세코 그것을 티내거나 그 마음 상태가 오래간 적은 없었다. 그저 찰나에 스치듯이 지나간 목마름 같은 것일 따름이었다.

아쉬운 마음이 들었다 하면 바로 칭얼대거나 옹알대거나 하기 시작하는 운석의 일로 정신이 쏠렸다. 그녀가 혐의를 덮어쓰는 것은 썩 온당하지 않았다.

다른 집은 대체 언제부터 할 수 있냐고 남편이 안달하며 달력에 날짜를 센다는데!

조급한 남편 덕에 결국 연년생 남매를 낳아 버린 친구로부터 전에 들은 얘기를 떠올리며 정연은 작게 이를 갈았다.

그런 자존심 외에 또 다른 문제도 있었다. 출산 후에 여러 가지로 자신감이 떨어져 있었다. 너무 오랜만이고 그 새에 그녀도 많이 변했다. 여기저기 군살이 붙고 늘어진 모습에 샤워를 할 때마다 우울증에 걸릴 지경이었다.

이렇게 아줌마가 되는가, 아줌마가 되어 가니까 강찬헌 따위도 나를 원하지 않는 것인가. 그런 자격지심이 들기 시작한 것이다. 하지만 그것을 인정하기는 또 죽기보다 싫었다.

그 복잡한 마음을 알기라도 하는지 다시 밖에서 운석이 칭얼대기 시작했다. 마치 구조 신호라도 들은 양 정연이 귀를 쫑긋 세웠다.

"애 봐. 칭얼대잖아."

"공갈이야. 냅둬도 돼."

찬헌은 단호했다. 그가 정연의 등 뒤에 딱 달라붙은 채로 고개를 숙여 귓바퀴를 살짝 물었다. 그의 조심스럽고 야릇한 움직임에 정연은 몸이 오그라들 듯 달아올랐다.

쑥스럽기도 하고 괜한 자격지심에 당장이라도 그만두라고 말하고 싶은데, 딱딱하게 굳은 입술은 그저 파르르 떨릴 뿐이었다.

"응…… 이러지…….

"운석이도 백일 넘었는데 이만하면 됐잖아. 해금시켜 줘라."

이건 또 무슨 말일까? 살짝 가식을 띤 음색이 꿀처럼 달콤하다. 내내 욕구불만 같은 것은 내보인 적도 없던 찬헌의 '욕구'가 미덥지 않다. 하지만 기분이 그리 나쁘지는 않았다.

"어…… 언제부터 그렇게 참았다고 그래."

목소리로는 이미 무너졌다. 내용과는 달리 앙칼지지 못한 자신의 음색을 귀로 들으며 정연은 자신을 책망했다. 마음과는 달리 몸이 달아오른다. 가장 뜨겁던 순간들이 남자를 몸으로 기억하고 있다. 하지만 여기서 무너지면 체면이 말이 아니었다.

"계속 참았는데 니가 눈치가 없으니까 모른 거잖아!"

'아 너무 나갔어!'

달아올랐던 정연의 몸이 싸하게 식고 말았다.

유혹에는 설득력도 상당히 중요하다. 리얼리티를 충분히 반영하지 않으면 안 되는 것이다. 가령 하체비만인 아내에게 '당신의 그 미끈한 다리가 좋아' 라고 말한다면 그건 역효과를 불러일으킬 뿐이다.

그렇게 되면 환상은 깨지고, 유혹하는 사람의 속내는 빤히 보이고 만다. 지금 찬헌이 그랬다. 그의 속이 유리처럼 빤히 보인다.

정연은 결국 웃고 말았다. 비록 수위 조절에는 실패했지만 일종의 하얀 거짓말이랄지. '계속 참았다' 는 그의 빤한 말이 가상했다. 전에 직장 선배인 영은이 그랬더랬다.

남편이 거짓말할 때 빤히 알지만 심한 거 아니면 그냥 속아준다. 잘 보이고 싶어서 그럴 때는 너무 귀여워서 화도 안 난다. 정연은 비로소 그 마음이 뭔지 조금은 알 것 같았다.

"아구 됐어. 우리 신랑밖에 없네, 나 생각해 주는 건."

찬헌이 어리둥절한 표정이다.

"올 남편 왜 이렇게 갈수록 귀여워질까?"

"내가 귀여워?"

"애 보다 보니까 이제 유혹하는 법도 다 까먹었지?"

정연이 찬헌의 볼을 살짝 두드렸다.

"야!"

찬헌이 매우 뻘쭘해했다.

"안 돼. 처음부터 다시 배워 와. 그 정도로 넘어가면 내 체면이 말이 아니잖아."

"도대체 뭐가 문제냐? 응?"

"전개가."

"……"

"A, B가 없고 C만 있네."

찬헌이 털썩 이불에 제 머리를 파묻었다. A, B가 없고 C만 있다는 건 그가 영화를 평론할 때 버릇처럼 써먹는 표현이었다. 영화의 개연성이 소실된 부분에서 그는 종종 그렇게 얘기하곤 했다.

A 다음에 바로 C가 온다든지, 시종일관 B만 존재한다든지, 변주도 다양했다.

"주제에 진실성이 없으면 종종 그렇게 되곤 하지."

이것도 찬헌이 공식처럼 쓰는 멘트였다. 그러자 찬헌이 불쑥 입을 열었다.

"그냥 C 자체가 개연성일 때도 있어."

"어디에 그런……."

정연은 채 말을 다 끝내지 못했다. 찬헌의 입술이 정연의 입술을 그대로 지그시 눌렀다. 가볍게 누른 후 그가 입을 떼며 말을 이었다.

"When we see eye to eye (마음이 같을 때)."

그가 정연의 눈을 들여다봤다. 조금 전의 어설픈 실패에도 아랑곳 않는 듯, 그의 눈은 자신감으로 가득 차 있었다. 서정연을 반드시 넘어오게 하는 비밀은, 그의 눈 안에 있다. 정연이 못 이기고 눈을 감았다. 찬헌은 정연을 안은 채 뒤로 털썩 넘어갔다.

어느새 침대에 누운 찬헌의 위에 안기듯 누워 정연은 그를 어루만지기 시작했다. 웬일로 늘 주도하곤 했던 그가 가만히 있었다. 정연은 그의 살을 만지다가 살짝 핥고 깨물어 봤다. 그가 조금 찡그리며 손을 뻗어 정연의 상의를 들어 올린다. 정연이 팔을 올려 그가 잘 벗길 수 있도록 해 주었다.

그리고 두 사람이 입술이 다시 겹쳐졌다. 두 사람의 벗은 상체가 부드럽게 서로를 마찰하고 맞닿은 틈새가 조금씩 젖어 들었다. 찬헌이 천천히 몸을 돌려 정연을 밑으로 보냈다. 자신의 몸이 그의 시야에 그대로 드러나자 정연은 저도 모르게 손으로 몸을 살짝 가리고 말았다. 가슴이고 배고 옆구리고, 찔리는 곳 투성이라 자유로운 한 손으로는 통 가려지지 않았다.

"우리 불 좀 끄자."

작게 속삭였으나 찬헌은 듣지 못한 듯 정연을 부드럽게 애무해 나갔다. 그의 손이 완전히 벗은 그녀의 몸을 구석구석 어루만졌다. 그 손길은 허벅지에서 시작해, 엉덩이를 거쳐 그녀가 유독 자신 없어하는 옆구리와 배를 농밀하게 터치했다. 찬헌이 신음처럼 중얼거렸다.

"예뻐……. 너 진짜 예쁘다."

그의 목소리가 거의 알아들을 수 없게 호흡으로 뭉개졌다. 귀를 달콤하게 간지럽히는 말의 의미는 이미 귀에 잘 들어오지 않았다. 그가 음색만으로 끊임없이 그녀에게 속삭인다. 원하고 사랑하고 있다고. 그러면 그녀는 그것을 믿을 수밖에 없다.

찬헌은 임신 중 오일을 발라 줄 때 늘 그랬던 것처럼 정연의 배에 입을 맞췄다. 그리고 그 상태로 배꼽 주위를 주욱 훑었다. 살짝 터 있는 배의 피부와 아직 드문드문 남아 있는 튼살이 그를 아찔하게 한다. 그가 그녀의 일부가 되어 생명을 만든 흔적이다. 지극히 동물적인 일체감이 그를 흡족하게 한다.

훤한 불빛 아래 뽀얀 나신이 그의 시선을 사로잡는다. 뭉근히 눌러 천천히 올라가던 그의 손이 정연의 가슴에 도달했다. 천천히 어루만지다가 붉게 물든 그 끝을 살짝 베어 물었다. 뇌를 즐겁게 하는 단맛이 배어 나온다.

찬헌은 흡족하게 웃음을 삼키며 정연의 다리 사이로 들어왔다. 이미 흥건해진 그녀의 안을 잠시 확인하고는 그대로 열고 들어왔다. 숨이 턱 막힌다. 아이를 낳았는데 그녀의 안은 오히려 더 자극적이다. 더 좁고 더 꽉 끼는 것은 아니지만 더 긴밀하게 착 달라붙는 느낌이다.

"미치겠네……. 하."

으응? 정연이 벌써 발그레해진 얼굴로 귀를 세운다. 미치겠다, 착 달라붙어. 그의 적나라한 말에 정연의 귀가 더 붉어졌다. 움직임과 함께 살과 살이 맞닿아 물이 찰박이는 소리가 귀에 울린다. 음악처럼 달짝지근하다.

심박에 맞춘 규칙적인 움직임과 살이 얽혀 들어가는 소리에 저도 모르게 귀가 기울고, 여러 가지가 하나둘 사라져 간다. 천장의 모양이, 마주 본 침대의 헤드가, 그것이 버티고 선 벽지가 사라지다가 살색과 불빛이 섞여 들었다.

형체는 사라지고 온전히 그녀만 남았다. 그녀에게도 그만이 남았다. 뭉글뭉글 뒤섞여서는, 올라가다, 올라가다, 깜빡이는 찰나, 발가락부터 올라오는 강한 전기가 그녀를 감싸, 덜덜덜 떨었다. 그리고 곧바로 그도 함께 떨었다.

뜨거운 기운이 그녀의 몸속에 퍼져 들어가며 안락하게 가라앉는다. 두 사람은 무더위에 지친 개처럼 땀범벅이 된 채 서로에게 축 늘어졌다.

세상에나, 이런 건 처음이었다. 이게 '진짜' 섹스라면 지금까지 했던 건 뭐였지? 그가 방금 섹스한 여자가 서정연이 맞는 걸까? 찬헌은 정연의 젖은 머리를 쓸어 올리며 몇 번이나 뚫어지게 확인을 했다.

틀림없는 서정연이었다. 새빨갛게 땀에 젖어 있는 그녀의 작은 얼굴이 그를 사뭇 울컥하게 만들었다. 그녀를 사랑한다. 아주 많이. 그의 기분이 그렇게 말한다. 이 기분에는 어떤 이론도 무용하다.

찬헌은 흡사 열에 들떠 꿈을 보는 어린아이처럼 중얼거렸다.

"사랑해. 사랑해. 사랑해."

그러자 졸음에 젖어 으응— 하고 힘겨운 그녀의 목소리와 그의 심장과 맞댄 그녀의 심장 소리가 되돌려 답한다. 나도 사랑해— 라고.

뭐가 사랑일까. 한때는 열심히 궁리를 했었다. 그리고 알았다. 사랑이란 건 껄끄러운 개념이라고. 어떻게 정의해도 결국 부족이 남는다. 불같은 사랑에는 편안함과 배려가 부족하고 편안한 사랑에는 열정이 떨어진다. 상대를 소유하려 하면 소모시키고 아끼면 일체감이 사라진다. 그렇다면 뭐가 진짜 사랑이냐고, 따져도 알 수 없다. 정체를 알려면 직접 맛보고 쓰다듬어보아야 한다. 그리고 눈을 들여다보는 편이 좋다.

—fin

안녕하세요. 사흘째입니다.

제 첫 책 "익숙한 자리"를 읽어 주셔서 진심으로 감사드립니다.

2015년 3월 초, 제가 아주 힘들 때 해당 글의 연재를 시작하게 되었습니다.

처음 의도는 무언가 희망적인 이야기를 써 보고 싶다는 것이었습니다. 그리고 최악의 상황에 처한 남녀가 어려움을 극복하고 행복한 결말을 맞이하는 방법은 없을까 하는 게 책을 지탱하는 화두가 되었습니다.

그래서 이 이야기는 플롯을 완성해 놓고 전개하는 많은 이야기들과 달리 초기 설정 후에 '문제를 풀어 나가는' 식으로 써 나가게 되었습니다. 그래서 사건보다는 심리 전개 쪽에 초점이 맞추어진 것 같은 기분이 듭니다.

보통은 이런 상황에 있는 남녀가 여러모로 좋은 결말을 맞이하긴 힘들기 때문에 이 글은 "지극히 현실적이다"는 독자님들의 평가 이면에 "지극히 판타지적인" 부분 역시 가지고 있는 것 같습니다(제 친구가 "정연이 부럽다~ 정연이네 시댁은 실체가 없어." 라고 하더군요. 하하).

흔히 "사람 고쳐서 사는 것 아니다"라는 말을 많이 합니다. 자신이 사랑하는 사람을 구미에 맞게 바꿀 수 있다는 환상을 버리라는 겸손의 지혜가 담긴 말입니다. 하지만 동시에 우리에게는 '나와 다른 사람을 이해하려는' 마음 역시 조금은 부족하지 않나 감히 아쉬워해 봅니다.

"익숙한 자리"는 서로에 대한 오해와 해묵은 감정에 침몰된 남녀가 서로를 이해하면서 관계를 회복해 나가는 저의 '판타지적'인 소망을 담은 글이라고 봐 주신다면 감사할 것 같습니다.

제 글을 보고 즐거워해 주셨던 로망띠끄 독자님들, 저의 가장 큰 독자이며 격려자인 친구 고나영 님, 그리고 두 사람이 살아간다는 것의 많은 모습을 저에게 보여 주신 부모님께 감사합니다.

2015년 8월
사흘째 드림.

익 숙 한
자   리

초판 1쇄 찍음 2015년 8월 25일
초판 1쇄 펴냄 2015년 8월 31일

지은이 | 사흘째
펴낸이 | 정 필
펴낸곳 | (주)뿔미디어

기획 · 편집 | 이은정, 조미연

출판등록 | 2002년 9월 11일 (제1081-1-132호)
주소 | 경기도 부천시 원미구 소향로 17, 303(두성프라자)
전화 | 032)651-6513 / 팩스 | 032)651-6094
E-mail | dahyangs@naver.com
블로그 | http://blog.naver.com/dahyangs
홈페이지 | http://bbulmedia.com

값 9,000원

ISBN 979-11-315-6736-4 03810

www.bbulmedia.com

www.bbulmedia.com